코마키·나가쿠테小牧長久手 **전투(1584) 병풍도 앞부분.**
오다 노부오, 도쿠가와 이에야스 연합군과
도요토미 히데요시 군의 전투 장면.

德川家康

도쿠가와 이에야스

2부 승자와 패자

20 분열

德川家康

2부 승자와 패자

20 분열

도쿠가와 이에야스

야마오카 소하치 대하소설 이길진 옮김

솔

『도쿠가와 이에야스』를 바로 읽기 위해

1. 본문 중 °표시가 된 용어는 용어 사전에서 풀이하였다.

2. 본문 중 *표시가 된 용어는 용어 사전 외에 부록 및 지도 등에서 설명하였다(다른 권 포함).

3. 인명과 지명은 원음 표기를 원칙으로 하며, 된소리를 피하고 거센소리로 표기하였다. 단 도쿠가와와 도요토미만은 원음과 차이가 있지만 일반인에게 익숙한 이름이기에 외래어 표기법에 따랐다. 장음은 생략하였다.

4. 인명, 지명 및 고유명사는 처음 나올 때 원어를 병기함을 원칙으로 하였으며, 강과 산, 고개, 골짜기 등과 같은 지명 역시 현지 음대로 강=카와(가와), 산=야마(잔, 산), 고개=사카(자카), 골짜기=타니(다니) 등으로 표기하였다.

5. 성과 이름 중간에 나오는 것은 대부분 관직명과 서열을 나타내는 것인데, 그 당시의 관습에 따라 이름과 혼용하여 쓰이는 경우도 있다. 각 관청 및 관직에 대해서는 부록에서 설명하였다.
    ex) 히라테 나카츠카사노타유 마사히데 → 히라테 마사히데(이름) + 나카츠카사노타유(나카츠카사의 장관), 아마노 아키노카미 카게츠라 → 아마노 카게츠라(이름) + 아키노카미(아키 지방의 장관)

6. 시간과 도량형은 아즈치·모모야마 시대에 쓰던 것을 그대로 따랐으며, 역시 부록에서 설명하였다.

차례

≪ 다섯 타이로의 배치 ≫

1600년(케이쿄 5) 세키가하라 전투 직전의 형세

우키타 히데이에
50만 석

마에다 토시이에
100만 석

모리 테루모토
112만 석

도요토미 히데요시
○ 오사카

아이즈

카나자와

에도

히로시마 오카자키

도쿠가와 이에야스
250만 석

우에스기 카게카츠
120만 석

타이로大老 | 무가 정치에서 도요토미 히데요시 및 도쿠가와 가문을 보좌하던 최상위 직급.

움직이는 구름

1

8월 29일, 이시다 미츠나리石田三成는 아사노 나가마사淺野長政, 모리 히데모토毛利秀元를 동반하고 하카타博多를 향해 출발했다.

미츠나리가 떠나기를 기다렸다는 듯이 이에야스家康의 후시미伏見 저택에는 방문객이 갑자기 많아졌다. 조선朝鮮에 출병한 장수를 대신하여 영지를 지키던 자들만이 아니라 공경公卿, 승려 등에 이르기까지 각각 진상품을 가지고 찾아왔다.

이에야스는 되도록 이들에게 웃는 얼굴을 보이지 않으려 했다. 찾아오는 사람들의 마음이 빤히 들여다보였기 때문이다.

'천하인天下人이 바뀐 거야……'

대부분의 사람들은 이렇게 말하면 이에야스가 기뻐할 줄 알고 있었다. 그러나 이에야스로서는 이보다 더 곤혹스러운 일이 없었다. 그렇지 않아도 미츠나리나 요도淀 부인 같은 사람은 이런저런 터무니없는 상상을 하고 있었다.

이에야스는 되도록 조용히 있으면서 사람들의 마음을 흐트러뜨리지 않으려 하고 있었다. 잘못해 엉뚱한 소문이라도 퍼진다면, 그리고 이 소문이 어떤 계기로 전쟁터까지 전해진다면 철수 작전에 어떤 악영향을 미치게 될지 모르기 때문이다.

오늘도 이에야스는 냉담하게 방문객들을 돌려보내고 거실로 돌아왔다. 거실에는 히데타다秀忠의 아내 오에요阿江與가 아장아장 걷기 시작한 센히메千姬를 데리고 놀러 와 있었다.

"오오, 할아버님께서 돌아오셨어."

요도 부인의 막내동생 오에요 부인은 몇 번이나 남편을 바꾸고 아이를 낳은 탓인지 언니보다 오히려 더 나이 들어 보였다.

"오오, 놀러 와 있었구나. 이리 오너라, 어디 한번 안아보자."

이에야스는 오에요와 센히메를 상대하고 있던 젊은 소실 오카메於龜 부인 쪽으로 시선을 보내며 턱으로 지시했다.

"이리 안고 오도록."

"예. 자아, 센히메 님……"

오카메 부인은 센히메를 안아다 이에야스에게 건네려 했다. 순간 센히메는 손발을 버둥거리며 불에 데기라도 한 듯 울기 시작했다.

"왜 그러느냐, 내가 싫으냐?"

"오늘은 할아버님이 너무 무서운 얼굴을 하고 계셔서."

"그래? 재미없는 이야기만 들어 그렇구나…… 그래, 그래…… 어머니한테 가거라."

이에야스는 약간 멋쩍은 듯 센히메를 돌려주었다. 그와 함께 자기 소실 오카메보다 아들의 아내인 오에요가 훨씬 더 연상이라는 점이 묘하게 이에야스를 당황하게 만들었다.

"아니, 왜 그러느냐? 할아버님께 가자고 그토록 졸라놓고."

한번 터뜨린 울음을 그치지 않는 센히메를 받아안고 오에요 부인은 노려보듯 하며 달랬다.

"계속 울면 내다버리겠어. 울면 안 돼. 어서 웃는 얼굴로 할아버님께 안아달라고 해야지."

"응……"

센히메는 울음을 그쳤다.

아이들에게는 상당히 엄한 어머니인 모양이다…… 이렇게 생각했을 때 오에요 부인이 젖내를 풍기면서 이에야스에게 다가왔다.

"이제 울음을 그쳤습니다. 웃기 시작했어요. 어서 안아주십시오."

과연 이번에는 손을 내밀었는데도 센히메는 울지 않았다. 울면 안 된다는 가르침을 받아들인 듯. 이에야스는 쓴웃음을 지으며 말했다.

"오오, 착한 아이로군. 그런데 내게 무슨 용무라도 있나?"

"예. 아버님, 저희 모녀도 주군을 따라 에도江戶에 가면 안 될까요?"

오에요 부인은 주눅 들거나 망설이지 않고 가볍게 말했다.

2

"흐음."

이에야스는 콧소리를 냈을 뿐 그 이상은 대답하지 않았다.

오에요 부인이 무슨 생각으로 히데타다와 함께 에도에 가겠다는 것인지 당장에는 판단할 수 없었다.

지금은 북쪽을 대비한다는 의미에서 히데타다는 일단 에도로 돌아가지 않으면 안 된다. 그런데 오에요에게는 이곳에 피를 나눈 언니 요도 부인 외에 전남편의 아이들이 있었다. 요도 부인은 종종 히데요리秀賴의 이름으로 센히메에게 장난감과 과자 같은 선물을 보내기도 하는 모양이었다.

히데타다가 데리고 가려 해도 이곳에 머무르고 싶다고 하는 것이 오에요로서는 자연스러운 일이었다.

"그래, 에도에 가고 싶다는 말이지……"

"예. 제가 없으면 주군이 불편할 것 같습니다."

"으음."

이에야스는 다시 콧소리로 대답했다.

오에요 부인은 연상의 아내답게 히데타다의 신변을 도맡아 잘 챙겨 주고 있었다. 이 때문에 저택 안에서는 험담을 하는 여자까지 있을 정도였다.

"작은 마님은 다른 여자들이 츄죠中將° 님을 가까이하지 않을까 하여 몹시 꺼리는 것 같아."

"그럴 수밖에 없지. 다른 여자를 모르는 분일수록 사랑스럽다는 말도 있지 않아."

"정말 그래. 일단 빼앗기면 돌아오지 않는 구슬이 될지도 모르지."

이에야스는 이런 말을 반은 기쁜 마음으로, 반은 안타까운 마음으로 받아들였다. 아내가 남편을 사랑해서 나쁠 것은 없다. 그러나 여자의 애정과 독점욕은 때때로 남자를 꼼짝 못하게 묶어 묘한 입장에 빠뜨리는 경우가 있다. 멀리서 예를 찾을 것도 없이, 이에야스 자신도 젊었을 때 츠키야마築山에게 여간 시달림을 받지 않았다.

"허락해주시겠습니까, 아버님?"

불안한 듯 이에야스에게 안겨 있는 센히메의 얼굴을 들여다보면서 오에요가 다시 말했다.

"주군은 아버님만 허락하신다면 데려가겠다고 했습니다. 그리고 저도 에도에 한번 가보고 싶습니다."

"……이번에 츄죠가 에도에 가는 건 여느 때와는 좀 의미가 달라."

"그러시면, 무슨 소동이라도 일어날 우려가 있다는 말씀이신지요?"

"일어나서는 안 되지. 그리고……"

이에야스는 센히메를 오에요에게 돌려주면서 말했다.

"츄죠가 처자까지 데리고 영지로 철수한다면, 세상 사람들의 눈에 어떻게 비칠지……"

"바로 그 점입니다."

오에요는 기다렸다는 듯이 대꾸했다.

"처자를 데리고 한가하게 돌아갔다……고 하면, 거꾸로 민심을 부드럽게 하는 결과가 되지 않을까 합니다."

"호호호."

이에야스는 비로소 웃었다.

"그렇게까지 츄죠 곁을 떠나고 싶지 않은가?"

"어머…… 아버님도……"

"그렇지 않다면 이번에는 혼자 보냈으면 좋겠어. 어차피 타이코太閤°의 장례……"

이에야스는 말하다 말고 눈으로 다짐하듯.

"……그……그때는 츄죠도 돌아와 있지 않으면 안 될 거야. 반년만 참아주렴."

오에요는 뚜렷하게 불만을 나타내면서 고개를 숙였다.

'달리 무슨 사정이 있는 모양이구나……'

이렇게 깨달은 이에야스는 웃으며, 보기 드물게 농담조로 물었다.

"츄죠를 하루도 혼자 둘 수 없는 이유라도 있는 거냐?"

3

"원, 아버님도."

이에야스의 농담투의 말에 오에요 부인은 귀밑까지 빨개졌다. 부끄러워하는 자태에서 비로소 나이에 어울리는 젊음의 빛이 엿보였다.

"그러시면 말씀 드리겠습니다. 실은 이유가 있습니다."

"그럴 테지. 총명한 오에요의 청…… 그럴 만한 이유가 있을 것이라 생각했어. 어디 그 까닭을 들어볼까."

이에야스는 오에요 부인 역시 요도 부인 못지않게 기질이 강하다는 것을 이미 간파하였다. 다만 요도 부인은 히데요시秀吉*의 애첩이자 히데요리의 생모로서 마음껏 권세를 누린 데 반해, 오에요 부인은 남편과 세 번이나 사별하는 불행을 당해 그만큼 소극적이고 조심성이 많아졌을 뿐.

"아버님, 이번에 주군이 에도로 가는 것은 아이즈會津의 우에스기上杉 가문에 대비하기 위해서가 아닌가요?"

이에야스는 당황하여 손을 들어 말을 막고 주위를 둘러보았다. 순간 뒤에 있던 토리이 신타로鳥居新太郎가 벌떡 일어나 이리가와入側°와 정원을 감시하기 시작했다.

거실에 남아 있는 사람은 센히메와 오카메 부인뿐이었다.

"츄죠가 그런 말을 하던가, 그대에게?"

"아닙니다. 언니 측근으로 있는 아에바饗庭 부인에게 들었습니다."

"아에바가…… 무어라고 하던가?"

"이시다 지부노쇼石田治部少輔가 아이즈의 우에스기 님에게 급거 상경하라는 밀사를 보냈으니 주의하라고 했습니다."

"주의하라니…… 무슨 일이 생길 것이라는 의미 아닌가?"

"아에바 부인의 말로는, 우에스기 님이 상경하면 이 저택을 누군가가 습격할지도 모른다, 그러므로 주의하라고……"

"습격……?"

이에야스는 일부러 대수롭지 않다는 듯이 말했으나 긴장한 눈빛만은 숨기지 못했다.

"예. 우에스기 님도 아니고 이시다 님도 아니다, 다른 누군가에게 습격을 당한다…… 따라서 만약 불행한 일이 생긴다 해도 그것은 우에스기 님 탓도 아니고 이시다 님의 책임도 아니다…… 그런 음모가 있을지모르므로 혈육인 너에게만은 미리 알려준다…… 이 일은 물론 도련님의 생모도 모르는 일…… 센히메에게 과자를 가져왔을 때 아에바 부인이 한 말입니다."

"그래? 그래서 너는 이 저택에 있으면 위험할 것 같으니 에도에 가겠다는 말이로군."

"어머! 아버님도……"

오에요 부인은 세 번이나 같은 말을 하고는 못내 섭섭하다는 듯이 뒤를 이었다.

"저는 부족한 사람이지마는 츄죠의 아내입니다. 어찌 그런 몰인정한 생각을…… 다만 제가 딸까지 데리고 에도로 가서 저택에 없다는 것을 알면, 상대가 혹시 이쪽에서 눈치채지 않았을까 두려워 습격을 중단할지 모른다…… 이렇게 생각하고 말씀 드렸습니다."

"으음, 잘 알겠다."

이에야스는 생각에 잠기면서 고개를 끄덕였다. 소문의 사실 여부는 별도로 치더라도, 오에요 부인의 생각은 잘 알 수 있었다.

미츠나리가 쿄토京都를 비울 동안에 우에스기 카게카츠上杉景勝*를 불러다 놓고, 만일의 경우를 생각해 카게카츠에게 수도경비를 부탁한다. 그런 뒤 누군가에게 이에야스 저택을 습격하게 한다…… 이에야스를 제거하려면 지금 이 저택에 있을 때밖에는 좋은 기회가 없다…… 이 계략이 멋지게 성공하면 더 말할 것 없고, 만약에 실패한다 해도 이것은 카게카츠나 미츠나리는 모르는 일이라고 시치미를 뗀다…… 이와 같은 음모가 있고, 이 음모를 저지하기 위해서는 도쿠가와德川 쪽에서 이미 그런 음모를 눈치 채고 있다…… 이렇게 보이도록 해야 한다는 것이 오에요 부인의 생각이었다.

"그래, 그런 소문이 있다는 말이로군……"

4

이에야스가 착잡한 표정으로 생각에 잠겼다.

"어떨까요, 같이 가도 될까요?"

오에요 부인은 재촉하는 어조로 말하며 이에야스를 바라보았다. 어디까지나 자기 생각이 옳다고 여겨 끝까지 밀어붙이려는 강한 기질의 여성이 지닌 열띤 표정이었다.

'닮았어! 요도 부인과 똑같아.'

그 강한 기질에 눌려 히데타다는 분명히 거절하지 못했을 것이다. 그래서 이에야스의 허락을 받으면 데려가겠다고 했을 터.

"내가 알겠다고 한 것은 네 말과 예상이 옳다는 의미는 아니야."

"예? 그러면 같이 갈 수 없겠습니까?"

"안 돼."

이에야스는 뿌리치듯 말하고 웃었다.

"나는 네가 츄죠 곁을 떠나고 싶지 않다, 잠시도 혼자 있게 하고 싶지 않다……는 것뿐이라면 허락할 생각이었어."

"어머……"

"아내가 남편 곁을 떠나고 싶지 않다, 떠나게 하고 싶지 않다고 생각하는 마음은 지극히 자연스러운 일이니까. 하지만 그 이상의 이유나 생각이 있어서 같이 가겠다면 이는 안 될 말이야."

오에요는 깜짝 놀라 숨을 죽였다. 그녀가 생각했던 것과는 정반대의 대답이었기 때문이다.

오에요는 여자가 단지 남편이 그리워서…… 함께 있겠다고 한다면 미련한 일이라고 꾸중을 듣는다. 그러나 깊은 생각이 있기 때문이라면 허락할 것……이라 생각하였다.

이에야스는 그러한 오에요의 당혹함을 간파한 듯 그녀를 달랬다.

"오에요, 여자가 자기 의견을 남편에게 말하는 것은 좋아. 그러나 자기 의견을 관철시키려고 강요해서는 안 돼. 채택 여부는 남편에게 맡겨두고, 좋은 의견을 말하는 것이 내조內助인 게야."

"예…… 예."

"사사건건 자기 생각을 강요하면 남편은 결국 아내의 의견을 묻지 않고는 움직이지 못하는 무능한 사람이 되고 말아. 그렇게 되면 진정한 내조가 되지 못하는 게야. 여자가 강하면 남자의 기가 꺾인다는 걸 알아야 해."

"……"

"하하하…… 그렇게 되면 너도 남편에게 정나미가 떨어져 평생 불만을 품고 살게 될지도 몰라."

"아버님 말씀은 잘 알겠습니다마는……"

마침내 오에요 부인은 좀더 다가앉으며 두 손을 짚었다.

"그러시면 아버님은 앞으로 후시미나 쿄토에는 아무 일도 일어나지 않을 것이라고 확신하고 계시는지요?"

"무슨 일이 일어나든 상관없어. 일본 어디에서 어떤 소동이 일어나건 진압할 방법을 강구하는 것, 그것이 남자가 해야 할 일이야."

"어머……"

"여자는 남자가 미처 깨닫지 못한 어느 한 가지를 예리하게 깨달을 수는 있으나, 전체에 대해서는 좀처럼 눈을 돌리지 못해. 걱정할 것 없다. 지금은 말이지, 세상에 소란을 떠는 자가 있을수록 나나 츄죠의 존재가 더욱 빛을 볼 때야. 그러므로 생각이 깊은 자라면 절대로 경거망동하지 않아…… 그렇지 않은가? 모두 조용히 있으면 나는 더할 나위 없이 순하고 성실한 나이다이진內大臣°이야…… 그러나 소동을 일으킨다면 나는 일본에서 가장 강한 맹호로 변하게 돼. 일부러 이런 맹호의 발톱에 걸리고 싶은 자는 없을 것이야. 따라서 생각이 있는 자는 결코 움직이지 않아."

이에야스는 다시 한 번 부드럽게 웃어 보였다.

5

"너는 남자를 능가하는 영리한 여자. 알겠나, 츄죠가 아내를 데리고 에도로 돌아간다……고 하면, 세상에서는 나이다이진이 인질을 철수시키고 한바탕 일을 벌일 속셈……이라고 생각해 필요 이상 동요하게 된다. 이런 것은 남자가 삼가야 할, 필부의 책략이야."

오에요 부인은 입술을 깨물고 고개를 떨구었다.

그녀는 자신의 재능을 시아버지인 이에야스에게 알게 해 이로써 조금이라도 더 여권女權을 신장시키려는 생각이 있었던 모양이다. 그러나 이러한 오에요 부인의 생각은 이에야스의 엄한 비판을 받고 일소에 부쳐졌다……

이에야스의 말대로 지금 소란을 일으키는 자가 있다면 일부러 도쿠가와 부자를 세상에 부각시키는 결과가 된다. 그 점은 이미 오에요 부인도 충분히 납득할 수 있었다.

그러나 자기가 생각해온 일을 '필부의 책략'이라고 일소에 부치다니 눈이 뒤집힐 정도로 분한 일이었다.

"알아들었겠지, 오에요? 츄죠는 어느 쪽이냐 하면, 지나치게 온화한 성질을 가지고 태어났어. 그러나 생각은 결코 얕지 않아. 이 점을 명심

18

하고 내조를 부탁한다."

"예…… 예."

대답은 했으나 아직은 그냥 물러갈 수 없는 오에요 부인이었다.

"잘 알겠습니다. 이번에는 남아 있겠습니다."

"그래, 잘 생각했어. 하하하…… 에도에 가거든 여자를 가까이하지 말라고 나도 츄죠에게 잘 타이르겠다."

"아버님! 그런 농담을 하시다니, 저는 싫습니다."

"허어, 농담을 하면 안 될까?"

"아버님 말씀을 듣고, 설령 이 저택이 습격을 받는다고 해도 불안하지 않다는 것은 알았습니다. 그러나 한 가지만 더 가르침을 받고 싶은 것이 있습니다."

"좋아, 무엇인지 말해보아라."

"아버님, 인간이란 모두 아버님 말씀처럼 생각이 깊을까요?"

이에야스는 일부러 얼빠진 표정으로 물었다.

"그러니까 내가 성실한 나이다이진인 동시에 일본에서 가장 무서운 호랑이……라고 계산할 수 있을 만큼 영리하냐고 묻는 것이로구나."

"예. 호랑이 입에 뛰어들 때까지 토끼는 자기가 약하다는 것을 모르게 마련 아닐까요?"

"오, 참 좋은 질문이야. 네 말이 맞아. 나는 인간이란, 감정이 칠 할, 이성이 삼 할이라 생각해."

"그 말씀을 듣고 안심했습니다. 그럼, 이만 물러가겠습니다."

너무 쉽게 센히메를 안고 일어나는 바람에 이번에는 이에야스가 정색을 했다.

"오에요, 고작 그 말만 하고 나가려느냐?"

"예. 가르침을 받고 세상을 보는 눈, 살아가는 방법을 알게 되어 새로운 각오로……"

"여자가 너무 억세면 보기에 흉해. 좀더 앉아 있도록 해라. 대관절 너는 누가 토끼라고 말하고 싶으냐?"

오에요 부인은 표면적으로는 자못 황송해하면서 두 손을 짚었다.

"죄송합니다. 저도 아직 그 칠 할인 감정이 미숙했습니다…… 제가 토끼에 비유한 것은 결코 이시다나, 코니시小西 님은 아닙니다. 또 신죠新庄, 시마즈島津, 호소카와細川, 아리마有馬 같은 분을 가리키는 것도 아닙니다. 제 감정을 아버님이 용서해주실 것인지 아닌지 알고 싶었을 뿐입니다……"

6

이에야스는 잠시 동안 묵묵히 오에요 부인을 바라보았다.

'요도 부인 이상의 강한 기질과 집념을 가지고 있구나.'

이런 생각이 들어 쉽게 입을 열 수 없었다. 이런 성격의 여자는 특히 다루기가 어렵다. 반감을 갖게 되면 더욱 강하게 저항하지만, 반대로 감탄하게 되면 얻기 어려운 현모賢母가 된다.

지난날 이에야스는 바쁜 나머지 츠키야마를 둘도 없는 포악한 아내로 만들어버렸다. 이제 와서 생각해보니 그렇게 된 원인은 이에야스 자신에게 있었다. 이에야스가 상대의 신뢰를 받을 만한 설득력으로 대했더라면 그녀는 충분히 '믿을 수 있는 아내'가 되었을 것이다.

"오에요, 너는 놀라운 안목을 가지고 태어났구나."

완전히 방향을 돌려 말했다.

"예……?"

오에요 부인의 표정에 크게 당황해하는 기색이 떠올랐다.

"센히메를 키우면서도 거기까지 눈을 뜨고 있었구나."

"아닙니다. 저는 어떤 분이 토끼라 해도⋯⋯"

"오에요, 알고 있어, 잘 알고 있어. ⋯⋯네가 말한 것은 아취가 있는 반어反語였어. 아마 타이코였다면 무릎을 치며 칭찬했을 거야. 네 말처럼 실제로 호랑이 입에 뛰어들어 물리지 않고는 자기가 약한 줄 모르는 자가 칠 할이야. 그래서 인간은 감정이 칠 할, 이성이 삼 할이라고 하는 것인데⋯⋯"

이에야스는 이렇게 말하고 빙긋이 웃었다.

"그러나 타이코와는 달리 나는 칭찬하는 방법이 서툴러. 감탄하면서도 무뚝뚝하게 입을 다물고 있어. 오에요, 지금 네가 한 말에서 많은 깨달음을 받았다."

"어머, 아버님도⋯⋯ 지나치신 칭찬입니다."

"그렇지 않아. 타이코를 대신해서 천하를 맡게 된 이상 나도 진지하게 생각해야 할 문제야. 네가 말하는 그 토끼에게 어떻게 하면 자기가 약하다는 것을 깨닫게 하느냐가 문제야. 깨닫지 못하고 덤빈다면 깨물 수밖에 없지. 깨물게 되면 천하는 난리에 휩쓸리고, 난리가 일어나면 나의 기량은 떨어질 뿐이야. 잘 말해주었어⋯⋯ 그렇구나, 이시다와 코니시는 제외하더라도 신조, 시마즈, 호소카와, 아리마 등은⋯⋯ 내가 찾아가서라도 깨닫도록 해야겠구나⋯⋯"

오에요 부인은 어느 틈에 얼굴이 빨갛게 물들어 있었다. 조금 전까지만 해도 무섭게 덤벼들던 사나운 눈을 부신 듯 깜박이고 있었다.

"훌륭한 이야기를 들려주었어⋯⋯ 그런데 오에요."

"예."

"너는 호랑이가 되면 안 돼. 여자가 호랑이로 보이면 츄죠만이 아니라 츄죠의 측근들도 네가 두려워 접근하려 하지 않을 거야."

"어머, 아버님은 또 그런 말씀을⋯⋯"

"농담이 아니라 진담이다."

이에야스는 또 한 번 명랑하게 웃었다.

"그렇게 되면 너는 화가 나서 더욱 무서운 호랑이가 되고, 남자들은 한층 더 겁을 먹고 멀어지게 될 거야. 하하하…… 그러면서도 이 사실은 좀처럼 깨닫기가 어려워. 좋아, 붙들어놓아서 미안하다. 아기를 데리고 돌아가도록 해라."

이에야스는 이렇게 말하고 센히메의 머리를 쓰다듬으며 눈을 가늘게 뜨고 웃었다.

7

오에요 모녀를 배웅하고 돌아온 오카메 부인이 키득키득 웃었다. 이 젊은 소실 또한 기질이 강하고 지나칠 정도로 예민한 여자였다.

"무엇이 우스운가, 오카메?"

"아니, 우습지는 않습니다. 칭찬하시는 솜씨가 하도 놀라워 감탄했을 뿐입니다."

"바보 같으니라구!"

"예?"

"그것이 오에요에게만 들으라고 한 말인 줄 알아?"

"아닙니다. 저에게도……라고 생각합니다."

"나는 남을 칭찬하는 데 인색한 사람이야."

"예."

"칭찬을 받아 마땅한 인물이 세상에는 그리 흔하지 않아. 그런데도 칭찬하는 것은 마음에도 없는 아부, 상대에 대한 모독이야."

"어머나……"

오카메 부인은 깜짝 놀라 이에야스를 쳐다보았다. 젊은 그녀는 이에야스의 기분이 아주 좋은 줄로만 알고 다소 아양을 떨며 웃었던 것인데, 뜻밖에도 진지한 반응이었다.

이에야스는 상대의 표정이 순간 긴장하는 것을 보고 어조를 부드럽게 했다.

"그대도 앞으로 아이를 낳게 되겠지. 그때 칭찬만 하면서 키울 생각은 아예 하지 말도록 해."

"예."

"나는 타이코의 태도 중에서 함부로 칭찬하는 버릇이 마음에 들지 않았어."

오카메 부인은 이에야스 앞에 공손히 자세를 고치고 앉았다. 그 진지한 표정은 소실이라기보다 엄격한 스승 앞에 앉은 소녀 같은 긴장감을 보이고 있어 애처롭기까지 했다.

이에야스는 약간 민망스러웠다. 남자와 여자……라고는 해도 연령 차이를 생각하면 왠지 모르게 부끄럽다. 그 부끄러움을 상대를 '훌륭한 인간'으로 키움으로써 대신해야 한다고 생각했다.

"절대로 사람은 남을 깔보아서는 안 돼. 자신감을 잃게 하는 욕설과 꾸중 같은 것은 삼가야 해. 그와 동시에 지나치게 칭찬하는 것도 무책임한 일이야. 칭찬받으면 대부분의 사람들은 강아지처럼 꼬리를 흔들게 마련이거든. 타이코는 이러한 사람의 습성을 민심수습에 자주 이용했어. 그러나 나는 달라. 나는 칭찬은 하지 않아. 의미 없이 칭찬하는 것은 상대에 대한 모독이라 생각하기 때문이야."

"예. 알 것 같습니다."

"칭찬은 하지 않지만, 위에 있는 사람이라면 위로와 달래는 방법은 알고 있어야 해."

"저어, 달래는 방법……?"

"그래. 나는 오에요를 달래주었어. 알겠나, 결코 무책임하게 칭찬한

것은 아니야. 오에요가 마음의 문을 닫지 않도록, 그리고 장점과 결점
을 부드러운 말로 납득시키려고 했어. 그런데도 칭찬하는 솜씨가 훌륭
하다니……"

이에야스는 그제야 비로소 웃었다.

"이제 됐어. 차를 한 잔 가져오지 않겠나?"

이렇게 말하면서 상대의 긴장을 풀어주고 있을 때 토리이 신타로가
들어왔다.

"나츠카 오쿠라노쇼長束大藏少輔 님이 오셨습니다마는."

이에야스는 잠시 고개를 갸웃했다.

"용건은 묻지 않았느냐?"

"예. 직접 말씀 드리겠다고."

"알겠다. 이리 안내해라. 마침 차를 끓이려던 참이라면서."

8

거실로 안내되어오면서 나츠카 마사이에長束正家는 몹시 당황해했
다. 이에야스는 여간 친밀한 상대가 아니면 좀처럼 거실로 안내하지 않
는다는 말을 들었기 때문이다. 물론 그 자신도 이 저택에서 거실로 안
내된 것은 처음이었다.

"이건 너무 지나칩니다!"

거실로 들어서자마자 마사이에는 저도 모르게 입 밖에 내어 중얼거
렸다.

"이 정도라면 일상생활까지 감시당할 수도 있는 정원구조로군요."

이에야스는 이 말에는 대답하지 않았다.

"서툰 솜씨지만, 오쿠라 님에게도 차를……"

옆방의 차솥 앞에 앉아 있는 오카메 부인에게 말하고 나서 마사이에 쪽을 향했다.

토리이 신타로는 이미 이리가와 가장자리에 앉아 있었다.

"요즘 방문하는 사람이 많아서 말이오, 오쿠라 님."

"실은 그 일로 찾아왔습니다. 이 저택에 계시면 불편하실 것입니다."

"불편하다고 남의 집을 비워달라고 할 수는 없는 일 아니오? 무슨 좋은 방법이라도 있소?"

마사이에는 당혹스러운 듯 시선을 깔고 얼른 말했다. 이에야스가 성에 들어가겠다고 앞질러 말할 것 같은 생각이 들었기 때문이다.

"실은 도련님 생모가 지난번 후시미에 오셨을 때 말씀이……"

"허어, 생모께서?"

"예. 생모님은 무엇보다도 나이다이진 님의 신상에 만일의 경우라도 생기면 하고, 걱정하고 계셨습니다."

"고마운 일이군요."

"그래서 곧 무코지마向島에 저택을 신축하고 옮기시면 어떨까……하는 말씀이 있었습니다. 만일 나이다이진 님 신상에 변고라도 생기면 그야말로 도련님에게도 위험한 일이기 때문에……"

"그렇다면, 누가 이 이에야스의 생명을 노리기라도 한다는 말이오?"

"아니, 그렇지는 않습니다. 다만 여자 몸이시라 걱정이 되어……"

"고마운 일이오."

이에야스는 다시 똑같은 말을 되풀이했다.

"그러면 고맙게 그 뜻을 받아들이기로 하고, 지부 님이 하카타에서 돌아오면 공사를 시작하기로 할까요?"

그 대답이 너무 담담하고 자연스러워 마사이에도 그만 말문이 막히고 말았다.

"아니, 실은 거기에 대해서 말씀입니다마는……"

"자, 우선 차부터 한잔 드시오."

"예."

마사이에는 한시름 놓았다는 듯 오카메 부인이 건네는 찻잔을 받아들었다.

"생모님 말씀으로는 이시다 님이 부재중일 때 얼른 옮기셨으면……하는 것이었습니다."

"허어, 생모님이 그런 말씀을?"

이에야스는 자기도 맛있게 차를 마시며, 눈을 가늘게 뜨고 마사이에의 말을 부드럽게 받아넘겼다.

"아무 사정도 모르실 테니 무리가 아니지요. 그러나 지부가 돌아오고 나서 하겠다…… 이렇게 전하시오. 저택 같은 것 때문에 지부에게 섭섭한 마음을 갖게 해서는 미안한 일이니까."

9

감수성이 예민한 사람일수록 분위기에 지배되기 쉽다. 나츠카 마사이에는 이에야스의 대답에 구애받지 않으려 다짐하면서도 그만 그 말에 사로잡히고 말았다.

"그럼, 나이다이진께서는 지부 님을 꺼려 저희들의 제의는 일단 들어두시는 선에서 끝내겠다는 말씀입니까?"

이에야스는 다시 무뚝뚝하게 고개를 끄덕였다.

"그렇게 하는 편이 그쪽으로서도 무난하지 않겠소?"

"그쪽……이라고 하시면, 저희들도 지부와 한패……라 보시는 것 같군요."

마사이에라고 하여 특별히 미츠나리와 의견이 다른 것은 아니었다.

그러나 필요 이상 경계하는 듯한 이에야스의 어조에 그만 저도 모르게 속엣말을 입 밖에 내고 말았다. 이에야스의 미츠나리 편중은 감정상 자기들에 대한 무시와도 상통하기 때문일 것이다.

이에야스는 의아하다는 듯 마사이에를 응시했다.

"그러면 오쿠라 님도 이전 준비를 서두는 편이 좋다는 생각이오?"

"예…… 세상에서는 많은 사람들이 지부 님과 나이다이진 님의 관계를 걱정하고 있습니다."

"으음. 그래서 지부에게 엉뚱한 의심을 품게 하는 한이 있어도 일을 추진하겠다는 생각을 했군요. 그렇지 않소?"

"황송합니다마는 생모님이 이 일에 대해 말씀하신 것은, 만약 지부 님에게 마음을 둔 자들이 두 분의 불화를 확신하고 지부 님이 없는 동안 이 저택에 난입하는 잘못이라도 생기면…… 하는 우려 때문이라고 생각합니다만."

"허어."

다시 한 번 이에야스는 놀라움을 나타냈다.

요도 부인이 그런 생각을 하는 것은 이상한 일이 아니다. 지금 천하에 소란이 벌어진다면 가장 큰 피해는 히데요리에게로 돌아간다. 그러나 미츠나리와 함께 다섯 부교奉行°의 하나인 나츠카 마사이에가 미츠나리를 경계하라는 듯한 말을 하는 것은 뜻밖이었다.

"그렇다면 이 일은 서두르는 편이 좋겠군요."

"예. 이 일로 그렇게까지 지부 님에게 구애받으실 필요는 없지 않을까 하고……"

"오쿠라 님께서 그런 말을 하니 생각해볼 수밖에 없군요."

이에야스는 아무렇지도 않은 듯이 말하고 마사이에가 무슨 말을 꺼낼지 기다렸다.

'누가 이 일을 지시했을까?'

전혀 뜻하지 않은 일이었던 만큼 이에야스는 이것만은 확인해야 한다고 생각했다.

"저는 지부 님이 별로 나이다이진 님을 증오한다거나 원망한다고는 생각지 않습니다."

"으음."

"그러나 나이다이진 님에게는 맞서려는 기질…… 이것은 나이다이진 님도 아시고 세상에서도 인정하는 바라고 생각합니다."

"……사실이지요."

"이럴 때 세상에는 분별없는 추종자들이 나타나게 마련……"

"지부에게 충성하려고 내 목을 노리기라도 한다는 말이오?"

"아닙니다. 다만 혹시 그런 자가 나타난다면 지부 님도 몹시 곤혹스러울 것. 그러므로 조심하셔야 한다고."

이에야스는 우스운 생각이 들었다. 마사이에는 이야기 끝에 그만 말을 흘리고, 그러고 나서 당황하며 미츠나리를 변호하고 있다…… 그 정도의 인물이라면 이에 걸맞은 대답이 필요했다.

"오쿠라 님의 말은 지당하고, 고마운 배려이기도 하오. 그러나 지부가 돌아온 다음으로 미루겠소. 그렇게 하는 편이 좋을 것 같소."

생각의 깊이와 책략에서 마사이에와 이에야스는 어린아이와 어른 정도의 차이가 있었다.

10

이에야스는 남을 노하게 하는 방법도, 꾸짖는 방법도 잘 알고 있었다. 다만 그것이 야유하는 선에서 그칠 경우와 별로 큰 의미가 없는 경우에는 잠자코 있었다. 이러한 이에야스의 태도가 남의 눈에는 아무것도 깨닫지 못하는 우둔한 나무 인형으로 보이거나, 모든 것을 알면서도 시치미를 떼는 교활한 너구리로 비치는 모양이었다.

이시다 미츠나리는 이에야스를 후자의 경우로 판단하고 계속 반감을 나타내고 있었다. 그런데 마사이에는 아무래도 전자의 경우라 생각하는 듯했다.

마사이에는 가볍게 혀를 차고 무릎걸음으로 한 걸음 다가앉았다.

'이에야스 이 사람은 자신에 대한 미츠나리의 격렬한 반감을 모르고 있는 게 아닐까?'

이렇게 생각하며 좀더 주의를 환기시키는 것이 소요를 막는 데 도움이 된다……고 스스로 다짐했다.

"나이다이진 님, 만약 지부 님이 돌아와 건물 이전에 반대하면 어떻게 하시겠습니까?"

"지부가 반대한다…… 그 경우에는 이 일은 중지해도 상관없다고 생각하는데……"

"저는 그렇게 생각하지 않습니다."

마사이에는 약간 초조해진 어조로 말했다.

"그렇게 되면, 지부의 반대로 나이다이진이 양보했다…… 나이다이진은 대립을 원하지 않는 대범한 사람…… 이렇게 보는 사람도 있겠지만 그 반대로 보는 사람도 있을 것입니다."

"으음."

"나이다이진보다는 역시 지부의 세력이 월등히 우세하다…… 이렇게 생각하는 무분별한 자들이 더욱 나이다이진 님을 깔보고 못된 음모를 꾸미지 않으리라 보증할 수는 없습니다."

"허어, 그러면 세상에는 그런 공기가 감돌고 있다는 말이오, 오쿠라 님은……?"

"세상은 거의 모두가 장님들…… 제대로 눈을 뜨고 있는 사람은 극

소수입니다."

"으음."

"참으로 곤란한 소문입니다마는, 세상에서는 지부와 나이다이진의 충돌은 불가피한 일…… 그렇다면 어느 편에 서야 하느냐고…… 앞질러 생각하는 자들도 있다고 합니다."

이에야스는 손을 들어 그 말을 가로막았다.

"그러면 이렇게 합시다, 오쿠라 님…… 오쿠라 님의 고마우신 배려는 이 이에야스가 마음에 새겨두겠소. 그렇더라도 세상의 소문처럼 이쪽에서 지부를 경원하는 일만은 삼가고 싶소. 그러니 오쿠라 님이 마시타 우에몬増田右衛門과 상의해주시오. 그분 역시 동의한다면 즉시 공사에 착수할 것이오. 그렇게 눈먼 사람들이 많은 세상이라면 안심할 수만은 없으니까 말이오."

두 사람의 대담은 이것으로 끝났다.

나츠카 마사이에는 완전히 이에야스에게 따돌림을 당했다. 마시타 나가모리増田長盛와 상의하라니 이 얼마나 가혹한 조롱이란 말인가.

그대 혼자와는 상대할 수 없다. 요도 부인이 제의해오고 그대와 마시타 나가모리, 곧 두 사람의 부교가 동의한다면 생각해보겠다……는 뜻이므로 사실상 어린아이 취급을 당한 것과 마찬가지였다.

그러나 마사이에는 그렇게 생각하지 않았다.

'나이다이진이 이처럼 지부를 두려워하는 줄은 몰랐다……'

그렇더라도 만약 두 사람 사이에 큰 다툼이 벌어졌을 경우 그 무력은 비교도 되지 않는다……는 점을 감안할 때, 이에야스로 하여금 그대의 배려를 마음에 새겨두겠다……고 말하게 한 것만으로도 오늘의 수확은 훌륭했다……며 미소를 떠올렸다.

'그래, 이 마사이에, 마시타 나가모리와 상의해 반드시 서둘러 공사를 시작하도록 하겠다.'

11

인간과 인간의 교섭에서 양쪽 모두 수확이 있었다고 믿게 된다면 그 대화는 큰 성공이라 할 수 있다. 이에야스는 할말을 다했고, 마사이에는 이에야스를 자기편으로 끌어들였다고 기뻐하면서 돌아갔다.

마사이에가 돌아간 뒤 이에야스는 혼자 웃었다.

"나는 움직이지 않으려 해도 구름의 움직임이 심상치 않군."

찻잔을 닦고 있던 오카메 부인이 물었다.

"예……? 무어라 하셨습니까?"

"나는 타이코처럼 태양은 아닌데 말이야."

"무슨 뜻입니까?"

"……지금의 나는 달이라고 말했어. 그것도 사방이 구름으로 가려진 하늘의 달."

"하늘의 달……이라는 말씀이신가요?"

"그래. 구름이 가리기에 따라서는 초승달로도 보일 테고 기우는 그믐달로도 보일 거야. 열흘쯤 된 달로도 보이겠지. 그러나 보름달로는 보이지 않아. 구름이 많이 끼어 있으니……"

이에야스는 진지한 표정으로 말하고 다시 고개를 갸웃했다.

"또 나타나는군. 이번에는 어떤 구름일까?"

이렇게 말했을 때 과연 복도에서 발소리가 그치고 허락도 받기 전에 문을 열고 들어온 것은 혼다 마사노부本多正信였다.

"주군, 이번에는 특별한 사람 둘이 찾아왔습니다."

"특별한 구름이란 말이지…… 그게 누구인가?"

"예, 챠야茶屋가 혼아미 코에츠本阿彌光悅를 동반하고 와서 뵙기를 청하고 있습니다."

"챠야와 코에츠가……? 좋아, 들어오라고 하게. 그 구름이라면 별로 수상한 바람은 몰고 오지 않았겠지."

"그럼, 이리 안내하겠습니다."

마사노부가 나갔다.

오카메 부인은 얼른 시녀를 불러 과자 준비를 명했다.

이미 해는 기울고, 복도 너머 부엌에서 부산한 소리가 들려왔다.

"늦은 시각에 죄송합니다."

마사노부를 따라 들어온 챠야 시로지로茶屋四郎次郎는 이마에 생긴 두건 자국을 지우면서 정중히 머리를 조아리며 절했다. 눈에 띄게 흰머리가 많아져 있었다.

"실은 혼아미 코에츠가 주군을 뵙고 드릴 말씀이 있다고 해서……시각도 생각지 않고."

코에츠는 흘끗 이에야스를 노려보듯 하고 역시 머리를 조아렸다.

"허어, 그러면 자네들의 말도 심상치 않은 구름이겠군."

"예. 다름 아니라 코에츠는 어떤 분의 지시로 급히 하카타로 떠나게 되었습니다."

"뭐, 어떤 분의 지시로……?"

"예. 손봐달라고 부탁받았던 것을 가져가게 되었습니다."

"코에츠."

"예."

"그 어떤 분이란……?"

"성함은 말씀 드릴 수 없습니다. 그분이 저를 오사카 성大坂城으로 부르시어 하카타의 카미야 소탄神屋宗湛 님에게 하사하는 단도를 전하라고 하셨습니다."

코에츠가 차근차근 말했다.

"허어, 키타노만도코로北の政所 님이 소탄에게 단도를 하사하신다는 말이지."

이에야스는 아무렇지도 않은 듯 말하고는 틈을 주지 않고 물었다.

"그거 반가운 일이로군. 그리고는 무슨 말씀을 하시던가?"

코에츠는 키타노만도코로의 이름이 나왔는데도 별로 놀라는 기색이 아니었다.

12

코에츠는 어떤 분……이라고 하면 상대가 키타노만도코로인 줄 알아채리라 예상하고 있었던 듯, 날카롭게 이에야스의 미간에 시선을 보낸 채 말을 이었다.

"그분은 하카타에서 심한 분규가 일어날 것이라고 하시면서 그 일을 가장 우려하고 계십니다."

"하카타에서 분규가?"

"예.

"마중가신 이시다 지부 님과 조선에서 돌아올 무장 사이에…… 특히 카토 카즈에노카미加藤主計頭 님과……"

"으음, 당연한 우려시지. 그래서……?"

"그래서 저더러 카미야 소탄 님 저택에 가서 아사노淺野 님을 뵙고 친서를 전하라고……"

"지부에게는 비밀에 부치고 말인가?"

"예. 만일의 경우 잘 처리하여 분규가 세상에 드러나지 않도록 해야할 것이다…… 혹시 드러나면 양쪽에 불을 지르는 것과 같아 걷잡을 수 없는 사태가 벌어질 우려가 있다고……"

"그분이 그런 말씀을 하시던가?"

"아닙니다. 이 코에츠의 추측입니다."

이에야스는 천천히 고개를 끄덕이고 챠야를 돌아보았다.

"키요마사淸正가 그 어떤 분에게 종종 서신을 보낸다고?"

"예. 성실하신 카토 님은 서신만이 아니라 가끔 토산물도 소탄 님을 통해 전해드린다고 합니다."

"으음, 그래서 분규가 일어날 것으로 보셨군."

이에야스는 몇 번이나 가만히 고개를 끄덕였다.

"그러면, 자네는 단도를 카미야에게 전하고 곧 돌아올 예정인가?"

"아닙니다."

코에츠는 다시 강하게 고개를 흔들었다.

"모두가 철수할 때까지 거기 머무르면서 장수들의 칼을 벼르기도 하고 맡아놓기도 한 뒤에 돌아오겠습니다."

"허어…… 계속 하카타에 머무르라는 것도 그분의 지시인가?"

"예. 카미야 님과 모든 것을 상의하여 쌍방의 충돌을 피하도록 방법을 강구하라, 또 나이다이진 님과도……"

여기까지 말했을 때 이에야스는 손을 들어 제지했다.

"설마 그분이 나를 만나본 뒤에 떠나라고는 하시지 않았을 테지?"

앞질러 말하는 바람에 코에츠는 당황하여 챠야를 돌아보았다. 아마 이에 대해서도 키타노만도코로의 지시가 있었던 듯했다.

"아니, 코에츠가 스스로 찾아온 것입니다."

대신 챠야가 대답했다.

"그런 중요한 밀령을 띠고 하카타에 가게 되었다……고 저에게 털어놓기에, 그렇다면 나이다이진 님을 뵙고 무언가 지혜를 빌리는 것이 좋겠다……고 제가 제의했습니다."

"그랬을 테지."

이에야스는 크게 고개를 끄덕였다.

"그 어떤 분의 일에 관해 이야기를 듣는 것이 이 이에야스로서는 심히 난처한 일, 이 점은 분명히 말해두겠네."

"예…… 예."

코에츠는 그 말이 아주 못마땅한 듯 물었다.

"나이다이진 님과 어떤 분이 그 일을 함께 염려하고 계신다…… 이렇게 소탄 님에게 말하면 안 되겠습니까?"

"안 돼!"

이에야스는 엄한 소리로 꾸짖었다.

13

자부심이 강한 니치렌 종日蓮宗° 신자인 코에츠는 아직 챠야 시로지로만큼 인간적인 단련이 되어 있지 않았다. 그는 이에야스의 일갈一喝에 얼굴이 빨개졌다.

"황송합니다마는, 이 코에츠는 타이코 전하에 대해서는 끝까지 심복할 수 없었으나 나이다이진 님은 깊이 존경합니다."

"그것이 이번 일과 무슨 관계가 있단 말인가?"

"그렇지 않습니다. 관계가 있어 이처럼 찾아뵈었습니다. 그러시면, 나이다이진 님은 이시다와 카토의 분쟁 따위는 그냥 내버려두라는 말씀입니까?"

이에야스는 쓴웃음을 금치 못했다.

"만일 그렇다면 어떻게 하겠나?"

"너무 섭섭한 말씀. 세상에서는 나이다이진이 이시다와 카토 두 사람을 싸우게 만들어 어부지리漁父之利를 얻으려 한다는 소문도 적지 않게 나돌고 있습니다."

"잠깐, 코에츠…… 이것도 그분이 하신 말씀인가?"

"예, 그렇습니다!"

코에츠는 더욱 화가 난 듯 어깨를 들먹였다.

"저는 대대로 내려오는 니치렌 신자, 말을 꾸미고 진실을 호도할 생각은 꿈에도 없습니다. 이번 철수는 마음가짐에 따라서는 천하 대란으로 번질 수 있습니다. 그러므로 하카타로 출발하기 전에 나이다이진 님의 의향을 충분히 알고 싶어 찾아왔습니다. 나이다이진 님은 이시다와 카토의 다툼 따위는 아무렇지도 않다고 생각하십니까?"

코에츠는 무장처럼 벤 자리가 있는 입술로 열을 올렸다.

"저는 그냥 둘 수 없다는 어떤 분의 침통한 말씀에 크게 고마움을 느끼는 자입니다."

"과연 자네는 니치렌 신자다워. 입정안국立正安國을 위해서는 이에야스도 용납할 수 없다는 말인가?"

"아, 이런…… 아닙니다. 이 코에츠의 말이 지나쳤습니다. 용서해주십시오……"

"이것 보게, 코에츠!"

"예."

"실은 이 이에야스도 그 어떤 분이나 자네와 의견이 같아. 그러나 그분이 이에야스와 상의한 끝에 자네를 파견했다는 것을 알면 미츠나리는 어떻게 생각하겠나?"

"그것은 이 자리에서만 드리는 말씀입니다."

"너무 안일하게 생각하는군, 그대는. 그런 마음이라면 어떤 계기에 저도 모르게 누설할 우려가 있어. 자네 인품을 믿지 못해 하는 말은 아닐세…… 내 말 잘 듣게, 코에츠. 자네를 하카타에 파견하는 것은 어디까지나 그 어떤 분일세. 이에야스는 그 어떤 분과의 상의를 원치 않아…… 상의가 있었다는 것을 알면 미츠나리는 그 기질로 보아 점점 더 거세게 나올 것은 뻔한 일, 분쟁의 불길에 기름을 끼얹은 결과가 될 것일세. 이것은 그 어떤 분의 뜻과도 어긋나고 또 이에야스의 생각과도 상반되는 일이야. 그 어떤 분 이야기는 두 번 다시 꺼내지 말게…… 다만 자네가 큰 임무를 띠고 하카타에 간다…… 여기에 대해서만은 지혜를 빌려주겠어. 자네와 나 사이니까."

코에츠는 다시 챠야를 돌아보았다. 이번에는 확실하게 이에야스의 뜻을 알았기 때문에 순진하게 부끄러움을 나타낸 얼굴이었다.

"코에츠, 주군이 그렇게 말씀하시니 지혜를 빌려 가겠나?"

챠야는 무표정인 채 부드러운 목소리로 입을 열었다.

"예, 잘 알겠습니다."

코에츠는 갑자기 그 자리에서 머리를 조아렸다.

"저 혼자만 나라를 걱정하는 것처럼 말한 일 용서해주십시오…… 이렇게 사죄 드립니다."

전후戰後의 바람

1

하카타 니시마치西町 아래쪽 동편에 있는 카미야 소탄의 저택 객실. 가로 13간, 세로 30간인 이 소탄의 집은 지난 큐슈九州 정벌 후 미츠나리 등에게 구획 정리를 하게 하여 히데요시가 할당해준 것이었다. 이미 재목들도 적당히 아취를 풍기기 시작하고, 소탄의 기호에 따라 마련한 풍로의 차솥에 끓는 물소리가 조용히 방안을 채우고 있었다.

소탄은 텐쇼天正 14년(1586)에 상경했을 때 다이토쿠 사大德寺의 코케이古溪 선사 밑에서 머리를 깎았다. 중머리에 두건을 쓰고 등을 구부리고 앉아 있는 모습은 언뜻 보기에 쿠로다 죠스이黑田如水의 느낌과 비슷했다.

이 소탄을 마주보고 실망스러운 표정으로 앉아 있는 사람은 시마이 소시츠島井宗室였다. 그는 하카타에서 소탄과 쌍벽을 이루는 호상豪商이라기보다, 조선 출병에 앞서 그곳 사정을 자세히 살펴보고 와서 히데요시에게 목숨을 걸고 간언했던 사람.

두 사람만의 대좌라면 전혀 이상할 게 없었다. 그들은 하카타 항구에서 성장한 거상巨商인 동시에 카미야 소탄의 질녀가 시마이 소시츠에게 출가한 사돈간이기도 했다. 그런데 이 소시츠 뒤에 반쯤 몸을 숨기듯이 하고 옆으로 앉아 있는 젊은 여자의 모습은 도무지 이 방의 분위기와는 어울리지 않았다.

눈이 번쩍 뜨일 것 같은 여자의 이목구비는 후시미 성에서 첫째가는 미녀로 알려진 마츠노마루松の丸를 방불케 했다. 다만 마츠노마루에게는 어딘지 딱딱해 보이는 생경한 면이 있었으나 이 여자에게는 그것이 없었다. 성질을 죽인 태도가 묘하게 교태로 변하여 온몸을 따뜻하게 해주는 느낌이었다.

"이유는 말할 수 없다, 어쨌든 지부 님의 접대는 하지 못하겠다……는 설명만으로는 곤란해, 코죠로小女郎."

소탄이 여자에게 말했다.

"원래 지부 님은 이 저택에 머무실 예정이었어. 타이코 님도 나고야 名護屋에 왕래하실 때는 내 집에서 묵으셨어. 시마야島屋는 상인, 나는 다인茶人이기 때문이라고 하시면서."

소탄이 여기까지 말하자 코죠로라고 불린 여자는 홱 고개를 돌렸다. 그런 말은 듣고 있지도 않고 들을 생각도 없다는 반항의 자세였다.

"그런데 너도 알다시피 모리 가문의 히데모토 님은 이처럼 안채에 묵고 계신데도 지부 님은 얼른 시마야 댁으로 옮기셨어."

소탄은 두건 위로 머리를 쓰다듬으면서 시마이 소시츠에게 쓴웃음을 지었다. 하카타에서는 시마이 소시츠를 '시마야', 카미야 소탄을 '카미야'라 부르고 있었다.

"그런데 시마야, 지부 님이 옮긴 이유가 무언가 하면, 이 소탄은 풍류가 없고 왠지 답답하다는 거야…… 쿄토에서 혼아미 코에츠라는 칼날 같은 자가 와서 묵고 있으니 무리는 아니지만…… 이 소탄이 시마야보다 풍류가 없다는 소리를 듣다니 체면이 말이 아닐세. 그렇지 않은가, 시마야?"

시마이 소시츠는 대답 대신 다시 한 번 천천히 턱을 쓰다듬었다.

"시마야는 옛날부터 근엄하고 완고하여 사카이堺 사람들로부터 샌님이라는 별명으로 불리고 있어. 그런데 나는 좀 놀던 사나이지. 그래서 하카타의 명예를 걸고 화류계에서 으뜸이라는 너를 거금을 주고 빼내어 모시라고 한 거야. 소탄 대신 모시라고 말이야…… 그런데 너는 싫다면서 되돌아왔어. 이 소탄이 지부 님이 싫다고 한 것과 마찬가지. 그까짓 남자 하나쯤 네 손으로 휘어잡지 못하느냐 말이야."

여자는 다시 한 번 몸을 비틀면서 내뱉듯이 말했다.

"싫어요!"

2

"원 이런, 싫다고 해서 끝날 문제가 아니야. 인간이란 말이지, 근성 하나면 무엇이든 할 수 있어. 어디 그 싫은 이유를 솔직하게 말해봐. 그러면 다른 대책을 세울 수도 있으니까."

소탄은 시치미를 뗀 표정으로 달래듯이 말을 이었다.

"이유 없이 싫다는 말인가?"

"예. 정말 주는 것 없이 싫어요."

코죠로는 다시 화가 났는지 아양을 떠는지 모를 태도로 대꾸했다.

"세상에는 자기보다 잘난 사람이 없는 줄 알고…… 아니, 그런 말은 않겠어요. 아무 말도 않는 편이 좋겠어요……"

"시마야……"

소탄은 소시츠 쪽을 바라보았다.

"자네에게 적당한 생각이 없을까? 그만 나는 지부 님에게 이 여자가 하카타에서 첫째가는 여자라고 말해버렸거든."

"가끔 나잇값도 못하고 입을 가볍게 놀리니, 이건 그 벌이에요."

소시츠는 따끔하게 말했다.

"굳이 이쪽에서 먼저 여자를 갖다바칠 것 없지 않아요? 원한다고 하거든 잠자코 들여보냈더라면 좋았을 텐데."

"허어, 그럼 자네도 코죠로 편인가? 그렇다면 코죠로와 담판을 해야겠군. 이봐 코죠로, 하카타에서 으뜸이라는 네가 뿌리치고 돌아왔어. 그렇다면 이번에는 무어라 말하면서 다른 여자를 바쳐야 하느냐 말이야? 두번째 미인입니다, 이렇게 말해야 하나……?"

"어른께서 생각하실 일, 저는 모릅니다."

코죠로는 이렇게 말하고 생긋 웃었다.

"저는 어르신 같은 남자가 좋습니다. 부탁이에요. 이 집에 있게 해주세요."

"이것이 나를 놀리는군. 솔직히 말해서 지부노쇼라는 분은 한번 비위가 상하면 두고두고 마음에 새기는 분이야. 소탄 한 사람에게만 피해가 돌아온다면 문제도 되지 않아. 그런데 이 때문에 하카타 번창이 서리를 맞는다면 곤란해. 너는 의협심이 강하기로 소문난 여자, 모두를 구해줄 생각은 없나?"

"호호호…… 설득하는 솜씨가 여간 아니시군요…… 하지만 아무리 말씀하셔도 소용없어요. 고작 여자 때문에 그런 앙갚음을 하는 분이라면 더더구나 싫어요."

"코죠로!"

"어머, 이번엔 무서운 얼굴이 되셨군요. 그 얼굴이 훨씬 더 사나이답게 보여요."

"다시는 부탁하지 않겠어."

"포기하셨나요? 아이, 고마워라……"

"허허허……"

잠자코 듣고 있던 시마야가 웃었다.

"시마야, 뭐가 우스운가?"

"아니, 우스워서 웃은 게 아닙니다. 가엾은 생각이 들어 그만 웃음이 나왔습니다."

"말을 삼가게! 나는 지금 진지해. 좋아, 그럼 부탁하지 않겠다. 그 대신 무엇 때문에 지부 님이 그렇게 싫어졌는지 그 까닭만은 말해줘. 이것은 소탄이 후일을 위해 반드시 알고 싶어. 아니, 알지 못하면 다른 여자를 고를 실마리를 잡지 못해. 설마 이것까지 싫다고는 하지 않겠지, 코죠로?"

그 말에 상대의 표정이 갑자기 굳어졌다. 표정이 굳어지자 지금까지와 같은 흐트러진 자세의 여자가 아니었다. 어딘가 인생의 슬픔과 무섭게 싸워온 강한 의지를 드러내는 얼굴이 되었다.

"말씀 드리겠어요, 모든 것을……"

3

"어르신, 저는 히고肥後와 가까운 사츠마薩摩 태생입니다."

코죠로는 말했다. 어조마저도 사람이 달라진 듯 이로 물어 끊는 것 같은 애절한 여운을 담고 있었다.

"그것은 알고 있어. 자기도 모르는 불길이 가슴에서 타고 있는 여자라는 것은."

"아닙니다. 어르신은 제 슬픔을 모르십니다. 이처럼 부유하신 분이 어떻게 사츠마 농부의 딸로 태어난 여자의 마음을 아시겠습니까?"

코죠로는 강한 어조로 소탄의 말을 가로막았다.

"제가 태어난 마을은 현재 가구 수가 오 분의 일로 줄었다고 합니다. 모두 군량軍糧을 내놓아야 하는 가혹한 요구에 견디지 못하고 유랑민으로 전락한 것입니다……"

"으음, 그렇겠지. 칠 년 동안이나 전쟁이 계속되었으니……"

"저희 집만은 그 남아 있는 몇몇 가구 중에 들어 있습니다…… 딸만 있는 집, 저를 맏이로 하여 다섯이었지요. 차례로 팔린 것까지는 말하지 않겠어요…… 자식을 다섯이나 키운 부모가 자기 집에 쏟는 집념도 어르신은 모르실 거예요."

"으음. 그럼, 딸 다섯이 한 사람도 집에 없다는 말인가?"

"예……"

코죠로는 고개를 끄덕이고 애매하게 웃었다.

"저는 영주님도 원망하지 않고 촌장님도 원망하지 않습니다. 이 모두는 타이코 님이 모험을 저지른 탓…… 그러나 타이코 님도 악의가 있어서는 아닙니다. 모두를 좀더 부유하게 만들려고 했는데 운이 따르지 않았다……는 것도 압니다."

소탄은 깜짝 놀란 듯 소시츠를 바라보았다. 샌님이라 일컬어지는 소시츠는 여전히 동요하지 않았다.

"그 고통을 호소하려고 시마즈 가문의 중신들이 계속 지부 님을 찾아오고 있었습니다."

"허어, 그게 사실인가, 시마야?"

소시츠는 천천히 고개를 끄덕였다.

"바로 어제도 니로 료안新納旅庵 님, 마치다 데와町田出羽 님, 혼다 로쿠에몬本田六右衛門 님 등이 찾아와서 지부 님과 여러 가지 상의를 했습니다."

"으음, 전쟁이 계속된데다 올해는 폭풍우, 홍수가 겹쳤으니까."

소탄은 고개를 끄덕이고 코죠로를 바라보았다.

"그래서 다음에는?"

코죠로는 점점 더 눈에 흥분의 빛을 띠면서 말했다.

"중신들에게 지부 님이 일러준 책략을 곁에서 들었어요…… 지부 님은 도망을 막기 위해 몸을 파는 농민이나 하층민으로부터 쌀 한 말씩을 거두라고 했습니다. 자식을 팔고 자기 몸을 파는 농민들이 어떻게 쌀을 내놓을 수 있겠어요. 없는 쌀을 내놓으라 하면 흙을 파먹는 한이 있어도 도망치지 못한다, 그래도 도망치는 자가 있으면 남아 있는 촌장들에게 쌀을 받아내라, 그러면 촌장들이 엄히 감시해 도망치지 못하게 할 것이라고…… 어르신, 코죠로는 유녀입니다…… 상대가 인간이기만 하면 아무리 천한 일을 하는 뱃사람이나 일꾼들에게라도 몸을 맡기겠다는 각오로 유곽에 왔습니다. 그러나 아직…… 아직…… 악귀惡鬼에게 몸을 팔 각오는 되어 있지 않습니다."

소탄은 어느 틈에 눈시울을 붉혔다.

"원, 이런."

혼잣말하듯 중얼거리며 두건 위로 머리를 쓰다듬었다.

"타이코 님은 큰 선물을 남기고 가셨군."

소시츠는 기도하는 마음으로 눈을 감고 있었다.

4

"으음, 한 톨의 쌀도 없는데 그걸 알면서도 내놓으라 하다니……"

소탄은 다시 크게 한숨을 쉬면서 물었다.

"네가 싫다는 것도 무리가 아니야. 하지만 코죠로, 그런 이유로 네가 거부한다고는 지부 님에게 말할 수 없어. 달리 무슨 방법이 없을까?"

코죠로는 얼른 눈물을 닦았다.

"죄송합니다, 어르신. 그래서 아무 말도 하지 않으려 했는데."

다시 전과 같은 요염한 미소를 떠올렸다.

"코쵸로는 지부노쇼 님에게 퇴짜 맞은 것으로 여겨주세요."

"뭐, 퇴짜를 맞았다고……?"

"예. 그분은 내 몸에 이상이 없느냐고 물었습니다."

"이상……이라면 병 말인가?"

"예, 남만창南蠻瘡이라거나 당창唐瘡 같은 성병…… 코쵸로는 유녀
니까."

"허어, 일리가 있군. 그래서 무어라고 대답했어?"

코쵸로는 다시 장난기가 섞인 눈을 빛냈다.

"그토록 두렵거든 그만두라고 했어요."

"하하하…… 과연 대단하군. 그렇게 나왔으니 지부 님도 할말이 없
었겠지……"

"아니, 그렇지 않았어요. 똑바로 자세를 고치면서, 이 지부를 무엇으
로 아느냐고."

"허어……"

"타이코 님 대신 천하를 맡고 있는 소중한 몸, 그래서 물었던 것인데
무례하기 짝이 없는 대답을 하다니…… 그런 뒤 한참 동안 꾸중을 들었
습니다."

소탄은 갑자기 웃음이 터지려 했다. 작은 체구의 미츠나리가 잠자리
에서 어깨를 들먹이며 꾸짖는 모습이 눈에 선하게 떠올랐다…… 그렇
다면 여자가 싫어할 수밖에 없었다.

"그래, 알겠어."

소탄은 고개를 끄덕였다.

"그럼, 잠시 안에 들어가 있도록 해라. 시마야와 상의해볼 테니."

코쵸로가 나갔다. 소탄은 소리 내어 웃으면서 말했다.

"어떻게 생각하나, 이 일을…… 심히 불안하네."

시마이 소시츠는 그 말에는 대답하지 않았다.

"지부 님이 우리 집으로 옮긴 이유를 알겠군요."

소탄은 가볍게 손을 내저었다.

"나도 알고 있어. 모리 님, 아사노 님에게 속마음을 보이기 싫은 거야. 오래지 않아 자네 집도 불편하다고 타타라무라多多良村 나지마 성名島城으로 다시 옮길 것일세."

"그런 것까지 내다보고 계시는군요."

"암. 조선에서 하고 있는 교섭이 불리한 것 같아."

"그렇습니다. 처음에는 왕자 한 사람을 인질로 잡고, 해마다 쌀, 호랑이 가죽, 표범 가죽, 약재, 꿀 등 다섯 가지 공물을 바치도록 요구하며 협상을 벌이도록 했으나 현지 사정은 그렇지 않은 모양인지……"

"타이코가 서거했다는 사실이 새나간 게 아닐까?"

"그렇다면 왕자의 인질에 대해서는 거론하지 말라…… 다만 공물에 대해서는 체면도 있고 하니 반드시 관철시키라고 지시했지만, 이 역시 좌우 양군으로부터 모두 거절당한 모양입니다."

소시츠의 말에 소탄은 고개를 기울이고 생각에 잠겼다.

"과연 이대로 천하가 조용해질 수 있을까, 시마야?"

5

큐슈는 누가 무어라 해도 미츠나리의 세력권…… 그러나 이 세력권도 이번 전쟁을 계기로 크게 분열될 것 같았다. 무엇보다 히고 지방의 우토宇土와 쿠마모토隈本(쿠마모토熊本)의 대립이 심상치 않았다.

우토의 코니시 유키나가小西行長는 요도 부인 파.

쿠마모토의 카토 키요마사加藤淸正는 키타노만도코로 파.

코니시 유키나가와 카토 키요마사 두 사람은 두 차례의 출병 모두에서 좌우 양군 선봉을 다투면서 사사건건 충돌을 거듭하였다. 그 날카로운 감정대립과 영지 백성의 피폐는, 군비와 식량 조달에서 시마이 소시츠나 카미야 소탄에게도 직접 영향을 미쳤다.

백성들의 피폐는 물론 그 두 가문의 영지에서만 맞닥뜨리는 어려움은 아니었다. 모리도, 쿠로다도, 나베시마鍋島도, 아리마도, 또 시마즈도 이미 재정적 위기에 봉착해 있었다.

큐슈의 다이묘大名°들이 파견한 병력은 츄고쿠中國에 영지를 가진 모리 가문이 3만 2,000으로 가장 많았고, 그 밖의 영주들도 지나치게 부담이 많았다.

시마즈 요시히로島津義弘가 1만.

카토 키요마사가 1만.

나베시마 나오시게鍋島直茂와 카츠시게勝茂 부자가 1만 2,000.

쿠로다 나가마사黑田長政가 5,000.

코니시 유키나가가 7,000.

여기에 타치바나立花, 마츠라松浦, 오무라大村, 아리마, 소宗 등의 군사를 합치면 큐슈만으로도 10만에 가까운 병력이었다.

"사방에서 요구해오는 조달금 때문에 우리가 무일푼이 되는 것은 괜찮아. 평화롭게 수습만 된다면 나중에 되찾을 수 있으니까. 그러나 또 전쟁이 벌어진다면, 코죠로는 아니지만 퇴짜 맞게 될 거야."

카미야 소탄은 쓴웃음을 띠면서 물었다.

"어떤가, 시마야. 자네 생각으로는 지부노쇼를 뒷받침해주어도 괜찮을 것 같나?"

질문을 받은 시마이 소시츠는 대답 대신 가만히 주위를 둘러보았다. 다다미疊° 열여섯 장짜리 넓은 방에서는 찻물 끓는 소리가 조용히 흐르고 있었다.

"카미야 님, 코에츠는 무어라 하던가요?"

"코에츠는 처음부터 도쿠가와 파야. 사치가 심하다고 타이코 전하도 아주 싫어했어."

"그럼, 쿄토의 챠야는 물론 사카이의 나야納屋, 오사카의 요도야淀屋의 의견도 듣고 오지 않았겠습니까?"

"당연히 그랬을 테지, 그 사나이라면. 하지만 그 사나이의 의견은 우리의 각오에 참고가 되지 않아."

"그것은 또 왜죠?"

"코에츠는 말일세, 세상에 정의를 구현하지 않으면 안 된다고 철석같이 믿고 있어. 이번에도 어떻게 하면 전쟁을 하지 않고 마무리지을 수 있을까 하는 키타노만도코로 님의 뜻을 받들고 온 처지면서도, 어차피 전쟁은 불가피하니 빨리 싸우게 하여 속히 정리해버려야 한다고 떠들어대는 사나이야."

"카토와 코니시의 전쟁 말입니까?"

"아니, 그보다 한 단계 더 높은 전쟁, 곧 도쿠가와와 이시다를 싸우게 하자는 것일세."

"으음."

소탄의 말에 소시츠는 크게 신음했다.

"지난번 타이코와 아케치明智가 싸웠을 때와는 달리 이번에는 쉽게 어느 쪽을 밀어주기 어렵게 됐어. 지금 이렇게 어려운 상황에 큰 전쟁이 벌어지면 다이묘들은 모두 강도로 변할 거야. 이미 곤궁함은 극에 달해 있네."

소시츠는 이 말에는 대답하지 않고 잔뜩 천장을 노려보며 움직이지 않았다.

"코에츠가 그렇게 말했다는 것이군요……"

6

"무얼 생각하나, 시마야? 자네도 코에츠의 생각에 찬성하는 것은 아니겠지?"

소탄은 자못 진지한 표정으로 말했다.

"무슨 일이든 파괴하기는 쉬워도 건설하기란 어려워. 타이코가 모처럼 쌓아올렸는데 말이지……"

여전히 소시츠는 아무 대답도 하지 않았다.

무사들은 고집과 감정으로 파벌을 만들고 때로는 파멸하는 줄도 모르고 서로 죽이지만, 경제적인 입장에서 시국과 현실을 바라보고 생각하는 사람들은 다를 수밖에 없다. 무장은 그들을 가리켜 이욕利慾을 위해 사는 자들이라 평한다. 그러나 그들의 눈에 무장들은 굶주림에 대한 인간의 한계를 잊은 지능이 부족한 폭한暴漢이었다.

그런 의미에서는 소탄도 소시츠도 관점이 같았다. 두번째 출병 때 타이코를 지나치게 뒷바라지해주었다고 후회하는 두 사람이었다.

"왜 그러나, 시마야? 가장 좋은 방법은 역시 키타노만도코로와 지부노쇼를 화해하도록 해 두 사람의 손으로 카토와 코니시의 대립을 완화시키고, 발밑의 불부터 꺼야 할 것이라 생각하네."

"……카미야 님, 죄송하지만 코죠로를 다시 한 번 이 자리에 불러주십시오."

"코죠로를…… 자네가 설득하겠나?"

소시츠는 깊이 결심한 듯한 표정으로 고개를 끄덕였다.

"코에츠의 견해에도 일리가 있습니다, 카미야 님."

"극약 처방을 하자는 말인가?"

"아니, 아직까지는 그렇지 않습니다. 그러나…… 결국 지부노쇼의 기량 여부에 따라 결정되는 것이 아닐까요……?"

"그러니까 지부 님이 에도의 나이다이진을 누를 수 있느냐 없느냐 하는 문제라는 말인가?"

소시츠는 가만히 고개를 저었다.

"나이다이진과 타협하여 평온을 유지하려는 뜻이 지부노쇼에게 있느냐 하는 것이 문제입니다. 그럴 뜻이 없다면 지부노쇼가 전쟁을 도발하고 나서 모르는 체하는 것과 같은 결과가 됩니다."

"뭐, 같은 결과가……?"

"코에츠는 그 점을 날카롭게 꿰뚫어보고 있습니다. 만일에 그렇게 된다면 수도에서 멀리 떨어진 이곳은, 중앙의 문제가 해결되고 나서 누군가에 의해 큐슈 정벌이 이루어질 때까지 아마도 안정은 바랄 수 없을 것입니다."

"으음, 그럴 수도 있을지…… 모르겠군."

"다이묘들은 너무 궁핍해졌습니다. 일이 벌어지면 그게 발악 같은 소란을 부추기게 될 것입니다. 카토와 코니시만이 아니라, 틈만 나면 누가 누구를 물어뜯게 될지 알 수 없습니다."

"좋아, 이야기를 다시 뒤로 돌리세. 그러니까 자네는 코죠로를 불러 지부 님의 속셈을 탐색하도록 하겠다는 말이군."

"그러고 나서 어느 쪽을 뒷바라지할 것인지, 천천히 생각해보고 결정하기로 하지요."

"알겠네. 불러올 테니 잠시 기다리게."

소탄은 자기가 직접 일어나 코죠로를 부르러 갔다. 일어나면서 웃은 것은, 그 역시 아직은 코죠로를 그대로 유곽으로 돌려보낼 생각이 없었기 때문일 것이다.

코죠로를 부르기 위해 소탄이 나간 뒤 소시츠는 다시 천장을 무섭게 노려보기 시작했다.

이미 10월 말, 어느새 이 지역에도 싸늘한 만추晩秋의 계절이 찾아오고 있었다.

7

"이번에는 시마야 어른께서 용무가 있으시다고요?"

코죠로는 소탄과 같이 돌아와 웃으면서 말하고 앉았다.

"두 분께 번갈아 설득당하게 되었으니, 이 코죠로는 자결이라도 해야 될 모양이군요."

농담 속에 분명한 자신의 결의를 담아 내비치는 여자의 대담무쌍한 말이고 웃음이었다.

"너무 그러지 말고 우선 내 말부터 들어."

소탄은 말없이 웃고 있었으나 소시츠는 웃지 않았다.

"코죠로, 실은 조금 전까지만 해도 나는 카미야와 싸우는 한이 있어도 너를 돌려보낼 생각이었어."

"그런데, 어째서 생각이 바뀌었는지 모르겠군요…… 그까짓 천한 유녀 하나쯤이야 설득하기에 따라서는 어떻게 되겠지…… 이렇게 생각을 고치셨나요?"

"빈정거리면 안 돼."

소시츠가 엄하게 나무랐다.

"너를 보통 유녀로 생각했다면 일부러 붙들었을 리가 없어. 아까 네가 하는 말을 듣고 이 소시츠는 눈물을 삼켰어. 기뻤던 거야."

"어머, 설득하는 솜씨가 여간 아니시군요."

"너도 어렴풋이는 알고 있을 거야. 이번 전쟁이 시작되기 전 나는 타이코의 명으로 조선에 건너가 그 나라를 두루 살피고 왔어."

"잘 알고 있어요."

"그리고 전쟁은 절대로 하시면 안 된다고 간언했어. 그 때문에 하마터면 쿄토에서 처형까지 당할 뻔했는데…… 이 일은 아마 모르겠지."

"알았을 리 없지요. 칠 년 전에는 저도 아직 하카타의 여자가 아니었으니까요."

"그랬을 테지. 아무튼 목숨을 걸고 간했으나 허사였어. 네가 화를 낸 것처럼 나도 돌을 집었지만 던질 곳이 없었어…… 그런 뒤 이렇게 오랫동안 전쟁이 계속된 거야."

"어르신, 이 코죠로는 그처럼 어렵고 복잡한 말씀은 알아듣지 못합니다. 지부 님에게 돌아가라 하신다면 못 돌아가겠다고 대답할 수 있을 뿐입니다."

"내 말을 좀더 들어!"

소시츠는 다시 꾸짖으며 말했다.

"전쟁이 이런 결과가 되면…… 큐슈 백성들이 도탄에 빠질 것은 불을 보듯 빤한 일……이라고 알면서도 막지 못했어…… 그 죄가 여간 깊지 않아! 카미야와 그 이야기를 하다가 나는 문득 깨달았어."

"무엇을 깨달으셨는데요?"

"그렇게 딴전을 부리면 안 돼, 코죠로…… 알겠나, 이번에는 마침내 전쟁이 끝나게 되었어."

"끝난다고 해서 이 몸이 다시 처녀로 돌아가는 것은 아니잖아요?"

"바로 그 말이야. 이야기를 나누다 보니, 조선과의 전쟁을 끝내고 모두 돌아와도 다시 나라 안에서 전쟁이 벌어질 것 같은 분위기야."

"예?"

코죠로의 눈썹이 치켜올라갔다.

"그것이…… 정말인가요?"

"암, 정말이지. 백성들뿐만 아니라 다이묘들까지도 오랜 전쟁으로 심한 가난에 빠져 있어. 속된 말로 목구멍이 포도청이라고, 견디지 못해 살인에 강도짓에…… 알겠나, 코죠로. 지금 다시 전쟁을 하면 타이코에게 빼앗겨 칼 한 자루도 없는 백성들은 어떻게 되겠어? 무슨 수를 써서라도 전쟁만은 말려야 돼…… 그래서 너를 다시 부른 거야. 알아듣겠나, 코죠로……?"

코죠로는 입술을 꼭 깨물고 아무 말도 하지 않았다.

8

"농부도 상인도 칼이나 창, 총포 앞에서는 한결같이 무력해…… 전혀 대항할 수 없는, 이를테면 파도에 휩쓸리는 조각배와도 같은 거야. 그렇지만 어디에 노라도 떠내려가고 있다면 건지려는 노력만은 해야 하지 않겠어?"

코죠로는 입을 다물고 있었다. 시마이 소시츠는 진지한 표정으로 다가왔다.

"조금 전까지만 해도 나 역시 너와 마찬가지였어. 걱정도 되고 화도 났어…… 그렇지만 어떻게 도리가 없어 안타까워하면서도 그 화를 처리하지 못하고 있었을 뿐…… 하지만 가만히 있기만 하면 언제까지라도 햇빛은 비치지 않아. 역시 어떤 방법을 강구해야 한다는 것을 깨달았어."

"……"

"너는 아까 타이코도 원망하지 않고 영주의 탓만도 아니라고 말했어…… 그런 것까지 알 수 있는 여자라면 우리를 도울 수 있지 않을까 싶어 다시 부른 거야."

"……"

"아까 네가 화를 내면서 거절했을 때 나는 속으로 부끄러웠어. 우리는 네 가슴의 상처는 깨닫지 못하고 널 지부 님의 노리개로 바치려 했어…… 지부 님의 비위를 상하게 하면 손해라고…… 아니, 그 손해는 하카타의 손해라고 입에 발린 말을 하며 실은 남의 아픔을 잊고 있었던 우리들의 엉큼함…… 그러나 이번에는 그렇지 않아. 네가 만약 승낙해준다면 혹시 앞으로 닥칠 전쟁을 막을 수 있을지 모른다…… 이런 생각을 하고 상의하려는 거야."

갑자기 코죠로가 머리를 조아렸다. 억척스러운 말괄량이인 이 여자역시 가슴에 불타는 인정의 불을 감추고 있었다.

"어르신! 아직 저는 승낙하겠다는 말은 하지 않았습니다. 제게 무엇을 원하시는지 그것부터 말씀해주십시오."

"좋은 질문이야. 실은 말이지, 지부 님 곁에 있으면서……"

소시츠는 또다시 조심스럽게 주위를 살피고 목소리를 떨구었다.

"에도의 나이다이진과 싸울 의사가 있는지 없는지…… 그것을 알아봐주었으면 싶어."

"에도의 나이다이진이라니요……?"

"모르는 것도 무리는 아니야. 도쿠가와 이에야스德川家康°라는 분인데, 지금은 타이코 님 다음으로 높으신 어른이지."

"타이코 님 다음으로……?"

"그래. 그분이 지금 타이코 님 대신 쿄토에서 천하에 대한 모든 지시를 내리고 계셔. 타이코 님 병환이 위중하시니까. 그분과 지부 님이 사이좋게 지낼 마음이 있다면 전쟁은 일어나지 않아. 다소의 혼란은 있겠지만 문제될 정도는 아닐 거야. 그런데 지부 님에게 그럴 마음이 없고자기가 나이다이진을 대신하려는 생각이 있다면 일본은 다시 전쟁에 휘말리게 돼…… 일본이 전쟁에 휘말리면 누가 어떤 고통을 당하게 될지는 말하지 않아도 알 수 있지 않아? 그 전쟁을 어떻게 막을 수 있을 것인가…… 나나 카미야 님도 전쟁만 없다면 그렇게 무력하지는 않아.

큐슈 다이묘 중에서 팔 할 이상이 우리 두 사람에게 빚을 지고 있으니까. 이 연줄을 통해 어떻게든 방법을 강구하겠어…… 어때, 지부 님 곁에 있으면서 우리를 도와줄 수 없을까?"

간곡하게 설득하는 소시츠는 여간 진지하지 않았다. 그의 말을 조용히 듣는 코죠로도 열심이었다.

"나도 부탁하겠어, 코죠로."

소탄이 옆에서 거들듯이 한마디했다.

9

선량한 인간일수록 남이 신뢰를 보낼 때는 민감하게 반응한다. 더구나 코죠로는 애처로운 의협심을 몸에 지니고 있었다.

"알겠어요……"

이렇게 대답하면서 고개를 쳐든 그녀의 눈에는 반짝반짝 빛나는 투지의 눈물이 고여 있었다.

"어르신들이 그렇게까지 말씀하시는데도 거절한다면 제 도리가 아닙니다. 승낙하겠습니다."

"승낙한다는 말이지, 미안해."

"아닙니다. 처음에는 만약 강요하신다면 죽을 생각이었어요. 두 분의 눈총을 받으면 이 하카타에서는 살 수 없으니까요."

"아니, 그 점에서는 내가 잘못했어."

소탄은 익살스럽게 두건을 벗으면서 말했다.

"용서해줘, 코죠로. 나는 네 사정을 몰랐던 거야."

꾸벅 고개를 숙이고 머리를 긁었다.

"그 대신 네 부모님에게는 반드시 우리가 좋은 소식을 전하도록 하겠어. 사는 곳과 이름을 가르쳐주지 않겠나?"

코죠로는 그 말에는 대답하지 않았다. 승낙하는 대신 조건을 제시하는 여자……라는 인상을 주지 않으려 하는 자존심.

"다시 한 번 확실하게 여쭈어보고 마음에 새기겠어요. 이 코죠로는 지부 님이 나이다이진이라는 분과 싸울 것인지 화해할 것인지 그 사실만 알아내면 되겠습니까?"

"그래. 지부 님은 곧 나지마 성으로 옮기시게 될 거야. 그때는 우리가 너도 같이 데리고 가도록 일을 꾸밀 테다."

"알겠습니다. 그 대신……"

코죠로는 다시 얼굴에 미소를 떠올렸다.

"그런데 어르신들이 제 포주 후시미야 토베에伏見屋藤兵衛에게 건넬 몸값은……"

"물론 깨끗이 지불하겠어!"

소탄이 대답했다. 그러나 코죠로는 고개를 내저었다.

"그게 아닙니다, 어르신. 건네지 마시도록 부탁 드립니다."

"뭐, 후시미야에게 몸값을 건네지 말라고?"

"예. 이 코죠로도 유곽에 몸을 둔 여자, 지부노쇼 님에게 가겠다고 한 이상 그분에게 지불하도록 하겠습니다…… 그렇지 않으면 여자로서의 고집이 무너집니다."

"허어!"

소탄은 소시츠를 바라보며 물었다.

"이거 놀라운 일일세! 시마야, 그래도 괜찮겠지?"

"괜찮겠지요. 그런 각오가 없다면 이 중요한 역할을 감당할 수는 없을 테니까요."

"으음, 정말 놀라워."

코죠로는 이렇게 말하는 두 사람을 내려다보듯이 하고 처음으로 소리 내어 웃었다.

"그리고 두 분에게 또 한 가지 부탁이 있습니다."

"그래, 무엇이든 말해도 좋아."

"이 코죠로가 만약 지부 님을 따라 쿄토에 가게 된다 해도 허락해주시기 바랍니다."

두 사람은 눈이 휘둥그레져 서로 얼굴을 바라보았다.

"네가…… 지부 님을 따라……?"

"예. 시마야 어르신이 말씀하시는 것처럼 그런 정도의 각오도 없다면 이 역할은 감당하지 못할 것 같아서…… 호호호……"

과연 코죠로는 하카타에서 으뜸이란 평을 듣는 유녀였다.

"으음."

시마이 소시츠는 신음하며 무릎을 세웠다.

"과연 대단해! 훌륭해!"

10

코죠로는 시마이 소시츠를 따라 소탄의 집을 나설 때부터 다시 입을 다물고 생각에 잠겼다. 처마 밑에 놓여 있는 가마에 올랐을 때, 배웅 나온 소탄이 진지한 얼굴로 머리를 숙였으나 그쪽도 보지 않았다.

다시는 돌아오지 않을 결심으로 떠나온 하마구치浜口에 있는 시마이 소시츠의 저택으로 돌아가고 있다…… 그런 만큼 숨막힐 것 같은 긴장을 느끼고 있었다……

'대관절 나는 무엇을 하려는 것일까?'

고향을 버리지 않을 수 없었던 많은 농민들의 원한을 풀기 위해 가는 것은 아닐까. 그렇다면 이시다 지부노쇼라는 사나이는 그 많은 사람들의 원한을 살 만한 큰 죄악의 중심에 있는 사나이일까……?

그녀는 조금 전에 타이코도 증오할 수 없고 영주도 미워하지 않는다고 소탄에게 말했다. 그렇다면 이시다 지부노쇼는 더더욱 미워할 수 없는 큰 장치 속의 작은 꼭두각시 같다는 생각이 들기도 했다.

'……이 인형이 다시 전쟁을 시작할 우려가 있는 위험한 불씨를 가진 사람이라면……'

가마가 움직이기 시작한 뒤 코죠로는 시선을 거리의 풍경으로 돌렸다. 그러나 보고 있지는 않았다.

지금은 완전히 배의 모습이 사라진 부두에서 제법 가을답게 쌀쌀하게 불어오는 바람이 서글픔을 느끼게 할 뿐이었다. 배들은 모두 조선으로 떠났다. 뿐만 아니라, 양쪽 거리에 해변을 따라 즐비해 있는 수많은 창고도 지금은 거의 비어 있었다. 쌀과 보리는 물론 된장도 소금도 옷도 무기도 전부 배에 실려가고 말았다.

과연 이런 것들이 조선에 있는 일본군에게 무사히 전해질 수 있을까……? 지난해 말부터 올봄까지 울산蔚山에서 농성하던 군사들은 죽은 말과 쥐까지 잡아먹고 며칠 동안이나 흙을 파먹으면서 연명했다고 한다……

이들 무사들 역시 미워할 수 없었다. 그런데 어찌하여 누구도 미워할 수 없는 사람들이 힘을 합쳐 모든 사람을 고통에 몰아넣는 전쟁에 몰두해야 하는 것일까.

"십일월 초순까지는 철수를 끝내고 싶다!"

이러한 예정으로 배라는 배는 모두 모아들인 가운데는 여자 선원도 70명쯤 섞여 있었다. 물론 남자가 부족하기 때문에 징발되었을 것이라 생각하고 물어본 일이 있었다. 그들은 모두 토바鳥羽에서 온 쿠키 요시타카九鬼嘉隆의 수군에 지원한 여자들이라고 했다.

"해변에 살던 남자들은 모두 조선에 건너간 채 한 사람도 돌아오지 않았어요. 남편이나 자식의 뼈라도 찾아올 수 있을까 해 지원했죠."

여자들은 이렇게 말하면서 여덟 명이 노를 젓는 배를 타고 씩씩하게 현해탄玄海灘을 건넜다고 한다…… 이 배들은 조선 수군의 밥이 되지 않고 무사히 도착할 수 있을까……?

'세상에는 불행한 일이 많아서…… 그래서 아무도 미워할 수 없게 되었는지도 모른다……'

코죠로는 사츠마 이즈미노코리和泉の郡 카미이즈미上出水 태생이었다. 그녀가 태어났을 때 마을은 50가구 가까이 되었다. 지금은 17가구로 줄었다고 아버지 요베에與兵衛가 편지로 알려왔다. 요베에는 차례로 딸을 팔아가며 마을을 떠나지 않은 덕분으로 지금은 촌장이 되었다…… 그렇게 가엾은 촌장에게 미츠나리가 마을을 떠나는 자가 생기면 한 사람에 쌀 한 말씩을 내놓으라고 말했다는 것을 듣고는 그만 화가 치밀어 시마야의 저택에서 뛰쳐나왔는데, 지금 또 소시츠를 따라 돌아가지 않으면 안 되는 신세가 되었다……

11

'증오하고 싶다! 지부의 그 말은 도저히 용서할 수 없다……'

증오할 때는 어떤 농간을 부려도 고통이 되지 않는다. 증오를 감추고 교태를 부릴 자신이 없다면 어찌 유녀라 할 수 있겠는가.

'……전쟁이란 누구의 죄로 이 세상에 있게 된 것일까……?'

아직 그런 의문이 거미줄처럼 마음을 옭아매고 있는 사이에 벌써 가마는 시마야의 집 처마 밑에 도착해 있었다.

시마야의 집 역시 카미야 소탄의 집과 구조가 같다. 가로 13간, 세로 30간인 튼튼한 건물은 아홉 자 봉당을 통해 뒤꼍과 연결되어 있었다.

그 뒤꼍 해변에 세워진 궁전식 별채가 이시다 미츠나리의 숙소로 제공되었다.

"아무 말 않고 나왔으니 아무 말도 않고 들어가는 것이 좋겠어."

소시츠의 말에 비로소 코죠로는 얼굴의 긴장을 풀었다.

미츠나리에게는 오늘도 손님이 있는 듯, 별채 섬돌에 아사우라조리麻裏草履°두 켤레가 가지런히 놓여 있었다.

코죠로는 잠자코 옆방으로 들어가 일부러 근시近侍들을 무시하고 차솥 곁에 앉았다.

별채 주위에는 언제나 18명의 무사가 경비하고, 왼쪽 창고 옆에 그들의 임시 대기소가 있었다. 이것만으로는 안심이 되지 않는지 나지마 성으로 옮겨 장수들이 돌아오기를 기다릴 생각인 것 같았다.

미츠나리가 어째서 소탄의 저택을 마다하고 이곳으로 옮겼는지도 코죠로는 어렴풋이 알 수 있을 듯한 기분이었다.

소탄은 이미 가업을 아들에게 넘기고 다인임을 자처하고 있었다. 다도茶道의 예법에는 칼을 지니지 못하게 되어 있었다. 미츠나리는 바로 이 점 때문에 불안했던 것이 아닐까……

"……참으로 괘씸하기 짝이 없는 일, 그대들은 이를 그대로 두고 돌아가겠다는 말이오?"

갑자기 미츠나리의 커다란 목소리가 거실에서 흘러나왔다.

"이쥬인 타다무네伊集院忠棟는 사츠마의 기둥이라고 타이코 전하도 말씀하셨소. 그런 사람이 류하쿠龍伯(요시히사義久) 님의 그와 같은 행위를 방치해두다니 그게 될 말이오?"

코죠로는 오늘의 손님도 시마즈 가문의 중신들임을 알 수 있었다.

이쥬인 타다무네와 마치다 데와였다. 타다무네가 무어라 변명하는 것 같았으나 그 소리는 들리지 않았다.

"나는 여기 있어도 쿄토, 후시미 일을 낱낱이 보고받고 있소. 류하쿠 님이 자주 나이다이진에게 드나들고 있다는 것도. 아니, 나이다이진을 찾아가는 것만이라면 세상에서도 별로 문제 삼지 않아요. 그러나 나이다이진 쪽에서도 일부러 류하쿠 님을 방문하고 있다…… 시마즈 쪽에서 초청하고 있다면 그냥 넘겨버릴 일이 아니오."

나이다이진이란 말에 코죠로는 모든 신경을 귀에 집중시켰다.

"이것 보시오, 나이다이진은 도련님을 무시하고 천하를 노리는 발칙한 자라고 소문난 인물이오. 류하쿠 님이 이 미츠나리가 없는 동안 그런 나이다이진과 몰래 왕래하고 있다…… 그런 말이 세상에 퍼져도 좋다는 말이오? 시마즈도 나이다이진 쪽으로 돌아서는 모양이라고 하면 타이코 전하에게 고개를 들 수 있다고 생각하시오?"

현재 조선에서 싸우고 있는 시마즈 요시히로의 형 요시히사가 쿄토에서 이에야스와 왕래하는 것을 미츠나리는 꾸짖고 있는 듯……

코죠로는 소리 나지 않게 차를 따르기 시작했다.

12

코죠로는 미츠나리가 애용하는 요헨텐모쿠曜變天目°에 차를 따라 이것을 눈 높이로 받쳐들고 태연히 거실로 들어갔다.

꾸중들을 각오는 하고 있었다…… 꾸짖으면 다시 나오면 된다. 그것만으로 미츠나리와 시마즈 가문의 중신들이 어떤 위치에 있는지는 엿볼 수 있었다.

미츠나리 앞에서 타다무네는 어느 정도나 머리를 숙이는가…… 타다무네라고 하면 사츠마에서는 백성들이 벌벌 떠는 영주에 못지않은 위세 높은 일족이었다.

코죠로가 들어갔을 때 미츠나리는 흘끗 보기만 했을 뿐 꾸짖지는 않왔다. 이미 대화는 중요한 고비를 넘겼기 때문인 듯.

"충분히 그 뜻을 쿄토에 전하겠습니다. 대관절 무슨 생각으로 나이다이진 따위와…… 저도 도무지 영문을 모르겠습니다."

타다무네의 말에 이어 같이 왔던 마치다 데와도 황송한 듯 머리를 숙였다. 이 사람들은 미츠나리 앞에서는 고양이 앞의 쥐인 듯했다.

"최소한 세상의 오해를 받는 일만은 시마즈 가문을 위해 삼가달라고 엄히 말씀 드리기 바라오."

"잘 알고 있습니다. 그럼 이만 실례하겠습니다."

"농부들이 도망치는 일에 대해서도 잘 처리해주시오."

미츠나리는 자리에서 일어나 두 사람을 복도까지 배웅했다.

큰 소리로 꾸짖은 것에 비해서는 그다지 기분이 언짢은 것 같지는 않았다. 곧바로 방에 돌아온 미츠나리는 몸을 젖힌 자세로 코죠로가 가져온 찻잔을 받아들었다.

"그동안 어디 갔다 왔나?"

"예, 카미야에 다녀왔습니다."

"허락 없이 외출하면 안 돼…… 무슨 일로 갔었지?"

"코죠로라는 이름을 가지고는 곁에서 모실 수 없습니다. 본명인 오소데ぉ袖로 부르게 해달라고 담판을 지으러 갔었습니다."

"뭐, 오소데…… 그것이 본명이란 말이냐?"

"예. 부모가 정해준 이름입니다."

"고향이 사츠마라고 했던가?"

"예. 사츠마의 이즈미出水입니다."

"이즈미란 말이지…… 그러면 지난해까지 이 지부가 공령公領으로 관리하던 요시히로의 영지로군."

그러면서 코죠로가 한 말이 생각난 듯 되물었다.

"담판을 지으러 갔었다……고 했지?"

"예."

"네 말을 소탄이 들어주더냐?"

"아닙니다."

"담판에 실패했나…… 서툰 여자로군."

지부는 웃지도 않고 찻잔을 놓으면서 물었다.

"그 담판을 나더러 마무리지어달라는 말인가?"

"어머, 눈치가 빠르시군요!"

코죠로는 정말 놀라면서 녹아들듯한 교태를 부렸다. 사실 미츠나리의 두뇌회전은 무서울 정도로 빨랐다. 정신 차리지 않으면 이쪽의 속셈을 당장 알아차리고 얼른 다음으로 넘어갈 터였다. 그러면서도 일단 정체하여 구애받기 시작하면 진절머리가 날 정도로 끈질겼다.

"저는 이제 오소데로 돌아가고 싶습니다."

"걱정할 것 없어. 이미 돌아와 있으니까."

"예? 무, 무어라 하셨습니까?"

"아까 야나기쵸柳町에서 후시미야 토베에와 에비스야惠比須屋를 불러 황금을 건넸어. 여자 때문에 카미야의 신세를 지면 다른 일을 맡기기 어려우니까."

13

코죠로는 미츠나리가 말한 의미를 이해하는 데 잠시 시간이 걸렸다.

그녀가 고집을 부려 소탄의 제의를 거절하고 온 몸값은 이미 미츠나리의 손으로 포주에게 건넸다고 한다…… 그것도 여자를 제공받게 되면 일에 지장이 생길 우려가 있다고 하여……

순간 코죠로는 온몸이 와들와들 떨리기 시작했다. 다른 것이 두려웠던 것은 아니다.

'이 사나이가 혹시 나를 사랑하는 것은……'

이런 생각과 함께 증오해야 한다는 결심을 하고 돌아온 만큼 걷잡을 수 없는 전율이 온몸을 꿰뚫었다.

"나는 네 몸에 손을 댔어. 지부쯤이나 되는 자가 손을 댄 여자인데 계속 유녀로 있게 할 수는 없지."

"어머나……"

"놀랄 것 없어. 난 유녀와 정사를 즐길 만큼 한가한 건달이 아냐."

"그러실 테죠…… 타이코 님을 대신하는 분이시니까요."

"오소데란 말이지…… 묘한 이름이로군."

"예. 하지만 코죠로라 불리기는 싫습니다."

"오소데가 좋겠지. 그런데, 오소데. 우쭐거리면 안 돼. 나는 네가 돌아오지 않을 줄 알고 후시미야를 불렀던 거야. 그런데 너는 돌아왔어. 역시 너도 여자로군."

코죠로는 다시 머릿속이 빙빙 도는 것 같아 고개를 갸웃했다.

'도저히 따라갈 수 없다…… 이 빠른 두뇌회전에는.'

대관절 지금 그 말은 비꼬는 것인가 야유인가, 아니면 남녀간의 정담인가—돌아오지 않을 줄 알았는데 돌아와서 안심했다……고도 받아들일 수 있고 그 반대로도 해석되었다.

돌아오지 않을 줄 알았기 때문에 몸값을 지불하고 개운해하고 있었는데 돌아왔다, 번거롭지만 할 수 없다, 너도 여자, 손을 댔으니 잊을 수 없겠지…… 그런 의미라면 얼마나 화나고 가증스런 말인가.

'우쭐거리면 안 돼……라니 무슨 뜻일까?'

분명히 코죠로는 어젯밤에 한 번 몸을 맡겼다. 그것도 병이 있는지 없는지 다짐을 받고 지겨울 정도로 긴 훈계를 듣고 나서…… 물론 그 잠자리는 특별히 기억에 남을 만한 것은 아니었다. 오만하여, 마치 명령이라도 내리는 듯한 남남끼리의 맺어짐이었다. 그러한 상대가 오늘은 왜 이렇게 밝고 싱싱한 박력을 보이는 것일까……?

여기까지 생각하자 코죠로는 순식간에 몸이 뜨거워졌다. 이름은 오소데로 바뀌었으나 근성이 바뀌어서는 안 되었다.

'하카타에서 첫째가는 코죠로가 이런 데서 유녀의 솜씨를 잊을 수야 없지 않은가……'

"지부 님, 우쭐거리지 말라고 하신 것은 무슨 뜻입니까? 제가 카미야에게 갔던 일이 혹시 불쾌하시기라도……?"

힘겨운 상대임을 알았을 때 같이 달리는 것은 서툰 수법…… 훨씬 뒤로 처져 상대가 돌아오게 만들고, 그쪽에서 먼저 손을 내밀게 하는 것이 정석이었다.

"저는 결코 우쭐거리는 여자가 아닙니다. 오직 지부 님 곁에 있고 싶었기 때문에……"

코죠로는 이렇게 말하면서, 이 정도의 사나이라면 충분히 싸울 만한 가치가 있을 것 같은 생각이 들었다.

분열의 싹

1

미츠나리가 코죠로라고 불리던 오소데를 데리고 하카타에서 별로 멀지 않은 타타라무라의 나지마 성으로 옮겼을 무렵. 그때 조선에 있는 일본군들은——

"십일월 십오일까지는 반드시 부산에서 철수하라……"

이러한 명령을 받고 각지에서 고전을 거듭하며 집결지로 향하고 있었다. 가능하면 10월 중이라고 했으나 이 기한은 처음부터 무리였다. 이쪽에서 철수를 서두른다는 사실을 알면 당연히 상대방은 무슨 일이 생긴 줄 알아차릴 것이었다.

우익右翼인 카토, 아사노, 쿠로다, 모리 등의 군사는 간신히 15일까지 철수지에 도착했다. 그러나 좌익左翼인 코니시, 소, 시마즈 등의 군사는 강화회담을 통해 인질까지 잡아놓았으면서도 퇴로가 막혀 몇 번이나 위기를 맞이했다.

코니시 유키나가가 명明나라 장수 동일원董一元, 유정劉綎 등과 교섭을 벌이는 동안 명나라 수군 제독 진린陳璘이 히데요시의 죽음을 누군가로부터 들어 알고 있었다. 진린은 조선의 수군 통제사 이순신李舜臣과 함께 순천順天을 출발하여 철수를 서두르는 코니시의 군사를 공격했다.

그 무렵에는 적군도 일본군의 강약을 완전히 파악하고 있었다. 카토, 시마즈의 군사는 병졸에 이르기까지 용맹하다고 겁을 먹고 있었으나, 코니시 군은 싸우기 쉬운 군사라고 판단하고 있었다.

유키나가는 화의가 성립되었음을 고하고 철수하려 했다. 그러나 그들은 군선軍船으로 가로막고 철수를 방해했다. 결국 이러한 곤경을 안 시마즈 요시히로의 원군이 출동함으로써 노량露梁 격전이 벌어지게 된 것이 11월 18일이었다.

이때 시마즈 요시히로의 원군이 오지 않았더라면 코니시 군은 전멸을 면치 못했을 터였다. 시마즈 군이 가세했는데도 불구하고 조류潮流의 흐름에 어두웠던 일본군은 악전고투했고, 명나라와 조선의 피해도 막심했다.

이 전투 중에 일본군으로서는 처음부터 두려운 공포의 대상이었던 이순신이 탄환에 맞아 전사했다. 이것은 조선 수군에게는 태양을 잃은 것 만큼이나 큰 타격이었다.

시마즈 군의 용감무쌍한 모험을 끝으로 좌익군도 위기를 벗어나 겨우 거제도巨濟島로 철수할 수 있었다. 따라서 미처 배를 타지 못한 나머지 일본군들은 모두 명나라 군사에게 살해되거나 포로가 되어 가축과 다름없는 사역에 시달리며 대륙으로 끌려갔다……

조선에서 철수한 일본군이 하카타 항구에 도착한 것은 11월 26일.

군선의 도착은 정오 이후라는 연락이 있었다. 미츠나리는 다섯 점 반(오전 9시)쯤 나지마 성을 나와 말을 타고 선착장에 가기로 했다.

이미 오늘에 대비해 소데袖 해변에서 타타라 해변 일대에 걸쳐 철수한 군사를 임시로 수용할 가건물이 세워져 있었다.

코죠로라고 불리던 오소데는 미츠나리가 거실을 나설 때 그의 기분이 어떤지 살피며 고개를 갸웃하고 물었다.

"저도 마중을 나갔으면 좋겠는데요."

미츠나리는 엄한 표정으로 웃지도 않고 반문했다.

"단골인 감빛 발이라도 돌아온다는 말인가?"

감빛 발은 유곽 은어를 아는 사람들이 쓰는 유녀의 포주를 가리키는 말이었다.

오소데는 일부러 못 들은 체하고 아양떠는 목소리로 말했다.

"고생하신 무사들이 어떤 모습으로 돌아오는지 보고 싶어서요."

2

오소데에게 미츠나리는 아직 모르는 부분이 많은, 파악하기 어려운 상대였다.

그 이후 계속 잠자리를 같이했고 시중도 들었다. 웬만한 남자라면 세 번쯤만 몸을 섞으면 대개 그 윤곽을 파악할 수 있다고 자신하는 오소데였다. 그렇지 못하다면 하카타의 야나기쵸 유곽에서 유녀들의 우두머리를 일컫는 '코죠로'라는 이름을 쓸 수 있게 포주들이 허락했을 리 없었다. 그러나⋯⋯

오소데가 미츠나리에게서 알아낸 것은 몹시 두뇌회전이 빠른 사나이라는 사실뿐이었다. 냉정한가 하면 반드시 그런 것도 아니었다. 무른가 하면 신랄 그 자체인 때도 있었다. 서두를 때는 더할 나위 없이 성급한 사람으로 보였고, 남을 꾸짖을 때는 벼락같이 격렬하고 치열했다. 그러나 성을 낸 뒤에는 언제 그랬느냐는 듯이 웃고는 했다. 어쩌면 화를 내는 것도 웃는 것도, 냉정한 것도 따뜻한 것도 모두 그의 본심이 아닌지도 몰랐다. 그 모두가 임기응변으로 처리하는 재능일 뿐, 그 자신의 본질은 이 재능 깊숙한 곳에 전혀 다른 모습으로 숨어 있는 듯한 생각이 들기도 했다.

물론 오소데는 미츠나리가 자기에게 빠져 있다고도 사랑한다고도 생각지 않았다. 다만 특별히 미워하거나 경계하는 기색은 찾아볼 수 없었다. 필요할 때는 끌어당기고 불필요할 때는 밀어냈다…… 따라서 카미야 소탄과 시마이 소시츠에게 부탁받은 일에는 아직 오소데로서는 손도 대지 못하고 있었다.

어째서 쿄토에 있는 시마즈 요시히사島津義久와 도쿠가와 이에야스의 접근을 그토록 두려워하는 것일까? 그러면서도 미츠나리는 특히 어느 쪽을 미워하거나 어느 쪽을 두둔하는 것 같지는 않았다.

시마즈와 이에야스를 접근시키면 카토, 쿠로다 등도 합류하기 쉽고, 그렇게 되면 우토에 있는 코니시 유키나가의 입장이 매우 불리해진다. 그러므로 각자가 적당히 균형을 유지하도록 조처함으로써 무사히 일을 끝내려 하는 것인지도 몰랐다……

지금까지의 미츠나리는 확고한 자신감을 가지고 어떤 문제가 제기되더라도 물 흐르듯이 처리해나갔다. 그런데…… 이러한 미츠나리가 오늘 정오에 철수선이 도착한다는 연락을 받은 어제 오후부터 갑자기 침착성을 잃기 시작했다. 어젯밤도 거의 자지 않았다. 날이 훤하게 밝기 시작할 때까지 이불 속에서 뒤척이고 있었던 것을 오소데는 확실하게 알고 있었다.

'이 사람에게도 잠 못 이룰 정도의 고민이 있는 것일까……?'

오소데로서는 미츠나리 고민의 원인이 오늘의 철수선과 관계 있다고 생각할 수밖에 없었다.

미츠나리는 이상하게도 대답하지 않았다. 오소데가 무엇 때문에 그런 말을 했는지 판단할 수 없었기 때문인 듯.

"단골이 돌아온다거나…… 하는 일이 아니라면 일부러 보러 갈 필요는 없어."

"아니에요. 이제는 전쟁도 끝났고, 나중의 이야깃거리로……"

"그대는 아사노 요시나가淺野幸長를 아나?"

"예…… 아니."

오소데는 애매하게 고개를 저었다. 아사노 나가마사의 아들 요시나가는 같은 야나기쵸의 유곽인 에비스야의 고객이었다. 따라서 두서너 번 동석했던 일은 있으나, 단지 그뿐, 지금 오소데가 대답한 말에는 아무런 꾸밈도 거짓도 없었다……

3

"아사노의 아들은 전쟁에도 강하지만 여자에게도 강해……"

미츠나리는 토해내듯—

"어쩌면 오늘 밤에도 야나기쵸 유곽으로 몰래 놀러 갈지도 몰라. 얼굴이 알려져도 곤란하지 않다면 가도 좋아."

이렇게 내뱉고는 뒤도 돌아보지 않고 그대로 나갔다.

혼자 남은 오소데는 갑자기 웃음이 치밀었다. 비로소 미츠나리란 사나이의 마음을 알게 된 듯한 생각이 들었다.

아사노 요시나가는 분명히 아직 스물세 살이었다. 이러한 그가 아버지를 대신하여 출전했다가 이번에 돌아온다.

'질투하고 있는지도 모른다……'

아닌 게 아니라 요시나가는 에비스야에 단골이 있어, 전쟁이 끝나면 키슈紀州의 와카야마 성和歌山城에 데려갈지도 모른다는 이야기가 떠돌고 있었다.

'그 상대가 나일지도 모른다고 의심하는 모양이다……'

오소데는 정말 선착장에 나가보고 싶은 생각이 들었다. 지금은 야나기쿄의 코죠로가 아니었다. 하카타에서는 이미 코죠로였던 오소데는 나지마 성의 고용인으로 알려져 있었다.

오소데는 가마를 준비하게 한 뒤 카가加賀의 코소데小袖°에 카즈키被衣° 차림으로 두 명의 하인과 두 명의 하녀를 데리고 성을 나섰다. 넉점 반(오전 11시) 무렵이었다.

하늘에는 조개구름이 높이 떠 있었고, 묘하게도 따스한 서북풍이 불고 있었다.

과연 오늘만큼은 거리에 활기가 넘쳐흘렀다. 벌써 가까운 마을에서까지 많은 사람들이 몰려나와 거리를 채우면서 해변으로 가는 모습이 눈에 띄었다. 각 영지의 무사들뿐 아니라 300척의 철수선에 동원되었던 뱃사람과 일꾼들의 가족일 것이다.

오소데는 이따금 눈물이 솟을 것 같아 당황되었다.

'……칠 년이나 계속된 전쟁이 끝난다……'

양쪽 모두 몇 만씩이나 죽은 무의미한 전쟁…… 더구나 그들에게는 처자가 있고 부모도 있다. 아니, 전쟁터에 끌려가지 않은 사람들까지 그 이면에서 얼마나 큰 비극의 그물에 걸려 있었던가……

선착장 좌우 해변에는 이미 사람들로 가득했다. 오소데는 시마야 앞에 이르러 가마에서 내려 카즈키로 얼굴을 가리고 해변으로 향했다.

벌써 푸른 수평선 저 멀리에는 점점이 배의 그림자가 떠올라 보이기 시작했다. 배에서 이쪽 육지를 바라보는 무수한 눈들은 지금 무슨 생각을 떠올리고 있을까……

선착장에 마중 나와 있는 사람들 중에는 소탄의 모습도 소시츠의 모습도 있었다. 아사노 나가마사도 위엄을 갖추고 시마야의 집에서 나왔고, 모리 히데모토는 진작부터 오른쪽 소나무 숲에 장막을 치게 하고 그 안에 있는 듯. 다만 미츠나리의 모습만은 아직 보이지 않았다.

배와 함께 날아오는 갈매기가 눈에 띌 때부터 해변에 모여선 사람들 사이에서 웅성거리는 소리가 터져나왔다. 배의 표지가 보이기 시작했기 때문이다……

오소데는 드디어 카즈키를 걸친 채 울기 시작했다. 울어야 할 이유는 없었다. 혈육이 돌아오는 것도, 아는 사람을 맞이하는 것도 아니었다. 그런 의미에서는 아무 관계도 없는 구경꾼에 지나지 않는데도……

아니, 오소데가 정말 소리 내어 울 뻔한 것은 배에서 이상한 모양의 인간들이 줄줄이 육지에 내려서기 시작했을 때였다……

4

맨 먼저 도착한 것은 뱃전에 무수한 조개껍질과 해초가 달라붙은 토도 타카토라藤堂高虎의 배였다.

이어서 와키자카 야스하루脇坂安治, 카토 요시아키加藤嘉明, 쿠루시마 미치후사來島通總, 칸 타츠나가菅達長의 순으로 얼굴도 구별할 수 없을 만큼 검게 타고 수염투성이 얼굴들이 이어졌다. 그들은 모두 자기 배를 소유한 수군들로, 크게 파손된 뱃전에 고전한 흔적을 역력히 새겨 놓고 있었다.

계속해서 코바야카와 히데아키小早川秀秋, 우키타 히데이에宇喜多秀家* 등의 모리 군과 카토 키요마사, 아사노 요시나가의 순으로 상륙하기 시작했다.

그들은 수군만큼 햇볕에 타지는 않았으나 모두 인간의 얼굴이 아니었다. 출정할 때와 같은 늠름한 무장도 아니었으며, 활기도 없었다. 흙빛으로 탄 얼굴은 눈과 입만이 남아 있는 것 같았다. 때때로 흰 이를 드러내면, 그것은 결코 웃는 얼굴이 되지 않고 소름끼치는 귀신의 얼굴로 변했다.

'도대체 이렇게 비참할 수도 있단 말인가……'

그들 중에는 시퍼렇게 부어오른 유령과도 같은 얼굴도 점점이 섞여 있었다. 숱한 사람들의 부릅뜬 눈만이 무섭게 빛나는, 이 얼마나 섬뜩한 살기를 느끼게 하는 모습들이란 말인가.

조선에서도 지난해부터 올해까지 거의 수확을 거두지 못한 흉작이었다고 한다…… 아무도 논밭을 돌보지 못하고, 그 결과 논밭 또한 인간에게 어떠한 보답도 하지 않았을 터.

오소데는 이 사람들의 상륙으로 일본이 다시 살기의 소용돌이로 변하지 않을까 두려운 마음이었다. 이런 얼굴 뒤에 과연 인간다운 희로애락의 감정이 그대로 남아 있을 수 있는 것일까?

오소데는 차마 눈뜨고 볼 수가 없어 저도 모르게 눈을 감았다. 눈을 감는 순간 그녀의 몸은 균형을 잃고 크게 오른쪽으로 비틀거렸다.

그때 그 몸을 누군가가 가볍게 부축해주었다.

"코죠로, 이 길로 우리 집에 가지 않겠어?"

귓전에 대고 속삭인 것은 카미야 소탄이었다. 오소데는 당황하여 다시 눈을 뜨고 소탄의 얼굴을 바라보았다.

"어머, 어떻게 여기에…… 전혀 모르고 있었어요."

소탄 옆에 있던 30대 사나이가 대신 대답했다.

"그대를 찾고 있었어. 도와줄 사람이 부족해. 곧 시마야 앞에 있는 가마를 타고 소탄 님 집으로 가도록. 지부 님도 승낙하셨어."

이 사람은 오소데가 처음 보는 혼아미 코에츠였다.

"도와줄 사람이라니요……?"

"지부 님이 귀환한 대장들에게 소탄 님 댁에서 차를 대접하기로 했어. 이런저런 얘기도 있는데 모르는 사람은 쓸 수가 없어."

"그런데, 댁은……?"

"이전부터 소탄 님 댁에 머물곤 하던 쿄토의 코에츠. 자, 나도 같이 가겠어. 서둘러주지 않겠나?"

코에츠의 말에 이어 소탄이 오소데의 어깨를 부축하듯이 하고 인파를 헤쳤다.

"이제는 말해도 괜찮을 테지. 실은 타이코 님이 돌아가셨어. 오늘은 지부 님이 차를 대접하면서 그 임종 때의 자세한 이야기를 대장들에게 하게 될 거야……"

"어머, 타이코 님이……?"

"쉿."

소탄은 가볍게 오소데를 제지했다.

"오늘의 자리에는 카토, 토도, 쿠로다, 나베시마, 아사노, 쵸소카베 長曾我部, 이케다池田 등 일곱 분…… 이 가운데는 그대가 아는 사람도 있을 거야. 정성을 다해 접대하도록……"

5

오소데의 마음에 비로소 작은 창이 열렸다.

'타이코는 이미 돌아가신 뒤였어……'

이 사실을 깨닫지 못하게 하려고 미츠나리는 지금까지 그토록 오만하게 행동했던 것일까? 그렇다면 어젯밤 그가 잠들지 못한 원인도 여기에 있었을 것이다. 그는 이미 타이코의 대리가 아니라 그 후계자가 되려고 발돋움하고 있었는지도 모른다.

'그것이 사실이라면 잠이 올 리 없다……'

이 하카타까지 이미 타이코 휘하의 무단파武斷派와 문치파文治派의 대립은 불가피하다는 소문이 돌고 있었다.

그 가장 큰 원인은 출정 부대의 군감軍監°이었던 후쿠하라 나가타카福原長高, 카키미 카즈나오垣見一直, 쿠마가이 나오모리熊谷直盛 등 세 사람이 장수들의 전공을 직접 타이코에게 보고하려 했을 때 미츠나리가 가로막은 데 있다고 했다. 물론 오소데는 그 진상을 알 리 없었다. 그러나 전공을 보고받지 못한 채 타이코가 죽었다면 장수들의 심중이 평온하지 못하리라는 것은 상상할 수 있었다.

'미츠나리는 어떤 태도로 타이코의 죽음을 알릴 것인가……?'

오소데가 소탄을 따라 카미야 저택에 도착했을 때는 이미 접대할 준비는 완비되어 있었다. 단순한 차 대접이 아니었다. 형식적으로만 차를 곁들인 국 두 그릇에 채소 네 가지의 정진요리精進料理°로 이 음식을 좌석에 나르는 사람은 오소데와 소탄의 손녀, 이 자리에 출입할 수 있도록 허용된 사람은 소탄과 코에츠 두 사람으로 제한되었다.

처음 상을 가져갔을 때는 좌석에 아무도 없었다. 앞서 미츠나리가 묵었고 모리 히데모토도 묵은 일이 있는 별채 서원書院에는 중국中國 사람 목계牧谿°가 그린 「한산습득寒山拾得」 두 폭이 걸려 있고, 은은하게 흐르는 향냄새가 가슴에 스며드는 검소한 분위기였다. 미츠나리의 세심한 지시에 소탄의 지혜가 곁들여진 듯.

다다미 12장이 깔린 방과 8장이 깔린 방 사이의 미닫이가 치워지고, 물을 뿌려놓은 주위 툇마루 밖에서는 군데군데 경호의 눈이 빛나고 있었다.

손님은 토도 타카토라와 카토 키요마사가 맨 먼저 왔다. 타카토라는 수군을 거느리고 왕복하는 동안 미츠나리와는 종종 만나고 있었다. 그러나 키요마사와는 두번째 출정 이후 처음이었다.

키요마사는 정원 안으로 들어오면서 마중 나온 미츠나리와 아사노 나가마사에게 침울한 표정으로 목례하고 마루를 통해 좌석으로 향했다. 모두 무장을 풀고 있었으나 온몸에 남아 있는 전쟁터의 냄새는 그대로 배어 있었다.

이어서 아사노 요시나가, 쿠로다 나가마사, 나베시마 카츠시게鍋島勝茂가 들어오고, 쵸소카베 모토치카長曾我部元親와 이케다 히데우지池田秀氏는 약간 늦게 도착했다.

좌석 서남쪽 마루 가까이 차솥을 놓고 있던 소탄이 그들을 안내하여 자리에 앉게 했다. 미츠나리는 전과 다름없이 발돋움을 한 듯한 걸음걸이로 이들 앞에 나왔다. 미츠나리는 그 좌석에서 앉을 자신의 자리까지 어젯밤 잠자리에서 생각해두었을 것이다.

다섯 부교의 한 사람으로서, 또 타이코의 대리자로서 그는 상좌에 앉아도 좋을 터였다. 그러나 그렇게 하지 않았다. 접대자의 자리에 앉아 곧 분명한 목소리로 모든 사람의 노고를 치하했다.

"이미 아시는 바와 같이 타이코 전하의 뜻하지 않은 서거로 부득이 군사를 철수하도록 했습니다. 여러분의 심중을 생각하면 이 지부도 몸이 갈기갈기 찢어지는 것 같습니다."

6

좌중은 숙연하여 숨죽인 듯⋯⋯한 분위기일 것 같았으나 그렇지 않았다. 기묘한 표정의 사람들이 날카로운 시선을 미츠나리에게 응집시키고 잔뜩 감정을 억누르고 있었다. 그러한 모습이 주는 느낌은 보기에 따라서는, 아직 전쟁터에 있으면서 어디서 나타날지 모를 적을 기다리는 자의 살기 바로 그것이었다.

아사노 나가마사는 모두를 맞이한 뒤 우키타의 진지로 돌아갔다. 지금 그 자리에는 미츠나리 혼자 남아 있었다.

오소데와 소탄의 손녀, 코에츠 세 사람은 숨죽인 채 옆방에서 대기하고 있었다.

세 사람의 눈에는 그들의 나이마저도 거꾸로 느껴졌다. 그들 중 가장 연장자는 토도 타카토라로 마흔셋, 그 다음은 이시다 미츠나리로 서른아홉일 것이었다. 그런데 미츠나리보다 한 살 아래인 키요마사는 그보다 열대여섯 살이나 더 많아 보이고, 스물세 살인 아사노 요시나가나 열아홉이나 스무 살이 되었을 나베시마 카츠시게가 미츠나리와 같은 장년으로 보였다. 전쟁터에서 육체를 혹사한 탓으로 이처럼 기괴한 현상이 초래되었으리라.

당연히 초대된 일곱 장수는 카토 파와 코니시 파 어디에도 치우치지 않도록 배려되었을 텐데도, 나란히 앉아 있는 모습을 보니 우선 얼굴에서부터 미츠나리와는 다른 이질적인 인간으로 보였다.

"병세가 악화된 것은 팔월 십일이었소. 그 후 타계하신 뒤의 일들을 지시하시고 십오일에는 회복되실 듯이 보였소. 그러나 십칠일 아침에 이르러 그만 다시 악화되어……"

사람들은 미츠나리의 이야기를 듣고 있는 것이 아니라 그 입놀림과 눈의 움직임, 자세 등을 짓궂은 눈길로 바라보고 있었다. 지금 미츠나리가 말하는 내용은 사자로부터 이미 들어 알고 있었다.

모두의 눈은 그 말 이면에서 무언가를 캐내려는 듯했다.

일단 미츠나리의 설명이 끝났다.

"유해는 쿄토 동쪽 아미다가미네阿彌陀ヶ峰에 비밀히 매장……"

이렇게 말했을 때 비로소 모두의 얼굴에 감정의 움직임이 나타났다.

오늘 모인 사람들 중 쵸소카베 모토치카가 가장 감정적인 듯……하다고 오소데는 생각했다. 다음은 아사노 요시나가, 나베시마 카츠시게…… 그들은 그때서야 겨우 얼굴에 젊음이 되살아났는지도 모른다. 다만 카토 키요마사만은 아직도 그 얼굴에서 침울함을 전혀 허물어뜨리지 않고 있었다.

'그러기에 지부 님도 마음에 걸리지 않을 수 없었던 모양……'

오소데가 문득 이런 생각을 하고 있을 때 옆에 있던 코에츠가 살며시 소매를 잡아당겼다. 깨닫고 보니 소탄이 차를 가져가라고 눈짓으로 지시하고 있었다.

오소데와 소탄의 손녀는 조용히 일어나 그들에게 차를 날랐다.

아직 아무도 입을 열지 않았다. 차를 마시고 나서야 처음으로 타카토라가 공손하게 찻잔을 놓고 말했다.

"여러모로 수고가 많습니다. 도련님은 별고 없이 잘 계시겠지요?"

"그야 물론……"

미츠나리는 안도한 듯이 말했다.

"건강하십니다…… 열다섯 되실 때까지는 나이다이진이 정무를 대신하라는 지시가 계셨습니다. 그때까지는 모두 마음을 합쳐……"

여기까지 말했을 때, 키요마사가 그 말을 가로막고 입을 열었다.

"키타노만도코로 님도 별고 없으시겠지요?"

7

미츠나리는 말허리가 잘린 것이 못마땅한 듯 키요마사를 바라보았다. 그러나 얼른 그 시선을 아사노 요시나가에게 돌리고 말을 이었다.

"자세한 것은 춘부장인 단죠쇼히츠彈正少弼께서도 말씀하시겠지만, 도련님 사부로는 마에다 다이나곤前田大納言을 세우시고 그 밖의 다른 모든 일은 우리 부교들이 처리하도록 지시하시고 타계하셨소."

분명 키요마사의 말은 무시당하고 말았다.

오소데는 당장이라도 키요마사가 소리지를 것 같아 섬뜩했다.

틀림없이 가슴에 늘어진 수염이 크게 움직였다. 그러나 소리가 되어 나오지 않고, 키요마사는 더욱 침울하게 입을 다물었다.

이 모습을 보며 아사노 요시나가가 입을 열었다.

"우리 동군東軍(카토 진영)은 좀더 일찍 돌아올 수 있었는데. 그렇지 않소, 나베시마 님……?"

"그렇소. 서군西軍(코니시 진영)의 철수가 늦어지는 바람에……"

"사실입니다. 그러나 코니시 님을 비롯한 그쪽에서는 어떻게든 강화를 마무리짓고 철수하려다가 시일이 늦어졌을 것입니다."

요시나가가 코니시 쪽을 변호하듯 말했다. 그 순간 젊은 나베시마 카츠시게가 혀를 차며 가로막았다.

"아니, 코니시 님이나 소 님은 싸우고 돌아올 경우에는 훗날의 교역에 지장이 있다고 계산했을 것입니다. 덕분에 동군은 진지를 불사른 뒤 크게 고생했습니다. 그렇지 않습니까, 카즈에노카미 님?"

그 말을 했을 때 다시 키요마사의 수염이 움직였으나 이번에도 미츠나리의 말이 앞섰다.

"물론 고생이 많았을 것이오. 이제부터는 매일 배가 도착합니다…… 그때마다 우리는 장수들의 노고를 치하해야 합니다. 그러나 이 고생도 내년 가을까지면 끝납니다."

"내년 가을까지면?"

카츠시게가 반문했다.

"아직 말은 하지 않았지만 장례식은 이월 말에 거행할 예정이오. 따라서 그 이후에는 각자 영지로 돌아가 천천히 휴양할 수 있을 것입니다. 그리고 가을 추수가 끝난 뒤 상경하시면……"

미츠나리는 말하다 말고 생각난 듯 옆방을 향해 말했다.

"준비한 상을 들여오너라. 상중喪中이라 간략하게 차렸습니다……"

오소데와 소탄의 손녀는 고개를 끄덕이고 상을 나르기 시작했다.

오소데는 맨 먼저 상을 키요마사 앞에 갖다놓았다. 그러면서 그가 무슨 말을 하려다가 선수를 놓친 일을 떠올리며 혀놀림이 둔한 분……이라 생각하고 물러나면서 살짝 쳐다보았다.

오소데는 깜짝 놀랐다. 키요마사의 눈에서 두 줄기 눈물이 흘러내려 수염 속에서 빛나는 은빛 선을 보았기 때문이다.

'우느라고 빨리 말을 하지 못했구나……'

갑자기 미츠나리에게 화가 났다. 어째서 자기 말을 삼가고 상대의 말을 들어주려 하지 않는 것일까……

'이런 일이 큰 반감의 원인이 되는 줄 깨닫지 못한다는 말인가.'

이렇게 생각했을 때 미츠나리가 다시 부리나케 말하기 시작했다.

"수확이 끝난 뒤의 상경이라면 여러분도 마음이 편하실 것입니다. 그때는 이 미츠나리가 성대한 다석茶席을 마련하여 마음으로부터 여러분의 노고를 치하하며 환대할 것이니……"

이때 덜컥 하고 키요마사 앞에 놓인 상에서 소리가 났다. 그는 와들와들 떨리는 손으로 상을 두 치쯤 무릎 앞으로 밀어내고 있었다……

8

결코 큰 소리가 아니었다. 그러나 모두의 시선을 키요마사와 그 앞의 상에 집중시키기에는 충분했다.

오소데는 키요마사의 격한 감정이 상으로 옮겨졌음을 깨달았다.

키요마사 스스로도 작지만 튀는 소리에 놀란 모양이었다. 가지런히 두 손을 무릎 위에 모으면서 나직한 소리로 미츠나리를 불렀다.

"지부 님."

과연 목소리만은 떨리지 않았다.

"왜 그러시오, 카즈에노카미?"

"마에다 다이나곤이 도련님 사부가 되셨다니 안도는 되오만, 우리가 내년 가을 귀하의 초대를 받는다 해도 그 보답은 할 수 없소."

"보답……이라니요?"

"귀하는 아까 쿄토에서 성대한 다석을 마련하고 우리를 환대하겠다고 했소……"

오소데는 하마터면 카츠시게 앞에 내려놓으려던 상을 떨어뜨릴 뻔했다. 미츠나리보다 한 살 아래인 키요마사였으나 그 음성에서도 말에서도 자식을 꾸짖는 아버지와 같은 엄격함이 뚜렷했다.

"물론 말했소이다마는…… 그래서 어떻다는 것이오?"

미츠나리도 지지 않았다. 작은 몸집을 일으켜 세우듯이 하고 날카로운 소리로 반문했다.

"하하하……"

키요마사는 우는 듯한 소리로 웃었다.

"귀하는 국내에 있었으니 아무것도 모를 것이오."

"뭐라구요!"

"아니, 아니…… 귀하는 여러분을 초대하고 성대한 다석도 마련할 수 있을 것이오. 그러나 우리는 외국에 나가 칠 년 동안이나 싸웠소."

"그러기에 예의를 다하겠다고 했소."

"병졸들도 백성들도 완전히 궁핍해져 차도 없거니와 술도 없소…… 나는 좁쌀죽이라도 쑤어 당신들을 대접할 수밖에 없다는 말이오."

키요마사는 그대로 상 위의 밥공기를 들어 뚜껑을 열었다.

'아마 이것으로 그의 감정은 누그러진 모양이다.'

오소데는 생각했다.

그런데 이번에는 미츠나리의 표정이 누그러지지 않았다. 그는 쏘는 듯한 눈으로 키요마사를 노려보고 있었다.

"저 못된 놈이!"

지난 후시미 지진 때 이렇게 내뱉듯이 소리치며 미츠나리를 매도한 키요마사의 증오는 히데요시가 죽은 후인 지금까지도 가슴속에서 무섭게 꿈틀거리고 있는 모양이었다.

히데요시의 대리임을 자처하는 미츠나리로서는 아사노 나가마사의 충고도 있고 하여 오늘의 인사는──

'이 사람이……'

이렇듯 놀랄 만큼 정중한 말을 쓰고 태도도 점잖았으나……

오소데는 미츠나리를 보고 있기가 두려워 가만히 뒤로 물러나 코에츠 쪽을 돌아보았다. 코에츠 또한 긴장된 분위기에 당황해하고 있었다. 하지만 그는 이러한 일을 당했을 때 결코 꺼리거나 시선을 돌리는 사나이가 아니었다. 어쩌면 처음부터 이렇게 되리라 예상하고 은밀히 무언가를 기대하고 있었는지도 모른다.

이때 다시 요시나가가 넉살 좋게 말했다.

"이거 맛이 그만이군! 울산성에서 흙을 파먹은 덕분에 어떤 것을 먹어도 맛있게 느끼는 혀가 되었는지도 몰라. 하하하……"

9

요시나가의 아버지 나가마사가 있었다면 어떻게든 이 자리를 수습했을 터였다. 나가마사도 내심으로는 미츠나리를 좋아하지 않았으나, 하카타로 올 때 키타노만도코로로부터 제발 다투지 말라는 부탁을 받았다. 그런데 이 나가마사는 현재 우키타인지 모리인지의 진지를 방문하고 있어 그 자리에 없었다.

미츠나리의 신경질적인 목소리가 요시나가의 웃음을 지웠다.

"사쿄노다이부左京大夫, 무엇이 우습다는 것이오. 이 간소한 상이 그대는 마음에 들지 않는다는 말이오?"

미츠나리는 키요마사에 대한 분통을 요시나가에게 터뜨렸다.

요시나가는 탁 공기를 내려놓고 자세를 고쳤다.

"이상한 말씀을 하시는군. 인간은 간소한 상이 마음에 들지 않으면 웃게 마련인 모양이죠?"

"말을 삼가시오. 전하의 서거를 알린 날이기에 일부러 술도 고기도 생략한 간소한 상이오. 불만이라면 나중에 유곽에라도 가시오."

듣고 있던 오소데는 그만 얼굴을 붉혔다. 마치 양쪽이 시비를 주고받는 것과 다를 바 없지 않은가.

"암, 가고말고요."

요시나가가 대꾸했다.

"하지만 그런 지시를 지부노쇼로부터 받을 이유는 없소. 도대체 귀하는 언제부터 전하에게 천하를 위임받았다는 말이오? 내년 가을에는 우리를 쿄토에 초대하여 노고를 치사하겠다니…… 하하하. 내가 웃은 것은 말이오, 이 음식 맛에 비해 당신의 말이 너무 아니꼬워서, 그래서 웃었던 거요. 아시겠소?"

"사쿄노다이부!"

"왜 그러시오?"

"감히 그런 말을 하다니, 이런다고 그대 부친이 기뻐할 줄 아시오?"

"모르겠소. 아버지에 대해선 내 알 바 아니오. 내가 아는 한 당신은 다섯 부교 중에서도 끝에서 둘째였소. 마에다, 아사노, 마시타, 이시다, 나츠카 그런 순서인 줄 알고 있소. 그런데 언제부터 우리를 쿄토로 초대할 권한을 가진 자리로 변했다는 말이오. 그 보고도 하지 않고 큰소리를 치다니 웃음이 나오는 것은 당연한 일 아니오?"

"사쿄노다이부, 혹시 술이라도 마시고 온 것 아니오?"

"흥, 흙을 먹으면서 싸웠다고 했소."

"오늘 그대 앞에 앉은 미츠나리는 부교 서열에 따른 게 아니오."

"허어, 그렇다면 돌아가신 전하가 내가 죽거든 당신이 모든 것을 지휘하라고 유언이라도 하셨다는 말이오?"

"그대로 넘길 수 없는 소리를 하는군! 천하의 일은 다섯 타이로大老°와 다섯 부교가 처리하게 되어 있다는 것쯤은 알고 있을 텐데. 오늘의 미츠나리는 그 사람들의 대표로 이 자리에 앉은 것이오."

"하하하…… 모두 들으셨습니까? 지부노쇼는 전하의 대리가 아니라 다섯 타이로와 다섯 부교의 대표라고 하는군요. 그렇다면 내년 가을에 우리를 초대할 때는 그분들도 모두 동석하겠군요?"

미츠나리는 대답에 궁했다. 이토록 심한 반발이 있으리라고는 미처 예상하지 못했을 터.

한순간의 무서운 살기를 소탄의 소탈한 목소리가 구해주었다.

"어서 시중을 들지 않고 무얼 하느냐. 카즈에노카미 님부터."

오소데는 얼른 그 지시에 따랐다. 그러나 소탄의 손녀는 겁을 먹고 당장에는 일어나려 하지 않았다.

10

오소데가 직감했던 대로 전쟁터에서 사나워진 기풍과 국내의 형식주의는 당분간 서로 용납될 수 없는 이질적 요소를 내포하고 있었다.

미츠나리는 이 자리에서 히데요리를 중심으로 굳게 결속하자고 모두에게 설득할 생각이었을 터. 그런데 설득하는 자리에서 새삼스럽게 상대의 신경을 자극하는 강압적인 태도를 취했다……는 사실을 깨닫기는 했을까……? 그의 계산으로는 다 같이 '히데요시의 죽음'이란 슬

품에 젖으면서, 가능하다면 이에야스에 대한 대항책까지 논의하고 싶었던 것인지도 모른다.

그런데 키요마사도 요시나가도 그런 것은 처음부터 받아들일 상태가 아니었다. 그들은 아직 전쟁터에서의 울분과 자기 영지 사정을 걱정하는 일만으로도 머리가 꽉 차 있었다.

"왜 대답이 없소?"

요시나가가 다시 한 번 물고늘어졌다.

"자, 이제 그만."

그때 연장자인 타카토라가 가로막았다.

"지부 님도 친절하게 우리 노고를 생각하고 하신 말씀. 앞으로도 속속 배가 들어올 것이니 어서 먹고 일어나기로 합시다."

이 말에 요시나가는 흘끗 키요마사 쪽을 바라보고 나서 밥공기를 들었다. 키요마사는 시무룩한 표정으로 밥을 먹으면서 때때로 크게 코를 훌쩍거렸다. 히데요시의 모습을 떠올리고 있을 것이 분명했다.

"하기는 나도 실없이 언성을 높였소."

큰 소리를 내고 밥을 씹으면서 요시나가가 말했다.

"그러나 전하의 위광을 등에 업고 큰소리를 치니 피가 끓지 않을 수 없어요. 지부노쇼에게만 국한된 일이 아니오. 측근에 있으면서 전하의 총애를 받은 것뿐이라면 장본인인 전하가 돌아가셨으니 자기 본연의 어조로 돌아가야지. 그러지 않는 한 무사할 수 없을 것이오."

오소데는 이 역시 전쟁터에서 돌아온 사람이 아니고는 하지 못할 말이라고 마음속으로 생각했다. 전쟁터에서는 어느 하나도 생명과 관계되지 않는 일이 없으므로 이런 노골적인 말이 몸에 배어 있을 터였다.

"아, 맛있게 먹었어!"

카츠시게가 맨 먼저 젓가락을 놓았다.

"나는 이만 실례하고 막사를 돌아보아야겠소. 돌아왔다고 안심하고 있다가 부하들 사이에 다툼이라도 벌어지면 안 되니까."

이 역시 그 자리의 분위기를 의식한 뼈 있는 발언이었다.

"그렇소. 우리도 마찬가지요."

"그럼, 이것으로……"

과연 요시나가도 그 이상의 독설은 삼가고 카츠시게의 뒤를 이어 키요마사를 재촉하여 밖으로 나갔다.

소탄과 코에츠, 그리고 여자들도 장수들을 뒷문까지 나가 배웅했으나 미츠나리는 끝내 일어나지 않았다. 일어나지 않았다기보다 일어날 수 없었을 것이다.

오소데 등이 다시 돌아와 상을 치울 때까지도 미츠나리는 잔뜩 허공을 노려보며 그 자리에 앉아 있었다. 그 모습이 너무도 험악하여 소탄은 코에츠와 손녀를 재촉하여 안채로 건너갔다.

오소데는 살며시 미츠나리 곁에 가서 앉았다.

11

오소데와 단둘이 남았는데도 미츠나리는 여전히 자세를 바꾸지 않고 말도 건네지 않았다.

오소데가 견디다못해 입을 열었다.

"저어, 미닫이는 이대로 두어도 좋을까요?"

"그냥 두도록 해."

"용케 분노를 참으셨군요."

"참은 것이 아니야."

"어머, 그러시면……?"

"분노 같은 것은 하지 않아."

이렇게 대답하고 미츠나리는 갑자기 오소데 쪽으로 돌아앉았다.

"그대는 내 곁에 계속 있을 수 있겠나?"

오소데는 갑작스런 말에 놀랐다.

"그것이…… 무슨 말씀인지요?"

"나는 그대를 쿄토에 데려갈 생각이야."

"예? 저를 쿄토에……?"

"갈 수 있겠나, 없겠나?"

오소데는 휘둥그레진 눈으로 살며시 웃었다.

"무리를 하시는 것 같군요."

"무리가 아니야. 갈 마음이 없다면 강요하지는 않겠어."

"호호호……"

웃고 나서 오소데는 흠칫 놀라 입술을 막았다. 그녀는 이때처럼 오기에 찬 사나이의 고독을 강하게 느낀 일이 없었다.

'분노 같은 것은 하지 않는다……'

그 거짓말을 간파하지 못할 오소데가 아니었다. 만약 이길 자신만 있었다면 요시나가를 정원에 끌어내서라도 당장 결판을 냈을 터. 그 분노를 꾹 누른 것은 열세劣勢에 처한 미츠나리의 고집……이란 표현이 지나치다면 좀더 깊은 사나이의 야심 때문일 터였다.

"어때, 싫은가? 갈 생각이 없나?"

"저 같은 여자를…… 나중에 후회하시게 됩니다."

"그러니까 사쿄노다이부의 말이 옳다는 말인가, 그대 역시?"

"사쿄노다이부의 말……?"

"그래. 놈은 나를 부교 중에서 서열이 밑에서부터 두번째라고 했어. 이 미츠나리가 밑에서부터 두번째라면 하카타의 코쿄로에게는 서방으로 부족하다는 말인가?"

"어머나……"

"허허허, 나를 마에다 겐이前田玄以나 놈의 아비 밑에 있어야 되는 사나이라 생각하는군."

그 중얼거림을 듣는 순간 오소데는 조용히 미츠나리의 무릎에 두 손을 올려놓았다.

왜 그랬는지 자기도 알 수 없었다. 다만 미츠나리가 더없이 불행하고 외로운 사나이임을 알았을 뿐이다. 그런 사나이는 박정薄情하게 마련. 냉혹 그 자체. 아니, 때로 고독을 못 이겨 여자에게 정사情死를 강요하는 것도 이런 종류의 사나이였다. 이런 사실을 알고 있으면서도 조용히 무릎에 손을 얹고 위로해주고 싶은 묘한 슬픔을 여자가 느끼도록 만드는 것도 이런 종류의 사나이였다.

"지부 님."

오소데는 말했다.

"저는 나쁜 여자입니다. 데려가신다면 죽을 때까지 곁에서 떠날 수 없는 거추장스럽고…… 고집스러운……"

미츠나리는 잠자코 그녀의 손에 자기 손을 얹었다. 여전히 시선은 허공을 노려본 채였다. 그러면서도 눈시울은 붉어져 있었다…… 아마도 흘러나오려는 눈물을 눈꺼풀 속에서 말리고 있을 것이 분명하다.

오소데는 가만히 두 사람의 포개진 손 위에 얼굴을 묻었다.

카가의 성격

1

　마에다 토시이에前田利家˙는 본성 내전에서 오랜만에 1각刻(2시간) 남짓 히데요리를 데리고 있다가 물러나왔다.

　마에다 저택은 서쪽 성으로 이어지는 성문 오른쪽에 있었다. 따라서 히데요리와는 도보로 얼마 안 되는 거리에 있었으나, 거실로 들어온 그는 잠시 동안 말도 할 수 없었다.

　늦가을부터 갑자기 기침이 심해지고 가끔 가래도 섞여나왔다. 마나세 도산曲直瀬道三의 양자 겐사쿠玄朔의 진단으로는 폐결핵에 간장까지 굳어 있다고 했다. 그러나 토시이에는 자신의 건강을 그르치는 원인은 그것만이 아니라고 생각했다.

　토시이에에게 무엇보다도 큰 타격은 히데요시의 죽음이었다. 노부나가信長 밑에서 마음껏 대담하게 행동했던 키요스 성清洲城 시절부터 벗이었던 히데요시…… 마침내 토시이에는 그 히데요시를 신앙의 대상처럼 경외하며 재평가하게 되었다.

　'과연 히데요시는 보통사람이 아니다. 분명 하늘이 내린 불가사의한

힘을 가진 사람……'

이러한 히데요시도 죽음에 직면해서는 차마 눈뜨고는 볼 수 없는 범부凡夫로 전락했다. 그 모습은 그대로 토시이에의 인생관에 찬물을 끼얹는 타격이 되었다.

'인간이란 역시 이처럼 덧없는 것이었던가……'

원래 고지식한 성격의 토시이에, 그 타격은 날이 갈수록 심해지고, 마침내 그것이 원인이 되어 몸도 마음도 축 늘어져 병들게 되었는지도 모른다는 생각이었다.

실제로 오늘도 본성에서 ──

"카가 할아버지, 카가 할아버지……"

이렇게 부르며 히데요리가 따를 때 토시이에는 몸이 얼어붙는 것만 같았다. 누가 가르쳤는지 요즘 히데요리는 토시이에를 '카가 할아버지', 이에야스를 '에도 할아버지'라 부르고 있었다.

그렇게 부르는 소리는 여간 사랑스럽지 않았다. 그리고 그 얼굴은 천진스럽기만 했다. 히데요리가 그렇게 부를 때마다 토시이에는 가슴이 뜨거워지며 자기도 모르게 눈물이 나와 눈시울을 적시곤 했다.

그러면서 온몸에서 힘이 빠지는 것은 어째서일까……? 때로는 그 소리가 지하에서 자기를 부르는 히데요시의 음성으로 들리기도 했다.

"히데요리를 부탁하네, 히데요리를……"

히데요시는 이 말을 되풀이하면서 눈을 감았다. 그러나 말이 아닌 몸짓으로는 ──

"토시이에, 이것이 인간의 정체일세. 자네도 머지않아 이렇게 죽을 것일세……"

오히려 기분 나쁜 협박을 하면서 죽었다고도 할 수 있다.

토시이에가 거실에 들어와 숨을 몰아쉬고 있을 때, 간병을 위해 카가에서 온 아내 오마츠阿松 부인이 약탕을 가지고 왔다.

"오늘은 기침이 덜하신 것 같아 다행입니다."

오마츠 부인이 말했다.

"덜한 것이 아니오!"

토시이에는 성안에서는 절대로 남에게 보이지 않는 잔뜩 찡그린 얼굴로 꾸짖었다.

"나오는 기침을 억지로, 억지로 참고 있을 뿐이오. 쓸데없는 소리는 하지 마시오."

오마츠 부인은 밝게 웃으며 등을 쓸어주었다. 여자도 오랫동안 부부 생활을 하다보면 남편의 마음을 구석구석까지 알게 된다.

'이 사람이 자신의 감정을 있는 그대로 드러내며 꾸짖을 수 있는 상대는 오직 나뿐이다……'

2

오마츠 부인은 토시이에가 약탕을 손에 들 때까지 잠자코 있었다.

이런 경우 마시기 전에 말을 걸면 상대에게 거역하는 것이 된다. 그러나 한 모금 마셨는데도 말을 걸지 않는다면 상대의 고독을 방관하는 냉담한 아내가 된다.

오마츠 부인은 이미 그러한 요령을 너무도 잘 아는 아내였다.

"도련님의 기분은 어떻던가요? 물론 기뻐하셨겠지요?"

"그렇소. 오늘도 카가 할아버지가 왜 닷새 동안이나 오지 않았느냐고 칭얼거리십디다."

"애처롭군요. 그렇게도 따르시다니……"

"멍청한 것 같으니!"

"예…… 무어라 하셨습니까?"

"멍청하다고 했소. 따르는 것은 나만이 아니오. 이에야스도 따르고 있소. 아이들이란 놀이 상대가 되어주기만 하면 누구나 따르게 마련."

"어머, 또 꾸짖으시는군요."

오마츠 부인은 지나가는 말처럼 넌지시 물었다.

"그런데 오사카로 옮기실 날짜는 결정되었나요?"

"그렇소. 정월 초하루…… 내가 정했소."

"설날에……? 축하할 만한 일이군요."

"그렇지도 않소!"

"예……?"

"내용도 모르고 그런 소리를 하는 건 여자들의 입버릇, 나잇살이나 들어 그런 말은 하지 마시오."

"호호호…… 그러면 이미 저는 여자가 아니라는 말입니까?"

"쓸데없는 소리 마시오. 조선에서 철수하는 일도 대강 끝났으니 초하루에 옮기는 것이 어떠냐고 했더니, 나이다이진이 그 결정은 지부가 돌아온 뒤에 하자는 게 아니겠소? 그래서 내가 화를 내고 결정해버렸소. 지부가 도대체 뭐냐고 하면서……"

말하다 말고 토시이에는 갑작스럽게 혀를 찼다.

"지부 녀석은 방심할 수 없는 흉측스런 녀석이오."

"아니, 어째서입니까?"

"타이코 전하가 돌아가셨을 때 세상에는 비밀에 부치고 나에게만 알린다면서 날이 밝기도 전에 찾아왔었소."

"그것이 못마땅하십니까?"

"멍청한 것! 내게만 알린다고 해놓고는 그길로 이에야스를 찾아가 똑같은 말을 했던 거요. 나이다이진과 이야기를 나누다가 알게 됐소. 그런 행동은 이 토시이에의 기질상 용서할 수 없는 일이오."

"어머, 지부 님이 그런 잔꾀를……"

"오마츠, 깊이 마음에 새겨두시오. 인간의 목숨은 나이와는 관계없는 것…… 우리 아이들이 이런 잔꾀에 농락당한다면 어디 될 말이오. 나는 지부가 돌아오면 엄하게 꾸짖어주겠소."

그러면서 토시이에는 조용히 눈을 감고 중얼거렸다.

"삼천이 좋을지, 오천이 좋을지……"

"그게 무슨 말씀입니까?"

"오사카에서 도련님을 지킬 토시나가利長에게 딸릴 우리 가문의 병력 말이오. 나는 타이코의 부탁을 받은 바가 있소……"

3

오마츠 부인은 다시 입을 다물었다. 남편의 생각을 방해하지 않으려는 자세가 몸에 밴 아내의 모습이었다.

원래 성질이 급하기는 했지만 정은 두터운 남편이었다. 책략이라거나 모략을 극력 피하며 살아온 남편, 아내의 입장에서 볼 때는 결코 인습의 탓도, 고지식하기 때문만도 아니었다. 오히려 격한 기질의 순진성이 바탕이 되어 어떤 경우에도 남의 눈치를 보지 않았고, 나이가 들어가면서 이 순진성이 세상으로부터 고지식하고 중후한 원로라는 존경을 받을 정도로 원숙해졌다고 그녀는 생각하고 있었다.

'옛날에는 우다이진右大臣°님 측근 중에서도 거칠고 대담하기로 이름났던 분인데……'

그때 사람들은 지금은 거의 죽고 없다. 천하를 손에 넣은 타이코도 이제 죽고 없다.

오마츠 부인은 자신들의 행복을 다시금 절실하게 되새기고 있었다.

요즘 이러한 남편도 인간이 갖는 수명의 한계를 엿보는 경우가 생겼다. 더구나 아직 어린 히데요리와 도요토미豊臣 가문의 장래를 부탁받고 그 심연深淵을 들여다보지 않을 수 없게 되었다.

"삼천이냐, 오천이냐……"

조금 전에 남편이 얼핏 말한 이 한마디는 어느 아들에게 어느 정도의 병력을 딸려 만약의 사태에 대비케 할 것인가 하는 생각이었음이 틀림없다. 맏아들 토시나가는 당연히 오사카에 머물게 할 것이다. 그렇다면 토시마사利政나 토시츠네利常는……

이런 생각을 하고 있을 때 토시이에가 입을 열었다.

"오마츠, 토시츠네는 아직 어려서 안 되겠지?"

토시이에의 이 목소리는 이전의 어조가 아니었다. 걱정거리에 대해 인간이 무력함을 드러내는 음성이었다.

"이것저것 자꾸만 걱정되는군, 오마츠. 토시나가는 이제 걱정할 필요가 없겠으나……"

"그래요……"

오마츠 부인은 크게 고개를 끄덕이면서도 토시이에와는 전혀 다른 생각을 하고 있었다.

'남편을 안심시킬 수 있는 길이 없을까……'

어차피 인간의 힘에는 한계가 있다. 그 한계를 아는 것은 체념이 아니다. 인간의 생명에 대한 현명한 통찰이다. 이 한계를 깨달았을 때 비로소 인간은 자연의 운행과 자신의 생명을 조화시켜 영원으로 통하는 길을 발견하게 된다.

남편은 더 이상 아무것도 고민할 필요가 없다. 지금 그대로도 좋다. 아직껏 이렇다 할 잘못 없이 살아왔으니 오늘의 마에다 다이나곤이 있고, 지금의 부부가 있을 수 있는 게 아닌가……

토시이에가 아무리 고민하고, 그렇게 하여 아무리 포진布陣을 잘한다 해도 당사자 히데요리는 이제 겨우 여섯 살, 현명할지 어리석을지,

건강하게 살 수 있을지조차 모르는 어린아이에 지나지 않는다……

"역시 토시나가에게는 오천을 딸려야겠소. 만일의 경우, 도련님에게 충성하는 자들이 달려올 때까지는 지켜야 하니까."

"……그렇겠지요."

오마츠 부인은 일단 맞장구를 치고 자연스럽게 화제를 돌렸다.

"돌이켜보면 우리는 아주 행복했어요."

"그 무슨 엉뚱한 소리요. 지금 그런 생각을 하다니 어이없군."

오마츠 부인은 태연하게 무릎걸음으로 한발 다가앉았다.

4

"타이코 님을, 도련님을 생각하니 맨 먼저 그 일이 떠오르는군요."

오마츠 부인은 일부러 밝은 목소리로 말했다.

"정말이에요. 타이코 님은 만년에 아직 불인지 물인지도 모르는 도련님을 마음에 두고 여간 고민하시지 않았어요…… 우리는 그 유언에 보답하기 위해 자식들의 배치를 생각할 수 있는…… 그런 훌륭한 자식들이 있지 않습니까."

"뭐……뭐라고?"

다시 한 번 토시이에는 눈을 부릅뜨려다가 오마츠 부인이 무슨 말을 하려는지 깨닫고 혀를 차며 쓴웃음을 지었다.

"또 그 설교로군."

"예. 고마운 일을 고맙게 생각하시고, 부디 무리하지 않게 처리하시라고 부탁 드립니다……"

"그런 것은 나도 알고 있소."

"호호호…… 아까는 이렇게 은혜 깊고 고마운 자식들에게 불만인 듯한 말씀을 하셨어요. 입장을 바꾸어 생각해보십시오. 만약 타이코 전하에게 토시나가 같은 자식이 있었다면 안심하고 왕생往生하셨을 것이라 생각지 않으십니까?"

"……그것은 사실이오. 토시나가 같은 자식이 있었다면 별로 걱정할 것은……"

말하다 말고 토시이에는 다시 혀를 찼다.

"오마츠, 세상에서 무어라 말하는지 아오?"

"예……? 무엇을 말입니까?"

"천하에는 시끄러운 여자가 셋 있었다. 말 많은 세 여자 말이오."

"아니, 전혀 모르는데요."

"딴전을 부리는군. 첫째는 우다이진 님의 노濃 마님, 둘째는 타이코 전하의 키타노만도코로 님, 셋째는 그대라는 거요. 그대가 하는 말은 항상 나에 대한 설교뿐이오. 마누라들 천하라니까."

"당치도 않아요! 그냥 들어넘길 수 없어요."

오마츠 부인은 갑자기 진지한 얼굴이 되어 자세를 고쳤다.

"앞의 두 분과 저를 같게 보신다면 그 눈이 잘못된 것입니다."

"그럼, 그대가 천하 제일이란 말이오?"

"아닙니다. 앞서 두 분은 모두 후사가 없습니다. 그러므로 더욱 가문의 장래를 걱정하셨어요…… 그래서 이런저런 정치적인 일까지 간섭하셨던 것이 분명합니다."

"그렇다면 그대는 잠자코 있었다는 말이오?"

"제 말을 못 알아들으시는군요…… 저는 몇씩이나 자식을 낳았고, 그 자식들이 모두 귀엽습니다. 타이코 전하가 도련님에게 쏟으신 마음…… 여자이기에 그 몇 배나 귀엽습니다."

"무어라고……?"

"그러므로 현명해서 말한 것이 아닙니다. 어머니의 푸념입니다."

"더욱더 멍청한 소리를 하는군. 푸념이라면 집어치워요."

"예. 앞으로는 반드시 삼가겠습니다. 그러나 어르신도 앞으로는 삼가셔야 합니다."

"뭣이, 또 말대답이로군."

"말씀 드리지 않을 수 없습니다. 저는 자식들에 대한 푸념을 삼갈 것이니 어르신도 도련님에 대한 푸념을 삼가십시오. 자식에 대한 어미의 푸념, 그것을 삼가라고 하시는 분이 이 어미의 자식 중 누구를 어디서 죽일까 하는 궁리처럼 들리는 말씀을 하시다니 끔찍합니다. 더구나 단순한 어미의 푸념일 뿐인데 천하에 알려진 시끄러운 세 여자 중의 하나라 하시다니, 당치도 않습니다."

아무래도 두뇌회전의 빠르기에서 토시이에는 오마츠 부인의 적수가 되지 않는 모양이었다.

5

"과연 말이 많은 여자야."

토시이에는 때때로 오마츠 부인의 말을 쫓다가 그만 상대가 말하려는 뜻을 못 알아듣는 일도 있었다.

"그러니까 나는 자기 자식에 대한 일은 잊어버리고 도련님 일만을 걱정한다…… 그런 말이오?"

"예, 그렇습니다."

오마츠 부인도 이번에는 의표를 찌르는 분명한 대답을 했다.

"지부 님이나 호소카와 님 같은 젊은 사람이라면 몰라도 마에다 다이나곤이나 되는 분이 푸념이나 속단을 하신다면 안타깝습니다."

"뭣이, 푸념이나 속단? 도대체 무슨 말이오? 경우에 따라서는 용서하지 않겠소."

"예."

오마츠 부인은 다시 아슬아슬하게 말을 피했다.

"화가 나셨다면 몇 번이라도 사죄하겠습니다. 영주님은 지금 원로 중의 원로, 인생의 무상함도 성공과 실패의 반복도 지나칠 정도로 보아오신 분…… 그러므로 무리가 없고 신불의 뜻에 합당한 조처를 천하에 보여주시기 바랍니다."

"무슨 말을 하는지 모르겠군…… 대관절 무엇 때문에 그처럼 정색을 하고 말하는 거요?"

"호호호. 가령 토시나가나 토시마사를 모두 죽게 하는 무리를 하신 뒤 영주님이 노령으로 돌아가신다…… 이런 일이 생기지 않는다고는 단언할 수 없습니다. 그랬을 경우 도련님은 어떻게 되겠습니까?"

오마츠 부인은 넌지시 말하고 다시 웃었다.

"물론 생각하고 계시겠지요. 알고 있습니다. 그러나 알고 있으면서도 푸념…… 이렇게 말씀 드리는 것은 도요토미 가문보다 먼저 마에다 가문이 사라진다면 모든 일이 허사, 자식들을 죽이는 무리한 계책은 세우시지 말라고…… 부탁 드리는 것입니다."

"으음. 겨우 알아듣겠소! 그것 보시오, 설교를 하고 있지 않소?"

"죄송합니다. 시끄러운 여자라서……"

"오마츠."

"예. 또 무슨……?"

"그대는 내가 하는 일이 위험하다고 생각하는 모양이군. 우리 가문을 사라지게 할 위험이……"

"아닙니다. 그런 일은 없을 텐데 귀찮게 말하기 때문에 조금 전처럼 영주님께 꾸중을 듣는 것입니다."

"그렇지 않소. 꾸짖은 것이 아니오. 때로는 그대가 나보다 더 깊이

인생을 읽고 있소."

토시이에가 이번에는 정면으로 물어왔다.

"그대는 아까 무리한 일을 해서 웃음거리가 되지 말라고 했지요?"

"예. 그런 말을 했습니다."

"그대가 말하는 무리……란 무엇이오? 내 생각대로 하면 자식들을 죽이게 될 무리가 생긴다는 말이오?"

"아니, 생겨서는 안 되어서 언제나 앞질러 말하게 됩니다. 그런데 영주님, 지금 영주님이 제일 먼저 생각하셔야 할 일은 무엇일까요?"

"나는 지금 그대에게 묻고 있소. 그것이 무엇이라 생각하오?"

역시 두 사람은 오랜 세월을 같이 살아 서로를 잘 알고 있는 부부였다. 토시이에는 솔직하게 물어왔고, 오마츠 부인은 안도한 듯 이마의 주름을 폈다.

"가장 중요한 것은 역시 일본의 평화입니다. 이것이 우다이진 님, 타이코 님 이 대에 걸쳐 고심하신 뜻의 큰 줄기니까요."

목소리는 부드러웠으나 쏘는 듯한 시선이었다.

6

"으음, 일본의 평화라……"

토시이에는 순순히 아내의 말을 음미하는 얼굴이 되었다.

"일본이 평화로우면 우리 가문도 무사하고 도련님도 무사할 수 있다는 말이로군, 그대는."

"예. 알면서도 혼란스러운 것이 바로 그 일일 듯합니다. 저것이 밉다, 이것이 괘씸하다 좁게 보아 흥분하고는 혹시라도 불을 지른다면 불타는 것은 양쪽 모두…… 마에다 가문이 상처를 입는다면 도요토미 가문 역시 안전할 수 없습니다."

"으음."

"그러므로 영주님은 가만히 계십시오. 만일 지부 님과 도쿠가와 님 사이에 분규라도 생긴다면 그때 중재에 나서시면 됩니다. 그 정도의 힘은 충분한 우리 가문…… 무리를 하여 그 힘을 약화시키지 마십시오. 어느 자식 하나라도 잃는다면 그만큼 우리 가문의 힘은 약해지고, 우리 가문이 약해지면 천하가 혼란에 빠져 우다이진 님이나 타이코 님의 참 뜻을 저버리는 일이 됩니다."

마침내 오마츠 부인은 하고 싶은 말을 모두 남편에게 했다.

토시이에는 눈을 감았다. 아내 말을 심각하게 음미하는 듯.

"어머나, 이런. 입가심하실 차도 갖다드리지 않고……"

"잠깐."

오마츠 부인이 일어서서 나가려 하자 토시이에가 아내를 불렀다.

"오마츠, 우리 가문의 가훈으로 삼겠소."

"예……? 무엇을 말씀입니까?"

"어떤 경우에도 마에다 가문은 천하 화합의 쐐기가 될 수 있는…… 그럴 만한 실력을 항상 지니고 경거망동을 삼가도록……"

"고맙습니다. 그것이 자손대대로 마음속에 살아 있다면 이 세상이 있는 한 우리 가문도 번영을 계속할 것입니다."

"그렇소. 이것이 천하에서 으뜸가는 무사의 마음가짐이오. 좋아, 차를 가져오시오."

"예. 곧 가져오겠습니다."

오마츠 부인이 얼른 일어나 거실에서 나가는 것과 동시에 장남 토시나가가 들어왔다.

"아버님, 몸은 좀 어떠하십니까?"

"음, 좋지도 않지만 별로 나쁘지도 않다."

"실은 아사노 요시나가가 돌아왔습니다. 그래서 방금 성안에서 만나고 왔습니다."

"여전히 씩씩하더냐, 사쿄노다이부는?"

토시나가는 그 말에는 대답하지 않고 불쑥 말했다.

"드디어 하카타에서 싸움이 벌어졌더군요."

"누가, 무슨 일로 말이냐?"

"지부와 카토 사이에 말입니다. 게다가 코니시 유키나가가 다섯 부교에게 카토와 아사노 잘못을 과장하여 제소했다고 합니다."

"으음. 돌아오기가 바쁘게 벌써부터 싸움질이란 말이로군."

"이번에는 좀처럼 수습되기 어려울 것 같습니다. 양쪽 다 워낙 격앙되어 있어서."

"다투게 된 원인은 무어라고 하더냐?"

"철수할 때 방해를 놓았느니 아니니 하는 것입니다. 카토 쪽에서도 이번만은 흑백을 가려야겠다고 타이코 생존시에 저지른 군감들의 잘못까지 거론하고 있습니다. 시끄러워질 것 같습니다."

"토시나가, 너는 그런 분쟁에 말려들어서는 안 된다, 알겠느냐?"

"하하하…… 저는 어린애가 아닙니다. 그 일에 대해서는 어머님으로부터 누누이 말씀을 들었습니다."

이때 토시나가의 동생 토시마사가 숨을 몰아쉬며 들어왔다.

7

토시마사는 이제 겨우 스물한 살. 난폭했던 젊은 시절의 마에다 이누치요前田犬千代를 그대로 옮겨놓은 듯한 젊은이였다.

토시마사는 형 토시나가에게 가볍게 목례하고 나서 느닷없이 큰 소리로 웃기 시작했다.

"하하하하, 아버님, 지금 지부노쇼가 이리 오고 있습니다."

"지부가 오는데 무엇이 그리 우습다는 말이냐?"

토시이에는 일부러 엄한 표정을 띠고 나무랐다.

"형을 본받아야 한다. 네 행동은 너무 경솔해."

토시마사는 웃음을 멈추지 않았다.

"아버님, 지부노쇼는 하카타의 야나기쵸에서 화류계 여자를 데리고 왔다고 합니다."

"뭣이, 화류계 여자를……?"

"그 돌부처 같은 지부노쇼가, 하하하…… 그래서 성안에서는 소문이 자자합니다. 하카타의 야나기쵸에는 아사노 사쿄노다이부도 나베시마 카츠시게도 단골로 찾아가는 여자가 있다, 따라서 지부노쇼도 젊은 기분으로 돌아가 그들과 겨룰 생각인 모양이라고…… 이것이 글쎄 내전 생모님 말씀이라고 합니다. 와하하……"

"토시마사!"

"왜요, 형? 웃기는 이야기, 아버님 기분을 풀어드리기 위해 하는 말이에요. 그렇게 얼굴 찌푸리지 마세요."

"얼굴을 찌푸리는 게 아니야. 그런 쓸데없는 소문으로 아버님의 기분이 풀리실 것 같으냐?"

"좀더 들어보세요. 그 다음 이야기가 있어요. 생모님은 그런 뒤 일이 재미있게 되었다고 하셨답니다."

"조금도 재미없지 않느냐."

"형, 이제부터예요! ……지부노쇼가 젊은 화류계 여자를 데려온 것은 속셈이 있어서래요. 재미있을 것 같지 않나요?"

"아니야."

토시나가는 아버지의 기색을 살피고, 뜻밖에도 재미있어하는 것을 보고는 입을 다물었다.

"지부노쇼는 자기가 먼저 젊어진 본보기를 보이고 아버님께도 권하기 위해 찾아온다는 거예요. 바로 요도 부인 입에서 나온 말이에요."

"뭣이, 아버님에게도 젊어지시기를 권한다고?"

"그렇다니까요. 그래서 재미있다는 거예요. 형. 지부노쇼는 아버님에게 어떤 여자를 권할 것 같은가요?"

"토시마사, 그만두어라. 네 이야기는 너무 지나치다."

"형은 너무 단순해요. 상관없잖아요? 지부노쇼는 자기를 아버님에게 천거해드릴 모양이라고 요도 부인이 말하면서 웃었다는 거예요. 어때요, 이게 사실이라면 천하에 이보다 더 우스운 일이 어디 있겠어요? 와하하……"

"말을 삼가라, 토시마사."

토시이에는 낯을 찌푸리고 꾸짖으며 가볍게 기침을 했다. 그와 함께 아무것도 모르는 오마츠 부인이 차를 가져와 토시마사도 싱긋 웃고 웃음을 거두면서 아버지 등을 문지르기 시작했다.

뒤이어 옆방에서 미닫이를 열고 모습을 나타낸 것은 측근 후와 다이가쿠不破大學였다.

"말씀 드립니다. 이시다 지부노쇼 님이 문병 오셨습니다."

"드디어 나타났군! 젊어진 장본인이."

토시마사는 목을 움츠리고 다시 킬킬거리며 장난스럽게 웃었다.

8

"삼가지 못하겠느냐, 토시마사……"

토시이에는 다시 한 번 토시마사를 가볍게 꾸짖고 옷깃을 여몄다. 어떤 방문객이라도 옷을 갈아입고 객실에 나가 만나는 토시이에였다. 그러나 오늘은 그렇게 하기가 힘에 겨운 모양이었다.

"병중이므로 여기서 만나야겠어. 안내하도록 해라."

내심으로는 결코 달갑지 않은 미츠나리였다. 그러나 토시이에는 그러한 감정을 그대로 드러낼 나이가 아니었다.

"너희들은 모두 물러가 있거라. 도련님의 오사카 이전에 대해 무슨 의견이 있을지도 모르겠다."

토시이에는 두 사람을 내보내고 잠시 기침을 참으면서 미츠나리가 들어오기를 기다렸다.

미츠나리는 들어와 정중히 두 손을 짚고 인사했다.

"성안에서 길이 어긋나 이곳으로 찾아왔습니다. 건강은 좀 어떠십니까?"

"갑자기 어떻게 되는 병은 아니오. 나이 탓인지도 모르지요."

"아니, 생각보다 안색이 좋으셔서 안심했습니다. 도요토미 가문을 위해, 천하를 위해 부디 몸을 소중히 하십시오."

미츠나리는 다시 한 번 공손히 인사하고 말을 꺼냈다.

"다이나곤 님께서도 이미 아실 줄 믿습니다마는, 드디어 나이다이진이 시작했습니다."

"나이다이진이 무엇을 시작했다는 말이오?"

"아직 모르셨습니까, 다이나곤 님께서는? 마침내 나이다이진이 숨겨두었던 발톱을 드러낸 모양입니다."

미츠나리는 새삼스럽게 침착하고 싸늘한 어조로 말했다.

"제가 없는 동안에 쵸소카베 모리치카長曾我部盛親, 신죠 나오요리新庄直賴, 시마즈 요시히사, 호소카와 유사이細川幽齋 등을 자주 방문했다는 말을 들었습니다…… 특히 호소카와 가문은 다이나곤 님과 인척이므로 무슨 말씀을 들으셨으리라 생각했습니다마는……"

"금시초문이오. 무슨 잘못이라도 저질렀다는 말이오?"

"예. 용서할 수 없는 잘못…… 타이코 전하가 유언으로 남기신 지시를 아무렇지도 않다는 듯 짓밟고 있으므로……"

"뭣이, 타이코의 지시를?"

"정말 모르고 계셨습니까?"

미츠나리는 다시 탐색하듯 말을 끊었다가 다시 이었다.

"도저히 그대로 넘길 일이 아닌 것 같습니다…… 그 지시 제일조는, 모든 다이묘들의 혼사는 타이코의 승낙을 받을 것……이라 되어 있는데, 어기고 다테 마사무네伊達政宗, 후쿠시마 마사노리福島正則, 하치스카 이에마사蜂須賀家政 등과 계속해서 혼사를 꾀하고 있습니다."

"으음."

"물론 단순한 소문만은 아닙니다. 조사해보았는데 모두 움직일 수 없는 사실이었습니다. 아직 정식으로 장례도 끝나기 전에 그런 일을 하다니, 지나치게 무엄한 일…… 그냥 넘기는 것은 다른 다이묘들에게 본보기가 된다는 점에서도 안 될 일입니다."

토시이에는 잠시 허공을 쳐다본 채로 있었다.

'과연 그 정도의 일은 할 수 있을 것……'

이런 생각이 드는 한편, 설불리 나무라면 어떻게 될 것인가 하는 걱정을 먼저 하지 않을 수 없었다.

"모든 다이묘들의 혼사는 타이코의 승낙을 받을 것."

그러나 이미 히데요시는 세상에 없고, 모든 정무를 일임받는 것은 이에야스였다. 히데요시가 없는 지금은 '이에야스의 승낙을 받을 것'이라는 해석도 성립되지 않는 것은 아니었다. 아니, 이에야스는 그렇게 반박할 것이다.

토시이에는 대답 없이 생각에 잠겨 있었다. 그 모습에 미츠나리는 무릎걸음으로 한발 더 다가앉았다.

9

"가능한 한 문제를 확대하고 싶지는 않습니다. 그러나 그대로 두면 타이코 전하의 지시는 얼마 되지 않아 파기되어버립니다. 아무런 권위도 없게 될 것입니다. 그러면 도련님은 유명무실해지고, 저희도 유지遺志에 부응하지 못하게 됩니다."

미츠나리는 갑자기 강한 어조로 말했다.

"다테 마사무네의 딸을 나이다이진의 여섯째아들 타다테루忠輝가 맞이한다고 합니다. 이는 말할 나위 없이 무츠陸奧와 데와出羽 일대의 우에스기 가문을 억제하기 위한 것. 또 후쿠시마 마사노리의 장남 타다카츠忠勝에게는 나이다이진의 아버지가 다른 동생인 히사마츠 야스모토久松康元의 딸을 양딸로 삼아 출가시키고, 하치스카 이에마사의 장남 요시시게至鎭에게는 노부야스信康의 사위인 오가사와라 히데마사小笠原秀政의 딸을 맞게 할 모양입니다. 아니, 카토 키요마사와도 혼담을 꺼내고 있는 것 같습니다…… 이것은 타이코 전하가 키우신 무장들에 대한 붕괴 공작…… 후쿠시마나 하치스카, 카토도 나이다이진이 어떤 인간인지 모를 리 없습니다. 그런데도 이처럼 쉽게 그의 손아귀에 들어가다니……"

"지부 님, 아주 신중하게 생각해야 할 일인 것 같소."

"그렇습니다. 이대로 두어서는……"

"우선 조금 기다려봅시다. 섣불리 말을 꺼냈다가는, 타이코는 이미 없기 때문에 후사를 위임받은 나이다이진의 승낙을 받는 것이 당연하다……고 나올 수 있고, 그렇게 되면 일부러 이쪽에서 지시가 가치 없다고 시인하는 것과 다를 바 없소. 그리고 또 하나……"

토시이에는 시선을 미츠나리의 이마에 고정시키고 말했다.

"타이코가 키운 무장들이 그처럼 이에야스와 손을 잡으려 한다면,

그 원인이 어디에 있는지도 생각해야 할 것이오."

"그렇다면, 그들이 기꺼이 나이다이진과 접근하는 것은 이 미츠나리에 대한 반감에서……라고 생각하십니까?"

"만일에 그렇다면 어떻게 하겠소?"

요즘의 토시이에로서는 보기 드문 강한 야유였다.

"어디까지나 나의 짐작이고, 하나의 예에 지나지 않지만…… 혹시 그들은 나이다이진과 접근함으로써 도련님의 안전을 도모하려는 것인지도 모르오."

"으음."

"나이다이진보다는 도리어 지부가 도요토미 가문에 방심할 수 없는 존재라고 오해할지도 모르오……"

미츠나리는 번쩍 고개를 들고 숨을 죽이면서 토시이에를 노려보았다. 온후한 토시이에의 입에서 이런 무서운 야유의 말이 나올 줄은 생각지도 못했을 터.

쏘는 듯한 눈으로 노려보는 미츠나리의 얼굴에서 순식간에 핏기가 가셨다.

"들리는 바에 따르면 코니시 유키나가 쪽에서도, 카토와 아사노 쪽에서도 서로 조선에서의 잘못을 호소하고 있는 것 같소. 그러한 일로 반목이 쌓이면 뜻하지 않은 일이 벌어질 것이오. 이 문제는 여간 신중하게 생각하지 않으면 안 되오."

토시이에가 여기까지 말했을 때 미츠나리는 갑자기 어깨를 무섭게 떨며 울기 시작했다.

"다이나곤 님도…… 이 미츠나리를…… 이 지부를…… 그런 사람으로 보신다는 말씀입니까?"

토시이에는 다시 입을 다물었다. 갑자기 위로할 말도 떠오르지 않아 상대의 감정이 진정되기를 기다릴 수밖에 없었다.

"억울합니다. 도요토미 가문을 첫째로 여겨 도련님을 잘 모시려는 것밖에는 아무 생각도 없는 이 미츠나리를……"

10

미츠나리로서는 억울할 것이라는 점을 토시이에도 이해하지 못하는 바 아니었다. 그러나 어째서 타이코가 키운 무장들에게 필요 이상 반감을 갖는 것일까? 미츠나리가 이 점에 대해서는 반성했으면 싶었다.

무장들은 전국戰國 시대의 무사답게 강직함을 사랑하고 단순함을 자랑으로 여기는 경향이 강하다. 그런 만큼 이쪽에서 단도직입적으로 마음을 터놓고 접근하면 순순히 이해할 터인데도, 미츠나리가 지금까지 취한 태도는 그러한 기풍에 저항을 느끼게 하는 면이 있었다.

무장들은 미츠나리를 한마디로, '호랑이 위세를 등에 업은 여우'라거나, '사자 몸 속에 기생하는 벌레'로 평할 것이 분명하다. 미츠나리는 그 정도로 타이코의 총애를 방패 삼아, 타이코와 타이코가 키운 무장들과의 자연스러운 접근을 막아온 느낌이 없지 않았다.

'양쪽의 질투심에서 나온 것이지만……'

토시이에는 이러한 내용을 잘 알고 있었다. 이 순수한 질투심에 칸파쿠關白 히데츠구秀次 문제가 개입되고, 코니시와 카토 사이에 벌어진 조선 정벌의 선봉 다툼이 얽혔다.

원래 카토 키요마사와 코니시 유키나가의 영지는 히고 지방에 이웃해 있었다. 영지가 이웃해 있을 때는 분쟁을 일으키기도 쉽다. 여기에 코니시 유키나가는 요도 부인 파, 카토 키요마사는 키타노만도코로 파라는 세상의 소문과 억측까지 곁들여 서로의 감정을 자극해왔다.

토시이에는 미츠나리의 격정이 가라앉기를 기다렸다가 부드럽게 입을 열었다.

"지부 님, 세상에서 그대의 성의를 의심하는 사람은 아무도 없을 것이오. 그대는 오로지 타이코의 은혜를 생각하고 도련님의 앞날을 걱정하고 있소. 그러나 그대에 대한 무장들의 반감은 별도의 것이오."

"그 점은 말씀하시지 않아도 이 미츠나리의 부덕한 소치입니다."

"말하지 않아도……라는 바로 그 말이 자칫 잘못의 원인이 되기 쉽소. 말하는 내용에 일리가 있다면 누가 하는 말이라도 솔직하게 받아들일 필요가 있소. 그대도 도요토미 가문을 걱정하겠지만, 다른 무장들도 충성으로는 그대에게 지지 않는다고 믿고 있을 것이오. 이러한 마음을 그대가 무섭게 몰아붙였다고 생각지 않소?"

"억울합니다."

다시 미츠나리는 어깨를 들먹였다.

"이 미츠나리는 오늘 도요토미 가문을 위해 용서할 수 없는 나이다이진의 잘못을 호소하여 다이나곤 님의 솔직한 의견을 듣고 싶어 찾아왔습니다. 그런데도 이처럼 꾸중과도 같은 말씀을 하시다니…… 이 모든 것은 제 부덕의 소치입니다."

"지부 님."

"예."

"그대는 내 말을 음미해볼 생각이 없는 것 같군요."

"오히려 이 미츠나리가 다이나곤 님께 여쭙고 싶습니다."

"그래요? 그렇다면 살을 붙이지 않고 솔직하게 의견을 말하겠소. 아까 말한 그 소문의 상대는 다테 가문을 제외한다면 모두 그대와는 어릴 적부터의 동료가 아니오?"

"그러기에 더욱 안타깝고 분합니다."

"잠깐. 안타깝게 여기기 전에 그대는 어째서 옛 동료에게 그 일을 조용히 알아보려 하지 않았다는 말이오. 처음부터 잘못을 찾아내어 나무

란다면 무엇보다도 먼저 우정에 금이 갈 것이오. 그 점에 이 토시이에
가 그대를 좋아하지 않는 원인이 있다고 생각하시오."

음성은 부드러웠으나 토시이에의 말은 추상같이 엄했다.

11

미츠나리는 찢어질 듯한 눈으로 토시이에를 노려보았다.

"내가 그대를 좋아하지 않는 이유가 여기 있다."

토시이에가 이처럼 분명하게, 무서운 반격을 가하리라고는 생각지
도 않았다. 당연히 자기와 같이 이에야스의 잘못에 분노하리라 계산하
고, 그 분노를 바탕으로 더욱 거세지는 자신에 대한 키요마사 일파의
반감을 토시이에를 통해 조정할 생각이었다.

토시이에는 원래 이에야스 파도, 미츠나리 파도 아니었다. 또한 요
도 부인 파라 불리는 다섯 부교들의 문치파도, 키타노만도코로 파로 간
주되는 무단파도 아니었다. 굳이 말한다면 중도파…… 이에 대해서는
미츠나리 자신도 잘 알고 있었다. 그래서 이에야스를 가상의 적으로 삼
을 경우 도요토미 가문의 내부를 공고하게 다질 지위와 힘을 가진 것은
'마에다 토시이에' 한 사람뿐이라 여겼다.

그런 만큼 토시이에가 지금 한 말은 미츠나리로서는 절망의 심연을
들여다보게 하는 것과도 같은 한마디였다……

"아시겠소?"

토시이에는 다시 못을 박았다.

"지금은 아직 내가 나이다이진의 잘못을 따질 시기가 아니오. 그대
가 혼담 이야기가 난 사람들에게 이러저러한 소문이 있는데 사실이냐
고 예의를 다하고 우정을 기울여 알아보아야 할 때요. 그래서 모두의

의견을 분명히 확인한 뒤라야 무슨 대책이 마련될 것이오. 도요토미 가문의 장래를 생각한다면 당연히 그렇게 하는 것이 순서요."

미츠나리는 입술을 떨면서 당장에는 아무 말도 하지 못했다.

그는 이미 그 순서를 그르치고 말았다. 토시이에를 움직일 수 있다는 자신감에서 은근히 다테를 나무라고 후쿠시마를 비난했으며 하치스카를 꾸짖었다…… 이러한 자신의 잘못을 곧이곧대로 말한다면 ——

"그것이 바로 그대의 결점!"

토시이에는 더욱 열을 올려 꾸짖을 터.

지금 미츠나리는 물러날 수 있는 입장이 아니었다. 조선 철수 때의 반목으로 코니시와 카토 양측으로부터 흑백을 가리자고 강력하게 요구해올 것이고, 지금까지 자기편으로 믿고 있던 시마즈 가문의 향배까지도 요즘에는 묘하게 흔들리고 있었다.

'이대로 토시이에의 말을 따르는 체하고 돌아가야 할 것인가, 과감하게 정면에서 토시이에를 강압적으로 설득해야 할 것인가……'

전자의 방법을 택하면 토시이에 역시 다테 마사무네를 제외한 후쿠시마, 하치스카, 카토 등을 은밀히 자택으로 불러 사정을 물을 것이 분명하다.

'그들은 노골적으로 나에 대한 반감을 털어놓을 것이고, 그 결과 사태는 더욱 악화되지 않을까……'

미츠나리는 묘한 입장에 처했다. 토시이에의 조리에 맞는 말에 몰려 결국 역공逆攻을 가하지 않으면 안 될 사태에 직면했다. 역시 물러서서는 안 된다……고 미츠나리는 결단을 내렸다.

일단 결단을 내리면, 미츠나리 또한 타이코가 혀를 내둘렀을 정도로 능숙한 언변과 놀라운 재략을 가진 사람이었다.

"모두 지당한 말씀입니다. 그러나 저의 보고가 시기를 놓친 탓인지, 황송합니다마는 다이나곤 님 판단은 약간 늦은 감이 있습니다."

"뭐, 이미 내가 한 말이 늦었다는 말이오?"

"그렇습니다…… 나이다이진의 유혹을 받은 사람들의 변명 따위는 벌써 이쪽에서 정확하게 알고 있습니다."

미츠나리는 굳게 결심한 표정으로 말을 받아넘겼다.

12

"이 미츠나리도 결코 타이코 전하가 키우신 장수들의 충성심이 저보다 못하다고는 생각지 않습니다. 다만 그 이상으로 나이다이진의 수법이 지극히 노회老獪하다고 말씀 드리는 것입니다."

일단 입을 연 미츠나리는 주저하지 않았다. 이제부터는 자신감과 설득력의 싸움이었다.

미츠나리의 자신감이냐, 토시이에의 원숙함이냐……?

"다테 마사무네는 이런 말을 하며 시치미를 떼는 것이었습니다. 글쎄 사카이의 이마이 소쿤今井宗薰이 주선하고 있다는 말을 들은 것 같기도 하나 그 후에는 어떻게 되었는지 모르겠다고 말입니다."

"그렇다면 벌써 그대는 상대를 힐문했다는 말이오?"

"물론 은밀하게 했습니다. 상대의 태도도 확인하지 않고 다이나곤 님에게 말씀 드린다는 것은 저의 불찰이기에."

"으음."

"후쿠시마 마사노리는, 혼담은 나이다이진이 제의한 것이 아니라 히데요리 님에게 도움이 될까 싶어 자기 쪽에서 주선했다고……"

"하치스카 님은 무어라 하십디까?"

"하치스카 쪽에서는 이에마사 님이 아니라 당사자인 요시시게 님이, 자기는 어린 몸이라서 그저 나이다이진 님의 분부에 따라 할 수 없이 받아들였다……고 했습니다. 이처럼 변명이 가지가지여서 도무지 요령부득이었습니다. 물론 이 모두 나이다이진이 일러준 지혜…… 그대로 내버려두면 도요토미 가문의 법도는 무너집니다. 아니, 나이다이진이 선례로 삼으려고 교활하게 생각을 짜낸 그물입니다. 벌써 고지식한 장수들은 그 그물에 걸려들었습니다. 지금 새삼스럽게 사정을 묻는다는 것은 때늦은 일이라고 말씀 드립니다."

토시이에는 크게 한숨을 쉬었다.

"그대는 벌써 거기까지 손을 썼다는 말이오?"

"손을 쓰지 않았다가 이것이 선례가 되어도 괜찮겠습니까? 다이나곤 님! 부탁입니다. 이 미츠나리에게도 잘못은 있었을 것입니다. 그러나 나이다이진의 그와 같은 오만을 허용한다면 그 다음 일을 처리하지 못합니다. 지금은 제발 이 미츠나리를 도와주십시오……"

"으음."

"우려하시는 장수들과의 타협은 맹세코 이 미츠나리가 나중에……"

미츠나리는 짜내듯이 말하고 머리를 조아렸다.

"아니, 다이나곤 님에게 당장 나이다이진을 힐문하시도록 부탁 드리는 것은 아닙니다. 그 때문에 부교들도 있고 츄로中老°들도 있습니다. 나이다이진의 무엄함을 그대로 허용할 수 없다는 의지만은 확실히 천명해주십시오. 그렇지 않으면 제후들은 모두 나이다이진의 손에 놀아나 결국은 수습할 수 없는 내분으로 확대될 우려가 있습니다. 다이나곤 님! 다이나곤 님만은 진정한 도련님 편이라 믿고 미츠나리가 감히 뜻에 거슬리시는 부탁을 집요하게 되풀이하고 있습니다."

토시이에는 드디어 씁쓸한 표정으로 침묵하고 말았다. 미츠나리의 논법이 이에야스를 이미 적으로 결정하고 있는 점이 마음에 걸렸다. 그러나 이처럼 열심히 설득하는 상대에게 거부할 수 없는 것이 이 카가 사람이 지닌 성격이었다.

114

"오마츠, 약탕을……."

잠시 눈을 감고 생각하던 토시이에는 마침내 도움을 청하듯이 아내를 부르고 기침을 했다.

'이 요구를 무리하게 뿌리치면 무슨 일을 저지를지 모르는 사나이…….'

13

젊었을 때의 토시이에도 남에게 양보하지 않는 완고한 일면이 있었다. 그러나 일단 결심을 굳히고 난 후의 미츠나리에게서는 토시이에의 상상을 초월한 집념이 느껴졌다.

토시이에는 약탕을 두 손으로 감싸듯이 하고 생각에 잠겼다.

'어쨌든 일이 벌어지게 해서는 안 된다.'

자칫 풍파를 일으킨다면, 도요토미 가문의 토대는 흔들릴 망정 절대로 공고해지지는 않는다. 중심에 있는 히데요리는 아직 어리고, 나머지는 억척스럽다고는 하나 여자들뿐이다.

"으음, 거기까지 알아냈다는 말이군."

토시이에는 약을 든 채로 다시 한 번 크게 한숨을 쉬었다.

"거기까지 탐지했다면 내버려둘 수 없지."

"그러면 들어주시겠습니까?"

"도요토미 가문을 위해, 히데요리 님을 위해……."

토시이에는 흘끗 아내를 돌아보고 나서 말했다.

"그러나 도련님이 오사카로 옮기시기 전에는 일을 표면화시켜서는 안 됩니다."

"그렇다면 그때까지는……?"

"생각해보시오. 만약 이 때문에 후시미에서 소란이 벌어진다면 도련님은 어떻게 되실 것 같소? 우선 예정대로 정월에 속히 이전을 끝내고 그때 논의하기로 합시다."

"하기는 그렇기도 합니다마는……"

"물론 이전 때는 나이다이진도 수행하도록 정중하게 청하겠소. 그리고 내 손으로 오사카를 공고히 한 뒤 담판하자는 것이오."

토시이에는 이렇게 말하고 다시 눈을 감았다.

미츠나리는 무어라 말하려다 말고 입을 다물었다.

당장 이에야스를 힐문하겠다고 하지 않은 것이 불만이었다. 그렇다고 이 이상 토시이에를 다그칠 수도 없었다.

토시이에의 말은 충분히 설득력이 있었다. 우선 히데요리를 오사카로 옮기고 난 뒤, 토시이에는 토시나가에게 상당한 병력을 오사카로 차출토록 하여 측근을 공고히 할 생각임이 분명했다.

그런 조처를 취한 뒤에 담판하지 않으면 상대는 압력을 느끼지 않는다……는 판단에서 나온 말.

"그때까지는……"

토시이에는 기침을 참으면서 말을 계속했다.

"절대로 이 말을 밖에 내지 마시오. 만일 나이다이진이 의심을 품고 오사카 수행을 주저한다면 도련님의 위신은 더욱 손상될 것이오. 일단 손상된 위신은 회복하기가 쉽지 않소. 이 점을 특히 명심하고 이전을 지시하도록……"

"잘 알고 있습니다."

"그럼, 나는 이만 실례하겠소. 이제 의사가 올 때도 되었소."

사실 토시이에는 앉아 있기조차 고통스러운 모양이었다.

오후의 냉기가 점점 더 심해지고 있었다. 눈이라도 내릴 것같이 공기가 싸늘했다.

"병중이신데 너무 오래 지체하여 죄송합니다."

"아무쪼록 도련님을 위해 인내하시오."

"알고 있습니다. 몸조리 잘하십시오."

미츠나리가 다시 정중하게 절하고 일어났다.

오마츠 부인은 얼른 옆방에 있던 다이가쿠에게 배웅을 명하고 자신은 남편의 등뒤로 돌아갔다.

"괴롭지 않으십니까?"

토시이에는 대답하지 않았다.

'역시 오사카에 상당한 병력을 배치시켜야겠어……'

이런 생각만으로도 토시이에의 마음에는 갑자기 큰 응어리가 생겼다. 그 응어리가 가슴의 병과 함께 더욱 호흡을 답답하게 했다……

에도의 각오

1

히데요리의 오사카 입성은 예정대로 케이쵸慶長 4년(1599) 정월 초에 이루어졌다.

지금까지 본성 내전에 있던 키타노만도코로는 이미 지난해 말에 서쪽 성으로 옮겼다. 이어 햇수로 일곱 살인 히데요리가 생모 요도 부인과 함께 본성 내전에 들어 명실공히 오사카 성의 주인이 되었다. 마에다 토시이에도 사부로서 당연히 오사카로 옮기고, 정무를 보는 이에야스는 일단 오사카에 히데요리를 수행했다가 후시미로 돌아왔다.

표면적으로는 평온한 히데요리의 오사카 이전이었다. 그런데 이전이 끝나자마자 갑자기 세상에는 예사롭지 않은 소문이 떠돌기 시작했다. 이에야스에게 마음을 두고 있는 사람들과 미츠나리 등 다섯 부교에게 마음을 두고 있는 사람들이 확연히 두 파로 갈려 서로가 빈번히 왕래하기 시작했기 때문이다.

이런 소문을 뒷받침하기라도 하듯 타이로, 츄로, 다섯 부교의 특사로 츄로인 이코마 우타노카미 치카마사生駒雅樂頭親正와 쇼코쿠 사相

國寺 경내의 작은 절인 호코 사豐光寺의 쇼타이承兌가 이에야스를 힐문하기 위해 후시미로 향한 것은 정월 19일이었다.

그 전날 오후——이에야스는 이이 나오마사井伊直政와 더불어 창을 통해 햇살이 밝게 비쳐드는 서원에서 담소하고 있었다.

"호리오 요시하루堀尾吉晴가 왔다고…… 벌써 돌아갔나?"

"예. 오늘은 주군을 뵙지 않겠다면서 은밀히 저와 이야기를 나누고 돌아갔습니다."

"그 혼담을 힐문하기 위해 사자가 오기로 되었다고?"

"예. 내일 도착할 것이라고 합니다."

"누구누구를 보낼 작정일까?"

"이코마 우타노카미와 승려 쇼타이가 오는 모양입니다."

"알겠네. 드디어 카가 님도 미츠나리에게 설득을 당했군."

"주군! 내버려두어도 괜찮겠습니까?"

"내버려두지 않는다 해도 그쪽에서 오는데 어쩔 수 없는 일이지."

"아니, 사자 말씀이 아닙니다. 카가 군사를 비롯하여 히데요리 님의 친위대인 일곱 명의 반가시라番頭°들도 각각 군사를 오사카 성에 배치했다고 합니다."

"그 일이라면 걱정할 것 없어. 요도 성에는 아리마 겐바노카미有馬玄蕃頭(토요우지豊氏)가 들어가 있고, 사카키바라 야스마사榊原康政도 이미 군사를 이끌고 상경 중일 거야. 크게 균형만 무너지지 않는다면 나와 카가 님을 싸우게 할 정도로 어리석은 자는 없을 것일세."

"그러나 시키부노타유式部大輔(사카키바라 야스마사)가 도착하기 전에 일이 벌어지면……"

"일이 벌어지지 않도록 하면 될 것 아닌가. 나는 일을 벌리지 않을 것일세."

"그렇더라도 내일 도착하는 사자의 태도 여하에 따라서는……"

"염려하지 말게. 이코마나 쇼타이 정도는 충분히 다룰 수 있어."

이에야스는 명랑하게 웃었다.

"호리오 요시하루나 나카무라 카즈우지中村一氏도 말을 하면 알아듣지 못할 자들은 아니야. 중신들을 다룰 길은 얼마든지 있어. 이쪽에서 먼저 문제를 일으키지 않는 한."

이 말에 이이 나오마사도 웃으면서 혀를 찼다.

"주군의 대담성에는 손을 들었습니다. 그런데 사자들이 와서 무슨 말을 할까요?"

"하하하…… 재미있는 일 아닌가. 무슨 말을 하려는지, 그들이 오기 전에는 괜한 추측은 하지 않는 게 좋아. 이미 그들은 움직이기 시작했고, 움직이면 움직일수록 기량이 손상될 뿐일세."

이에야스는 사자에 대한 일은 전혀 문제시하지 않았다.

2

"내가 걱정했던 일은 조선에서 철수하는 일이었어. 철수만은 어떤 무리를 해서라도 무사히 끝내지 않으면 일본의 수치가 돼. 이제 철수는 무사히 끝났어. 히데요리 님 모자 오사카 입성도 무사히 끝나고…… 그렇다면 이제 큰 문제는 해결된 것일세."

이에야스는 아직도 약간 걱정스러운 듯 고개를 갸웃거리는 이이 나오마사에게 다시 한 번 미소를 보냈다.

"효부노타유兵部大輔가 히데요리 님 모자를 버리고 내게 전쟁을 도발할 정도로 어리석다고 생각하나?"

이 질문에 나오마사도 웃지 않을 수 없었다.

"그럴 리는 없겠지요. 그러나 만일 이 저택에 분별없는 폭도라도 들이닥치면……"

"그대가 있고 토리이 부자도 있어. 그리고 야스마사도 오고 있어. 또 만약의 경우에는 유키結城(히데야스秀康)도 설마 팔짱만 끼고 있지는 않을 테지. 또……"

갑자기 이에야스는 목소리를 낮추었다.

"혹시 무슨 일이 벌어지면 호소카와 타다오키細川忠興 님이 틀림없이 카가 님을 만류할 것이니 염려하지 말게."

나오마사는 비로소 크게 고개를 끄덕였다.

호소카와 타다오키의 장남 요이치로 타다타카與一郎忠隆에게는 마에다 토시이에의 여섯째딸 치요히메千世姬가 출가했다. 치요히메는 큰오빠 토시나가와 같은 배에서 태어난 남매이고, 토시나가와 호소카와 타다오키는 나이도 비슷하여 친밀한 사이였다.

"과연 호소카와 님이 계시군요."

"그래. 나로서는 별로 은혜를 베푼다는 생각이 없었지만, 그쪽에서는 칸파쿠 처형 때의 일을 큰 은혜로 여기고 있네. 요즘에는 남의 시선도 있어 왕래를 삼가고 있으나, 유사시에는 반드시 도움이 되고 싶다는 은밀한 연락이 있었네."

칸파쿠 처형 때의 일이란, 히데츠구가 호소카와 가문에 빌려주었던 황금 200장(약 15관)을 급히 돌려달라고 독촉하는 바람에 크게 당황했던 일을 말한다.

그때 호소카와 가문에서는 중신 마츠이 사도松井佐渡가 새파랗게 질린 얼굴로 혼다 마사노부를 찾아왔다. 만일 칸파쿠 히데츠구와의 친교가 세상에 알려져 호소카와 타다오키도 히데츠구와 한통속이라는 말을 듣게 된다면 그야말로 가문의 존망이 걸린 큰 문제였다.

혼다 마사노부는 마츠이 사도로부터 그 곤경을 전해듣고 이에야스를 만나게 했다. 그때 이에야스는 사람들을 물러가게 하고 말했다.

"돈 때문에 고생하는 일은 누구에게나 있게 마련. 좋아, 마사노부, 내 갑옷 궤 중에서 가장 무거운 것을 이리 가져오라고 하게."

궤가 운반되어왔을 때 뚜껑을 열고 마츠이 사도에게 보였다. 그 안에는 갑옷 밑에 200장의 금이 들어 있었다.

"뚜껑 안에 적힌 날짜를 보시오, 사도 님."

"예. 아니, 이것은 이십일 년 전의 날짜!"

"하하하…… 혹시 은밀히 사용할 경우가 있을지 몰라 재정 담당자에게도 알리지 않고 숨겨두었던 것, 아무도 모릅니다. 자, 가져가서 사용하도록 하시오."

이렇게 말하고 건넸을 때 마츠이 사도가 눈시울을 붉히며 돌아갔다는 말을 나오마사도 마사노부로부터 들어 알고 있었다. 타다오키는 그때의 은혜를 잊지 않고 은밀히 연락을 취하고 있는 듯.

"과연 호소카와 님이라면……"

머리를 끄덕였으나, 그래도 조심하기 위해 사카키바라 야스마사의 상경을 서두르도록 사자를 보내겠다고 하면서 물러갔다.

이에야스는 말리지는 않았지만 별로 걱정하는 기색은 아니었다.

이미 이에야스의 눈에는 '적'으로 비치는 자가 없었다. 다만 미츠나리의 반감만은 마음에 걸렸으나, 대세에 영향이 미치지 않도록 각각 대책을 마련해놓고 있었다.

3

이에야스가 보기에는 조선에 건너갔던 각 부대가 귀국할 때까지의 일이 가장 큰 문제였다. 살기등등한 그들. 만일 현지에서 그들의 감정 대립이 격화되어 서로 명분을 내세우고 싸우기 시작한다면 그야말로 수습할 수 없는 사투死鬪가 벌어지고, 그 결과 국내에까지 조선이나 명나라 군사를 불러들이게 될지도 모를 일……

그러나 철수는 무사히 끝났다. 그리고 일단은 각자 영지로 돌아가 백성들의 형편을 살피고 있다. 7년이나 계속된 전쟁 뒤이니 영지의 곤궁을 안다면 자연히 전쟁은 피하게 될 터.

어떤 의미에서는 장수들 모두 히데요시에게 크게 속은 것이라 할 수 있다. 누구나 조선은 물론 명나라까지도 항복받아 광대한 영지를 나누어 가질 수 있다는 꿈을 꾸고 있었으니까……

이에야스가 우려한 것은 다음 전쟁이 아니라 다음에 올 각 가문의 분쟁이었다. 각 가문에서 전쟁터에 나갔던 자와 남아 있던 자가 차마 견디기 어려운 곤궁 앞에 분규를 일으킬 가능성은 충분했다.

그에 대한 대책으로 이에야스는 철수에 대한 일을 미츠나리에게 지시하고, 자기도 직접 시마즈와 아리마를 방문하고, 쵸소카베와 호소카와 유사이를 찾았다.

영지 내부의 곤궁과 철수 후 갈등으로 자포자기적인 이웃 영지와의 분쟁 방지 대책을 마련해야 했고, 전쟁을 통해 이루려던 꿈은 물거품처럼 사라졌으나 그 후 노력에 따라서는 충분히 부흥할 수 있다는 희망을 갖게 하는 것이 위정자로서 이에야스의 임무였다. 이 일은 타이코가 살아 있었다 해도 마찬가지였다.

이러한 사적인 움직임이 미츠나리의 눈에는 전혀 달리 비쳤던 듯. 의혹의 눈으로 보면 똑같은 일이라도 다른 색깔로 보인다. 히데요시의 죽음을 절호의 기회로 삼아 제후들을 설득하여 도요토미 가문에 도전하는 간웅奸雄…… 미츠나리가 자신을 이렇게 보고 있다는 것은, 안타까운 일이지만 이에야스도 잘 알고 있었다.

후쿠시마, 하치스카 두 가문에 대한 혼담 제의는 실은 미츠나리를 떠보려는 의미도 없지 않았다. 다테 마사무네의 딸을 타다테루의 아내로 맞이해 에도의 평화를 도모하려 했던 혼담에서 생각해낸 일이었다.

미츠나리는 이에야스와 히데요시가 키운 장수들과의 접근을 어떤 눈으로 볼 것인가? 그가 이에야스를 적대시하는 일이 무의미하다는 사실을 깨닫는다면 그 자신을 위해서나 도요토미 가문을 위해서도 이중으로 다행스러운 결과……라고 이에야스는 생각했다.

무엇보다도 먼저 미츠나리가 그 불손한 태도를 고치지 않는다면 무단파와 문치파의 다툼은 결코 종식되지 않을 터. 그뿐 아니라 미츠나리는 결국 그 성격의 불손함과 좁은 소견 때문에 무단파의 어느 누군가에 의해 죽게 될지도 모른다고 내다보았다.

'이 혼담을 과연 묵과할 것인가……?'

이에야스는 이를 통해 미츠나리가 현명한지 어리석은지 점쳐볼 생각이었다. 이 탐색의 그물에 미츠나리는 토시이에와 함께 걸려들었다. 물론 이에야스는 어떤 경우에도 대처할 각오가 되어 있었다.

어제 이미 중신 호리오 요시하루가 알려온 대로 19일 정오, 이에야스를 제외한 네 명의 타이로가 보낸 사자로 이코마 치카마사와 승려 쇼타이가 도쿠가와 저택을 찾아왔다.

이에야스는 마루 문을 활짝 열고 이웃한 후쿠하라 저택에서 실내까지 들여다볼 수 있게 하고 싱글벙글 웃으면서 사자를 맞이했다.

4

"마침 잘 오셨소. 어제부터 날씨가 따뜻하여 매화가 활짝 피었군요. 지금 멍하니 바라보는 중이었소."

이에야스가 이렇게 말했다. 오늘도 이 서원에는 토리이 신타로가 무서운 표정으로 칼을 받쳐들고 있었다.

이에야스의 말에 쇼타이는 머뭇머뭇 입을 열었다.

"실은 오사카에 계신 타이로들 사자로서, 힐문하기 위해 왔습니다."

"허어, 타이로들이라니요?"

"마에다 다이나곤 님을 위시하여 모리 님, 우키타 님, 우에스기 님 네 분에, 다섯 부교도 동석하여 의논한 결과입니다."

"허어……"

이에야스는 다시 한 번 놀란 듯 탄성을 발하고 나서 이코마 치카마사에게 시선을 옮겼다.

"힐문이라니 이 이에야스에게 무슨 잘못이라도 있다는 말이오?"

"쇼타이 님이 먼저 말씀하시오."

이코마 치카마사는 난처한 듯 시선을 돌리고 이에야스의 질문을 가볍게 피했다. 쇼타이는 더욱 굳어진 얼굴로 대답했다.

"지난해 타이코 님이 서거하신 뒤 도쿠가와 님이 보이신 행동은 약간 정도가 지나치신 것 같습니다. 그 중에서도……"

"그 중에서도……?"

"예, 그 중에서도…… 다테, 후쿠시마, 하치스카 등과의 혼담은 타이코 님 지시가 있었는데도 다른 이들에게는 전혀 알리시지 않고 혼자 진행시킨 것은 어떤 의도에서입니까? 대답하시기에 따라서는 열 분의 카한加判°에서 제외되는…… 경우가 생길지도 모릅니다."

그 말을 듣는 동안 이에야스는 몇 번이나 웃음을 터뜨릴 뻔했다. 힐문하는 어조가 되는가 싶으면 정중하기 짝이 없는 경어. 표정도 부드러워졌다 굳어졌다 하여 듣는 쪽이 도리어 민망했다.

"이거 참 뜻밖의 말을 듣게 되는군. 타이코 님 서거 이후 정도에 지나친 행동을 했는지 아닌지는 나중에 듣기로 하고, 최근 혼담에 대해 신고가 없었다면 과연 잘못된 일이오."

"아니, 그러시면……?"

"모르고 있었소. 실은 중매인으로부터 신고가 끝나 모두 아시리라 생각했는데 그렇지 않다면 크게 잘못된 일이오."

순간 쇼타이는 어리둥절한 눈으로 치카마사를 돌아보고 나서 크게 안도하는 숨을 내쉬었다. 이 뜻하지 않은 대답에 도리어 안심한 듯.

어쩌면 미츠나리에게 —

"이 이에야스는 타이코의 대리, 타이코가 죽었는데 대관절 누구에게 신고하라는 말이냐?"

이런 말이 나왔을 때 대꾸할 말까지 훈수받고 왔는지도 모른다.

"그러시면 돌아가서 그대로 보고하겠습니다. 경우에 따라서는 중매인을 심문하게 될지도 모르겠습니다마는……"

"당연히 심문해야겠지요. 중매인은 사카이의 소쿤이오. 이거 정말 먼길에 수고가 많았소."

아무렇지도 않은 듯 이에야스는 웃는 낯으로 화제를 돌렸다.

"그런데 다이나곤 님 병세는 좀 어떠한지, 차도가 있습니까?"

아무 일도 아니었다. 오사카에서 몇 사람이 며칠 동안 상의했을 힐문 내용은 2분도 못 되어 깨끗이 화제에서 사라지고 말았다.

"좀처럼 차도가 없으십니다."

이번에는 치카마사가 안도하고 몸을 앞으로 내밀었다.

5

"차도가 없으시다니…… 참으로 걱정이군요."

이에야스는 조금 전의 '혼담에 대한 힐문' 따위는 이미 염두에도 없는 듯 이코마 치카마사 쪽으로 향했다.

"이코마 님도 오다織田 가문과는 밀접한 관계가 있으므로 잘 아실 테지만…… 벌써 돌아가신 노부나가 공과 인연 있는 사람은 몇 남지 않았 군요."

"그렇습니다……"

"생각해보면 어수선한 가운데서도 오랫동안 친분을 맺어온 카가 님 과도…… 카가 님은 노부나가 공이 총애하시던 측근, 나는 카가 님의 동생이나 다름없는 인척…… 타이코 님 세상이 되고, 또 타이코 님이 돌아가신 뒤에도 천하를 평온하게 하기 위한 짐을 지고 계시니…… 감 개무량합니다."

치카마사는 조용히 말하는 이에야스의 술회에 이끌려 말을 받았다.

"정말 시간은 화살 같은 것입니다."

"그러기에 말이오. 카가 님은 특히 건강을 조심하셔야 합니다. 노부 나가 공이 평생을 두고 추구한 뜻은 무엇이었는지…… 타이코 님의 뜻 은 무엇이었는지…… 그 진수를 깊이 터득하고 계신 몇 안 되는 분이 오, 카가 님은……"

"과연 그렇습니다……"

"호코지豊光寺(쇼타이) 님도 이 점에 특히 유의해주시기 바라오."

이번에는 쇼타이에게 시선을 옮기고 넌지시 말했다.

"새삼스럽게 말할 필요도 없이 노부나가 공의 뜻은 통일된 일본의 평화에 있었소. 타이코 님이 신명을 바쳐 그 뜻을 이어받은 사실은 누 구나 다 아는 일. 노부나가 공 때부터 살아온 우리가 해야 할 일 또한 분 명합니다. 어떻게 하면 타이코 님이 이룩하신 태평의 기초를 부동의 것 으로 만드는가이오. 카가 님은 그 이치를 몸에 새겨오신 분, 지금이야 말로 그 기초를 다질 때이므로 부디 몸을 소중하게…… 이에야스가 그 렇게 말했다고 전해주시오."

"알겠습니다."

"어쨌든 장례식을 앞두고 있고 세상에 불온한 소문이 떠돈다고 하니, 이 이에야스도 후시미의 일은 충분히 조심할 터이니 오사카는 카가 님에게 부탁한다고 전해주시오."

"잘 알겠습니다."

"그런데 참, 카가 님은 영지에서 오천 정도 군사를 불러들이신다는 이야기를 들었는데, 그 일은 순조롭게 진행되고 있겠지요?"

이코마 치카마사는 흠칫 놀라 무릎 위에 손을 고쳐놓았다.

"순조롭게 진행되고…… 있는 줄 압니다."

"그럴 테지요. 카가 님은 그런 일에 빈틈이 있을 리 없으니까요. 그 말을 듣고 나도 안심했소이다…… 모처럼 먼길에 사자로 오셨으니 식사를 대접하고 싶소. 여봐라, 게 누구 없느냐?"

이에야스의 지시로 옆방의 근시가 일어나 나갔다. 치카마사와 쇼타이는 얼굴을 마주보았다. 두 사람은 이쯤에서 미츠나리의 이름이 나올 줄 알았다. 만일 그 이름이 나온다면, 이 힐문의 중심인물은 토시이에가 아니라 미츠나리였다는 것을 넌지시 암시하고 돌아갈 생각이었다. 그런데 이에야스는 여기에 대해서는 한마디도 하지 않았다.

시녀 두 사람이 상을 들고 들어왔다. 두 사람은 얼굴을 마주보았다.

6

이 힐문의 사자는 거북스러운 역할이었다. 상대의 태도에 따라서는 어떤 논쟁으로 발전하게 될지 예측할 수도 없었다.

실력으로 말한다면 현재 마에다와 도쿠가와는 막상막하로 쿄토와 오사카에 병력을 가지고 있다. 물론 제후들도 만일의 경우 확실히 둘로 갈라질 터.

그런 만큼 조마조마한 마음으로 와보니 이에야스는 가볍게 힐문을 받아넘겼을 뿐만 아니라 그들마저 포섭할 자세였다.

이 힐문의 사자들은 오사카에 돌아가 보고할 일이 마음에 걸렸다. 이에야스가 말한 대로 노부나가의 뜻, 타이코의 뜻 그 진수를 아는 사람은 분명 마에다 토시이에밖에 없었다. 따라서 그 토시이에와 이에야스가 갈라서지 않는 한 천하는 무사하다.

그러나 힐문하기 위해 파견된 사자가 그와 같은 답을 가지고 돌아간다면 입장이 묘할 수밖에.

'꾸짖으러 온 자가 오히려 꾸짖으라고 명한 자에게 이의를 제기하지 않을 수 없게 되다니……'

솔직히 이 자리에서 식사대접을 받는 것도 낯간지럽고 자꾸 몸이 움츠러드는 듯한 느낌이었다.

"자, 차린 것은 없으나 와카사若狹의 가자미찜이 있소이다. 배불리 드시고 돌아가시오."

이렇게 말하고 나서 이에야스는 혀를 차면서 웃었다.

"이거 참, 호코지 님 앞에 비린 것을 내놓다니. 아니, 이것은 나뭇잎이오, 나뭇잎. 와카사에서 채취한 나뭇잎이오, 하하하……"

두 사람은 다시 한 번 얼굴을 마주보고 젓가락을 들었다. 이에야스는 여느 때와 다름없는 왕성한 식욕으로 아무 일도 없었다는 듯 먹기 시작했다.

두 사람은 아무래도 마음이 편치 않은 듯했다. 돌아가서 해야 할 보고가 그들을 잔뜩 묶어놓고 있으니 말이다.

이때 이이 나오마사가 들어왔다.

"식사 중에 죄송합니다마는, 급한 일이 생겼습니다."

이에야스는 가자미찜의 얇은 살점을 뜨면서 물었다.

"무슨 일인가? 여기서도 좋으니 어서 말하게."

"예. 시키부노타유(사카키바라 야스마사)가 벌써 오미近江에 들어왔다는 보고가 있었습니다."

"허어, 야스마사가……? 빨리도 왔군. 그래서?"

"도중에 심상치 않은 소문을 들었다면서 모두 사기가 충천하여……"

"군사를 거느리고 왔다는 말인가?"

"예. 그런데 병력이 좀 많은 듯합니다."

"많다니…… 어느 정도나 된다는 말인가?"

"사만 정도이고, 그 뒤 다시……"

"사만?"

"예. 그들이 모두 쿄토에 들어온다면 우선 식량이 부족합니다."

"알겠어. 오미에서 멈추라고 하게. 카가 군軍이 곧 오사카에 도착할 터이니 치안은 우려할 것 없네. 서두르지 말라고 전하게. 그리고 즉시 군량을 준비하게. 오는 자들을 굶길 수는 없는 일 아닌가."

"알겠습니다."

이에야스는 얼른 나오마사를 내보내고 나서 젓가락도 놓지 않은 채 중얼거리듯 두 사람에게 말했다.

"들으신 대로요. 쿄토와 후시미 일은 염려하시지 말라고……"

두 사람은 하마터면 젓가락을 떨어뜨릴 뻔하다가 얼른 자세를 고쳤다.

이에야스는 여전히 식욕밖에는 염두에 없다는 듯 부지런히 젓가락을 놀리고 있었다.

7

4만이라는 병력은 과장일 터. 그러나 사카키바라 야스마사가 상당수의 병력을 거느리고 급거 상경 중이라는 것은 사실이었다.

"이거 너무 오래 지체했습니다. 그럼, 즉시 돌아가서……"

쇼타이가 젓가락을 놓으며 재촉했다. 이코마 치카마사도 얼른 상을 앞으로 밀어놓았다.

후시미의 마에다 저택에서는 오사카에서 함께 온 토시이에의 가신 무라이 분고노카미 나가요리村井豊後守長頼, 오쿠무라 이요노카미 나가토미奧村伊豫守永福, 토쿠야마 고헤에德山五兵衛 세 사람이 기다리고 있었다. 사자의 힐문 결과가 어떻게 될 것인가 하고.

두 사람이 서로 재촉하며 자리에서 일어났다. 이에야스는 그제야 생각났다는 듯이 두 사람을 불러앉혔다.

"아 참, 아까 두 분 말씀 중에 마음에 걸리는 대목이 있었소. 물론 두 분의 뜻도 카가 님의 말씀도 아니겠지만, 이 이에야스를 열 명의 카한에서 제외할 수도 있다는 말이 있었지요?"

쇼타이가 당황하여 말을 흐렸다.

"하지만, 그것은……"

"아니, 말꼬리를 잡고 힐문하려는 것은 아니오. 그러나 이 한마디만은 분명히 해야겠소. 이 이에야스를 열 사람 중에서 제외시킨다면 그야말로 히데요리 님을 보좌하라고 하신 타이코 님의 유언에 위배되는 일. 앞으로 그런 말은 반드시 삼가달라고 전해주시오."

아무렇지도 않은 표정으로 말하고 나서 덧붙였다.

"수고가 많았소이다."

더 이상 두 사람은 아무 말도 할 용기가 없었다.

마지막에 이르러 무섭게 일격을 당했다.

두 사람이 이이 나오마사의 배웅을 받으며 나간 뒤.

"마루 장지문을 닫아라."

이에야스는 쓸쓸한 표정으로 토리이 신타로에게 명했다.

"지금부터 아리마 호인有馬法印의 집으로 가겠다. 사루가쿠猿樂°에 초대했는데, 하마터면 잊어버릴 뻔했어."

신타로는 저도 모르게 웃음을 터뜨릴 뻔했다. 그러나 곧—

"예."

엄숙하게 대답했다. 시치미를 떼는 이에야스의 모습이 참기 어려울 정도로 웃음을 유발했다.

"신타로, 무엇이 우스우냐?"

"아니, 우습지 않습니다."

"허허허, 그래? 너는 오늘 아리마 호인의 집에 장수들이 모인다는 것을 알고 있었구나."

"예…… 예."

"과연 네 생각대로야. 사루가쿠를 구경하면서 민심을 살피는 것이다. 기억해두어라. 그래야만 말에 모가 나지 않는 게다."

"예."

신타로는 장지문을 닫고 나서 물었다.

"사카키바라 님은 정말 오미까지 오셨을까요?"

"아니, 아직은 오와리尾張 근처에 있을 것이야. 그 보고는 나오마사의 재치였어."

이에야스는 이렇게 대답하며 손뼉을 쳐서 시녀를 불렀다.

"옷을 갈아입을 것이니 준비해라."

이때 두 사자를 현관까지 배웅했던 이이 나오마사가 돌아왔다.

"카토 카즈에노카미 님이 뵙기를 청하고 있습니다마는."

"뭐, 키요마사가……?"

"예. 은밀히 드릴 말씀이 있다고."

이이 나오마사가 고개를 갸웃하고 말했다. 이에야스는 한순간이기는 했으나 날카로운 눈으로 허공을 노려보았다.

"으음. 과연 세상은 시끄럽구나. 좋아, 옷은 나중에 갈아입기로 하고…… 참 나오마사, 그 코마키小牧 전투 때 입었던 갑옷을 보관한 궤를 가져오라고 하게."

무슨 생각을 했는지 그대로 자리에 돌아가 털썩 앉았다.

"그 갑옷을 가져오거든 키요마사를 이리 안내하게."

8

이이 나오마사는 시키는 대로 코난도小納戶°에게 지시하여 갑옷을 보관한 궤를 가져오도록 했다.

"안에 든 갑옷을 꺼내라."

이에야스는 신타로에게 갑옷을 꺼내게 하고 휴지로 가볍게 먼지를 털었다.

무엇 때문에 이런 것을 꺼냈을까? 가죽을 검은 실로 누벼 만든 그 갑옷은 이미 잿빛으로 변색되어 있었다. 순간 이에야스의 풍채도 칙칙해 보였으며, 갑옷도 서원도 칙칙해 보였다.

이때 이이 나오마사가 카토 키요마사를 안내해 들어왔다.

키요마사는 갑옷을 보고 흠칫 놀라는 것 같았다. 어쩌면 이에야스가 출진에 대비하여 갑옷을 점검한다고 생각했는지도 모른다.

"오오, 카즈에노카미 님이시군. 오사카에 계시는 줄 알았는데, 언제 후시미에 오셨소?"

"나이다이진 님께서도 안녕하셨습니까? ……실은 집에 잠시 들렀다가 곧바로 이곳에……"

이에야스는 반은 그의 말을 듣고 반은 갑옷에 정신이 빼앗긴 듯.

"카즈에노카미 님은 이 갑옷이 기억에 없소?"

"이 갑옷…… 글쎄요, 별로 기억이 없는데요."

"그래요? 타이코와 싸워 이긴 코마키 전투 때 입었던 갑옷이오……"

아무렇지도 않은 듯이 말하는 바람에 신타로와 나오마사가 먼저 깜짝 놀랐다. 전쟁을 하지 않으려는 이에야스의 마음은 두 사람 모두 잘 알고 있었다. 그러면서도 이처럼 갑옷을 손질하는 것은, 어떤 경우에도 대비를 게을리 하지 않는다는 이에야스의 조심성……이라는 것을 알았기 때문이다.

키요마사는 가볍게 웃었다.

"원 이런, 위험한 것을 꺼내셨군요."

"아니, 위험한 것이라니?"

"하하하…… 이런 것을 다시 나이다이진이 입도록 하여 피를 흘리게 할 만한 자가 이 천하에 과연 있겠습니까? 어서 거두십시오."

키요마사는 약간 굳어진 어조로 말하고 무릎걸음으로 한발 앞으로 나앉았다.

"물론 소란이 일어날 우려는 없습니다마는, 오늘 밤부터 당분간 제가 이 저택을 경비하고 싶습니다. 그 일로 허락을 받으려고 왔습니다."

"허어, 우리 집을 경비하겠다는 말이오?"

"저 혼자뿐이라면 부교들의 반감을 살지도 모릅니다. 그래서 후쿠시마 사에몬노다이부福島左衛門大夫, 쿠로다 부자, 토도 이즈미노카미藤堂和泉守, 모리 우콘노다이부森右近大夫 등과 같이 만일의 경우에 대비하려고 합니다."

이에야스는 저도 모르게 나직이 신음했다. 토도 타카토라와 모리 타다마사森忠政로부터는 이미 그런 제의가 은밀히 있었다. 그러나 키요마사가 자진하여 그런 말을 하리라고는 생각지도 못했다.

'이것도 미츠나리에 대한 반감에서일까……?'

물론 그렇기도 할 것이다. 그러나 그 이유만으로는 키요마사가 쿠로다 부자와 후쿠시마 마사노리까지 부추겨 직접 이에야스에게 가세하겠다고 청해올 리 없었다.

"카즈에노카미 님, ……오사카에서 키타노만도코로 님을 만나뵙고 오셨군요?"

"그렇습니다. 어제 문안을 드리러 갔습니다."

"그러면 이 이에야스의 신변을 지키라는…… 키타노만도코로 님의 지시가 계셨던 것은……"

이에야스가 여기까지 말했을 때 키요마사는 약간 표정을 굳히면서 나직하게 대답했다.

"그렇게 생각하신다 해도 굳이 부인하지는 않겠습니다."

9

이에야스는 가슴이 뭉클했다.

앞을 내다보는 눈이라기보다 정확히 현실을 분석하는 안목 없이 감정에 따라 노골적으로 책동을 일삼는 미츠나리 일파가 있는가 하면, 키요마사나 키타노만도코로와 같은 사람들도 있다……

키타노만도코로는 요도 부인과는 다른 입장에서 히데요리를 사랑하고 도요토미 가문의 앞날을 걱정하고 있을 것이다. 이에야스는 키요마사의 중후한 표정 뒤에서 그 깊은 슬픔을 깨달았다.

키요마사와 키타노만도코로는, 지금 이에야스와 부교들에게 떠받들리고 있는 마에다 토시이에가 싸운다면, 그 틈바구니에서 히데요리라는 전혀 무력한 주인을 둔 도요토미 가문은 흔적도 없이 사라질 것이라는 점을 우려하고 있다. 그래서 전에 이에야스가 두 번 다시 히데요시에게는 갑옷을 입도록 하지 않을 각오……라고 했을 때와 같은 각오, 같은 말로써 이에야스를 경호하겠다고 제의해왔을 터.

그러한 마음을 알 수 있었기 때문에 이에야스는 겸허하게 고개를 끄덕이지 않을 수 없었다.

"알겠소. 그렇다면 이 갑옷은 거두겠소. 신타로, 치우도록 하라."

그리고는 키요마사에게 미소를 보내면서 말했다.

"세상이란 시끄럽게 마련이군요, 카즈에노카미 님. 타이코의 장례도 끝나지 않았는데 앞날이 걱정스럽소."

키요마사는 그 말에는 대답하지 않고 말을 이었다.

"아까 말씀 드린 사람들뿐만이 아닙니다. 오타니 교부노쇼大谷刑部少輔도 만약 나이다이진 님의 저택을 노리는 자가 있다면 즉시 달려오겠다고 가신들에게 무장을 명하고 엄하게 대비하고 있습니다."

"아니, 오타니 요시츠구大谷吉繼까지도⋯⋯?"

"예. 그는 지부 같은 소인배가 아닙니다. 도련님을 위해 도움이 될 분과 무엄한 짓을 하려는 발칙한 자를 구별하고 있습니다."

"도련님을 위해서⋯⋯?"

"그렇습니다. 지금 같은 때 나이다이진 님과 다이나곤 님을 싸우시게 할 수는 없습니다. 아마도⋯⋯"

그러면서 키요마사는 자세를 가다듬었다.

"다이나곤 님에게도 키타노만도코로 님의 은밀한 말씀이 있으실 것입니다. 그리고 저희가 마음을 합쳐 나이다이진 님의 신변을 보호할 것이니 부디 자중하시기 바랍니다."

"알고 있소이다. 고개를 드시오, 카즈에노카미. 귀하와 키타노만도코로 님에게 어찌 마음을 숨길 필요가 있겠소. 이 이에야스는 이번 일이 카가 님의 본심에서 나오지 않았다는 것을 꿰뚫어보고 있소."

"그러시면 더 이상 일은⋯⋯?"

"어찌 내가 일을 벌인다는 말이오. 그러기에 오늘의 사자와는 일부러 상대를 하지 않았던 것이오. 원래부터 나는 싸울 의사가 없었소. 가신들이 만약의 사태에 대비하고 있을 뿐이오."

이에야스가 목소리를 낮추고 말했다.

키요마사는 다시 한 번 이에야스를 똑바로 쳐다보고 말했다.

"그 말씀을 듣고 안도했습니다······ 그러면 오늘 저녁부터 후쿠시마, 쿠로다, 토도, 모리, 아리마, 그리고 오다 우라쿠사이織田有樂齋, 신죠 스루가노카미新庄駿河守 님 등으로 하여금 이 저택을 경호하도록 하겠습니다. 외출할 예정이라시니 저는 이만 물러가겠습니다."

이에야스는 크게 고개를 끄덕이고 직접 자리에서 일어나 복도까지 배웅했다.

10

키요마사가 돌아간 뒤 이에야스는 외출 준비를 시작했다.

오늘 아리마 호인의 저택에는 다테 마사무네, 모가미 요시아키最上義光, 쿄고쿠 타카츠구京極高次와 타카토모高知 형제, 토미타 노부타카富田信高, 호리 히데마사堀秀政, 가모 히데유키蒲生秀行, 타나카 요시마사田中吉政 등이 초대되어 있을 것이다.

이에야스는 아리마 호인과 토도 타카토라의 주선으로 그들과 사루가쿠를 감상하면서 환담을 나누어 그들의 생각과 마음을 알아볼 작정이었다. 그러나 키요마사의 말을 통해 이미 그들 대부분의 향배를 알게 되었다.

'세상에는 눈을 뜨고 있는 사람도 많다······'

이런 생각에 마음이 밝아져야 할 것이지만, 키요마사와 키타노만도 코로의 심정을 생각하면 안타까운 마음이 떠나지 않았다.

대대로 내려오는 가신을 갖지 못한 도요토미 가문의 비극······ 더구나 히데요시는 만년에 옛날의 동료였던 다이묘들을 괴롭히다가 죽었다. 그런 의미에서 히데요시는 일단 길들였던 맹수들의 우리를 일부러 부수다가 죽은 것과도 같다. 이 때문에 그가 키운 자들이 두 파로 갈려 많지 않은 먹이를 놓고 다투기 시작했다.

'타이코는 보기 드문 맹수의 조련사였는데……'

그렇게 되면 다테, 우에스기, 모리, 시마즈 같은 맹수들이 다시 천하를 노리고 날뛰기 시작할 것은 뻔한 일. 다만 그들 중에서 아직도 몇몇 사람은 크게 지쳐 있었다. 지쳐 있는 동안에 다시 우리의 수리를 끝내고 날뛸 여지가 없는 시대의 추이를 확실하게 일깨워주지 않는다면 노부나가, 히데요시, 이에야스로 이어져온 천하통일의 꿈은 산산이 깨지고 말 것이다.

이에야스는 약간의 수행원만 거느리고 아리마 호인의 쿄바시京橋 어귀의 저택으로 향했다. 그는 키타노만도코로도 키요마사도 그러한 사실을 깨닫고 있다고 생각하니 그들의 견식을 높이 평가하고 싶은 동시에 서글픈 심정을 억제할 수 없었다.

'아마도 미츠나리 일파로서는 키타노만도코로와 키요마사의 행동을 일종의 배신으로 간주할 것이다……'

키타노만도코로는 전국戰國의 추이를 직접 체험한 여성이다.

노부나가가 미츠히데光秀에 의해 혼노 사本能寺에서 쓰러졌을 때는 어떠했는가?

히데요시는 맹수들을 '주군의 원수를 갚는다' 는 명분의 채찍으로 집결시키고, 그 실력으로 노부나가의 자식들을 제거했다. 이것은 히데요시가 극악무도한 사람이어서가 아니라, 아직 전국의 맹수들을 노부나가의 자식들로서는 길들일 수 없다는 사실에 기초한 결과였다.

그러한 히데요시가 조선 전쟁도 결말짓지 못한 채 죽는 바람에 다시 일본에는 노부나가 때와 똑같은 위기가 닥쳤다. 히데요시의 유아遺兒

는 노부나가의 유아보다 훨씬 어리다. 그렇다면 당연히 제2의 히데요시가 나타나 천하를 마무리해나갈 터.

그 제2의 히데요시는 누구인가?

키타노만도코로는 이런 생각을 한 끝에 이에야스의 신변을 보호하도록 했을 것이 틀림없고, 그 지시 이면에는 이에야스를 돕고 이에야스의 실력과 함께함으로써 도요토미 가문의 안태安泰를 도모하려는 비장한 결의와 기대가 엿보였다.

'후세사람들은 도요토미 가문의 충신을 미츠나리로 볼 것인가, 키요마사로 볼 것인가……'

아리마 호인의 저택에 도착했을 때 안에서 북소리가 바람을 타고 흘러나오고 있었다.

11

표면적으로는 한가한 사루가쿠 감상이었다. 그러나 역시 예사롭지 않은 분위기였다.

현관 앞에 모여 있는 다이묘들의 수행원들은 모두 완전무장을 하고 잔뜩 긴장한 채 대치하는 듯한 느낌이었다. 그들 사이로 부지런히 전령들이 드나들고 있었다.

모두 주인의 신변을 우려하여 오사카로부터 들어온 정보를 전하기도 하고 지시를 받고 되돌아가기도 하는 듯. 그들은 이에야스의 모습을 보고는 모두 조용히 맞아들였다.

현관 댓돌에는 주인 아리마 호인과 토도 타카토라가 나란히 서서 이에야스를 맞았다. 이에야스는 가볍게 인사를 받고 안으로 들어갔다.

"벌써 시작된 모양이군요."

"그렇습니다…… 아직 오시지 않아서 무슨 일이라도…… 하고 모두 걱정하고 있었습니다."

작은 소리로 말하는 토도 타카토라에게 이에야스는 미소도 띠지 않고 불쑥 대답했다.

"무슨 일이 생길 리 없지요. 생겨서도 안 되고."

아리마 호인이 깜짝 놀란 듯 이에야스를 돌아보고 목례했다.

"별실에서 우선 차부터."

"고맙소. 그럼 한잔 마시고 나서 보기로 할까요?"

"그럼, 토도 님의 솜씨를 어디 한번."

이것만으로 세 사람의 의사는 충분히 통했다. 호인은 손님 접대, 토도 타카토라는 그동안 별실에서 무언가 이에야스에게 고해야 할 일이 있는 모양이었다.

이에야스는 북과 피리소리를 오른쪽으로 들으면서 안채의 작은 객실로 안내되어 들어갔다. 거기서는 차솥이 계속 끓고 있었다.

"사자가 돌아갔다고 합니다."

타카토라는 차솥 앞으로 듬직한 몸을 구부리면서 넌지시 말했다.

"그러나 이대로 끝날 것 같지 않습니다."

이에야스는 대답 대신 흘끗 타카토라를 바라보고 자리에 앉았다.

"가령 미츠나리 쪽에서 불리하다는 것을 깨닫는다 해도 이번에는 카토 카즈에노카미를 비롯한 무장들이 가만 있지 않을 모양입니다."

"……"

"그들은 이 소란의 원인이 미츠나리 쪽에 있다고 깨달은 듯합니다. 깨달았다면 그냥 있지 않을 것입니다. 미츠나리는 긁어 부스럼을 만들었습니다."

"소란을 일으키게 해서는 안 되지요. 지금은 그럴 때가 아니오."

이에야스는 다시 한 번 똑같은 말을 되풀이했다.

"아직, 장례도 치르기 전인데 말이오."

"바로 그렇습니다. 이대로 두면 미츠나리의 부추김으로 마에다 가문도 다치게 될 것이라고 호소카와 가문의 원로인 마츠이 사도가 와서 걱정하고 있었습니다."

"그럴 테지요."

"아마 호소카와 엣츄노카미細川越中守도 움직일 모양입니다. 은거 중인 유사이幽齋 님의 말씀도 계셨던 것 같습니다."

타카토라는 이에야스 앞에 차를 내놓았다.

"마에다 다이나곤이 어떻게 나올 것인지. 그분에게도 생각이 있으시 겠지만…… 다이나곤 문제가 해결된다고 해도 뒤에 미츠나리와 무장 쪽의 개인적인 원한은 남을 것이고……"

이에야스는 타카토라의 말을 듣고 있는지 아닌지 아무렇게나 잔을 들어서는 소리 내어 차를 마셨다.

12

"다이나곤과 나이다이진이 직접 만나 회담하시면 문제가 풀릴 것인데…… 호소카와 가문의 마츠이 님 같은 분은 이렇게 생각하는 것 같습니다……"

이에야스가 차를 마시는 동안 타카토라는 다시 말을 계속했다. 조용히 끓는 물소리를 방해하지 않으려는 듯이 차분하게 말했다.

"이 타카토라도 처음에는 그렇게 생각했습니다."

"으음."

"나이다이진과 마에다 님이 하나가 되면 이미 천하에는 야심을 펼틈이 없다, 어떤 자라도 발톱을 감추고 물러날 것이라고…… 그러나 세상에는 종종 이해되지 않는 일도 벌어지게 마련입니다……"

타카토라는 이에야스가 내려놓는 찻잔을 받으면서 물었다.

"한 잔 더 따를까요?"

"아니, 됐소."

대답을 듣고는 조용히 찻잔을 닦으면서 타카토라는 말했다.

"아직도 당분간은 천하를 찬탈하려는 야심가들의 꿈이 가슴에서 떠나지 않을 것이니……"

잠깐 말을 끊고는 미소지었다.

"원래 마에다 님은 미츠나리를 탐탁하게 여기지 않았습니다. 따라서 설득하기에 따라서는 충분히 납득시킬 수 있습니다. 그런데, 다이나곤과 나이다이진 님이 화합하시면 미츠나리가 설 곳이 없어집니다. 물론 이 경우 그대로 물러날 사나이라면 문제가 없습니다만, 궁지에 몰린 쥐가 고양이를 무는 격으로 무슨 일을 저지르게 될지…… 여기에 이해되지 않는 일이 벌어질 듯한 냄새가 납니다."

"으음."

"다섯 분 타이로로 말씀 드린다면 다이나곤과 나이다이진 님 두 분 외에 세 분이 계십니다. 인원수로 보면 우세하다는 착각도 할 수 있습니다. 언제나 일을 그르치는 자의 판단은 그러한 착각에 빠지기 쉬운 것 같습니다."

비로소 이에야스는 희미하게 쓴웃음을 떠올렸다.

"토도 님, 걱정하지 마시오."

"물론 걱정은 하지 않습니다마는."

"이 에도의 각오는 그보다 더 차원이 높아요."

"예, 그러시겠지요."

"분명히 말하겠는데, 나는 미츠나리 따위는 적으로 삼지 않소."

"으음."

"내 목적은 어떻게 하면 카즈미總見(노부나가) 공과 타이코, 태평한 세상을 이루기 위해 분골쇄신한 분들의 뜻을 살리는가 하는 데 있소. 이 일을 서둘러선 안 되오. 큰 소란이 벌어지지 않도록 해이해지는 법도를 바로잡고 납득하지 못하는 자들을 설득해나가야 하오."

"옳으신 말씀입니다."

"나는 서두르지 않겠소. 서두르면 거칠어지게 마련이오. 타카토라 님도 그렇게 아시고 무장들을 대하기 바랍니다. 결코 천하는 몇몇 야심가들이 훔칠 수 있는 것이 아니며, 훔치도록 두어서도 안 됩니다. 천하는 경건하게 신불의 뜻을 받드는 사람에게 돌아가는 것…… 나는 거친 성격의 미츠나리에게 이 사실을 일깨워주고 싶소."

이에야스는 이렇게 말하고 가슴을 탁 치면서 다시 웃었다.

"적어도 나는 코마키에서 타이코에게 본때를 보인 사람이오. 그러나 죽이는 것만으로는 태평한 세상을 열 수 없소. 살려야 합니다…… 각자의 장점을 말이오. 그 설득력을 자연스럽게 몸에 익히는 일…… 그 것 없이 어찌 천하가 태평하게 가라앉을 수 있겠소. 카즈미 공도 타이코도 그것을 나에게 깊이 일깨워주고 돌아가셨소……"

13

이에야스의 말에 가만히 귀를 기울이던 토도 타카토라는 비로소 짓궂게 눈을 뜨고 물었다.

"그러시면 나이다이진 님은 미츠나리까지도 살리시겠다는 말씀입니까?"

"물론이오."

이에야스는 다시 한 번 크게 끄덕였다.

"사람은 누구나 세상에 어떤 도움을 주기 위해 이승에서 삶을 누리고 있다……는 나의 신념은 상대에 따라 변하지는 않소."

"으음, 사람은 누구나 세상에 도움을 주기 위해……"

타카토라는 입 속으로 천천히 이에야스의 말을 되풀이하여 중얼거리고는 히죽 웃었다.

"확실히 어떤 도움을 주기는 하겠지요, 미츠나리도."

이에야스는 더 이상 대꾸하지 않았다. 타카토라의 웃음은 그대로 자신의 생각이 깊지 못함을 말해주고 있었다. 타카토라는 미츠나리를 아직은 살려두는 것이 이에야스 쪽의 이익이 된다……고 판단하고 또 그렇게 받아들였다.

그 신념의 차이를 이 자리에서 말한다 해도 두 사람의 거리가 좁혀지지는 않을 터. 때는 아직 그렇게까지는 성숙되어 있지 않다…… 이렇게 생각하고 이에야스는 입을 다물었다. 그때 타카토라는 무릎걸음으로 다가앉으며 목소리를 떨구었다.

"과연 제 생각이 부족했습니다. 지금은 미츠나리의 잘못을 모르는 체하는 편이 현명할지도 모릅니다."

"……"

"그 재사가 자기 꾀를 믿고 날뛰면 날뛸수록 다이묘들 마음은 그로부터 떠날 테니까요. 과연 살려두는 편이 훨씬 도움이 될 듯합니다."

이에야스는 쓸쓸히 웃었다.

"이제 그만둡시다, 그 이야기는……"

그러면서 손을 내저었다.

"어떤 경우에도 우선은 대비, 그 다음으로는 자신의 자세를 바로할 것…… 이것이 진인사대천명盡人事待天命의 자세요. 그런 마음가짐만 있다면 쓸데없는 좁은 소견이나 후회는 필요치 않소. 인내란 여기서 태어나고 마침내 그 사람을 지켜주는 것이라 믿고 있소."

이때 집주인 아리마 호인이 들어왔다.

"모두 기다리고 있습니다마는……"

말하면서 아리마 호인은 싱글벙글 웃었다.

"나이다이진 님, 이제 걱정하실 것 없습니다. 돌아가시는 길에는 모리 우콘노다이부가 사람을 배치해 경비하고 있습니다. 해질 무렵까지는 카토 카즈에노카미 이하 모두가 저택으로 달려갈 것입니다."

순간 이에야스는 가볍게 눈을 감았다.

호인도 이러한 사람들의 움직임을 이에야스의 실력 앞에 굽실거리며 우왕좌왕하는 모습으로 보는 모양이었다.

이에야스는 그러한 생각이 우습기도 하고 슬프기도 했다.

'이런 자들만으로 어떻게 대사를 성취할 수 있을 것인가……'

그 위에 신불의 은총을 받을 수 있는 강한 지성과 자신감이 없어서는 안 된다…… 이에야스가 상대하는 것은 그 신불, 신불의 보이지 않는 손에 좌우되는 '운명' 그 자체가 아닌가.

"나무아미타불……"

문득 마음속으로 기원했을 때 아리마 호인이 또다시 환하게 웃는 얼굴로 이에야스를 재촉했다.

건드리면 울리는 것

1

코죠로였던 오소데는 미츠나리를 따라 오사카에 온 이후 차츰 잠을 이루지 못하는 밤이 많아졌다.

성문 바깥 해자 왼쪽에 요도가와淀川를 끼고 있는 미츠나리의 저택에서는 언제나 거대한 텐슈카쿠天守閣°가 바라보이고, 밤낮없이 노 젓는 소리가 그치지 않았다.

과연 일본에서 가장 많은 사람들이 모여사는 타이코의 성읍, 그 번창한 모습이 하카타와는 비교도 되지 않았다…… 이러한 사실을 알고는 있었으나, 이 모두가 오소데에게는 인연 없는 존재, 그녀의 어떤 희비 喜悲와도 관련되지 않았다.

미츠나리는 무슨 생각으로 오소데를 이곳에 데려온 것일까.

처음에는 미츠나리가 고독을 이기지 못해 자기 가슴에 매달리려 한다고 생각했다. 낮의 생활이 고달픈 사나이에게는 그와 같은 밤의 휴식이 있어야 한다. 어머니의 젖가슴에 매달리는 어린아이처럼 믿을 수 있는 여자와 다정히 지내면 마음의 응어리를 풀 수 있다…… 오사카에 도착할 때까지는 이런 생각을 하면서, 자기가 미츠나리의 생애에 없어서는 안 될 여자라는 마음을 갖기도 했다.

'시마야와 카미야의 부탁은 전혀 다른 것이었는데도……'

그런데 오사카에 도착한 뒤 미츠나리의 태도는 돌변하고 말았다. 입을 열기만 하면 '도련님을 위해서'…… 그리고 성에는 등을 돌리고 배를 타고 부지런히 하류로 내려가고는 했다.

그 하류에 요도야가 있고 카가의 저택이 있다는 것은 최근에야 알았다. 더구나 요즘에는 일단 그곳에 갔다 하면 카가 저택에 묵고 돌아오지 않는 날이 많았다.

이상하게 여긴 나머지 하카타 때부터의 요닌用人°인 우지이에 사쿠베에氏家作兵衛에게 물었다. 그는 작은 소리로 대답했다.

"다이나곤 님이 병환이시라 간호하러 가십니다."

그렇더라도 이상했다. 마에다 다이나곤이 히데요시의 유아 히데요리를 부탁받은 중요한 사람이라는 것은 알고 있었다. 그러나 그보다 더 중요한 것은 '히데요리'여야 할 터.

그런데 미츠나리는 성에 있는 히데요리에게는 발길을 끊고 뻔질나게 카가 저택에 드나들었다. 히데요리에게는 따로 카타기리 카츠모토片桐且元와 코이데 히데마사小出秀政 등의 사부가 딸려 있었지만, 왠지 순서가 뒤바뀐 듯한 느낌을 지울 수 없었다.

때때로 저택에 돌아와도 오소데에게는 거의 말을 걸지 않았다. 그 얼굴에 웃음이 떠오르는 일도 없었다. 집안은 썰렁하기만 하고 어쩌다 잠자리를 같이해도 오소데의 존재 따위는 잊어버린 듯 혼자 무언가 생각하며 고민했다.

이러한 변화 속에 오소데도 생각이 많아져 숙면할 수 없었다. 그리고 최근 며칠 동안은 저택 주위가 여간 소란스럽지 않았다. 영지에서 불러들였는지 아니면 새로 고용했는지, 보기에도 건장한 무사들이 무언가에 대비하여 저택 주위를 경계하였다.

그날 아침에도 미츠나리는 잠자리에서 세수를 끝내고 곧 외출 준비를 했다. 어젯밤 역시 잠을 이루지 못한 듯 눈이 약간 부어 있었는데, 코쇼小姓°가 건네는 수건도 당장에는 받아들지 않았다. 몸 전체로 무언가 이상한 공기를 냄새 맡기라도 하려는 듯했다.

오소데는 참다못해 말을 걸었다.

"나가시기 전에 할 이야기가 있습니다."

2

미츠나리는 엄한 표정으로 돌아보았다. 번뜩이는 오소데의 눈을 보고는 가볍게 한숨을 쉬며 돌아앉았다.

"무슨 용건인가?"

"걱정스럽습니다."

오소데는 칼로 베듯이 날카롭게 말했다.

"기력이 없어 보입니다. 이대로 계시면 몸에 해롭습니다. 깨닫지 못하실지 모르나 보는 사람으로서는 여간 걱정스럽지 않습니다."

미츠나리는 놀랐다는 듯이 눈을 크게 떴다가 쓸쓸히 웃으면서 다시 한 번 한숨을 쉬었다.

"그대는 무언가 착각하고 있어."

"병도 아니고 피로하지도 않다……는 말씀입니까?"

"그게 아니라, 내가 그대를 오사카에 데려온 의미 말이야. 그대는 야나기쵸에서 잔뼈가 굵은 화류계 여자, 설마 내 말을 진정으로 받아들이지는 않았을 거야. 나는 그대를 소시츠나 소탄 가까이 두는 것은 바람직하지 않다고 여겨 납치해왔어. 정이 들어 데려온 줄 착각하거나 건방진 소리는 하지 않는 게 좋아."

오소데는 예리한 칼날로 얼굴이 거꾸로 쓸어올려지는 듯한 느낌이었다. 그러나 얼른 가볍게 웃어 보였다.

"호호호…… 허세를 부리시는군요. 마음에도 없는 말로 허세를 부리시면, 우직한 사람은 정말 속 다르고 입 다른 방심할 수 없는 분인 줄 알겠어요."

웃음과 함께 단숨에 말했다.

'이것이 바로 이 사람을 고독하게 만드는 원인……'

그리고는 마음속으로 생각했다.

"주인님은 어젯밤 무어라고 잠꼬대를 하셨는지 아시나요?"

"뭐, 내가 잠꼬대를 했어?"

"예. 필사적으로 구원을 청하셨어요. 누군가에게 쫓기고 계셨어요."

오소데의 질문은 미츠나리의 폐부를 깊이 도려낸 모양이었다. 순간 미츠나리의 입술이 파랗게 질렸다.

"저는 주인님의 마음은 들여다보지 못합니다. 그러나 몸의 피로는 알 수 있어요. 이대로 두면 머지않아……"

오소데는 이렇게 말하고 미츠나리의 무릎에 기댔다.

"주인님 같은 분이 저 따위 무력한 여자 하나도 포용하지 못하십니까? 만일 대사를 누설시킨다 해도 나중에 죽여 없애면 끝날 여자인데 말입니다…… 지금처럼 계속 긴장된 마음으로 계신다면 병이 나실 거예요."

미츠나리는 대답하려 하지 않았다. 경계와 낭패의 표정을 어떻게 억누를 것인지 초조해하고 있음을 느낄 수 있었다.

오소데도 그만 입을 다물었다. 이런 경우 더 이상 추궁한다는 것은 위험한 일이었다. 남을 용서할 수 없는 근성을 가진 사나이의 약점은 종종 이성理性을 초월한 분노가 되어 되돌아왔다.

어색한 침묵이 잠시 계속되었다. 미츠나리는 오소데가 어떤 마음을 품고 있는가를, 그리고 그 처형까지를 신중하게 생각하고 있는지도 몰랐다.

갑자기 미츠나리가 웃기 시작했다. 자조하듯 나직한 웃음, 그 웃음과 함께 오른손이 오소데의 어깨에 얹혀졌다.

"정말 그대는 재미있는 여자야."

"아닙니다. 이렇게 여기까지 따라와 있는 동안 주인님이 불쌍한 분이라 생각되어 안타까울 뿐입니다."

오소데의 진심이었다……

3

미츠나리는 다시 한 번 나직이 웃었다.

"으음, 내가 불쌍한 사나이란 말이지?"

"예. 이 세상의 일이 뜻대로 되지 않는다고 해도, 그것은 누구의 잘못도 아닙니다."

"모두 자신의 잘못이란 말인가?"

"아닙니다. 초조해하지 말 것…… 초조해지면 자기만이 아니라 주위 사람들까지 엄하게 책망하게 됩니다. 그것은 바로 지옥입니다."

오소데의 말에는 약간의 아양이 섞여 있었다. 대부분의 손님은 이 정도로 마음이 누그러지곤 했다…… 화류계 생활을 통해 몸으로 체득한 경험이었다.

미츠나리는 가볍게 그녀를 뿌리쳤다.

"오소데, 그대는 남자의 마음을 꿰뚫는 여자로군."

"아니, 그렇지는……"

"속단하지 마라. 단 한 가지 크게 착각하고 있는 것을 제외하고는 말이야."

"큰 착각이라니요……?"

"이 미츠나리도 말하고 싶어! 누군가에게 이 괴로움을 털어놓고 싶어! 그러나 말이지…… 오소데, 만약에 털어놓는다면 그 상대는 죽어야만 해. 따라서 그대도 더 이상 묻지 마라."

"아무것도 묻지 않았어요."

오소데는 태연하게 대꾸했다.

"아무것도 묻지 않는다 해도 오소데는 이미 살아서는 이 저택을 나갈 수 없을 거예요."

"뭣이? 내가 그대를 죽이기라도 할 것이란 말인가?"

"예. 제가 소탄 님에게 어떤 부탁을 받았는지 주인님은 잘 아실 것이기 때문입니다."

"으음."

"소탄 님과 소시츠 님은 주인님이 나이다이진과 손을 잡을 것인가, 아니면 일전을 벌일 것인가를 탐지하라고 하셨습니다."

오소데는 마치 남의 일이기라도 하듯 무심히 말했다.

"그리고 이미 그것을 탐지했습니다. 주인님은 결코 나이다이진과 손잡으실 분이 아니다, 도중에 어떤 곡절이 있건 반드시 싸우실 분이라고…… 그러므로 제가 이 저택에서 나갈 수 있는 가능성은 만에 하나도 없습니다."

미츠나리는 다시 찢어질 듯한 눈으로 오소데를 노려보기 시작했다.

'어째서 이 여자에게 그토록 분명히 내 마음이 간파되었을까.'

정직하게 말해서 미츠나리는 하카타에 있을 때부터 이에야스와 타협할 마음은 추호도 없었다. 아니, 그 마음은 하카타에 가기 전에도, 히데요시의 생존 중에도 전혀 없었다.

귀경 이후 두 번이나 이에야스의 제거를 꾀했다가 두 번 모두 비참하게 실패하고 말았다.

첫번째는 히데요리가 오사카 성으로 이전할 때였다. 수행했던 이에야스가 돌아가는 기회를 노렸다. 이에야스는 알아차렸는지 성을 나서자 히라카타枚方까지 누구의 저택에도 들르지 않고 그대로 말을 타고 직행했다…… 수로水路는 미츠나리의 세력범위라는 사실을 염두에 둔 계산된 행동인 듯했다.

두번째는 19일, 네 명의 타이로와 다섯 부교의 이름으로, 쇼타이와 이코마 치카마사 등을 힐문 사자로 파견했을 때였다.

미츠나리는, 이에야스는 반드시 변명하기 위해 오사카에 올 것이니 그때야말로! 하고 별렀다. 그러나 이에야스는 멋지게 사자를 따돌리고 오사카에 오기는커녕 도리어 카한에서 제외시킨다면 타이코 유언에 위배되는 부당한 일이라고 충고함으로써 반격을 가해왔다.

미츠나리가 밤잠을 자지 못하게 된 것은 그때부터였다……

4

오소데가 말한 것처럼, 미츠나리는 단독으로 이에야스와 일전을 벌일 각오 따위는 물론 없었다. 자신에게는 그럴 만한 힘이 없다는 사실을 너무 잘 알고 있었다. 그래서 기회를 보아 암살할 생각이었다.

이에야스만 제거하면 히데요리와 토시이에를 등에 업고 도요토미 가문을 수호하면서 충분히 천하를 호령할 수 있다고 생각했다.

고심 끝에 만들어낸 기회는 두 번 모두 미츠나리에게 등을 돌렸다. 이제 마지막 수단에 호소하여 우선 토시이에에게 일을 벌이게 하고, 그를 방패로 삼아 제후들을 규합해나가는 수밖에 없었다……

그런데 이 토시이에가 쇼타이와 이코마 치카마사가 돌아온 후부터 점점 생각을 바꾸고 있었다. 새삼스럽게 혼담의 중매인과 상대방을 힐문해보았으나 그 대답은 더욱 종잡을 수 없었고, 호소카와 타다오키가 뜻밖의 열의를 보이며 마에다 가문에 입김을 불어넣어 토시이에의 투지가 차차 무디어갔다.

'토시이에가 등을 돌린다면 내 입장은 어떻게 될 것인가……?'

토시이에를 등에 업고 있어야만 미츠나리는 도요토미 가문의 초석이 될 수 있다. 그 그늘에서 벗어난다면 카토나 후쿠시마 등과 다를 바 없는, 권력의 자리와는 거리가 먼 일개 다이묘에 지나지 않는다.

고슈江州 땅 사와야마佐和山의 25만 석으로 어떻게 이번 전쟁에서도 전혀 피해가 없는 300만 석에 가까운 실력을 가진 이에야스에게 대항할 수 있다는 말인가. 이에 대한 고민이 미츠나리의 목을 바짝 죄어 결국 오소데에게까지 그 초조감이 알려지게 되었다.

"그렇군, 그대는 벌써 이 집에서 죽을 생각을 하고 있단 말이지."

미츠나리는 이마에 식은땀을 흘리면서 신음하듯 말했다.

"그럴 생각이라면 나도 굳이 숨기지 않겠어. 그대도 더 이상 할말이 없을 거야."

오소데는 조용히 미소를 떠올리면서 고개를 저었다.

"아니, 여기서 죽을 각오, 그래서 말씀 드리는 것입니다. 주인님은 지금 불길한 별자리 밑에 있습니다."

"어떻게 그것을 안다는 말인가?"

"호호호…… 제가 주인님보다 훨씬 더 불행하게 살았기 때문이겠지요. 인간에게는 뜻하지 않은 행운이 찾아올 때와, 움직이면 움직일수록 더 꼼짝할 수 없는 수렁의 나락에 빠지는 경우가 있습니다."

오소데는 다시 아양을 떨었다.

"주인님은 지금까지 너무 많은 행운을 누리셨습니다. 원하시는 것마다 모두 뜻대로 되었습니다."

"그 무슨 헛소리!"

"아닙니다. 그래서 일생에 반드시 몇 번인가는 찾아오게 마련인 나쁜 운을 모르시는 거예요. 주인님! 목숨이 아까워 말씀 드리는 것이 아닙니다. 앞으로 일이 년 동안 문제를 일으키지 마십시오."

미츠나리는 혀를 차고 다시 오소데를 끌어당겼다.

'아녀자가 무슨 소리야!'

심한 반발과 함께 왠지 모르게 마음에 걸리는 그녀의 말이었다.

오소데는 다시 노래하는 듯한 어조로 말했다.

"운세가 사나울 때는 몸을 사리고 가만히 있는 것이 좋다, 그렇지 않으면 생명과 직결되는 파탄이 올 것이다, 십 년을 일하고 이 년은 쉬어라…… 이 이 년이 중요한 수면睡眠이라고 제가 야나기쵸에 있을 때 중국 사람 오성도인五星道人이 가르쳐주었어요……"

5

"뭐, 오성도인이라고……?"

미츠나리의 반문에 오소데는 그의 품안에서 고개를 끄덕였다.

"산명학算命學°이라는 것이 있다고 해요. 아무리 좋은 별 밑에 태어난 사람에게도 십이 년 중에서 반드시 이 년은 나쁜 해가 찾아온다, 그 이 년 동안에 움직이면 평생을 망치게 된다고……"

"으음."

"도인은 이렇게 말했어요. 아케치 님은 그 별을 스스로 점쳐 알고 있었으면서도 움직였기 때문에 삼일천하…… 타이코 님도 그 나쁜 별 밑에서 두번째 전쟁을 시작했다, 이는 반드시 목숨을 잃을 원인이 될 것이라고……"

미츠나리는 와들와들 떨기 시작했다. 그 역시 전쟁터에서 별을 점치는 군사軍師의 존재를 알고 있었다. 아니, 미츠히데는 그 방면의 달인達人이라는 말도 들어 알고 있었다. 그런 만큼 오소데가 지금 한 말은 가슴에 칼날을 들이대는 듯한 느낌이었다.

"하하하…… 이것이 나에 대한 그대의 충고란 말인가?"

"예. 타이코 님이 서거하신 날이 주인님에게는 생애 최악의 날……그때부터 이 년을 세어나가면 내년 팔월 하순까지는 움직이지 않아야 한다는 계산이 나옵니다. 주인님! 아무리 화가 나더라도 그때까지는 꾹 참고 나이다이진의 동향을 지켜보십시오."

미츠나리는 당황했다. 결코 오소데의 말을 그대로 믿는 것은 아니었다. 그러나 내년 팔월 하순까지 동향을 지켜본다는 점에 대해서는 미츠나리도 전혀 생각지 않았던 것은 아니었다……

"주인님이 나쁜 별 밑에 계실 때는 나이다이진에게는 거꾸로 행운의 해가 될지도 모릅니다…… 아케치 님에게 최악이었던 날이 젊었을 적의 타이코 님에게 가장 좋은 날이었던 것처럼……"

"그만둬, 이제 됐어!"

미츠나리는 다시 무섭게 오소데를 떼밀었다.

"그런 충고는 이미 때가 늦었어."

"무……무엇이라 하셨습니까?"

"이미 늦었다고 했어. 나이다이진은 벌써 병력을 후시미에 불러들였어. 나이다이진의 가신 사카키바라 야스마사란 사나이가 오미의 세타瀨田 큰 다리까지 달려와, 동쪽에서 올라오는 우리편의 통행을 모두 금지시켰다는 보고가 들어왔어. 뿐만 아니라 그 대군을 먹이기 위해 쿄토 주변에는 식량 매점이 시작되었다는 거야……"

"그러면, 벌써 군사들이……?"

"그래. 따라서 우리로서는 마에다 다이나곤을 강요해서라도 후시미 공격을 단행하도록 하는 것밖에는 다른 길이 없어. 하하하…… 염려하지 않아도 돼. 막상 전쟁이 벌어지면 타이코의 은혜를 입은 사람들이 앞다투어 우리를 도울 것이 분명하니까."

오소데는 순간 어리둥절했다.

"벌써 거기까지……?"

"물론이지. 화살은 이미 시위를 떠났어. 그까짓 운명 같은 것은 언제나 내 손으로 개척할 수 있는 거야!"

미츠나리는 자기 가슴을 두드리며 이렇게 말했다. 오소데는 무슨 생각을 했는지 갑자기 그 자리에 두 손을 짚었다.

"만류해서 죄송스럽습니다. 그러면 곧 나가십시오. 언제라도 방해가 되시거든 이 오소데를……"

죽여도 좋다는 말인 듯. 다시 한 번 생긋 아양을 떨며 웃어 보였다.

미츠나리는 고개를 끄덕이고 일어섰다.

"오늘은 못 돌아오게 될지도 몰라."

6

미츠나리는 걷기 시작하면서 점점 화가 치밀었다.

'오소데의 말 따위를 순순히 듣고 있는 게 아니었는데……'

아무리 자신감이 강한 사람이라도, 인간의 생애에는 행운과 불운의 순환이 있고 지금은 그 불운의 와중에 있다……는 말을 듣는다면 동요하지 않을 수 없다.

히데요시가 죽은 지난해 8월부터 미츠나리에게는 시원스럽게 일이 풀린 경우는 하나도 없었다. 하카타에 갈 때까지는 그나마 큰 자신감을 가지고 있었으나, 키요마사와 유키나가가 조선에서 대립했다는 소식을 듣고부터는 급격한 내리막길이었다.

키요마사뿐 아니라 아사노 요시나가와 쿠로다 나가마사까지도 그가 상상했던 것보다 훨씬 더 노골적인 반감을 품고 돌아왔다. 후쿠시마, 호소카와, 이케다, 카토 요시아키 등도 종래의 우정에 묶여 미츠나리에게 등을 돌렸다.

그러한 상황에서 마에다 토시이에만은 놓치지 않으려고 필사적인 미츠나리, 토시이에와 단둘이 대담을 하는 등 제3자에게는 차마 보일 수 없는 비참한 저자세를 취하고 있었다.

이런 암담한 때 오소데는 미츠나리의 별이 지금 그에게 불운의 빛을 던지고 있다고 냉엄하게 지적해온 것이 아닌가…… 그 오소데는 이상할 정도로 대담하게 미츠나리 앞에 목숨을 내던지고 있었다. 목숨을 내던진 여자의 말, 더욱 기분 나쁜 진실감을 주었다……

분명 인간의 생애에는 행운과 불운의 순환이 있을 터. 마치 일 년에 사계절의 변화가 있듯…… 더구나 지금 미츠나리가 무섭게 서릿발 선 운명의 겨울을 맞지 않았다고 누가 단언할 수 있다는 말인가.

'만약 그 엄동설한의 대지에 봄의 새싹을 기대하고 헛되이 씨를 뿌린다면 어떻게 될 것인가……?'

솔직하게 말해서 지금 미츠나리가 나카노시마中の島의 수많은 요도야의 창고와 이웃한 마에다 저택을 이처럼 매일같이 찾는 데는 두 가지 큰 의미가 있었다.

첫째는 말할 나위도 없이 토시이에와 무단파의 접근을 차단하기 위해서였다. 지금 토시이에가 등을 돌린다면 미츠나리는 설 곳이 없었다. 문제는 이것만이 아니었다. 다른 하나의 이유는 지금 미츠나리는 자기 집에 있으면 신변의 위험을 절실하게 느끼게 된다.

무단파는 미츠나리와 토시이에를 떼어놓으려 했다. 그들의 생각으로는 미츠나리가 토시이에를 등에 업고 도요토미 가문의 실권을 쥐려고 획책하는 것으로 보였기 때문일 듯.

'내년 팔월까지 조용히 동향을 지켜보라고 하다니, 그 계집이······'

그렇게는 할 수 없다! 그렇게 하면 그동안에 이에야스는 다이묘들 사이에 요지부동의 기반을 쌓게 된다.

배를 타고 마에다 저택 뒤쪽 수문水門으로 들어가 하역용 석축에 내려선 미츠나리, 그곳에서 다시 한 번 카타기누肩衣° 깃을 바로잡고 심호흡을 했다. 표면적으로는 오늘도 토시이에의 문병······ 그리고 간호를 한다는 구실로 그대로 묵을 작정이었다.

"오, 지부 님이시군요. 자주 문병을 오셔서 송구스럽습니다."

역시 배를 타고 어디로 갈 모양인 마에다 가문의 후와 다이가쿠가 얼른 말을 걸어왔다.

"지금 다이나곤 님은 호소카와 님과 말씀을 나누고 계십니다. 들어가셔서 잠시 기다리십시오······"

7

미츠나리는 호소카와 타다오키가 왔다는 말만 듣고도 등줄기가 서늘해졌다.

타다오키가 맏아들인 토시나가를 통해 계속 토시이에를 설득하고 있다는 사실은 잘 알고 있었다. 어머니의 마음을 충분히 헤아리는 토시나가는 이에야스와 싸워서는 안 된다는 의견이었다.

미츠나리는 그러한 토시나가의 의견을 차단하려고 토시이에의 병상을 떠나지 않으려고 노력했던 것이지만······

미츠나리는 허둥지둥 현관으로 가, 이미 낯이 익은 젊은 무사의 안내도 기다리지 않고 마루 위로 올라갔다.

"다른 때와 같이 대기실에서 기다리겠네. 손님이 돌아가시거든 문병 왔다고 전해주게."

저택 안팎은 어제보다 더 긴박한 공기가 감돌았다. 순간 내객은 호소카와 타다오키만이 아닌지도 모른다는 생각——미츠나리는 토시이에의 병실과 안뜰 하나를 사이에 두고 대각선 쪽에 있는 대기실에 들어가서도 초조한 나머지 그대로 앉아 있을 수가 없었다. 잠시 집에 돌아가 있는 동안에 분위기가 일변한 것이 아닌가 싶어 평소의 그답지 않게 가슴이 뛰었다.

"지부 님, 실례를 해도 괜찮을까요?"

복도의 발소리를 듣고 저도 모르게 자세를 고쳤을 때 차남 토시마사가 장지문 밖에서 말을 걸었다.

"사양 말고 들어오게."

"그럼, 실례합니다."

토시마사는 들어오자마자 거침없이 웃으면서 말했다.

"드디어 실마리가 보입니다, 지부 님."

"실마리가 보이다니?"

"전쟁은 일어나지 않습니다. 츄로들이 호소카와 님과 같이 드디어 아버지를 설득했습니다."

"츄로들이……?"

"예. 오늘 아침 일찍 이코마, 나카무라, 호리오 세 츄로께서 오셔서 카토, 아사노 두 분과 말씀을 나누시고 또 형님과 호소카와 님이 충고를 드렸습니다. 모두가 의견이 같아 결국 아버님도 꺾이시고 말았습니다."

순간 미츠나리는 눈을 감았다. 갑자기 천지가 뒤집히는 듯했다.

"그래서, 츄로들은 이미 돌아가셨나?"

"중신들은 돌아가셨습니다마는, 카토와 아사노 두 분은 아직 별실에서 형님과 이야기하고 있습니다."

이렇게 말하고 토시마사는 다시 태평스럽게 웃었다.

"나중에 아버님도 말씀하시겠지만, 순서는 이렇습니다. 먼저 나이다 이진과 다른 아홉 분이 서약서를 교환한다. 그 사자로는 츄로들이 나선다. 그러나 이것만으로는 뒤에 응어리가 남을 것이다. 따라서 나이다이진은 후시미에서 오사카로 와서 인사를 드리고, 아버님은 그 답례로 후시미를 방문하여 화해를 성립시킨다…… 이런 순서로, 결국은 츄로들이 서약서 교환을 청한다……는 형식이 되겠죠. 무익한 전쟁을 피할 생각이라면……"

토시마사는 큰 걱정을 덜었다는 듯한 느낌의 밝은 목소리였다. 그러나 미츠나리로서는 차마 그대로 들을 수 없는 말이었다.

'그렇게 되면 이……이…… 미츠나리는……'

"토시마사, 위험한 일이야! 무엇보다도 우선 다이나곤 님이 후시미에 가시다니…… 일부러 죽으러 가는 것과도 같지 않은가."

"하하하…… 우리도 그런 말씀을 드렸지요. 그렇다면 카토, 아사노, 호소카와 등 세 분을 동반하여 절대로 손을 대지 못하게 하겠다고 하시더군요."

토시마사는 다시 한 번 소리 내어 웃었다.

8

미츠나리는 무어라 말하려 했으나 혀가 굳어 소리가 나오지 않았다. 토시마사가 한 말의 뜻이 마구 가슴을 찔러왔다.

츄로 세 사람이 찾아와 사태를 수습하기 위해 다시 한 번 이에야스로부터 서약서를 받으려 하는 것도 뜻밖이려니와, 그런 뒤 카토, 아사노, 호소카와 등 세 사람이 만난다는 것도 기괴했다.

츄로들은 카토, 아사노, 호소카와 등의 사주를 받고 다 같이 상의한 뒤에 찾아왔던 것인지도 모른다. 그렇다면 미츠나리는 완전히 뒤통수를 얻어맞고 따돌림을 당한 꼴……

더구나 그런 뒤 양쪽이 서로 방문한다는 것은 언어도단이었다.

"그러면…… 카토, 아사노, 호소카와 등 세 사람이 보호할 것이므로 다이나곤 님도 안심하고 후시미로 가실 수 있다…… 이 말인가?"

"그렇습니다."

토시마사는 가볍게 고개를 끄덕이며 말을 이었다.

"도련님의 장래에 도움이 되는 일이라면 비록 그 자리에서 목숨을 잃어도 아깝지 않다는 것이 아버님의 결심인 듯합니다."

"그럼, 모리 님, 우키타 님, 우에스기 님도 알고 계시겠군?"

"벌써 아셨을 것입니다. 츄로들이 각각 나누어 방문해서 승낙을 받았다고 하니까 말입니다."

미츠나리는 더 이상 아무 할말도 없었다. 츄로들이 먼저 돌아갔다……는 것은 다른 세 타이로를 방문하기 위해서였다……

'이제 드디어 각오할 때가 왔다……'

미츠나리는 잔뜩 배에 힘을 주고 호흡을 가다듬었다.

최악의 시기……라고까지는 단언할 수 없었으나, 키타노만도코로를 중심으로 한 무단파의 책동이 지금까지 미츠나리가 노력한 성과를 완전히 뒤엎은 것만은 분명히 인정하지 않으면 안 되었다.

'이에야스의 야심도 모르는 소인배들이……'

뱃속 깊숙한 곳에서부터 치미는 싸늘한 분노를 씹어 삼키고 있을 때 토시이에의 측근인 토쿠야마 고헤에가 왔다.

"손님들이 물러갔습니다. 지부노쇼 님을 만나겠다고 하십니다."

고헤에는 정중히 두 손을 짚고 말했다. 그리고 나서 누구에게인지도 모르게 덧붙여 말했다.

"복도에서 카토 님이나 아사노 님을 만나지 않도록 안내하겠어요."

그들이 이 저택에서 미츠나리의 모습을 발견하면 그냥 두지 않을 것이라는 함축성을 지닌 중얼거림이었다.

"알고 있소."

토시마사가 말을 중단시켰다.

"두 분은 아직 형님과 같이 객실에 있을 테지…… 좋아, 내가 안내하겠소."

"그럼……"

미츠나리는 토시마사를 따라 복도로 나왔다. 온몸이 기묘한 투지로 불타기 시작하여 손끝 발끝까지 뜨거워졌다.

"지부 님, 조심하십시오. 지부 님의 뜻을 세상에서는 크게 오해하고 있는 것 같으니까요."

이 말을 듣는 순간 미츠나리는 무어라 표현할 수 없는 반발을 느끼고 갑자기 발걸음이 거칠어졌다.

9

토시이에는 힘없이 사방침에 기댄 채 미츠나리를 맞이했다. 과연 단정하게 옷을 입고 있었다. 그러나 뒤에는 이부자리가 깔려 있었고 전신에는 불길한 병마의 그림자가 짙게 드리워 있었다.

"오늘은 좀 어떠십니까?"

미츠나리는 화로를 사이에 두고 가까이 앉으면서 물었다.

"이 추위도 곧 물러갈 것이니 부디 몸조심을……"

토시이에는 그 말에는 대답하지 않고 말을 꺼냈다.

"지금은 우선 타이코 전하의 장례를 무사히 치러야 할 것이오."

미츠나리는 얼굴에서 귀까지 뜨겁게 달아오르는 열기를 느꼈다.

"카토, 아사노 등이 그런 말씀을 드렸습니까?"

"그렇소. 잘 생각해보니, 장례도 치르기 전에 일이 벌어지면 당분간은 장례도 지낼 수 없소. 그렇게 되면 유지를 받들기는커녕 후세까지 웃음거리가 될 것이오."

"다이나곤 님! 그러시면 이미 그 마음은 확고부동한 것입니까?"

"도리에 따르지 않을 수 없소. 카토, 아사노 두 분만이 아니라 키타노만도코로 님을 비롯해 전하가 키우신 장수들의 간절한 희망이오."

"황송합니다마는, 이 미츠나리는 그 결정에 큰 분노를 느낍니다."

"알고 있소. 그게 나이다이진이 노렸던 점이라는 말이겠지요."

"그렇습니다. 말하자면 나이다이진의 이번 혼담은 도요토미 가문 주변 사람들에 대한 도전이고, 그 반응에 대한 탐색입니다. 지금 일 보를 양보하면 백 보를 양보하는 기초가 될 것입니다."

토시이에는 이맛살을 찌푸리고 휙 고개를 돌렸다.

"세상에는 그 일 보를 양보하지 않으려다 도리어 뿌리째 파멸을 초래하는 경우도 있게 마련이오."

"황송합니다마는, 저는 그렇게 생각지 않습니다! 이 미츠나리는 아직 장례도 끝내기 전에 그와 같은 무엄한 짓을 하는 자를 단연코 용서할 수 없습니다."

말하고 나서 미츠나리는 아차 하는 마음이었다. 여전히 전신은 학질에 걸린 듯이 열이 올라 화끈거렸다. 이 기괴한 열기가 이성 밖에서 그를 조종하는 것 같았다.

"뭐, 단연코 용서할 수 없다고요……?"

"예. 용서한다면 미츠나리의 무사도도, 체면도 서지 않습니다. 일본

전체가 도련님에게 등을 돌리는 한이 있어도 이 미츠나리만은 단연코 저 혼자만이라도 절대로 야심의 무리에게 굴하지 않겠습니다."

토시마사와 토쿠야마는 아연실색해 서로 얼굴을 바라보았다.

'제정신이 아니다. 도대체 아버지는 이런 비정상적인 미츠나리를 어떻게 다룰까……?'

마른침을 삼키고 마주보던 시선을 아버지에게 옮겼다. 토시이에는 찌를 듯한 눈으로 미츠나리를 바라보고 있었다.

"지부 님, 그 기백만은 높이 평가하고 싶소."

"그러시면, 다이나곤 님의 본심도……?"

"그러나 지부 님은 당분간 우리 집에서 나가지 않는 편이 좋겠소. 나간다면 일부러 칼날 앞에 자기 몸을 내맡기는 것과도 같으니까."

토시이에는 타이르듯 천천히 그리고 위엄 있게 말했다.

"이번 일은 서약서로 일단락짓겠소. 이 토시이에의 결단이오."

10

미츠나리의 이성은 열기에 사로잡힌 또 한 사람의 자기가 발언하는 소리에 몹시 당황하고 있었다.

토시이에의 말은 미츠나리가 혼자 반대하는 것은 이제 용서하지 않겠다는 뜻을 내포하고 있었다. 그 점을 잘 알면서도 또 하나의 미츠나리는 더욱 기고만장해졌다. 어떻게도 손을 쓸 수 없는 자기 분열인지도 모른다.

"그렇다면 여쭙겠습니다. 다이나곤 님은 이번 혼담 문제를 서약서로 매듭지으시겠다면, 그 다음은 틀림없이 나이다이진의 야심을 봉쇄할 방책과 자신감을 가지고 계시다는 말씀입니까?"

토시이에는 어이없다는 듯 미츠나리를 바라보았다.

"그런 자신감이 확실히 있었다면 타이코가 그처럼 고민했을 리가 없다고 생각지 않소?"

"그렇다면 자신감이 없기에 나이다이진에게 굴복…… 아니, 나이다이진의 횡포에 눈을 감으신다는 것입니까?"

"지부 님! 말이 좀 과하군요."

"아니, 납득할 수 없는 일에는 절대로 동의할 수 없습니다. 이것은 도요토미 가문의 부침浮沈, 도련님의 생애와 직결되는 일입니다."

"그래, 끝까지 버티겠다는 말이오?"

"그렇지 않으면 미츠나리의 고집이 허락하지 않습니다. 타이코 전하의 위촉을 받은 몸, 점점 더 궁지에 빠져드는 주군의 가문을 수수방관한다면 미츠나리의 면목이 서지 않습니다. 설령 일본 다이묘 모두가 나이다이진 앞에 무릎을 꿇는다 해도 이 미츠나리만은 외롭게 충성을 지켜나갈 각오입니다."

너무도 방자한 미츠나리의 호언장담에 토시마사는 저도 모르게 칼을 당기고 미츠나리 앞으로 다가갔다. 만일 토시이에가 화를 내고 꾸짖는다면, 미츠나리는 단검을 뽑아들고 토시이에에게 덤벼들 기세였다.

그러나 토시마사의 기우였을 뿐, 토시이에는 화를 내지 않았다.

"그래요? 근래에 들어보지 못한 통쾌한 말을 듣게 되는군. 타이코와 도련님을 대신하여 이 토시이에가 깊이 감사 드리겠소."

"무……무……무슨 말씀입니까."

"이것으로 그대의 심정은 잘 알았소. 수단과 방법은 다르지만 도요토미 가문을 생각하는 마음은 우리와 같다는 말이오."

"이해해주시겠습니까?"

"잘 압니다. 그렇다면 이번 서약서에는 지부 님의 서명이 없어도 되겠군요. 우리 여덟 사람이 어떻게든 일을 잘 마무리하고 나서 오사카에서 도련님의 수호를 확실하게 책임질 것이니 그대 혼자 힘으로 후시미를 공격해보시오. 이 토시이에는 되도록 다른 장수들이 그대를 방해하지 않도록 조치하겠소."

토시마사보다 먼저 토쿠야마 고헤에가 싱긋 웃었다.

복숭아꽃 빛으로 불타고 있던 미츠나리의 얼굴이 토시이에의 이 한마디로 대번에 새파랗게 질렸다.

"토시마사, 아직 카토 님과 아사노 님은 돌아가시지 않았느냐?"

"예, 아직……"

"그렇다면 서로 마주치지 않도록 지부 님을 강기슭으로 안내하도록. 나는 피곤해서 좀 쉬어야겠다."

"잠……잠깐만!"

당황한 미츠나리는 일어서려는 토시마사를 손으로 제지했다.

"저도 당장 후시미를 공격하겠다고는 하지 않았습니다."

"허어, 그런가요?"

토시이에는 고개를 끄덕였다.

"공격한다면 고집은 세울 수 있겠지만…… 그러나 절대로 승산은 없을 것이오. 그렇다면 전멸이냐 인내냐 하는 양자택일이오. 어느 쪽이 도련님을 위하는 길인가…… 나도 이런 설득을 받았소."

토시이에의 눈에서는 눈물이 주름살을 따라 주르르 흘러내렸다.

11

토시이에의 눈물을 보는 순간 미츠나리는 온몸에 소름이 돋았다. 아마 토시이에가 그를 꾸짖었다면 이처럼 오한을 느끼지는 않았을 터였다. 도리어 무서운 열기가 더욱 엉뚱한 말을 지껄이게 했을지도 모른다. 미츠나리는 그 정도로 자신의 시도가 무너진 데 대해 혼비백산했다고 해야 했다.

'다이나곤에게 그만 속셈이 드러났다……'

미츠나리의 말은 일시적인 흥분으로 앞뒤 생각지 않고 떠들어댄 관념론이고 감정론에 불과했다. 그러나 토시이에의 말은 눈물을 흘릴 정도로 성실하게 주위 사정을 고려한 뒤의 실재론이었다.

어느 쪽이 정말로 도요토미 가문을 생각하는 자의 언동이냐고 따진다면, 아마도 미츠나리는 그 자리에 있지 못할 만큼 수치를 맛보아야 했을 것이다.

'어른과 어린아이의 차이가 아닌가……'

미츠나리는 이것을 깨닫자 얼른 그 자리에 머리를 조아렸다.

"이 미츠나리의 진심은 모두 말씀 드렸습니다. 그 밖의 것은 모두 지나친 말…… 저도…… 다이나곤 님의 결정에 따르겠습니다. 용서해주십시오."

토시이에는 조용히 옷소매로 눈물을 닦고, 이번에는 미츠나리로부터 시선을 돌리면서 말했다.

"기량이 있다는 사람에게는 두 가지 유형이 있는 모양이오. 첫째는 자신의 재능을 주체하지 못하여 현실이란 세상의 틀에는 들어서지 못하는 기량인…… 또 하나는 그 재능을 겸손하게 내부에서 키워 이 세상의 틀 안에서 연마하는 기량인이오…… 토시마사도 잘 들어두어라. 전자는 반드시 비사悲史의 영웅이 되고, 후자는 위업을 완성하는 사람이 된다. 우리도 젊었을 때는 이 세상의 틀에서 빠져나갈 것 같아 무척 난처했었지. 기량이 있는 자도 아니면서."

미츠나리는 고개를 떨군 채 굳어 있었다. 이번에는 이상하게도 무슨 빈정거림이냐……는 반발도 일어나지 않았다.

"지부 님은 부러울 정도로 천부적인 재능을 타고난 기량인. 역시 얼마 동안 우리 집에 계시는 편이 좋을 것 같구나, 토시마사."

"알겠습니다."

"장수들 중엔 지나치게 흥분해 있는 자가 있어. 만일의 경우가 생기면 큰일. 도요토미 가문을 위해 성심껏 일하실 분이야, 지부 님은."

토쿠야마 고헤에가 짓궂게 미츠나리를 바라보았다.

'어떠냐, 우리 주군의 넓은 도량을 이제는 알겠느냐……?'

이렇게 말하는 시선이었고, 그 시선의 뜻은 미츠나리도 잘 알 수 있었다. 그러나 미츠나리는 전혀 반발을 느끼지 않았다.

토시이에의 말을 음미하면서 스스로를 망연히 바라보고 있었다.

'내 안에는 전혀 다른 두 사람의 인간이 살고 있다……'

한 사람은 지극히 겸허하고 순진했으나, 나머지 한 사람은 토시이에가 지적했듯이 세상의 틀에는 들어맞지 않을 듯한 오만한 감정을 가진 자기였다.

'대관절 이 두 사람 중에서 어느 것이 진짜 나일까……?'

미츠나리가 집을 나서려는 자기를 말리던 오소데의 심각한 표정을 문득 떠올렸을 때 토시마사가 말했다.

"그럼, 별실로 안내하겠소."

유지遺志에 대한 논의

1

오사카 성 서쪽 성곽.

타이코의 기호에 따라 정원에 심은 백매화에 점점이 꽃이 피어 봄이 왔음을 알리고 있었다. 하늘은 맑게 개 이대로 가면 머지않아 꾀꼬리 울음소리를 듣게 될 듯한 화창한 날씨였다.

키타노만도코로 네네寧寧는 조용히 정원에 시선을 보낸 채 아까부터 더듬더듬 그 이후의 상황을 설명하는 키요마사의 이야기에 귀를 기울였다.

매서운 추위가 지나면 무엇보다 먼저 타이코의 장례를 무사히 치르기를 바라는 네네는 이 봄의 걸음이 결코 빠른 것이 아니었다.

'무슨 불길한 사고라도 일어나면 안 되는데……'

이런 생각을 하고 있을 때 이에야스의 혼담에 대한 그 힐문 사건이 일어났다. 그것도 네네가 알았을 때는 벌써 쇼타이와 이코마 치카마사 가 힐문의 사자로 결정된 후였다.

'……아뿔싸!'

네네는 당황했다. 그녀는 타이코가 살아 있을 때부터 죽은 뒤의 일을 생각하고, 앞으로 도요토미 가문이 놓이게 될 위치가 얼마나 많은 인종을 요구할 것인지 마음에 새기고 있었다.

실력으로 볼 때 앞으로 실권은 이에야스의 손에 넘어갈 터. 정권이 노부나가의 손에서 히데요시의 손으로 옮겨졌을 때보다도 더 자연스러운 추세였다.

그때 히데요시에게는 아내도 어머니도 사지死地에 버려둔 채인 건곤일척乾坤一擲의 모험이 필요했다. 그러나 이에야스에게는 그럴 필요가 전혀 없었다.

이에야스를 토카이東海 지방에 두어서는 안심할 수 없다고 여겨 칸토關東로 쫓아보낸 것부터가 히데요시의 큰 오산이었다고 네네는 생각했다.

이에야스는 가신들의 불평에도 귀를 기울이지 않고 유유히 칸토로 옮겨갔다. 그리고 새 영지 개척을 명분으로 조선 출병을 교묘히 피하고, 드디어 자기 힘으로 칸토 8주州에서 크나큰 실력을 배양하는 데 거의 완벽하게 성공했다.

네네는 그 영지가 얼마나 광대한지 알지 못했다. 그러나 여러 장수들로부터 그 방대한 실수익을 전해들을 때마다 어느 정도의 군사를 모을 수 있는가 하는 계산만은, 전국戰國에서 자란 히데요시의 아내로서 계속 염두에 두었다.

300만 석이란 1만 석에 250명 비율로 계산해도 7만 5,000이라는 숫자가 나온다. 더구나 이들 영지는 히데요시와는 달리 이에야스와 일심동체가 되어 선조 대대로 내려오는 가신들이 담당하고 있는 것이 아닌가…… 그러므로 경우에 따라서는 300명의 동원도 가능하고, 무리를 하면 350명도 가능할 것이었다.

'하타모토旗本˚만도 팔만 기騎를 거느리고 있다……'

히데요시와 열네 살 때부터 같이 생활해온 네네는 그 숫자가 얼마나 무서운지를 너무나 잘 알고 있었다.

네네도 아는 이 숫자를 제후들이 모를 리 없었다.

"이에야스가 궐기했다!"

이러한 말만 들어도 대부분의 제후들은 이에야스 편에 가담할 터.

이에 비해 히데요시가 키운 사람들은 어떠한가. 주력은 모두 조선과의 전쟁에 동원되어 극도로 기진맥진, 도저히 대항할 수 있는 상태에 있지 않았다……

네네가 가장 두려워한 것은, 이에야스가 혹시 노부나가가 죽었을 때 히데요시가 가졌던 것과 같은 패기를 가지고 있다면 하는 점에 있었다. 이에야스가 히데요시와 같은 패기를 펴려 한다면 순식간에 도요토미 가문은 자취를 감추게 될 것이었다……

이것을 우려하여 일부러 키요마사로 하여금 후시미에 가서 이에야스의 신변을 경호하도록 은밀히 부탁한 네네였다.

2

"처음에는 다이나곤 님이 좀처럼 승낙할 기색을 보이지 않아 호소카와 님도 일단 자기 주장을 철회했습니다."

키요마사가 말했다.

네네의 시선은 여전히 정원을 향하고 있었다. 그러나 정면으로 자기를 응시하는 것 이상으로 청각을 집중시키고 있는 태도임을 키요마사는 잘 알고 있었다.

"호소카와 님은 일단 다이나곤 님 앞에서 물러나 이번에는 그의 장남 토시나가 님을 설득하기 시작한 모양입니다. 지금 마에다와 도쿠가와 두 가문이 싸우게 되면 천하는 틀림없이 둘로 갈라진다. 불쾌하기는 하지만 도쿠가와 님과 화해하기 바란다. 그렇지 않으면 마에다 가문뿐 아니라 도요토미 가문에도 화가 미칠 것이라고……"

네네는 이따금 고개를 끄덕이고 다시 귀기울였다. 일일이 자기 의견을 말한다면 고지식한 키요마사의 입을 봉하게 만들 우려가 있었다. 네네는 이 자리에서 아무런 꾸밈도 없는 진정한 목소리와 분위기를 확실히 알아두고 싶었다.

"가장 중요한 것은 어째서 타이코 님이 임종 직전에 서둘러 도쿠가와 님 손녀와 도련님의 약혼을 결정하셨는지, 이 점을 잘 생각해보는 일이라 말씀 드린 것 같습니다. 그 심경을 깊이 음미해보면 타이코 님의 마음을 잘 알 수 있다…… 타이코 님은 도쿠가와 가문을 적으로 돌리면 안 된다, 적으로 삼으면 우리 가문의 장래는 위태롭다…… 이것을 말로는 할 수 없으므로, 그 대신 억지로 도련님의 약혼을 결정하고 돌아가셨다, 그 의미는……"

키요마사는 여기까지 말하고 가만히 오른손 엄지손가락으로 눈두덩을 눌렀다. 네네의 눈이 젖어들고 있음을 깨닫고 키요마사도 안타까운 마음이 치밀어 저도 모르게 눈물을 흘렸다.

"그 말이 다이나곤 님의 마음을 가장 크게 움직인 모양입니다. 타이코 님은 히데요리와 히데타다 님의 딸을 맺어주어, 도쿠가와 가문도 도요토미 가문도 다 같은 나이다이진 혈육으로 삼으시겠다는 생각…… 그렇게 되면 어느 누구를 구별하지 않고 역량에 따라 혈육 중에서 천하인을 택할 것은 당연한 일. 서거하신 뒤 일본을 안전하게 유지하기 위해서는 이 밖에는 다른 길이 없다고 내다보시고 결정한 약혼…… 그런데 지금 이를 적으로 갈라놓는다면 유지를 받들기는커녕 도리어 거스르는 결과가 될 것이라고 간언했습니다."

네네는 비로소 키요마사에게로 시선을 돌렸다.

"그 점에 대해선 나도 오마츠 부인에게 간곡히 부탁한 바 있어요."

"저어, 마님도 토시이에 부인에게……?"

네네는 고개를 끄덕였다.

"오마츠 부인과 토시나가는 부러울 만큼 마음이 통하는 모자예요."

"그 말씀을 들으니 이해가 갑니다. 어쨌든 토시나가 님의 설득으로 다이나곤 님은 눈물을 흘리며 생각을 바꾸셨습니다. 일단 생각을 바꾸시고 나니 역시 다이나곤 님은 다르시더군요. 서약서 교환에 앞서 자신이 직접 후시미로 나이다이진을 찾아가 모든 응어리를 풀겠다고 하셨습니다."

"아니, 뭐라구요? 다이나곤이 직접……?"

"예. 그 병중인 몸으로…… 그래서 이번에는 토시나가 님이 깜짝 놀라 만류했습니다. 당연한 일입니다. 나이다이진은 어떤지 모르나 도쿠가와 가문의 하타모토들은 이미 칼을 빼어들고 흥분할 대로 흥분해 있는 터이기 때문에……"

네네는 저도 모르게 몸을 앞으로 내밀었다.

3

"그랬더니, 그랬더니 토시이에 님은 무어라 대답했나요?"

네네가 다급하게 물었다. 키요마사는 다시 한 번 굵은 손가락으로 눈두덩을 눌렀다.

"저어…… 토시나가 님을 꾸짖었습니다."

"아니, 무어라고 꾸짖었나요?"

"나에게는 네가 있을 뿐 아니라 토시마사, 토시츠네도 있다. 그러나 타이코 님에게는 그 어린 도련님 한 사람뿐…… 더구나 이 세상 어디에 목숨을 걸고 진정으로 도련님을 걱정해주는 사람이 있다는 말이냐. 네가 염려하는 뜻은 잘 안다…… 그러나 이 토시이에는 설사 후시미에서 칼에 찔려 죽는 한이 있어도 후회하지 않을 것이다. 도련님을 위해서라면 어떠한 위험 속에라도 뛰어들겠다고."

"토시이에 님이 그런 말씀을!"

"예. 그런데도 새삼스레 말리려 한다면 아비의 마음을 모르기 때문, 만일 내가 후시미에서 칼에 맞아 쓰러진다면, 그때는 너희 형제들이 일전을 벌이든지 영지로 돌아가든지 이것은 너희들이 알아서 할 일이고 아비는 알 바 아니라고 꾸짖었습니다."

네네는 잠시 동안 아무 말도 하지 못했다.

이누치요라 불리던 시절부터 토시이에의 기질은 잘 알고 있었다. 그런 만큼 왠지 부끄러운 생각이 들었다. 과연 타이코 쪽에서도 그 정도로 옛친구를 신뢰하고 있었던 것일까. 죽을 때에 이르러 달리 기댈 사람이 없음을 알고 마지못해 부탁했던 것은 아니었을까…… 그런데도 토시이에는 신의를 다해 죽으려 한다……

'그렇다. 이미 죽을 때가 왔다는 것을 알고 마지막으로 정성을 기울이려 한다……'

"타이코는 좋은 친구를 두셨어……"

"예…… 예."

"지부가 그런 마음을 절반만 가졌더라도 나이다이진과의 사이는 원만히 해결될 텐데……"

미츠나리 이야기가 나오자 키요마사는 얼른 화제를 돌렸다.

"결국 다이나곤 님의 후시미 방문은 결정되고, 이미 그 뜻을 호리오 님이 나이다이진에게 통고했습니다."

"그럼, 출발은 언제인가요?"

"가기로 결정한 이상 이달 안에 불온한 공기를 가라앉히고 싶다, 그렇지 않으면 언제 어디서 뜻하지 않은 분규가 일어날지 모른다고……
이달 이십구일에 출발하십니다."

"이십구일에?"

"예. 양쪽이 웃고 헤어진 뒤 호리오 님, 나카무라 님, 이코마 님 등 세 츄로가 네 분 타이로와 다섯 부교 사이를 조종해 양쪽이 서약서를 교환하는 것으로 마무리짓는다…… 그렇지 않으면 이월 중에 장례를 치르기 어렵다고…… 이것도 다이나곤 님의 말씀입니다."

"그런데, 병환은 안심할 수 있나요?"

"쓰러지는 한이 있어도 가야 하는 곳에는 가겠다…… 하십니다."

키요마사는 무겁게 말하고 나서 덧붙였다.

"한 가지 부탁이 있습니다."

"내가 할 수 있는 일이라면……"

"다이나곤 님 수행원으로 저와 아사노 요시나가, 호소카와 타다오키 세 사람을 마님께서 하명해주십시오."

"아니, 그대까지 수행원으로……?"

"예. 마에다 가문 자식에게 수행토록 하면 마음이 놓이지 않습니다. 우리 셋이 수행하면 홍분해 있는 도쿠가 가신들이라도 감히 손대지 못할 것입니다. 아니, 그 밖에 또 하나 큰 이유가 있습니다."

키요마사는 이렇게 말하고 가만히 주위를 둘러보았다.

4

물론 하녀들은 방에서 물러나 있었다. 가까이 있는 사람이라고는 반쯤 조는 듯한 표정으로 문 앞에 조용히 앉아 있는 늙은 여승 코조스孝藏主뿐이었다.

"또 하나의 큰 이유라니요?"

네네는 고개를 갸웃했다.

"알듯하면서도 알지 못하겠군요."

"물론 첫째 목적은 다이나곤 님의 신변보호와 이번 방문에 무게를 더하기 위한 것…… 그러나 실은 이 밖에도 우리 쪽을 견제하는 의미도 있습니다."

"우리 쪽을 견제하는……?"

"예. 굳이 이름은 밝히지 않겠습니다. 도련님 측근 중에는 지금 무턱대고 다이나곤 님에게 문제를 일으키게 하고, 타이코 님 은혜를 내세워 일본의 모든 다이묘들을 선동하여 좋든 싫든 전쟁을 벌이게 하려고 획책하는 무리가 있습니다."

"나도 어렴풋이 짐작은 하고 있으나……"

"그 무리들이 다이나곤 님 수행원이 마에다 가문의 가신들뿐이라는 것을 알면 어떤 음모를 꾸밀지 모릅니다. 그러나 키타노만도코로 님의 지시로 우리 세 사람이 수행한다……고 하면 그들도 손을 대지 못합니다. 저희 세 사람이 자의로 수행하는 것이 아니라, 도요토미 가문을 위한 중요한 일인 만큼 일부러 키타노만도코로 님이 분부하신 것으로 했으면 하고 부탁 드립니다."

이 말을 듣고 키타노만도코로는 무릎을 쳤다.

"알겠어요. 그렇게 하지 않으면 세 분의 뜻까지 그들에게 오해를 받을 거예요. 잘 알겠어요. 그러면 내가 세 분에게 부탁하는 형식을 취하겠어요. 토시이에 님의 두터운 신의에 벗어나지 않도록 차질 없이 수행하도록 하세요."

"예."

"그리고, 카즈에노카미 님."

"예."

"그대가 특별히 나이다이진에게 부탁할 수는 없을까요?"

"나이다이진에게 무엇을 부탁하라는 말씀입니까?"

"나이다이진과 토시이에 님은 이를테면 후시미와 오사카의 두 거두예요."

"그렇습니다."

"그 한쪽이 방문하면 다른 쪽에서도 답방하는 것이 도리 아니겠어요. 아니, 서로의 감정이 첨예하게 대립되어 있는 지금 당장 그렇게 하라는 것은 아니에요. 언젠가 나이다이진도 답례차 오사카에 온다……고 하면 토시이에 님을 대하는 마음도 덜 미안할 텐데요."

"글쎄요, 하지만 그것은……"

"도쿠가와 가문의 가신들이 납득하지 못할 것이라는 말이군요?"

"예. 어쨌거나 세상이 어지럽다 보니……"

"그러기에 부탁하는 거예요. 타이코의 뜻은 어디까지나 천하의 안녕에 있었을 터. 다이나곤과 나이다이진 두 분이 진심으로 화해했다는 증거를 세상에 보여주고 싶어요…… 내가 그렇게 원하더라고 부탁해볼 수 없을까요?"

키요마사는 대답하지 못했다.

네네의 심정은 잘 알고 있었다. 그러나 도리어 소요를 유발시킬 것 같다는 생각이 들기도 했다. 만약 후시미를 떠난 이에야스에게 미츠나리 일파가 자객을 보낸다면, 그것이 불씨가 되고 구실이 되어 오히려 전쟁을 부르게 될지도 모른다.

잠자코 있는 키요마사를 보고 네네는 다시 말을 계속했다.

"생각해보세요. 토시이에 님이 병든 몸을 이끌고 방문했는데도 나이다이진이 답례하지 않는다…… 이렇게 되면 세상에서는 토시이에 님이 나이다이진에게 굴복했다고 여길 거예요. 나중에 도요토미 가문을 위해서라도 바람직한 일이 아니에요."

5

키요마사는 자세를 바로하고 눈을 감았다.

도요토미 가문을 위해서도 바람직하지 않은 일…… 그 말을 듣는 순간 저절로 몸이 긴장되는 키요마사였다.

"과연…… 다이나곤 님이 일부러 후시미를 방문하는데도 나이다이진이 그대로 있으면, 다이나곤 님이 나이다이진에게 굴복한 것이 됩니다마는……"

"바로 그 말이에요."

네네는 무릎걸음으로 다시 앞으로 다가앉았다.

"성실하고 고지식한 토시이에 님은 세상에서 무어라 하든 단지 정성을 다할 뿐이라고 할 거예요. 그러나 남들은 그렇게 보지 않아요. 토시이에 님도 결국은 나이다이진에게 굴복했다고 할 거예요. 이렇게 되면 민심은 대번에 나이다이진에게 기울고, 도요토미 가문의 그림자는 하루아침에 흐려지고 말아요."

"으음."

"지부 님은 그것 보라고 비웃을 것이고, 도련님 측근들 가운데서도 나이다이진에 대한 반감이 높아질 것. 이 반감으로 혹시 큰일이 일어난다면 그야말로 타이코의 유지를 거스르는 결과가 될 거예요."

"……"

"카즈에노카미 님, 나도 타이코가 없는 도요토미 가문이 나이다이진과 싸워 이길 만한 실력이 있다면 이런 말은 하지 않아요. 굳이 중신 열분의 손을 빌릴 필요가 어디 있겠어요. 내가 직접 혼담에 대해 엄하게 꾸짖었을 거예요…… 그러나 잘 생각해보세요."

"예."

"그 호방한 타이코가 전성기에 있을 때조차도 쓰러뜨리지 못한 나이다이진이에요."

"아아, 그 일에 대해서는 그만……"

"아니, 그 점에 대해 눈을 감아서는 안 돼요. 이것이 가장 중요한 일이에요. 타이코조차도 어떻게 하지 못한 나이다이진…… 더구나 그 나이다이진은 칸토로 영지를 옮기고 나서 전보다 몇 배나 더 실력이 강해졌어요. 그러한 상대를 앞에 두고, 우리는 타이코를 잃었을 뿐 아니라 가신들은 조선에 가서 지칠 대로 지쳐 있어요. 그러니 지금 무슨 일을 할 수 있겠어요. 꽃이 만발한 벚나무에는 망아지를 매지 않는 법이에요. 이 움직일 수 없는 사실에 눈을 감는다면 모든 것을 그르치게 돼요. 알 수 있겠어요?"

"예…… 예."

"다이나곤도 그런 점을 알기에 직접 후시미에 갈 생각을 한 거예요. 그 다이나곤에게 도요토미 가문이 보답할 수 있는 것은 오직 하나…… 나이다이진이 답례를 하도록 하는 거예요."

네네는 그 이상 말을 잇지 못하고 입술을 깨물고 말았다.

키요마사의 눈에서는 다시 눈물이 뚝뚝 떨어지고 있었다.

"나이다이진에게 이렇게 말해주었으면 싶어요. 도요토미 가문과 도쿠가와 가문은 타이코 유지에 따라 후세에 이르기까지 계속 혈연…… 아니, 평화로운 천하를 이루기 위해 굳게 맺어진 일심동체…… 그러므로 네네가 간절히 부탁하더라고. 나이다이진이 다이나곤을 답방하면 양가 화합이 천하에 알려져 무모한 소란이 사라질 것이라고. 그래서 감히 부탁하는 것이라고 말해주세요."

"잘 알겠습니다!"

키요마사는 갑자기 그 자리에 두 손을 짚었다.

"분명히 알았습니다…… 그것이 타이코 님의 진정한 유지였음을 키요마사는 비로소 깨달았습니다."

네네는 키요마사의 말을 듣는 순간 두 손으로 얼굴을 덮었다. 사무치도록 온몸을 떨면서……

6

"카즈에노카미 님."

네네는 울만큼 울고 나서 다시 조용히 미소를 떠올리며 말했다.

"나는 타이코가 어머님을 오카자키岡崎에 인질로 보내겠다고 하셨을 때, 이 사람은 도대체 고집도 자존심도 없는 멍청이인가 하고 그 벗겨진 이마를 때려주고 싶은 생각까지 했어요."

"무슨 그런 농담의 말씀을……"

"아니, 사실이에요. 목적을 위해서는 수단을 가리지 않는 불신자不信者. 이런 도의도 모르는 자에게 평생토록 정성을 바쳤는가 싶어 이혼을 생각했을 정도로 화가 났었어요……"

"……"

"그러나 지금은 그것이 타이코의 가장 위대한 점이었음을 깨닫고 사죄하고 있어요. 부모를 생각하지 않는 자식이 있을 리 없고, 자식이나 형제자매를 생각하지 않는 사람이 있을 리 없어요……"

"옳은 말씀이라…… 생각합니다."

"그런데도 이를 악물고 어머님을 인질로 보냈을 뿐 아니라 아사히 님까지 출가시키다니…… 보통사람으로서는 할 수 없는 일이에요."

"예."

"그런데도 감히 그렇게 한 것은 모두 태평한 세상을 이루기 위한 인내였다, 공격할 수 없다면 없는 대로 참자…… 몸이 여위도록 잠도 못 자고 생각한 끝에 나온 결단이고, 그 무렵부터 타이코는 나이다이진을 적으로 생각하지 않았어요. 혈육이라 생각했고 더없이 훌륭한 협력자로 받아들였어요…… 알 수 있겠지요, 카즈에노카미 님……"

"예…… 예."

"그 무렵의 고통스러웠던 타이코의 인내를 생각할 때, 지금의 인내 같은 것은 인내에 속하지도 않아요. 이 정도의 사소한 체면 따위는 생모를 인질로 보낸 슬픔에 비하면 아무것도 아니에요."

"그만…… 그만 하십시오! 이 키요마사는 반드시 그 유지를 나이다 이진에게 전하겠습니다."

"예, 부탁하겠어요. 태평한 천하를 이룩하기 위해 타이코도 그처럼 인내해왔어요. 이번에는 나이다이진 차례라고 말해도 좋아요. 내가 그랬다고 분명하게 말해도 좋아요…… 그 대신 타이코의 진정한 뜻을 알고 있는 가신들은 천하를 어지럽힐 섣부른 행동은 절대로 하지 않을 것이라고도."

키요마사는 새삼스럽게 네네의 얼굴을 쳐다보지 않을 수 없었다. 아직 눈가에는 눈물자국이 남아 있었다. 하지만 그 미소는 자신감에 넘치는 말과 함께 타이코의 음성을 듣는 것처럼 믿음직스럽고 위안이 되기도 했다.

'이런 분이기에 타이코도 높이 평가하셨다……'

날카로운 감각으로 문제의 본질을 꿰뚫어보고, 해야 할 말을 분명히 하고 있었다.

"마님, 저도 마음을 의지할 데가 생겼습니다. 이제는 자신을 갖고 나이다이진에게 말할 수 있습니다."

"그래야만 하겠지요. 그러나 앞으로는 나도 여러 일에 참견하는 것은 삼가겠어요."

"황송합니다. 모든 것이 저희들의 불찰로……"

"그리고 어서 장례를 치렀으면 해요. 그런 뒤에는 머리를 깎고, 보지도 듣지도 말하지도 않겠어요…… 오직 한마음으로 타이코의 명복만 빌겠어요."

이렇게 말하고 네네는 다시 고개를 돌려 정원으로 시선을 보냈다. 웃고 있으면서도 아직 슬픔과 종이 한 장 차이인 자리에 있는 네네.

7

키요마사는 네네의 말로 눈앞의 안개가 걷히는 듯한 느낌을 받았다.

생각해보니 참으로 부끄러웠다. 여성인 키타노만도코로가 방황의 나락에서 고민하는 것을 위로하고 격려할 수 있어야만 사나이라 할 수 있지 않겠는가.

'그런데 도리어 그녀가 내 눈을 뜨게 하고 있다……'

과연 네네의 말처럼 히데요시의 유지를 더듬어나가면 당연히 히데요시와 이에야스가 제휴했을 때 그 코마키 전투 후의 고통에 다다르게 될 터, 또한 그 양자를 제휴하도록 만든 마음속에야말로 가장 큰 히데요시의 '뜻'과 '소망'이 간직되어 있다는 것을 깨닫게 될 터.

'이 얼마나 명쾌하고 망설임 없는 사고방식이란 말인가……'

그런 사고에서 출발한다면 도요토미 가문과 도쿠가와 가문의 관계는 이미 확고히 정해진 길을 걷고 있는 데 불과했다.

타이코가 죽은 뒤에는 그 매제에 해당하는 이에야스가 정치를 행한다. 그리고 이에야스는 타이코의 뜻을 살려 실제로 천하를 다스릴 수 있을 정도의 능력을 가진 사람에게 뒤를 물려준다……

후계자가 과연 이에야스의 아들 히데타다가 될 것인가, 아니면 타이코의 유아 히데요리가 될 것인가는 그 능력에 달려 있다고 할 수밖에 없다. 더구나 이들은 전혀 남이 아니다. 히데타다는 아사히히메의 양자, 그 히데타다의 장녀가 히데요리에게 출가해 그 자식들 대에 이르면 타이코의 핏줄이 이에야스의 핏줄이 되기도 한다⋯⋯

'타이코는 거기까지 깊이 생각하고 히데요리와 센히메의 혼담까지 정해놓고 눈을 감았다⋯⋯'

그 경위를 확실히 이해할 수 있게 된 순간, 과연 이치로 보아도 이에 야스와 대립해서는 안 된다는 점을 잘 알 수 있었다⋯⋯

"제가 할 일을 분명히 알 수 있게 되어 이제 눈이 확 트인 것처럼 시원합니다."

키요마사가 말했다.

"앞으로 저희가 할 일은 어떻게 하면 도련님을 일본에서 첫째가는 유능한 분으로 육성하느냐⋯⋯"

"바로 그것이에요. 그러기 위해 도련님의 사부인 토시이에 님에게 이에야스 님의 답방이 반드시 이루어지도록 해야 하는 거예요."

"잘 알겠습니다. 만일 나이다이진이 신변 위험을 생각하고 주저한다면, 그때는 다이나곤 님을 모시고 갔던 저희 세 사람이 나이다이진의 경호를 담당하겠습니다."

"오, 좋은 생각이에요. 그러면 이에야스 님도 안심하고 청을 받아들일 거예요."

"그럼, 이만 물러가서 곧 아사노, 호소카와 두 사람에게 그 뜻을 전하겠습니다."

"사리를 따져 잘 설명하도록 하세요, 오해가 없도록."

"알겠습니다. 저는 이만."

키요마사가 절을 하고 일어났을 때 문 앞에서 조는 것 같던 코조스가 소리도 없이 따라나와 배웅했다.

혼자 남은 네네는 다시 한 번 크게 한숨을 쉬고 눈을 감았다.

'용케도 다이나곤은 거기까지 결심해주었어⋯⋯ 이제는 됐어.'

네네는 이에야스의 도량이 넓다는 것을 잘 알고 있었다. 토시이에가 병중인데도 불구하고 방문한다면 이에야스 역시 답례도 하지 않고 그대로 있을 사람이 아니었다. 그렇게 하도록 해야만 히데요리는 제후들의 눈에 두 사람으로부터 존중받는 도요토미 가문의 주인으로 보이게 될 것이었다……

8

네네는 코조스가 소리도 없이 다시 돌아올 때까지 조용히 염주를 굴리면서 움직이지 않았다. 키요마사가 물러간 거실의 공기는 썰렁하기만 하여 갑자기 추위가 살갗에 스며드는 느낌이었다.

히데요리가 후시미에서 오사카 성의 주인으로 온다는 말을 듣고 얼른 서쪽 성으로 옮기고, 본성의 내전도 순순히 요도 부인에게 건네준 네네였다. 결코 요도 부인에게 양보한 것은 아니었다. 같이 살게 될 히데요리에게 조금이라도 더 위엄을 갖추도록 하기 위해서였다.

햇수로 겨우 일곱 살이 되었을 뿐인 히데요리는 아직 어떤 인물이 될지 알 수 없었다. 종종 찾아오는 카타기리 카스모토의 말을 들으면 특별히 우둔해 보이지는 않으나 그렇다고 놀라울 정도의 재능을 가지고 태어난 것 같지도 않았다.

그렇다면 더더욱 도쿠가와 가문과는 돈독한 관계를 유지하지 않으면 안 된다. 가령 히데요리가 이에야스의 눈에 들만큼 뛰어나지는 않다 해도, 도요토미 가문의 주인이고 도쿠가와 가문의 가까운 핏줄인 인척, 히데요시가 노부나가의 손자에게 주었던 기후岐阜 성주 정도의 지위는 보장할 것이다.

'시대는 바뀐 것이다……'

그 이상의 욕심을 부려 경솔하게 나오면 천하의 혼란을 초래할 뿐만 아니라, 실력이 없는 자의 최후가 도요토미 가문에 들이닥칠 터.

'지부나 요도 부인이 냉정하게 이런 점을 깨달을 수 있었으면……'

네네는 코조스가 돌아와 조용히 앞에 앉을 때까지 계속 그 일만 생각했다.

'이 성으로 옮기고는 아무 말도 하지 않을 결심이었는데……'

"마님."

코조스는 자개가 박힌 작은 화로를 조심스럽게 밀면서 말했다.

"본성 내전에서 마에다 님 댁으로 사자를 보낸 모양입니다."

네네는 대답 대신 눈을 뜨고 고개를 기울였다.

"아니, 다이나곤의 후시미 방문을 막기 위한 사자는 아닙니다."

"허어…… 그럼 무엇을 위한 사자일까?"

"도련님을 위해 병든 몸으로 떠나는 그 노고를 치하하기 위한 사자라고 합니다."

"오오, 참 다행이로군!"

네네는 저도 모르게 소리 내어 말했다.

"과연 요도 부인이야! 그렇게 하지 않으면 안 되지. 그런데, 이 말을 누구에게 들었나?"

"은밀히 마님에게 말씀 드리라면서 카타기리 님이 귀띔했습니다."

네네는 몇 번이나 크게 고개를 끄덕였다.

'아직 도요토미 가문에는 사람이 있다……'

그것은 지금의 네네에게는 마음이 밝아지는 흐뭇한 소식이었다.

"그래, 다이나곤에게 요도 부인이 노고를 치하하는 사자를 보냈다는 말이지. 그것 참……"

네네는 손에 들었던 염주를 가만히 얼굴에 갖다대고 미소지었다.

"스님, 이렇게 되고 보니 나는 한시바삐 이 성에서 나가고 싶어. 이제는 무사히 장례를 치르게 됐어."

이것이 지금의 네네가 바라는 마음으로부터의 소원이었다.

네네가 이 성을 떠남으로써 모두에게 시대가 변했다는 것을 확실하게 일깨워준다…… 이것이 아내로서 남편의 유지를 그르치지 않는 마지막 소임이라는 생각이 들었다.

도道 겨루기

1

후시미에서 쿄토 일대에 걸친 민심의 동요는 아직 가라앉지 않았다. 사카키바라 야스마사에 이어 일단 히데타다와 함께 에도에 내려가 있던 혼다 마사노부 역시 군사를 이끌고 달려왔기 때문이다.

이이 나오마사의 연락으로 야스마사가 세타勢田에서 사흘 동안 동서 간 교통을 차단한 것과, 쿄토 부근에서 식량을 조달한 것이 민심을 더욱 크게 동요시켰다. 백성들 중에는 정말 오사카에서 후시미를 공격하기 위해 군사가 온다고 믿고 몰래 피란하는 자조차 있었다.

이러한 긴박한 공기 속에서 소문이 퍼지기 시작한 것은 27일 오후부터였다.

"마에다 다이나곤이 직접 후시미에 오신다더군."

소문이란 항상 반은 진실을 전하고 반은 희망이게 마련이었다. 어떤 사람은 토시이에가 이에야스에게 사과하러 오는 것이라고 하는가 하면, 어떤 사람은 토시이에가 히데요리를 대신하여 이에야스를 다시 힐문하러 온다고도 했다.

어쨌든 두 거두가 회담하면 그동안만은 전쟁이 연기된다고 하는 사람과, 도리어 전쟁을 앞당기는 결과가 될 것이라고 내다보는 사람으로 의견이 갈렸다.

후자는, 일부러 토시이에가 찾아온다면 어찌 이에야스가 그를 무사히 돌려보내겠는가, 반드시 죽일 것이고, 따라서 이것이 계기가 되어 전쟁이 빨라진다는 추측이었다. 그런데 이러한 추측은 묘하게도 백성들보다 도쿠가와 쪽 병사들 사이에 더 널리 퍼지고 있었다.

"드디어 다이나곤도 주군의 계략에 빠져든 모양이야."

"암. 어쩌면 혼다 사도本多佐渡의 지혜인지도 몰라."

"어쨌든 다이나곤이 온다면 우리 뜻대로 되는 거야. 그냥 돌려보낼 리가 없어."

사카키바라 야스마사가 도착해 지금까지 경계를 펴던 제후들은 철수했다. 그러나 저택의 경계는 여전히 엄중했다. 여느 때라면 지금쯤 키타노北野 부근으로 매화꽃을 구경하러 오는 사람들이 눈에 띌 테지만 불안한 공기 탓인지 쿄토의 봄은 멀기만 했다.

정월 29일 아침.

이에야스는 일어나자 곧 혼다 마사노부, 이이 나오마사, 사카키바라 야스마사, 토리이 모토타다 부자와 유키 히데야스를 거실로 불렀다. 그리고는 슬쩍 그들의 의견을 떠보았다.

"나는 오늘 선착장까지 다이나곤을 마중 나가려 하네."

그날 미시未時(오후 2시)가 지나 토시이에가 배로 후시미에 도착한다는 연락이 있었다.

"굳이 주군이 나가실 것까지는……"

나오마사는 이렇게 말하고 착잡한 표정으로 주위를 돌아보았다. 당장에는 아무도 입을 열지 않았다.

"마중 나가겠다."

단호한 이 이에야스의 말 뒤에 어떤 특별한 의미가 숨어 있지 않나 하고 주의 깊게 서로 마음을 읽으려는 표정이었다.

"병을 무릅쓰고 일부러 오시는데 마중 나가지 않으면 실례가 될 것일세."

"주군."

혼다 마사노부가 목소리를 낮추고 말했다.

"그것도 계책의 하나이기는 합니다마는, 과연 효과가 있을까요?"

마중 나가겠다는 말을, 상대를 방심케 만들려는 수단으로 받아들인 모양이었다.

이에야스는 양미간을 찌푸리며 혀를 찼다.

"역시 가야겠어. 답답한 사람들이로군, 그대들은."

2

"나는 이미 그대들이 내 마음을 안다고 생각했는데……"

이에야스는 한숨을 쉬면서 유키 히데야스에게 엄하게 말했다.

"네 가신 중에는 지레짐작을 하는 자가 없을 테지?"

물론 자기 자식에게만 하는 말은 아니었다. 히데야스를 상대하면서 다른 사람에게도 주의를 줄 생각이었다.

"지레짐작이란 무슨 뜻입니까?"

"다이나곤에게 칼을 들려 하는 따위의 성급한 자 말이다."

그 단호한 말에 나오마사와 마사노부는 깜짝 놀라 눈짓을 했다.

"암살이나 함정으로는 한두 사람의 적은 제거할 수 있어도 천하를 움직이지는 못해. 마사노부도 야스마사도 잘 듣도록 하게. 만약 그대들의 가신 중에서 다이나곤에게 무례한 짓을 하는 자가 있다면 내가 직접 처형할 것이다. 깊이 마음에 새겨두도록."

토리이 모토타다가 빙긋이 웃었다. 모토타다는 그들이 어딘가에서 토시이에를 죽일 것인지 은밀히 모의한 사실을 아는 모양이었다. 틀림없이 그들은 이에야스에게는 알리지 않고 자의로 처치했다……고 하고 나중에 이에야스에게 사죄하는 형식을 취하려 했던 것 같다. 이이 나오마사의 얼굴이 빨개진 것이 바로 그 증거였다.

"야스마사."

"예."

"다이나곤은 일단 마에다 집안의 저택에 들어가 휴식하고, 나를 찾아오는 것은 내일이 되겠지. 자네는 내가 마중한 뒤 선착장에서 마에다 저택까지의 길을 엄히 경계해 조그마한 실수도 없도록 하게."

"알겠습니다."

"나오마사는 내일 이곳을 방문할 때 무례를 행하는 자가 없도록 모두에게 단단히 주의시키게. 다이나곤 외에 호소카와, 카토, 아사노 등의 눈도 있어. 우리 가문의 치욕이 될 언동은 용서하지 않겠어."

이에야스는 엄한 어조로 말하고 가장 젊은 유키 히데야스에게 시선을 옮겼다.

"히데야스, 너는 타이코의 양자. 다이나곤이 후시미에 계시는 동안 성밖에서 어떤 사소한 소란도 일어나지 않도록 다이묘들을 찾아가서 각각 경계하도록 부탁하라…… 일사불란한 질서유지야말로 싸우지 않고 이기는 첫째가는 무사의 마음가짐인 게야."

히데야스는 꾸벅 머리를 숙이고 다시 한 번 일동을 둘러보았다.

겨우 토시이에를 해치려는 마음은 모두 버린 듯. 한 사람이라도 무례를 행하는 자가 나오면 그 주인을 이에야스가 직접 처단하겠다고 한 말이 무엇보다도 그들의 마음을 섬뜩하게 만든 모양이었다.

"그러면, 오늘 선착장까지 수행할 사람은?"

쑥스러워하며 마사노부가 물었다. 기다렸다는 듯 모두가 말했다.

"그야, 우리가 다 같이……"

이에야스도 이에 대해서는 별로 이의를 말하지 않았다. 이쪽에서는 해칠 마음을 버렸다 해도 마에다 가신 중에서 도리어 이에야스를 노리는 자가 있을지도 몰랐다.

이에야스는 미시가 되기 전에 저택을 나와 선착장으로 향했다.

도중에는 미리 지시했던 대로 사카키바라 야스마사의 군사가 경계를 펴고 있었다. 여기저기 무장한 군사들이 배치되어 있어 살풍경한 느낌을 주었으나, 강물은 차츰 따스해지고 약한 햇살 밑에서는 갯버들의 싹이 은빛으로 빛났다.

3

마에다 토시이에는 강바람을 받으며 흙빛 얼굴로 건널판을 건너왔다. 맨 앞에 카토 키요마사가 서고 그 뒤를 아사노 요시나가와 호소카와 타다오키가 따르고 있었다.

세 사람은 카타기누 차림이었으나 나머지 수행원들은 모두 무장을 하고 있었다. 어느 얼굴이나 한결같이 긴장된 살기를 띤 모습이 누군가 불을 당기기만 하면 당장 난투극이 벌어질 분위기였다.

이에야스는 토시이에의 얼굴빛을 보는 순간 가슴이 섬뜩했다. 병세가 결코 가볍지 않아 보였다.

'그런데도 일부러 찾아왔다는 말인가……'

이런 생각에 자기도 건널판 가장자리까지 다가가지 않을 수 없었다.

"정말 잘 오셨습니다."

이에야스가 손을 내밀었을 때 벼락같이 두 사람 사이를 가로막는 자가 있었다. 마에다 가문의 무라이 분고노카미, 오쿠무라 이요노카미, 토쿠야마 고혜에 세 사람이었다.

그 세 사람을 호소카와 타다오키가 쓴웃음을 지으면서 제지했다.

"우리가 수행하고 있으니 염려하지 마시오."

"물……물러가 있거라."

토시이에는 거친 숨을 몰아쉬면서 가신들을 꾸짖었다.

"병중이므로 저기에 걸상을……"

걸상에 앉으려고 하니 양해해달라……고 말하는 것 같았으나 목소리가 되어 나오지는 않았다. 이에야스는 고개를 끄덕이고 돌을 간 제방 옆에 걸상을 갖다놓게 했다.

"병환 중이심에도 일부러 찾아오신다는 말을 듣고 마중 나왔습니다. 봄이라고는 하나 아직 강바람이 싸늘하니, 일단 댁에 가셔서 편히 휴식부터 취하십시오."

"고마운 말씀이오."

걸상에 앉고 나서야 겨우 토시이에의 얼굴에는 혈색이 돌았다.

"고맙기는 하나 내 집에는 아무 볼일도 없으니 곧바로 나이다이진 님 저택을 방문할까 합니다."

"그러나 피곤하신 것 같기에……"

"하하하……"

토시이에는 애써 웃어 보였다.

"염려 놓으십시오. 이 사람도 태어나면서부터 무인武人, 일단 유사시에는 아직 무리를 견뎌낼 수 있는 몸입니다. 조금 전에도 배에서 이야기했지만, 타이코가 돌아가시기 이틀 전의 일이 생각나는군요."

"허허, 이틀 전의 일이라면……?"

"예. 그때 타이코는 부교들이 대령한 자리에서 내 손을 이렇게 잡으시고…… 히데요리를 일으켜 세우는 것도 물러가게 하는 것도 다이나

곤의 손에 달린 일……이라고 하셨소. 부탁하네, 다이나곤. 다이나곤,
부탁하네……라고. 그 싸늘한 감촉과 목소리가 지금까지 또렷이 이 손
과 귀에 남아 있소이다. 무엇보다도 먼저 도련님에 대한 일을 나이다이
진 님에게 부탁 드리지 않고는 마음이 놓이지 않아요. 곧바로 나이다이
진 님과 이야기를 나누고 싶군요."

이에야스는 가슴이 뜨거워졌다.

'토시이에는 죽을 결심을 하고 찾아왔구나……'

그 죽음도 아마 이중으로 생각하고 각오했을 것이다.

첫째는 이에야스 가신에게 살해당하는 경우, 또 하나는 병중에 무리
를 하는 데서 오는 죽음……

'그렇다, 이제 얼마 남지 않았다……'

"좋습니다. 그러면 저는 한발 먼저 돌아가 변변치 못하나마 준비를
하겠습니다."

이에야스는 울먹이려는 목소리를 억누르고 카토, 호소카와, 아사노
세 사람에게 인사했다.

"수고가 많습니다. 부디 조심하여 모시기 바랍니다……"

4

이에야스가 정중하게 인사하고 돌아간 뒤 선착장에 두 채의 가마가
잇따라 도착했다. 그 하나는 말할 나위도 없이 매화꽃잎 문장이 그려진
마에다 가문의 가마였다. 다른 하나는 접시꽃 문장이 있는 이에야스의
가마였다.

토쿠야마 고헤에가 얼른 도쿠가와 가문의 가마를 제지했다.

"나이다이진 님은 이미 돌아가셨소. 가마를 그대로 돌리시오."

그 말에 접시꽃 문장의 가마 옆에 있던 무사가 공손히 그 자리에 한쪽 무릎을 꿇었다.

"나이다이진 님 명으로 다이나곤 님을 모시기 위해 대령한 것……저는 이 근처를 경비하는 사카키바라 시키부노타유 야스마사의 가신인 이토 츄베에伊藤忠兵衛입니다. 염려 마시고 가마에 오르십시오."

고헤에의 얼굴에 당혹스러운 빛이 떠올랐다. 순간 토시이에를 어느 가마에 타도록 할 것인지 판단이 서지 않았던 것이다. 적지임을 생각하면 마중 나온 가마에 타는 것이 유리할 듯했고, 좀더 깊이 의심한다면 그대로 가마를 빼돌리지 않을까 하는 걱정이 들기도 했다.

카토 키요마사가 웃으면서 옆에서 거들었다.

"모처럼 호의를 베푸시니 보내주신 가마를 이용하시지요."

그런 뒤 키요마사는 사카키바라의 가신 쪽으로 향했다.

"여러모로 수고가 많소. 가마 곁에는 키타노만도코로 님의 분부에 따라 나와 호소카와 님, 아사노 님이 수행할 것이니 그 뜻을 경비하는 사람들에게 전해주시오."

"알겠습니다."

토쿠야마 고헤에는 다시 무슨 말을 하려다 말고 그대로 돌아가 토시이에에게 가마가 도착했다고 알렸다.

토시이에는 좌우에서 부축하려는 무라이 분고노카미와 오쿠무라 이요노카미의 손을 가볍게 뿌리쳤다. 그리고는 근엄한 걸음걸이로 가마 옆으로 다가가서 접시꽃 문장을 보고는 크게 고개를 끄덕이면서 가마에 올랐다.

아직 그 자리의 공기는 조금도 풀리지 않았다. 엷은 햇살이 비치고 있었으나 북쪽에서 불어오는 바람은 싸늘하고, 납빛 수면과 그 너머로 보이는 무코지마의 풍경마저도 왠지 황량한 느낌을 주었다.

토시이에는 가마에 오르고 나서야 비로소 눈을 들어 바깥 풍경을 바라보았다.

'내 생애에 다시는 이 땅을 밟지 못할 것이다……'

문득 이런 감회가 떠오르자 자기 집에도 들르지 않겠다고 한 자신의 완고한 성격이 뉘우쳐졌다. 별로 이렇다 할 아쉬움이 남은 것은 아니었다. 다만 노후를 생각해서 지은 다실에서 조용히 차라도 한잔 마셨으면 하는 생각이 들었다.

'그것도 이것도 모두 도련님에게 바쳐야 한다……'

이에야스가 일부러 마중 나온 것만으로 이번 여행은 크게 만족해야 한다고 고쳐 생각했다.

가마는 그대로 도쿠가와 저택 현관 앞에 도착했다.

현관 마루에는 이이 나오마사와 혼다 마사노부가 묘하게도 굳은 표정으로 머리를 조아리고 있었다.

토시이에는 그들의 그러한 표정을 이해할 수 있었다. 그들도 마에다 가문의 가신들이 그렇듯이 그 주인의 행동이 못마땅하여 좀이 쑤실 것이다.

토시이에는 가볍게 인사를 되돌리고 말을 건넸다.

"나이다이진 님은 훌륭한 부하를 두어 여간 부럽지 않소."

토시이에는 나오마사의 뒤를 따랐다…… 키요마사와 타다오키, 요시나가 세 사람은 토시이에 곁에 붙어 떠나지 않았다.

5

토시이에는 가장 안에 있는 넓은 서원으로 안내받으면서 자신도 모르게 빙긋이 웃었다.

오사카 저택을 떠날 때는 만약 이에야스에게 불손하고 괘씸한 점이 있으면 즉시 사생결단을 내겠다는 생각이 마음을 떠나지 않았다. 그러나 지금은 완전히 변하고 말았다.

이에야스에게 만약 인간으로서, 또는 무장으로서 용서할 수 없는 결함이 발견된다면 다만 웃어주면 그뿐이었다······

"그대는 고작 이처럼 하찮은 사나이에 불과했다는 말인가······"

토시이에에게 이런 모멸감을 갖게 할 정도의 상대라면 별로 문제시할 필요도 없었다. 어차피 세월의 심판을 받아 처량한 노인의 신세로 전락할 뿐일 테니까······

어째서, 또 언제 그렇게 변했는지는 알 수 없었으나, 토시이에는 한결 마음이 가벼워졌다.

인간이 인간을 심판한다······는 것보다도 훨씬 더 큰 심판이 인간의 일생에는 기다리고 있다.

'그렇다, 마음먹은 것을 있는 그대로 말하겠다. 그리고 우습게 보이면 웃어주면 그만이다······'

서원 앞에 이르렀을 때 이에야스가 기다리고 있었다. 아니, 그보다 더 토시이에를 놀라게 한 것은 장지문을 떼고 터놓은 옆방과 그 다음 방의 풍경이었다.

옆방에는 오사카에서 수행해온 카토, 아사노, 호소카와를 위한 것으로 보이는 음식상이 이미 차려져 있었고, 그 다음 방에는 한눈에 의사임을 알 수 있는 복장의 세 사람이 약상자를 옆에 놓고 부복해 있었다. 그리고 장지문을 떼었기 때문에 서 있는 자리에서 똑똑히 보이는 위치에 다이나곤의 깔개와 이에야스의 자리가 사방침, 화로 따위와 같이 마련되어 있었다.

"으음."

이번에는 토시이에도 웃을 수 없었다.

세 사람의 의사는 만약의 경우 토시이에의 병에 대비하기 위한 것임을 알 수 있었고, 수행한 세 사람을 다음 방에서 접대한다는 것은 추호도 적의가 없다는 증거였다.

호화로움을 좋아하던 히데요시의 신변에 익숙해 있던 토시이에의 눈에 비친 소박한 가구는 나이다이진이라는 지위에는 어울리지 않았다. 그러나 도리어 그 소박함이 나이다이진의 엄격한 청렴성을 말해주는 것도 같았다.

"내일 아침에 방문하실 줄 알고 미처 준비를 하지 못했습니다. 양해해주십시오."

"아니, 번거로움을 끼쳐 미안합니다."

두 사람의 시선이 허공에서 만나자 어느 쪽에서인지 모르게 미소로 바뀌었다. 바로 조금 전 선착장에서 처음 만났을 때는 결코 이렇지 않았으나……

'과연 나이다이진은 보통 사나이가 아니다.'

토시이에는 목례를 하고 자리에 앉아 사방침을 끌어당겼다.

"나이다이진 님, 지금까지의 다툼에 대해서는 천하와 도련님을 위해 깨끗이 물에 흘려보내주십시오."

"아니, 제가 먼저 말씀을 드렸어야 하는데……"

이에야스는 밝게 웃으면서 말했다.

"다이나곤 님, 혼담에 대해서는 저도 생각이 부족했습니다. 그러나 오늘 이렇게 다이나곤 님을 저희 집으로 맞이할 수 있어 그 뜻만으로 충분합니다."

"그렇다면 마음이 놓입니다."

토시이에도 웃으면서 대답한 뒤 자세를 바로했다.

"이것으로 마음이 풀리신 줄 알고 말씀 드립니다마는, 나이다이진 님은 타이코 유언을 어떻게 받아들였습니까? 오늘은 이에 대해 허심탄회한 말씀을 듣고 싶은데, 어떻습니까?"

6

이에야스의 시선이 탐색하듯 토시이에에게 향했다. 토시이에가 무슨 마음으로 타이코 유언 같은 까다로운 문제를 거론하는 것일까, 우선 그 마음부터 생각하지 않으면 대답할 수 없는 일이었다.

이에야스는 진지한 표정으로 조용히 입을 열었다.

"나무아미타불……"

말하고 나서 자신의 대답이 지나치게 엉뚱하다……고 문득 생각했다. 상대의 감정 여하에 따라서는 이처럼 해괴하고 상대를 당황하게 만드는 대답도 없을 터.

"아니, 나무아미타불이라니요……?"

아니나 다를까 토시이에는 눈을 빛내며 고개를 갸웃했다.

"아니, 그것은 평소의 제 마음가짐입니다. 이 염불에는 혹시 제 생각이 잘못되었더라도 용서해주십사 하는 부탁과, 당연히 용서해주실 것이라는 기대가 포함되어 있습니다. 부처님이 보시기에 인간은 모두 가없은 번뇌의 자식일 것이기에 말씀입니다."

"으음."

토시이에는 나직이 신음했다.

"물론 타이코도 그 예외가 아니다…… 그런 말씀이군요?"

이에야스는 대답 대신 마련된 술상에서 잔을 들었다.

"우선 독이 들었는지 제가 시음하겠습니다."

"으음, 나무아미타불이라……"

"마음에 거슬렸다면 용서해주십시오. 저는 오로지 마음을 다해 타이코 님의 참뜻을 이어가려 하고 있습니다마는 혹시 잘못이 있지 않을까 하여 사과 드리고 싶은 심정입니다."

그러면서 시녀의 손에서 술병을 받아들었다.

"자, 우선 화합의 표시로."

토시이에는 아직도 무언가 생각하고 있었으나 술잔만은 순순히 받았다. 이때 아리마 호인과 토시이에의 총신 카미야 시나노노카미神谷信濃守가 토리이 신타로의 안내를 받고 들어왔다.

토시이에는 깜짝 놀랐다.

"아니, 자네가 어떻게 여기에?"

"예, 나이다이진 님으로부터 주군을 곁에서 모시라는 부탁을 받았습니다."

카미야 시나노노카미는 자신도 무언가 꿈을 꾸는 듯한 표정이었다.

"그리고 저희 가문의 요리사 코이즈카鯉塚도 부르셔서 지금 주방에서 일하고 있습니다마는……"

"뭣이, 코이즈카까지……?"

그 순간 토시이에는 전신의 힘이 안개처럼 빠져나가는 것을 의식했다. 이것은 단지 다이나곤인 토시이에를 공경으로 맞이하는 형식적인 준비만이 아니었다. 카미야 시나노노카미를 불러온 것도, 토시이에의 기호와 식성을 잘 아는 요리사를 일부러 부른 것도 모두 병중인 토시이에를 생각하는 가증스럽기까지 한, 그러나 진정 어린 친절로 받아들이지 않을 수 없었다.

'무서운 사나이야, 이에야스는……'

토시이에는 이미 이에야스에게 무언가를 묻고 따질 만한 기력마저 잃고 말았다.

이에야스는 나무아미타불이라는 기묘한 대답을 통해 자신의 마음가짐과 결심을 단호히 토시이에에게 고하고 있다. 아마도 토시이에가 거듭 힐문한다면 딱 잘라 이렇게 말할 터.

"천하의 평정이야말로 타이코의 참뜻이라 믿습니다."

그리고 도리어 토시이에의 좁은 소견을 비웃지나 않을까.

이에야스는 그러한 토시이에 앞에서 부드러운 표정으로 카미야 시나노노카미에게 손수 술을 따라주고 있었다……

7

죽음을 앞둔 히데요시의 소망도 역시 병들고 미망에 빠진 자의 번뇌였다. 지금 히데요리에 대한 토시이에의 연민도 같은 성질의 것인지 모른다.

토시이에는 가능한 한 이에야스로부터 정권을 히데요리에게 넘길 확실한 시기에 대해 언질을 받은 뒤에 돌아오고 싶었다.

"열다섯 살에 성년이 되면 도련님에게."

그러나 히데요리가 만약 그럴 만한 그릇이 못 될 경우에는…… 이런 반문을 받는다면 대답할 말이 막힐 터. 토시이에나 되는 인물이 그 무슨 어리석은 말을 하느냐고 핀잔을 당하기가 고작일 터였다.

이런 생각과 함께 이에야스가 말한 '나무아미타불……' 이란 한마디는 천 근의 무게로 토시이에의 가슴을 짓눌러왔다.

'인생이란 결국 모두 나무아미타불이란 말인가.'

살아서는 그토록 위대한 업적을 이룩한 히데요시조차 죽은 뒤에는 완전히 무력하다…… 만약 토시이에가 할 수 있는 일이 있다면 그것은 히데요시가 그의 손을 잡고 부탁한다고 계속 말했듯이, 그 역시 이에야스의 손을 잡고 울면서 부탁하는 일밖에 없을 것이다.

그러나 토시이에로서는 그렇게까지 물러서지는 못할 한 가닥 이성이 아직 남아 있었다.

'아니, 그마저 버릴 수 없는 것은 아니지만, 그렇게 하면 도리어 히데요리의 입장을 어렵게 만들 터……'

아리마 호인까지 가담하여 다섯번째 잔이 돌아왔을 때 토시이에는 가벼운 현기증을 느끼고 젓가락을 놓았다.

"주군, 혹시 불편하시지는……"

당황하여 쳐다보는 카미야 시나노노카미를 꾸짖고, 토시이에는 이에야스를 보았다.

이에야스가 이때만큼 크고 완강하게 시야를 가로막는 것처럼 보인 적은 없었다.

"오늘의 접대를 이 토시이에는 평생 잊지 못할 것입니다."

"무슨 말씀을, 멀리서 찾아주신 다이나곤 님…… 이에야스도 평생 잊지 않겠습니다."

"그런데, 한 가지……"

말하다 말고 토시이에는 다음 방에 있는 카토, 호소카와, 아사노 등 세 사람을 꺼리듯 목소리를 떨구었다.

"이 토시이에가 멀리 오사카에서 찾아와 후한 대접을 받고 물러가기에 앞서 부탁 드리고 싶은 말씀이 있습니다마는……"

"새삼스럽게 무슨 부탁이십니까?"

"다름 아니라, 전에 생모님께서도 말씀이 계셨던 무코지마로의 이전에 관해서입니다. 도련님을 위해 나이다이진 님께서 결단을 내려주시지 않겠습니까?"

"다이나곤 님, 무슨 말씀인지요. 무코지마로의 이전이 도련님을 위해서라니……?"

이에야스가 이해할 수 없다는 듯 반문했다.

이 저택이 비좁다는 것과 위치가 나쁘다는 점에 대해서는 가신들 모두 불만을 품고 있었다. 그러나 다섯 부교와 타이로 중에는 반대하는 사람이 많을 것이라 여겨 이에야스는 삼가고 있었다.

"모든 것이 도련님을 위해서……라고 한 말은 나이다이진 님의 신상에 만일의 경우라도 생기면 그날부터 도련님은 망망한 바다의 조각배, 저택을 옮기고 각별히 조심하시라는 뜻입니다."

그 말은 지금의 토시이에로서는 조금도 거짓이 없는 진심에서 나온 부탁이었다.

8

이에야스는 숨을 죽이고 토시이에를 바라보았다. 토시이에의 눈 깊숙이 번지는 눈물의 뜻을 이에야스는 잘 알 수 있었다.

'무엇 때문에 이 자리에서 그런 말을 하는 것일까……?'

이에야스의 그런 의혹은 이미 풀렸다. 토시이에는 병상의 히데요시가 아들을 부탁한다고 한 것과 똑같은 심정으로 이에야스에게 애원하고 있었다. 이렇게 ——

"히데요리를 부탁한다!"

"나이다이진의 신상에 만일의 경우가 생기면 그날부터 도련님은 망망한 바다의 조각배……"

이 얼마나 슬프고, 그러면서도 아름다운 타이코에 대한 토시이에의 우정이란 말인가.

"부교들과 늙은이들은 이 토시이에가 잘 이해시키겠습니다. 신상에 만일의 경우가 있어서는 안 됩니다. 고집을 꺾고 무코지마 이전을 승낙하십시오."

이에야스의 가슴에 뜨거운 것이 치밀었다. 남의 눈이 없었다면 그 역시 눈물을 흘리면서 토시이에의 손을 꼭 잡았을 것이다.

이에야스는 자세를 바로하고 분명하게 대답했다.

"다이나곤 님의 말씀, 깊이 가슴에 새기겠습니다. 말씀하신 대로 무코지마로 옮기겠습니다."

"승낙하시겠습니까?"

"나무아미타불……"

"참으로 고맙습니다! 이것으로 이 토시이에가 일부러 후시미에 온 보람이 있군요."

안도하고 술잔을 드는 토시이에에게 이번에는 이에야스가 정중히 고개를 숙였다.

"이것으로 우리도 마음이 든든해졌습니다. 나머지 일은 모두 다이나 곤 님에게 일임하고 장례 준비를 하겠습니다. 그런데 이 이에야스도 다 이나곤 님에게 한 가지 양해를 구할 일이 있습니다."

이에야스 역시 옆방에 있는 카토, 호소카와, 아사노 쪽을 흘끗 바라보았다.

"이렇게 방문해주셨으니 이에야스 또한 오사카로 답례를 하는 것이 당연한 일이오나, 이 일은 장례가 끝난 뒤로 연기하려고 하니 양해해주시겠습니까?"

"무슨 말씀입니까, 이 토시이에는 결코 답례를 바라고……"

"아니, 답례를 하지 않으면 이에야스의 마음이 편치 않습니다…… 그러나 장례 전에 오사카에 가면 타이코에 대한 면목이 서지 않습니다. 무사히 장례를 마치기 위해 다이나곤과 나이다이진이 사사로운 원한을 억제하고 왕래했다…… 세상에서 이렇게 본다면 타이코를 위해 참으 로 미안한 일…… 그러므로 장례를 무사히 치른 뒤 문병을 드리려고 합 니다. 이 점을 잘……"

이에야스의 말은 토시이에가 듣는 것 이상으로 옆방에 있는 키요마 사나 타다오키의 귀에도 잘 들렸다.

키요마사는 가만히 타다오키와 시선을 마주하고 함께 고개를 끄덕 였다. 만일에 이에야스가 이렇게 먼저 말하지 않았다면 두 사람은 답방

문제를 이에야스에게 제의하지 않을 수 없었다.

"과연 대단한 분이셔."

타다오키가 중얼거렸다. 거의 술을 마시지 못하는 키요마사의 근엄한 눈이 조용히 밑으로 향했다.

아직 토시이에의 방에도 다음 방에도 계속 요리가 나오고 있었다.

키요마사 등은 이이 나오마사가 접대하고 있었다. 나오마사는 짐짓 이에야스의 말 같은 것은 못 들은 체하며 술을 권했다……

"마에다 가문의 요리사는 과연 솜씨가 놀랍습니다! 자, 어서 잔을 비우십시오."

하나의 결심

1

이시다 미츠나리는 보기 드물게 과음을 했다. 시중을 드는 것은 오소데 한 사람뿐, 조금 전까지 동석했던 이시다 가문의 중신 시마 사콘島左近, 마이 효고舞兵庫, 요코야마 켄모츠橫山監物, 키타가와 헤이에몬喜多川平右衛門 등은 모두 물러나고 없었다.

마시타 나가모리, 나츠카 마사이에가 전한 정보를 하나하나 자세히 검토해보았으나 그 모두가 미츠나리에게는 못마땅한 것들뿐이었다.

솔직하게 말해서 오늘 밤 그는 자기가 마시는 술이 과하다는 생각을 떨쳐버릴 수 없었다.

"주군에게 받는 녹봉을 아껴 치부하는 것은 일종의 도둑이다."

공공연하게 이런 말을 하면서 유능한 무사에게는 녹봉을 아끼지 않는 미츠나리였다. 이러한 그가 오늘 밤에는 가신들을 매도할 것만 같았다. 이것은 키타가와 헤이에몬이 호리오 요시하루가 한 말을 생각 없이 그에게 고한 것이 계기가 되었다.

요시하루가 녹봉을 아끼지 않는 미츠나리의 청빈을 어린아이 같은 짓이라고 비웃었다고 했다.

"도쿠가와 님은 인색하기로 유명한 분, 그 가신의 녹봉은 다른 가문의 가신보다 훨씬 적어. 그런데도 모두 심복하여 생명을 아끼지 않고 충성하는 것은 어째서일까? 지부노쇼가 가신들에게 후한 것은 녹봉이 아니고는 충성을 기대할 수 없다는 증거야. 돈이나 쌀로 가신을 매수한다…… 이것이 뜻 있는 가신들에 대한 모독임을 모르고 있다니까. 어린아이야, 어린아이 같은 생각이야."

이렇게 말했다는 이야기를 듣는 순간 미츠나리는 참지 못하고 헤이에몬에게 소리쳤다.

"왜 이런 자리에서 쓸데없는 소리를 지껄이느냐, 물러가라!"

그러나 이 일갈은 상대보다 자신을 아프게 만들었다.

'나에게는 어딘가 그처럼 이해 관계만으로 사람을 낚으려는 비겁한 면이 있지 않을까……?'

문득 이런 생각이 드는 순간 견딜 수 없었다.

"이제 됐으니 모두 돌아가 쉬도록 하라."

더 이상 감정이 폭발할까 두려워 모두 물러가게 했다……

"오소데, 그대는 왜 웃지 않나?"

혼자 남아 잠시 침묵을 지키고 있는데, 미츠나리는 숨이 막힐 지경으로 가슴이 답답해졌다.

'카토와 호소카와에게 보기 좋게 당하고 말았어.'

도리어 토시이에를 후시미에 가게 만들고, 무코지마에 있는 타이코의 별장까지 건넨 결과가 되었다. 이 말을 처음 꺼낸 것은 요도 부인, 이어서 나츠카가, 그리고 마사타까지 입을 모아 말해왔다. 이를 미츠나리가 엄하게 눌러왔는데, 이번에 토시이에가 결정해버렸다……

상대가 토시이에이고 보면 미츠나리도 손을 댈 수 없었다. 그런 만큼 미츠나리의 분노는 격렬했다.

"그대 얼굴도 왠지 귀신 같군. 여자란 때때로 웃어야 하는 거야."

"호호호……"

오소데는 웃었다.

"지부 님이 웃지 않으시기에 웃지 못했습니다. 하지만 웃으라고 하시면 웃겠어요."

"그대도 나를 원망하나?"

"아닙니다, 벌써 옛날에……"

"원망하지 않는다는 말인가?"

"예. 원한도 웃음도 잊어버렸습니다."

미츠나리는 내동댕이치듯 잔을 놓고 나직이 신음했다.

오소데는 모른 체하고 잔을 만지작거렸다.

2

미츠나리는 오소데의 표정에서마저도 묘한 압박감을 느꼈다. 이 뜻하지 않은 일이 또한 그를 견딜 수 없게 했다.

'이시다 미츠나리는 이렇게도 소심한 사나이였던가……'

참을 수 없는 자기 혐오가 분노에 섞여 가슴을 태웠다.

"오소데……"

"왜 그러십니까?"

"아니, 아무것도 아니야."

상대가 도발하는 듯한 태도를 버리지 않는 바람에 미츠나리는 잔을 놓고 무릎에 놓았던 서류를 집어서 펼쳤다. 토시이에의 이에야스 방문에 이어 이코마, 호리오, 나카무라 등 세 중신의 알선에 따라 양쪽이 교환한 서약서를 베낀 것이었다.

이것으로 이에야스의 혼담 문제는 미츠나리의 뜻과는 달리 물에 흘려보내는 것으로 결정되고 말았다.

　1. 이번 혼담 문제에 대해 사과하도록 청했던바 즉시 수락하여 고맙게 여기는 바임. 또한 차후에도 유감스러운 일이 없도록 하겠다는 뜻, 감사히 받아들이고 전과 다름없이 돈독한 관계를 유지할 것.
　1. 타이코 님이 정하신 10인이 연서한 서약서 조항을 어기지 말 것. 만약 이를 잊고 어기는 사람이 있으면, 10인 중에서 누가 이를 알게 되든 한 사람이라도 또 두 사람이라도 서로 충고할 것. 이에 동의하지 않을 경우 나머지 전원이 이를 충고할 것.
　1. 이번에 양쪽이 화해함에 이의를 제기하는 자가 있어도 그에게 원한을 품는 일이 없을 것. 다만 법도를 어기는 자에 대해서는 10인이 그 잘못을 추궁하고 처벌을 가할 것.
　위의 각 조항을 위반하는 자는 호쿠레이北靈 신사의 『키쇼몬起請文』° 상권에 기록된 벌을 받을 것임. 이상과 같이 서약함.

케이쿄 4년 2월 5일

이와 같이 작성한 문서 뒤에 마에다(겐이), 아사노, 마시타, 이시다, 나츠카 등 다섯 부교 외에 마에다 토시이에, 우키타 히데이에, 우에스기 카게카츠, 모리 테루모토毛利輝元°순으로 네 명의 타이로가 서명하였다. 물론 아홉 사람이 이에야스에게 전달한 서약서였는데, 미츠나리는 그 첫 조항부터 못마땅하여 화가 치밀었다.

"……혼담 문제에 대해 사과하도록 청했던바 즉시 수락하여 고맙게 여기는 바임."

이 얼마나 기괴한 서두란 말인가. 아홉 사람이 연서連書하여 이에야스에게 사과문을 보내는 것처럼 보이는 비굴한 내용이 아닌가…… 그러나 미츠나리를 제외한 여덟 사람의 의견이고 토시이에의 동의까지 받은 이상 미츠나리는 어떻게 할 방법이 없었다.

미츠나리는 흘끗 오소데를 바라보고 나서 또 하나의 서류를 집어들었다. 이에야스가 아홉 사람에게 보낸 것.

"이 처음 조항을 읽을 수 있겠어?"

"읽지 못합니다."

오소데가 대답했다.

"어차피 죽일 여자, 내가 읽어주지…… 이번 혼담에 관해 보내주신 문건에 대해서는 잘 알았습니다…… 이렇게 되어 있어. 알았다는 것은 그대로 시행하겠다는 것과 어떻게 다른지 알겠나? 항의한 쪽 아홉 사람이 모두 황송하게 여기고 있고, 항의를 받은 쪽은 알겠다…… 이래도 그대는 이 미츠나리가 화내는 이유를 모르겠나?"

오소데는 미츠나리의 이마에 불끈 솟은 힘줄에서 순식간에 살기가 떠오르고 있음을 깨달았다.

3

"세상은 바로 이런 것이란 말인가…… 타이코 전하가 돌아가신 지 불과 반년이 될까 말까 한데……"

미츠나리가 주먹을 떨며 말하는데, 오소데는 잠자코 술병을 들었다.

"어째서 지부 님은 서명하셨습니까?"

"뭐……뭣이!"

"지부 님도 서명하지 않으셨습니까…… 서명하셨다면 그 뒤는 깨끗이 잊으십시오."

"뭣이, 깨끗이 잊으라고……?"

"예. 여자인 저도 이 집에서 살아서는 나가지 못한다……고 생각했을 때부터 푸념은 하지 않습니다. 남자면서도 그렇게 미련을 버리지 못하시다니요."

싸늘한 대꾸에 미츠나리도 그만 아연해졌다.

"자, 술을 따르겠습니다."

"오소데…… 그대는 무서운 여자야."

"아닙니다. 지부 님이 미련이 너무 많으십니다."

"이 미츠나리에게 감히…… 그런 말을 한 자는 아직 없었어."

"목숨이 아깝기 때문입니다…… 목숨을 버렸다면, 굳이 살기를 도모하지 않는다면 누가 일부러 겉을 꾸미고 거짓말을 하겠습니까?"

"으음. 그렇다면 이 미츠나리도 아직 목숨을 버렸다는 생각을 하지 않았다는 말이로군."

"목숨만이 아니라 야심도 버리지 않으셨습니다."

"뭐……뭣이!"

미츠나리는 저도 모르게 칼걸이를 돌아보고 이를 딱딱 맞부딪치면서 잔을 들었다.

"그래, 그대의 눈에는 그렇게 보인다는 말이지?"

"따라서 다른 사람의 눈에도 역시……"

미츠나리는 나직이 신음하고 잠시 동안 입을 열지 못했다.

'이 여자는 분명히 죽을 작정을 하고 있구나……'

"지부 님……"

"뭐야?"

"지부 님은 나이다이진을 쓰러뜨리고 그 자리를 빼앗으려는 자신의 야심을 깨닫지 못하셨습니까?"

"닥쳐! 야심은 없어. 타이코 전하의 은혜에 대한 보답이야."

내뱉듯이 말했다. 이번에는 오소데가 순순히 고개를 끄덕였다.

"그러시면 그대로도 좋습니다."

"뭐, 그대로도 좋다니 무슨 소리야?"

"은혜에 보답하기 위해 나이다이진을 제거한다…… 그러시다면 그대로 마음을 정하십시오."

"내 마음은 정해져 있어! 그대의 지시는 받지 않아."

"그러기에 미련이 많으신 분이라는 말씀입니다. 마음을 정하셨다면 어떤 문서에 무슨 내용이 씌어 있든 그것은 화류계 여자의 거짓 맹세와 같은 것…… 결코 구애받을 것 없습니다."

"화류계 여자의 거짓 맹세……?"

"예. 저도 사오십 통은 썼습니다. 쓰지 않으면 상대가 납득하지 않으니까요. 거짓도 방편이라는 것은 이를 두고 하는 말이겠지요. 문서로 써야 통용된다…… 이렇게 어수룩한 세상이 어디 있겠습니까."

미츠나리는 다시 예리한 칼로 가슴이 찔린 것 같았다.

오소데의 말이 옳았다. 타이코가 죽음을 앞두고 마구 쓰게 한 서약서 따위는 지금 아무런 힘도 없다…… 있는 것은 오직 그 서약서와 유언, 법도 따위를 방패 삼아 자신의 입신을 도모하려는 살아 있는 인간들의 탐욕만이 아닌가……?

4

미츠나리는 다시 한 번 칼걸이를 돌아보았다.

만일 칼에 손이 닿는다면 눈앞에 있는 오소데는 두 동강…… 그 정도로 심한 충동이 미츠나리를 사로잡았다.

가증스럽다! 갈가리 찢어 죽이고 싶을 정도로…… 그러나 차마 칼을 들 수는 없었다.

가증스럽기는 하나 이 여자의 말과 관찰에는 잘못이 없다…… 세상의 거의 모든 사나이들이 거드름을 떨면서 걸치고 있는 상식의 갑옷을 벗어던지고 알몸으로 도전해오는 진실의 귀중함.

"오소데!"

참다못해 미츠나리는 갑자기 손을 뻗어 오소데의 검은 머리를 낚아챘다. 동시에 무릎을 세우고 거칠게 여체女體를 휘둘렀다.

"건방진 것…… 무어라 말할 수도 없어…… 너는…… 내가 왜 이러는지 알고 있을 거야."

소리치면서 다시 한 번 크게 휘둘렀다. 오소데는 비명도 지르지 않았다. 이를 악물고 미츠나리가 하는 대로 내버려두었다.

"나는 말이야, 이렇게 하지 않으면 너를 죽이지 않을 수 없게 돼. 알겠나? 칼을 드는 대신 머리채를 휘어잡았어…… 내 손이 내 의지를 배신할 것 같아 견디지 못하겠단 말이야."

그러나 그뿐 미츠나리는 잡았던 오소데의 머리채를 놓았다.

오소데는 쓰러진 채 움직이지 않았다. 그녀 역시 감정도 있고 애증愛憎도 있었다. 공포도 있고 분노도…… 그러나 이 모든 것은 이미 미츠나리의 손에 의해 봉쇄되어 있었다……

"술을 따라!"

미츠나리가 말했다.

"이제 죽일 생각이 사라졌어. 어서 따라!"

오소데는 천천히 몸을 일으켰다. 그 눈은 더 이상 미츠나리를 보려하지 않았다. 시키는 대로 술병을 들어 잔에 따랐다. 그리고는 나직한 소리로 웃었다.

"호호호."

"왜 웃어! 또 나에게 대들 생각이야?"

"아뇨, 저 자신을 보고 웃은 것입니다."

"뭣이 자신을 보고 웃었어……?"

"예. 저는 지부 님을 좋아하지 않아요. 그런데도 마치 마음을 바친 아내라도 되는 듯이 생명을 걸고 간언하고 있으니……"

"건방진 것!"

미츠나리는 거칠게 말을 자르며 단숨에 술을 들이켰다.

"따라!"

오소데는 아무 저항도 느끼지 않는 무표정한 얼굴로 술을 따랐다.

"오소데, 네 근성은 알았어. 아직 하고 싶은 말이 남아 있을 테지. 그것을 말하고 얼른 꺼져."

"꺼지라니…… 이 방에서……?"

"아니야! 이 집에서야. 자, 여기 돈이 있어."

미츠나리는 손을 뻗어 문갑을 끌어 당겨서는 그대로 오소데 앞에 내던졌다. 그 안에서 돈 꾸러미 세 뭉치가 쏟아져나왔다.

오소데의 시선이 비로소 미츠나리에게 옮겨 갔다. 믿어도 좋을지 망설이는 눈이 아니라, 지금까지보다 더욱 강하게 적의를 드러낸 마녀 같은 시선이었다.

5

"지부 님은……"

말하다 말고 무섭게 눈을 뜬 채 무릎걸음으로 미츠나리 앞으로 한 걸음 다가앉았다.

"제 말을 듣고 싶으십니까?"

"하고 싶은 말이 있을 것이라고 했어."

"이야기를 들은 대가로 제 목숨을 살려주시겠다는 말씀이군요. 싫어요! 이렇게 되면 아무 말도 하지 않겠어요."

"뭐……뭣이! 아무 말도 않겠다니…… 살고 싶지 않다는 거야?"

"흥."

오소데는 코웃음을 쳤다.

"지부 님은 화류계 출신의 여자 한 사람의 마음도 읽지 못하시는군요. 그러면서 천하를 노리다니……"

미츠나리는 다시 손을 뻗치려다 당황해하며 그대로 거두어들였다.

"너는…… 잘도 지껄이는 계집이로구나! 그럼, 어떻게 하는 게 좋다는 말이냐?"

"살려주는 대신 같이 죽으려는 생각은 못하실 분이에요, 지부 님이란 사람은."

"뭣이, 같이 죽을 생각이라고……?"

오소데는 입술을 일그러뜨리고 고개를 끄덕였다.

"이미 살아남지 못한다, 십중팔구는 살해당할 것이다…… 이렇게 생각했기에 마음먹었던 대로 말할 생각이 든 거예요…… 그런데 살려줄 테니 말하라고 하다니. 호호호…… 살려주겠다고 하는데 어떻게 미움받을 것이 뻔한 진심을 말할 수 있겠어요? 그런 계산도 못하시는 분이군요, 지부 님은……"

미츠나리는 꼭 쥔 주먹을 무릎에 세우고 와들와들 떨었다.

"그럼, 반드시 죽이겠다고 하면 말하겠어?"

"말만으로는 안 돼요. 정말 그렇게 해야 해요."

"좋아, 알겠어! 정말 살려두지 않을 생각이 들었어."

"그렇다면 말하겠어요. 오소데라는 여자가 평생의 오기를 걸고 말하겠어요…… 이미 지부 님의 운명은 결정됐어요……"

"어……어……어째서?"

"호호호…… 잠자코 도련님 곁을 떠나 영지로 돌아가서 세상을 버린 사람처럼 여생을 보내거나…… 아니면 무리인 줄 알면서 억지로 싸우다 죽거나 둘 중의 하나…… 여기까지 지부 님을 몰아넣은 것은 다른 사람 아닌 바로 지부 님 자신이에요."

오소데는 내뱉듯이 말하고 흐트러진 머리를 쓸어 올렸다.

"스스로를 막다른 골목에 몰아넣고 자신이 서 있는 곳도 모른다…… 현재의 지부 님이에요. 마음을 가라앉히고 제 얘기를 들어보세요…… 영지로 돌아가 은거한다…… 기질에 달려 있어요. 할 수 있는 사람과 할 수 없는 기질의 사람이 있어요. 이 오소데가 이런 거금이 생겼다고 기뻐하며 고향에 돌아갈 기질이 아닌 것과 마찬가지로…… 지부 님도 그러시지 못할 것으로 보았어요……"

"……"

"그렇다면 지부 님이 택하실 길은 오직 하나. 질 것이 뻔한 전쟁을 굳이 감행하여 패함으로써 고집을 세우는 일…… 이시다 지부노쇼는 어리석은 사나이였다, 그러나 고집만은 과연 외곬이었다……고 후세 사람들의 이야깃거리로 남을 거예요. 지부 님은 이미 여기까지 자신을 몰아넣었어요. 곁에서 보고 있는 이 오소데도 아는데, 지부 님은 아직 자신의 위치를 모르고 방황하시다니……"

어느 틈에 미츠나리는 어깨를 뒤로 잔뜩 젖히고 눈을 감은 채 오소데의 말에 귀기울이고 있었다.

6

'잘도 지껄인다!'

감히 미츠나리 정도나 되는 사나이 앞에서…… 처음에는 이런 놀람과 분노로 미츠나리는 눈이 뒤집힐 지경이었다. 그러나 마침내 놀람과 분노는 불가사의한 쾌감을 동반한 자학自虐으로 변했다.

분명 미츠나리는 한 사람의 유녀 마음도 읽지 못했다.

'이 여자에게 그런 용기와 결단력이 있다니……'

죽을 것이기 때문에 마음에 있는 말을 다할 수 있다니, 이 얼마나 시원스런 말인가. 병법의 진수眞髓와도 통하는…… 아니, 그 이상으로 명쾌한 판단, 현재 미츠나리가 처한 고뇌의 원인을 정확하게 꿰뚫어보는 놀라운 객관客觀…… 확실히 미츠나리는 그 기질로 인해 어쩔 수 없이 사태를 막다른 곳까지 몰아넣었다.

당연히 같은 편이 될 수 있는 자까지도 너무 성급하고 무리하게 자기 의사와 합일시키려 하다가 도리어 적으로 돌리고 말았다. 무장들은 그렇다 치더라도 뜻을 같이해온 다른 부교들마저 과격한 그를 따라오지 못하고 점점 경원하였다.

마에다 토시이에는 미츠나리와는 다른 그 자신의 뜻으로 움직이기 시작했으며, 요도 부인도 그 앞에서는 밝은 미소를 보이지 않았다. 이러한 모든 변화는 거꾸로 이에야스 편을 늘리고 그의 지위를 확고하게 하는 주춧돌의 역할을 하고 있었다……

'교활한 이에야스의 편을 들다니……'

초조감이 더욱 그를 미로에서 헤매게 하고 있을 때, 오소데는 옆에서 냉정하고 정확하게 정세의 변화를 꿰뚫어보고 있었다.

'확실히 나는 영지에 돌아가 은거할 수 있는 사람이 못 된다……'

그렇다면 오소데의 말처럼 지금은 승패를 도외시한 무모한 전쟁에 돌입해야 할 때일까……?

"지부 님……"

오소데가 다시 다가앉았다.

"아직도 망설이고 계십니까?"

어린 도련님을 놀리는 짓궂은 하녀와 같은 어조였다. 그러나 미츠나리는 그러한 어조에도 전혀 반감을 느끼지 않았다.

"그래, 망설여진다. 그대가 마음먹은 대로 말했으니 나도 거짓 없이 대답하겠어."

"지부 님, 전 이 세상에서 전쟁을 가장 저주하며 살아온 여자예요."

"알아. 그대의 비운悲運은 전쟁 때문이라고 믿고 있어."

"이러한 오소데가 지부 님을 위해서라면 전쟁이 벌어져도 도리가 없다고 생각하는 심정…… 아시겠습니까?"

미츠나리는 사람이 변한 듯 순순히 대답했다.

"모르겠어. 생각한 대로 말해봐."

"전쟁이 싫어요. 전쟁은 가증스러워요! 가능하면 영지로 돌아가 조용히 풍월을 벗삼으시라…… 하고 싶어요. 그러나 들으실 분이 아니에요! 그렇다고 이대로 오사카에 계시면 지부 님에게 어떤 말로가 다가올지 아십니까?"

"오소데는 그것도 내다보고 있다는 말인가?"

"그렇습니다…… 지부 님은 모여든 사람들에게 손발이 잘리고 무릎이 꺾인 채, 타이코 님의 은혜를 잊고 도련님이 어리다는 것을 기화로 천하를 훔치려는 극악무도한 모반자……라는 낙인이 찍혀 누군가에게 살해될 것입니다."

오소데는 마치 남의 일인 양 담담하게 말했다.

7

미츠나리는 전신을 부르르 떨었다.

또다시 오소데는 예리한 칼을 휘둘러 미츠나리의 세계를 잘라냈다. 아니, 어쩌면 숨통을 끊는 마지막 칼날인지도 모른다.

"그렇다면…… 오소데는 나에게 모반자라는 악명을 씌워주고 싶지 않다는 말인가?"

오소데는 노래하는 듯한 목소리로 대답했다.

"조금은 아시겠습니까?"

"알 것도 같아, 그대의 눈에 비친 성급한 한 인간의 운명을……"

"……아닙니다. 지부 님은 아직 미망에서 벗어나지 못했습니다."

"어째서? 나는 지금 갓 태어난 아기 그대로의 마음으로 오소데를 대하고 있어."

"아니, 아직 멀었습니다. 지부 님이 악명을 쓰지 않게 되기를 원하는 이유는……"

"그 이유는? 그것이 알고 싶어."

"지부 님의 본심은 그렇지 않다……고 보았기 때문입니다. 본심과는 다른, 오해의 오점으로 훗날까지 더럽히는 일을 막고 싶습니다."

"오소데! 그럼, 오소데는 이 미츠나리를 진심으로 사랑한다…… 아니, 연민이라고 해도 좋아…… 좌우간 미워하지도 원망하지도 않는다는 뜻으로 받아들여도 되나?"

저도 모르게 들뜬 목소리로 말하면서 미츠나리는 오소데의 어깨에 손을 얹었다. 그녀는 그 손을 거칠게 뿌리쳤다.

"아닙니다! 그래서 지부 님은 아직 세상을 꿰뚫어보시는 안목이 부족하다고 했습니다."

"뭐……뭐라고?"

"지부 님의 본심과 다른 오해의 오점은 남기고 싶지 않습니다! 그러나 그 마음은 지부 님을 사랑하기 때문도, 연민을 느끼기 때문도 아닙니다…… 이 모두 오소데라는 여자의 슬픈 고집……이라는 것을 깨닫지 못하셨습니까?"

"그대의 고집이라고……?"

"그렇습니다. 오소데의 고집인 동시에 여자들 모두의 슬픈 고집인지도 모릅니다. 생각한 것 무엇 하나 관철시키지 못한 여자들의…… 살아가려는 안타까운 진실이 모두 더럽혀지고 짓밟혀 악명 속에 묻혀버린 여자들의……"

오소데는 갑자기 말끝을 흐리면서 흐느끼기 시작했다.

미츠나리는 다시 오소데를 알 수 없게 되고 말았다. 그녀의 고집과 자신의 악명이 무슨 관계가 있다는 말일까……?

"죄송합니다."

얼마 동안 흐느끼던 오소데는 눈물을 닦고 미츠나리 쪽으로 향했다.

"진실이 진실 그대로 통하는 세상이 왔으면 좋겠어요! 그런 일념에서 지부 님의 마음도 있는 그대로 후세에 전해주고 싶어요……"

"으음."

"지부 님의 경우, 그 마음을 전하는 길은 오직 하나…… 싸우다 죽는 거예요. 도요토미 가문의 번창을 기원하는 마음에는 거짓이 없었다는, 그 진심을 나타내는 길은 이제 달리 없다…… 이렇게 생각하고 그 싫어하는 전쟁을 권한 거예요."

미츠나리는 무섭게 숨을 몰아쉬며 오소데의 어깨를 움켜잡았다.

번개처럼 가슴을 때리며 일곱 무지갯빛으로 감싸오는 것……

"오……오……"

8

이번에는 오소데도 미츠나리의 손을 뿌리치지 않았다. 오소데 역시 미츠나리의 눈에서 그녀의 마음을 이해한 듯한 큰 빛을 발견했다.

'드디어 이 사람이 깨달았구나……'

이런 생각과 함께 갑자기 오소데의 전신을 꿰뚫는 피로감.

솔직히 오소데는 결코 미츠나리에게 전쟁을 권할 생각은 없었다. 오히려 그 반대였다. 가능하다면 격렬한 세력 다툼의 소용돌이로부터 물러나게 하고 싶었다. 이것만이 미츠나리의 후반생에 평화를 가져다주는 길이었다……

그러나 오늘의 미츠나리에게 그런 말을 한다면 더욱 고집스러워져 스스로 자신을 궁지에 몰아넣을 터. 그래서 거꾸로 지는 전쟁임을 각오하고 결행할 용기가 있느냐고 따지고 들었다……

따지는 것만이 오소데가 할 수 있는 일의 전부였다. 나머지는 미츠나리가 결정해야 한다. 아니, 미츠나리가 가지고 태어난 근성과 그 자신의 의지로도 굽힐 수 없는 '숙명'이 결정할 것이었다……

미츠나리는 오소데의 어깨를 붙든 채 잠시 꼼짝도 하지 않았다.

그는 오소데가 말한 그 다음 일까지 생각하는 듯.

"오소데……"

잠시 후 쥐어짜는 듯한 목소리로 불렀을 때, 미츠나리의 눈에는 더욱 빛나는 인광燐光이 가해져 있었다.

오소데는 지그시 눈을 감았다. 미츠나리가 무슨 말을 하려는지 이미 잘 알고 있었다. 미츠나리는 오소데의 말로 자기가 처한 위치를 재확인하고, 어떤 결심에 도달했을 터……

"오소데…… 용서를 빌겠어! 나는 그대를 건방진 유녀라고밖에 생각하지 않았어……"

"아니, 저는 그 이상의 아무것도 아니에요."

"그렇지 않아! 그대는 신불이 나를 위해 일부러 보내준 여자였어!"

"어머…… 어찌 그런 말씀을……"

"아니야! 그대가 만일 내 앞에 나타나지 않았다면, 이 미츠나리는 그대의 말처럼 뜻하지 않은 악명의 밑바닥에서 죽어야 했을 거야."

"그러시면, 깨끗이 일전을 벌이려는 각오가 되셨다는 말씀입니까?"

미츠나리는 대답 대신 빙긋이 웃었다.

"싸우는 방법에도 여러 가지가 있겠지. 결심을 하면 이 미츠나리는 망설이지 않아. 그보다 그대가 문제인데, 이대로는 둘 수 없어."

"곧 죽이시겠습니까?"

"그 무슨 못난 소리를! 용서해줘. 그리고 내가 살아 있는 한 그대도 살아 있기를 바라겠어. 어떤가…… 용서해달라는 한마디를 그대의 귀에 속삭이고 싶어."

"어머……"

이번에는 오소데가 눈을 크게 뜨고 숨을 죽였다. 비록 마음이 통했다 해도 그런 솔직한 말이 이 오만한 사나이의 입에서 나오리라고는 상상도 하지 못했다.

'이 사람에게도 그런 순수한 일면이 있었던 것일까……'

그런 생각이 들자 이미 아무 주저도 없이 사나이의 가슴에 몸을 던질 수 있는 오소데였다.

"용서해드리겠어요…… 그래요, 용서해드리고말고요……"

오소데는 어머니가 자식에게 하듯 미츠나리의 귀에 입을 대고 빠른 말로 속삭이고 그대로 미츠나리의 가슴에 얼굴을 묻었다.

끝없는 허공

1

이에야스와 토시이에가 손을 잡음으로써 히데요시의 장례는 예정대로 기일忌日인 2월 18일부터 29일까지 순조롭게 거행되었다.

양쪽 서약서가 교환된 것은 13일, 교환이 완료됨과 동시에 모든 노력을 장례에 집중시켰다고 할 수 있었다.

장례행렬은 18일 좀 이른 유시酉時(오후 6시, 해질녘)에 후시미 성을 출발했다. 야마토大和 대로大路를 지나 시치죠七條 거리에서 동쪽으로 향한 행렬은 고인과 인연이 깊은 대불전大佛殿으로 들어갔다.

장례행렬이 지나는 연도에는 타이코를 추모하는 사람들이 모여들어 가득했다.

서쪽 추녀에 긴 장대의 초롱이 이어지고, 네거리마다 모닥불이 피워져 있었다. 그 사이를 숙연히 지나는 장례행렬은 그 이면에 추악한 갈등이 있다고는 누구도 상상하지 못할 만큼 화려하고 장엄했다.

맨 앞에는 추녀보다 높은 12개의 긴 장대 초롱이, 그 좌우에는 이보다 좀 작은 장대 초롱 50개씩이 각각 따르고 있었다. 그 뒤에 다시 50개

씩의 횃불이 밤하늘을 수놓아 사람들의 시선을 빼앗고, 그 뒤에 비로소 행렬을 선도하는 무사들이 나타났다.

츠유하라이露拂い라 불리는 선도 무사로는 오른쪽에 아사노 사쿄노다이부 요시나가, 왼쪽에 쿠로다 카이노카미 나가마사黑田甲斐守長政가 각각 500명씩의 가신을 거느리고 섰다. 그 다음에는 테라사와 시마寺澤志摩와 모리 카와치노카미毛利河內守, 이어서 쵸소카베 토사노카미長曾我部土佐守와 시마즈 효고노카미島津兵庫守의 순이었다.

관 앞의 다이묘가 75명, 관 뒤의 다이묘가 78명이었고, 이들이 각각 300 내지 500의 가신을 거느리고 있었으므로 그 인원수만도 가히 장관이라 할 수 있었다. 총인원은 6만이 넘을 듯했다.

중앙에 선 다섯 타이로 중에서는 모리 테루모토가 선두였고, 그 뒤가 오다 가문의 후계자 기후 츄나곤 히데노부岐阜中納言秀信였다.

도쿠가와 이에야스는 히데노부 바로 뒤, 모쿠지키木食 대사 바로 앞에서 500명의 하타모토와 네 명의 다이묘를 거느리고 뒤따르고 있었다. 모쿠지키 대사와 60명의 승려 뒤에는 호리오 요시하루가 타이코가 쓰던 칼을 들고 관 앞에 섰다.

오른쪽에 백호기白虎旗, 왼쪽에 청룡기靑龍旗를 세운 팔각형으로 된 관의 호화로움은 보는 사람으로 하여금 히데요시가 살았을 때의 생활을 떠올리게 했다.

관을 실은 팔각형 가마를 맨 사람이 216명.

이를 양쪽에서 비쳐주는 장대 초롱이 200개.

관 뒤 주작기朱雀旗에는 히고노카미肥後守가 된 카토 키요마사가, 일월기日月旗에는 킨고 츄나곤 히데아키金吾中納言秀秋가 뒤따랐다.

이어서 중앙에 어린 후계자 히데요리가 서고 그 옆에는 카타기리 카츠모토, 이어서 마에다 토시이에, 아시카가 사효에노카미 요시요足利左兵衛督義代, 우키타 츄나곤 히데이에宇喜多中納言秀家, 에도 츄나곤 히데타다江戸中納言秀忠의 순으로 이어졌다.

우에스기 카게카츠는 대리인으로 나오에 야마시로노카미直江山城守를 참가시켰는데, 키타노만도코로는 그 뒤에 시녀 150명을 거느리고 따르고 있어서 보는 사람들의 슬픔을 자아냈다. 키타노만도코로 다음이 요도 부인…… 그녀는 시녀의 수를 100명으로 제한했다.

행렬이 대불전에 도착했을 때는 칙사勅使가 기다리고 있었다. 칙사는 키쿠테이 우다이진菊亭右大臣, 부사副使는 히로하시 다이나곤廣橋大納言°이었다.

금은보석으로 아로새긴 팔각탑 모양의 호화로운 관이 히데요시의 한줌 유골을 싣고 대불전 동쪽에 세운 식장에 안치된 것은 이미 사방이 밝아지기 시작한 아침이었다.

이 거창한 장례식의 부교는 맨 먼저 식장에 도착한 쿠로다 카이노카미 나가마사와 카타기리 슈젠노카미片桐主膳守, 이오 분고노카미飯尾豊後守 등 세 사람이었다. 그들이 우려했던 날씨는 별로 걱정하지 않아도 될 것 같았다.

2

마에다 토시이에는 행렬의 마지막이 도착하고 모쿠지키 대사의 염불이 시작되었을 때부터 가슴이 답답하고 눈물이 쏟아져 견딜 수 없었다. 지난날 히데요시는 이보다 더 성대했던 노부나가의 장례를 무라사키노紫野 다이토쿠 사에서 거행했다. 그 히데요시가 지금은 헤매지 말고 성불成佛하라는 꾸중을 듣고, 그 자신도 믿지 않았던 피안으로 쫓겨가고 있는 듯한 느낌이었다.

"나는 싫다. 가고 싶지 않다!"

찬란하게 빛나는 황금빛 관 속에서 히데요시는 철없는 개구쟁이처럼 발버둥을 치고 있는 것은 아닐까.

지난날 후시미 대지진 때 이곳에 안치된 대불大佛이 머리를 떨어뜨렸다고 해서 일부러 후시미에서 달려와 핏대를 올리며 대불을 꾸짖은 히데요시였다.

"무엄한 것! 백성들을 보호하라고 한 이 히데요시의 명령을 잊어버리고 맨 먼저 머리를 떨어뜨리다니 이 무슨 짓이냐!"

히데요시는 머리끝까지 화가 치밀어, 가지고 온 활에 화살을 메겨 괘씸한 대불의 배를 쏘았다고 했는데……

그 히데요시가 지금은 모쿠지키 대사를 통해 부처들에게 사죄하고 있는 듯한 생각. 이것이 모든 인간이 걸어야 할 길이라면 인간이란 얼마나 익살스러운 존재인가. 아니, 토시이에도 예외일 수 없었다. 이미 병마가 히데요시 곁에서 그에게 손짓하고 있었다.

날이 밝았다. 그러나 독경讀經은 계속되었다. 오늘부터 사흘 동안 정중한 공양供養이 이어지고, 그 다음 사흘 동안은 일반 백성의 참배와 공양을 허락할 예정이었다.

그 모든 과정이 끝나고 이레째 되는 날에는 법요식法要式.

아마도 사흘 동안에는 공양이라기보다 구경을 하지 못한 사람을 위해 하루나 이틀쯤 더 기일을 연장해주고, 히데요시라는 인간은 차차 살아 있는 사람들의 뇌리에서 멀어져갈 것이다…… 이와 같은 상념이 더욱 숨을 답답하게 해, 토시이에는 자칫 눈앞이 캄캄해지며 쓰러질 것 같아 안간힘을 썼다.

'지금 쓰러지면 안 된다!'

히데요리의 사부로 여기 와 있다. 무슨 일이 있어도 히데요리를 오사카 성으로 보낼 때까지는 버텨야 한다……

토시이에는 바로 오른쪽에 있는 히데요리를 보기가 무서웠다. 보면 더욱 가슴이 답답해질 게 분명했기 때문이다.

"다이나곤 님, 괜찮으시겠습니까?"

왼쪽에 있던 이에야스가 말을 건넨 것은 이미 완전히 주위가 밝아진 뒤의 일이었다.

"곧 분향이 시작될 것입니다마는, 불편하시면……"

토시이에는 강하게 고개를 흔들었다.

이에야스는 더 이상 말을 않고 다시 천천히 눈을 감았다. 그에게는 오랜 독경이 별로 고통스럽지 않았다. 건강하기도 했으나, 승려들의 독경이 엄격한 천지天地의 계율을 조용히 타이르는 어머니나 할머니의 목소리로 받아들여졌기 때문이다.

'나는 아직 이렇게 세상에 살아 있다……'

아미타불의 자비 때문……이라고 진심으로 받아들일 수 있는 이에야스였다. 살아 있는 한 그 천지가 가르치는 '올바름'을 위해 일할 것이다. 아니, 일하기 위해 살아 있다……

독경이 끝났다.

"분향을……"

모쿠지키 대사가 히데요리에게 일러주었다.

이에야스는 아직 눈을 뜨려 하지 않았다.

3

히데요리의 분향을 카타기리 카츠모토가 옆에서 도와주었다. 그 애처로운 모습이 모두의 마음에 무상감을 불러일으켰다. 키타노만도코로 네네와 생모 요도 부인, 그 두 사람을 따르고 있는 여자들은 약속이라도 한 듯 고개를 숙인 채 눈물짓고 있었다.

그러나 지난해 8월, 타이코가 세상을 떠났을 때의 슬픔과는 비교도 되지 않았다. 불과 반년밖에 지나지 않았으나 세월의 흐름은 이상한 힘으로 인간 감정의 방향을 바꾸어놓았다.

그때는 아직 누구도 히데요시의 죽음과 천하의 행방을 지금처럼 직접 관련지어 생각하지는 않았다. 다섯 타이로, 세 츄로, 다섯 부교 등 히데요시가 남기고 간 조직이 어떻게든 정권을 유지할 수 있을 것으로 생각하고 있었다. 그런데 오늘 히데요시의 관 앞에 모인 면모를 보면, 그가 남긴 조직은 이미 껍데기뿐임을 절감하게 했다.

결국 히데요시가 남긴 조직은 히데요시가 있었기 때문에 기능할 수 있었던 조직. 히데요시라는 강력한 독재자 아래서는 다섯 타이로도 세 츄로도 다섯 부교도 모두 원활하게 회전하면서 전체를 지탱하는 조직의 일부일 수 있었다. 그러나 히데요시라는 주축이 빠진 순간 각자 멋대로 움직일 수밖에 없는 숙명을 지니고 있었다.

'이 가운데서 누가 가장 크게, 그리고 가장 먼저 조직 해체의 주동력이 될까……'

오늘 다섯 부교 중 네번째 자리에 경건하게 앉아 있는 이시다 미츠나리는 이런 생각을 했다. 생각과 함께, 눈을 감고 심각한 표정으로 상좌에 자리잡고 있는 이에야스를 바라보지 않을 수 없었다.

'역시 저 살찐 너구리 녀석이다……'

저 너구리가 맨 먼저 타이코의 유언을 무시하고 멋대로 혼담을 꺼내 불씨를 만들었다……는 생각에 미츠나리는 오싹 소름이 끼쳤다.

모두의 시선이 이상한 증오를 품고 미츠나리의 등덜미에 쏟아지고 있었다. 물론 혼담을 꺼낸 것은 이에야스였다. 그러나 이에야스에게 히데요시가 죽기 전부터 갖은 반감과 반역의 화살을 쏘아온 것은 미츠나리…… 혼담에 대해서는 묵살하자는 의견이 많았으나 기어코 문제 삼아 힐문하는 사신을 보내도록 한 것도 미츠나리였다.

세상에서는 미츠나리가 일부러 이에야스에게 도발했다고 생각하고 있을지도 모른다. 그토록 노골적인 반응을 보인다면 이에야스로서도 모든 수단을 동원해 자구책을 강구하는 것이 당연하다……고 보고 있을지도 모른다. 아니, 그보다 미츠나리야말로 히데요시가 모처럼 고심하여 만든 조직을 해체하는 자라 여기고, 그 때문에 증오하고 있는지도 모른다……

미츠나리는 가만히 뒤를 돌아보았다. 돌아보는 순간 두번째 줄에 앉아 있는 키요마사의 큰 눈과 시선이 마주쳤다. 그는 당황하며 얼른 자세를 바로했다.

이제 두 번 다시 돌아볼 필요가 없었다. 거기에는 키요마사뿐 아니라 쿠로다 나가마사, 호소카와 타다오키, 아사노 요시나가, 후쿠시마 마사노리, 토도 타카토라, 카토 요시아키 등 미츠나리를 증오하는 눈만이 싸늘하게 이어져 있었다……

이 증오하는 눈의 존재는 미츠나리의 결심을 더욱 확고하게 했다.

'그렇다, 내가 갈 길은 오직 하나뿐……'

미츠나리는 깊이 숨을 들이마셨다.

4

미츠나리는 자신의 결심을 새삼스럽게 확인했다. 그리고 이번에는 독경소리가 불당佛堂을 가득 메운 가운데 '시간'에 대해 생각해보지 않을 수 없었다.

'시간'이란 얼마나 기묘하고 불가사의한 것일까. 도대체 누가 언제 이 '시간'을 흘려보내기 시작한 것일까……?

시간은 헤아릴 수 없는 영원한 과거로부터 영원한 미래를 향해 시시

각각 한순간도 쉬지 않고 흐른다. 눈에 보이지 않고, 때로는 그 안에 있는 자에게 느끼지 못하게 하는 일도 있다. 그러나 그동안에도 시간은 계속 흐른다. 인간이, '지금'이라고 한 순간 '지금'은 이미 흐르고, 내일도 내일이 되면 이미 '지금'이 되어 있다.

'앞으로 두고 보자!'는 '미래' 역시 인간 각자의 희망은 나타낼 수 있어도, 과거가 된 뒤에 돌아보면 그 얼마나 하찮고 익살스럽게 보이는 것일까.

미츠나리의 눈앞에 있는 한 타이코는 위대한 거봉巨峰이었으며, 감히 범할 수 없는 거인으로 보였다. 그러나 영원히 쉬지 않고 흐르는 '시간'의 눈으로 다시 본다면 어떤 답이 나올 것인가?

타이코가 태어났다. 그리고 소년이 되고 장년이 되고 노인이 되었다가 죽어갔다…… 다만 이뿐이란 말인가……?

이렇게 생각하면 인간의 원한과 책략, 영달과 의지는 티끌 같다. 아니, 인간 자체가 시간에 의해 키워지고 시간에 의해 죽음에 이르며 시간에 의해 잊혀지는 철칙 앞에서는 완전히 무력한 존재…… 어제는 이미 어제가 아니고, 내일은 오늘이 되어 다시 어제로 바뀌어간다.

미츠나리는 다시 한 번 마음속으로 중얼거렸다.

'아무것도 없다! 시간의 흐름 속에서는 이 미츠나리 따윈 나뭇잎 하나에 지나지 않는 무無일 뿐……'

인간이 있다고 믿는 것은 언제나 쉬지 않고 흐르는 '오늘의 바로 지금'뿐. 그 잠시도 쉬지 않는 '오늘의 바로 지금'을 영원인 줄 착각하고 부질없이 웃고 울며 저주하고 탐욕을 부리다 죽음을 맞이한다.

생각해보면, 히데요시의 유지에 따른 조직을 붕괴한 장본인은 이에야스도 미츠나리도 아니고, 이 기괴한 시간의 소행인지도 모른다.

'인간은 그 시간 앞에 팔짱만 끼고 앉아 있어야 한다는 말인가?'

이때 나츠카 마사이에가 미츠나리의 소매를 가만히 잡아당겼다.

"지부 님, 분향을……"

미츠나리는 천천히 일어나 이미 자기 앞에는 토시이에의 모습도 히데요리의 모습도 보이지 않음을 깨달았다. 토시이에는 분향이 끝난 히데요리를 데리고 식장을 떠난 듯. 가장 윗자리에 앉아 있는 것은 그의 숙적 이에야스 한 사람뿐이었다.

미츠나리는 엄숙하게 분향하면서, 히데요시의 명복을 빈다기보다 '시간'에 바치는 분향이라는 생각을 했다.

분향을 마친 뒤 돌아서서 똑바로 이에야스를 바라본 미츠나리는 섬뜩했다. 어째서일까? 지금 그가 이에야스의 비대한 몸에서 받은 인상은, 아까 식장에 들어올 때의 그것과는 전혀 다르지 않은가…… 밉지도 않다. 화도 나지 않는다. 압박감도 없었다.

'그렇다, 이제는 죽일 수 있다. 과연 이것이었구나……'

5

독경은 2각刻 반(5시간)쯤 계속되었다. 잠시 쉬는 동안 미츠나리는 어째서 자기 마음이 이처럼 가벼워졌는가 하는 의문을 가슴에 남긴 채 이에야스의 뒤를 따라 호코 사方廣寺 객실로 들어갔다.

지금까지는 '불구대천不俱戴天……'이란 감정이 앞서 이에야스에게 동석하기조차 거북스러운 압박감을 느껴온 미츠나리였다. 그러나 지금은 태연히 그 뒤를 따라갈 수 있었다. 물론 이 자리에서 위해를 가할 생각은 없었다. 그럴 마음이 있었다면 이처럼 태연할 수는 없었을 터. 그런데도 마음속으로는 잔잔한 살의가 더욱 확고부동해지는 것이 이상했다.

그 살의가 결정적인 장소를 발견했기 때문에 거꾸로 마음이 태연함을 되찾았는지도 모른다. 지금까지 미츠나리는 아직 각오가 부족했었다. 자기 몸도 죽는다는 사실을 깨닫지 못하고, 상대의 야심에 이를 갈며 증오하는 철저하지 못한 망집에 사로잡혀 있었다.

객실에는 키타노만도코로와 요도 부인이 먼저 도착해 있었다. 히데요리는 별실에 있는 듯.

이에야스는 살찐 몸을 구부리고 두 여자 앞에 앉아, 새삼스럽게 무코지마의 부지를 준 것에 대해 감사하다는 인사를 했다.

"과연 타이코 님의 눈에 드셨던 땅이어서, 거기서 바라보는 풍경의 명미明媚함은 각별합니다……"

그 자리는 어느 누구로부터도 공격받을 우려가 없는 요새라고까지는 생각지 않았으나, 그 말도 미츠나리는 그냥 미소를 띤 채 흘려들었다. 이전의 그였다면 아마도 이맛살을 찌푸리고 무어라 한마디 빈정거리지 않고는 견디지 못했을 터였다.

"오오, 지부 님이시군."

인사가 끝난 뒤 이에야스는 미츠나리를 돌아보고 말을 걸었다.

"여러모로 수고가 많소이다."

미츠나리는 정중히 머리를 숙였다.

"아니, 여러분들의 추모하시는 마음 덕분에 이제는 이 미츠나리도 마음을 놓게 되었습니다."

조금도 고통스럽게 느껴지지 않아 스스로도 이상하기만 했다.

"정말이지 이제는 나도 어깨가 가벼워졌어요."

키타노만도코로는 장례도 장례지만, 미츠나리와 이에야스의 부드러운 태도에 안도한 모양이었다.

"나이다이진 님도 머지않아 오사카에 오신다고 들었는데 그때는 저도 찾아주세요."

은근히 토시이에에 대한 답방을 촉구하는 말.

"예. 장례 뒤처리가 끝나는 대로 갈 생각입니다. 그때는 물론 도련님에게도 문안을 드려야 할 테고……"

요도 부인도 고개를 갸웃하고 한마디했다.

"그래요. 오실 때쯤에는 벚꽃도 만발하겠지요. 지금부터 나이다이진 님 맞이할 준비를 해야겠습니다……"

"그렇습니다. 과연 곧 꽃피는 계절이군요. 꽃이란 말이 나왔으니 말입니다만, 지난해 봄 다이고醍醐로 꽃놀이갔던 일이 떠오르는군요."

"정말, 전하의 마지막 꽃구경, 인간의 생명이란 허무한 것입니다."

순간 요도 부인도 키타노만도코로도 침통해졌다. 그러나 좌중의 부드러운 공기는 사라지지 않았다. 그런 부드러운 분위기 속에서 미츠나리는 다시 한 번 스스로에게 의문을 제기했다.

'이상한 일이야, 미워하지 않을 때가 미워할 때보다 죽이기 쉽다니…… 무슨 까닭일까……?'

6

잠시 동안 잡담이 이어진 뒤 다시 독경이 시작되었다.

마시타 나가모리가 이를 알리러 왔다.

맨 먼저 키타노만도코로가 자리를 떴다. 그 뒤를 이어 이에야스가 일어났다. 네네는 오늘부터 자기를 키타노만도코로라 부르지 말고 코다이인高臺院이라 불러달라, 자기 일생은 지금부터 홀가분한 불제자佛弟子……라고 농담 비슷하게 말하고 객실을 나갔다.

미츠나리는 그 뒷모습을 배웅하고 나서 아직도 일어나려 하지 않는 요도 부인 쪽으로 향했다.

"도련님 신변에 대해 불안은 느끼지 않으십니까?"

이렇게 말하면서 미츠나리는 전과는 전혀 다른 심정으로 이야기하는 자신이 이상했다. 전에는 자기야말로 '히데요리'를 위해 없어서는 안 될 기둥이라는 자부심이 있었고, 그 자부심은 요도 부인까지 꾸짖고 싶은 안타까움을 수반하고는 했다.

'그러나 지금은 완전히 바뀌었다……'

자기가 할 수 있는 일이란 오직 하나…… 어떤 일이 있어도 이에야스에게 굴복하지 않고 이시다 미츠나리라는 한 개인의 뜻을 관철시키는 것…… 목적이 이 한 점에 응집되었기 때문인 듯. 요도 부인조차 충분히 그 목적을 위해서는 이용할 수 있다는 느낌이었다.

미츠나리는 전에는 초조해하면서 의견 비슷한 말을 하지 않을 수 없었던 요도 부인에게 이렇게 말하였다.

"염려하실 것 없습니다. 다이나곤 님도 계시고 카타기리 님과 히지카타土方 님, 그리고 슈리修理 님도 곁에 계시므로……"

요도 부인도 이미 지루한 독경에 진력이 난 표정으로 대꾸했다.

"도련님은 오늘 중으로 고자부네御座船°로 돌아가요. 다이나곤 님도 병중이라."

미츠나리는 담담한 얼굴로 가볍게 고개를 끄덕였다. 그러면서 넌지시 화제를 바꾸었다.

"생모님은 알고 계시는지요? 전하께서 돌아가실 때 도련님과 생모님에 대해 무어라 말씀하셨는지를."

"무어라 말씀하시다니요……?"

"끝까지 말씀 드리지 않으려 했습니다만…… 최근에 다이묘들의 움직임을 보니 역시 전하가 우려하신 점이 맞는 것 같습니다."

"무슨 말인가요, 지부 님?"

"도련님이 성년이 되었을 때 과연 천하가 도련님 손에 들어올 것인가 하는 일입니다."

미츠나리는 가볍게 말하면서 토코노마床の間°로 시선을 옮겼다.

"허어, 목계牧谿의「한산습득寒山拾得」두 폭 그림이군요. 아주 훌륭합니다."

"지부 님, 전하가 그 점을 걱정하셨다는 것은 측근들 누구나 다 알고 있었을 텐데요."

"아니, 그 일이 아닙니다. 뒷일을 누구에게 맡길 것인가 하고 여러모로 고민하신 일 말입니다."

"어떤 말씀을 하셨다는 것인가요?"

"생모님을 다이나곤에게 보내야 하는가 나이다이진에게 주어야 하는가에 대한 의논이 있었습니다."

미츠나리는 더욱 가벼운 어조로 말을 이었다.

"저는 그 말씀을 듣고 전하가 약간 실성하시지 않았나…… 하고 웃어넘겼습니다. 하지만 그런 것이 아니었습니다. 지금 와서 생각하니 눈물겨운 고민의 표현이었음을 깨달았습니다."

요도 부인의 눈이 빛나고 이어 날카로운 웃음소리가 터져나왔다.

"호호호…… 무언가 했더니 또 그 이야기로군요……"

7

이전의 미츠나리였다면 그 웃음소리를 잠자코 들어넘길 수 없었을 터였다. 이 날카로운 웃음소리에서 도요토미 가문을 짊어지고 일어서야 할 자의 이성을 느낄 수는 없었다. 살얼음 위를 걷는 듯한 위험하고 덧없는 여성의 허식과 교태가 풍기고 있었다.

오늘의 미츠나리는 뜻밖에도 그 웃음소리를 냉정하게 흘려들었다. 자기 목적 이외에 대해서는 냉담해질 수 있는 경지에 도달해 있었기 때문이었다.

"웃으시는 것을 보니 역시 모르셨군요."

요도 부인은 다시 웃었다. 왠지 모르게 기뻐하는 것 같았다.

"농담이면 몰라도 전하가 진심으로 그런 생각을 하셨을 리 없어요."

"하지만 그렇지 않습니다."

미츠나리는 탐색하듯 미소를 띠었다.

"다이나곤이냐 나이다이진이냐…… 두 사람 중에서 한 분을 유언으로 남기시려 했던 일이 있습니다. 그러면 도련님은 그분의 양자가 되고 …… 생모님은 뒤에서 반드시 남편을 움직여 약속을 이행하게 하실 분…… 이렇게 생각하셨던 게 분명합니다."

"호호호…… 제발 그만두세요, 지부 님. 아무리 전하라도 사후의 일까지 지시하시지는 않았을 거예요."

"그래서 고민하셨다고 말씀 드렸습니다. 생모님을 무척 사랑하셨으니까요. 현재 그 우려가 적중되고 있다……고 생각지 않으십니까?"

"무슨 말을 하는 거예요. 그렇다면 누가 도련님을……?"

"확실히 말씀 드릴 수는 없지만, 다이나곤 님은 보시다시피 병환 중이므로 제외한다 해도, 다이묘들은 나이다이진 눈치보기에 여념이 없고…… 때와 장소를 가리지 않고 말씀입니다. 부디 유념해주시기 바랍니다."

다짐하듯 말하면서 미츠나리는 공손히 고개를 숙였다.

"저는 아직 식장에 용무가 있어서 이만……"

상대의 마음이 크게 움직였음을 확인하고 일어섰다.

"기다리세요, 지부 님."

"아니, 지금 말씀 드린 것은 잊어주십시오."

미츠나리는 그대로 옷자락을 잡고 객실을 나오면서 새삼스럽게 자신의 변화에 놀랐다.

'이제 나도 어엿한 악당이 되었어……'

이전에는 곧이곧대로 생각하고, 접근하는 자들을 곧이곧대로 꾸짖었다. 그 결과 뜻하지 않은 적도 만들고 필요 이상으로 오만한 사나이라는 반감도 갖게 했다. 그러나 목적을 한 곳으로 응집시킨 지금 모든 것이 거짓말처럼 편해졌다.

'아아, 이에야스 녀석, 바로 이것이로구나……'

본당으로 이어진 복도를 빠른 걸음으로 건너면서 미츠나리는 무릎이라도 칠 듯이 고개를 끄덕였다.

현재 이에야스의 목적은 '천하의 완전한 탈취'에 있었다. 그러므로 그는 악을 악으로 생각지 않고 책략을 책략으로 생각지 않는 냉정한 한 마리의 악귀가 되어가고 있었다.

'그 이에야스와 싸울 자격이 드디어 미츠나리에게도 생겼다!'

미츠나리는 문득 오소데의 그 외곬인 눈빛을 다시 떠올리며 저도 모르게 쓴웃음을 지었다.

"이제는 움직이지 않는다. 이 결심은 움직이지 않는다."

스스로 다짐했다. 순간 본당에서 대불전 동쪽까지 흰모래가 깔려 있는 길이 오전의 햇살 속에 더할 나위 없이 시원스런 생명의 물줄기처럼 보였다.

'그렇다, 내 길은 바로 이것이다!'

8

미츠나리가 사라진 뒤 넓은 객실에 혼자 남겨진 요도 부인은 또다시 소리 내어 웃었다. 그러나 결코 미츠나리에게 터뜨린 것과 같은 웃음은 아니었다.

인간에게는 각각 다른 '얼굴'이 있듯이 생각의 대상에도 차이가 있었다. 요도 부인이 미츠나리의 말에 깜짝 놀란 것은 순간이었다.

'정말 이에야스는 내 아들 히데요리를 노리는 무서운 뱀일까……?'

다음 순간 요도 부인은 전혀 다른 해방감으로 웃음을 참을 수 없었다. 히데요시가 자신을 토시이에에게 줄 것인가 이에야스에게 줄 것인가 망설였다고 한다…… 사실이라면 얼마나 어깨가 가벼워지는 일이란 말인가.

지금까지 요도 부인은 히데요시가 죽은 뒤에도 계속 히데요리라는 사슬에 단단히 묶여 아내의 자리, 어머니의 자리에서 꼼짝도 할 수 없는 포로 같은 기분으로 있었다. 그런데 히데요리의 장래를 위해서라면 누구와 재혼해도 좋다고 한다……

요도 부인은 갑자기 주위가 밝아지고 온몸의 응어리가 풀리는 기분이었다. 그러고 보면 이 거창한 장례도 뒤에 남은 사람의 심적인 응어리를 풀어주기 위해서인지 모른다.

옛날에 승려도 아니고 속세 사람도 아닌 사미沙彌라 칭하던 신란親鸞°은 이렇게 말했다지 않은가.

"내 눈감거든 시신을 카모가와加茂川에 던져 물고기에게 주어라."

그에 비하면 너무나 집착이 강했던 비참한 히데요시의 최후였다. 그러나 그가 히데요리를 위해서라면 그 어머니를 다른 사람의 가슴에 보시布施해도 좋다고 했다는 것을 알게 되었다. 다만 그 사실만으로도 밀실에 밝은 창이 하나 뚫린 듯한 생각이 들었다.

"호호호…… 그토록 사랑하는 도련님을 어떻게 남기고 떠났을까."

요도 부인은 불안한 듯 일어나 마루 끝까지 갔다가 다시 돌아왔다.

식장에는 다시 가고 싶지 않았다. 그보다 자신도 만약 히데요리의 안태를 도모해야 할 때가 온다면 과연 신란처럼 깨끗이 이 몸을 카모가와에 던져 물고기의 밥이 될 마음이 생길 것인지…… 고개를 갸웃거리며 생각했다. 그렇다고 다급한 마음으로 열심히 생각했던 것은 아니었다. 이 자리에서 대답을 이끌어내야 하는 것은 아니었으니까.

"염려 마시고, 안심하고 성불하세요. 도련님에게는 제가 있습니다."

요도 부인은 입 밖에 내어 중얼거리다가 다시 웃음이 쏟아졌다.

비장한 표정으로 병고病苦와 싸우고 있는 토시이에.

땅속에서 파낸 돌을 연상케 하는 무뚝뚝한 이에야스……

걸핏하면 가문을 위해서……라고 애를 태우는 미츠나리……

이들 모두가 결국은 히데요시처럼 숱한 집념을 남긴 채 죽게 된다는 너무도 뻔한 사실을 모르고 있다……

이런 생각만 해도 오늘의 요도 부인은 모든 것이 익살스럽고 우스꽝스럽기만 했다. 옛날에도, 그리고 먼 장래에도 이런 일을 싫증도 내지 않고 반복하는 것이 인간인지도 모른다……

이때 식장 쪽에서 빠른 속도로 징소리가 울려왔다.

유정비정有情非情

1

히데요시의 장례는 예정대로 2월 중에 무사히 끝났다. 그리고 전 칸 파쿠 다죠다이진關白太政大臣 히데요시는 토요쿠니 다이묘진豊國大明神이라는 신神으로서의 칭호와 코쿠타이 유쇼인덴 운잔 토시타츠國泰祐松院殿雲山俊龍라는 법호法號 뒤에 사라져버리고, 드디어 세상은 벚꽃이 피는 봄으로 접어들었다.

7년에 걸친 오랜 전쟁이 끝나고, 토시이에와 이에야스가 손을 잡음으로써 무사히 장례를 끝냈다. 그러므로 당연히 이번 봄은 상하 모두 꽃을 즐기면서 태평한 세상을 축하해도 좋을 터. 그러나 뒤얽히는 인간의 여섯 가지 번뇌°가 과연 이러한 즐거움을 허용할 것인가.

코니시 셋츠노카미 유키나가小西攝津守行長의 저택은 이시다 미츠나리와 마에다 토시이에의 저택 사이, 요도가와의 왼쪽 기슭을 넓고 높게 둘러친 축대 안에 있었다. 오늘 이 저택의 뒤쪽 강가에 요도야의 유람선 두 척이 도착했다. 표면적으로는 코니시 유키나가와 절친한 사카이 상인들을 초청하여 꽃놀이를 한다는 것이었다. 그러나 배에서 내리는 사람들은 상인이 아니었다.

맨 먼저 배에서 내린 것은 모리 테루모토와 우키타 히데이에 등 두 타이로였다. 뒤이어 배에서 내린 것은 신분을 감춘 평복 차림의 나츠카 마사이에, 마시타 나가모리, 마에다 겐이 등 세 부교였다.

이들은 코니시 가문의 카로家老° 난죠 겐타쿠南條玄宅와 코니시 하야토小西隼人 두 사람의 정중한 영접을 받고 안뜰을 향해 사라졌다.

3월 11일 사시巳時(오전 10시)가 좀 지났을 때였다.

안뜰에서는 이 저택의 주인 코니시 유키나가와 먼저 도착해 있던 이시다 미츠나리가 카타기누 차림으로 그들을 맞이했다.

문자 그대로 벚꽃철, 더구나 흐린 날씨여서, 강기슭 울타리를 따라 심어놓은 스무 그루 남짓한 벚나무의 겹꽃이 낮게 드리워진 하늘 때문에 도리어 선명하게 보였다.

"야마시로山城의 아가타あがた 마을에서 옮겨다 심었는데, 좀더 있으면 황매화도 피기 시작할 것입니다."

유키나가는 혼잣말하듯 벚꽃에 대해 설명하며 앞장서서 서원으로 손님들을 맞아들였다.

서원에는 주객 일곱 사람의 주안상이 마련되어 있었다. 그곳에서 바라보이는 벚꽃은 아름다움을 다투듯 만발해 있어 훌륭한 꽃구경이라 할 수 있었다. 그러나 손님들은 거의 꽃을 보지 않았다.

"역시 아사노 님은 안 오셨군요."

앉기가 바쁘게 미츠나리가 말했다.

"병중이라 합니다마는, 알아보니 마에다 님 댁에 간 것 같습니다."

"으음, 그러면 나이다이진의 접대를 맡은 모양이군."

우키타 히데이에는 불쾌한 듯이 말하고 상석의 모리 테루모토를 바라보았다. 그러나 테루모토는 아무 말도 하지 않았다.

"이미 나이다이진의 배는 후시미를 떠났겠지요?"

히데이에는 아무 말도 하지 않는 테루모토에게서 그대로 미츠나리에게로 시선을 돌렸다.

"그렇습니다. 호소카와 유사이와 같은 배를 타고 지금은 강을 내려가고 있을 시각입니다."

"유사이가 탔다면 타다오키도 같은 배를 탔겠군."

미츠나리는 웃으면서 고개를 저었다.

"유사이 님은 마에다 님 댁에 먼저 가 있습니다. 그러므로 의심받지 않으려고 아버지를 인질처럼 같은 배에 태웠을 테지요."

"그럼, 오늘 밤 나이다이진의 숙소는?"

"토도 타카토라의 집입니다."

미츠나리의 대답에 뒤이어 코니시 유키나가가 웃으면서 말했다.

"토도의 집에 묵는다는 것은 운이 다했다는 증거요. 별로 많은 인원도 필요치 않아요. 포위하고 불만 지르면……"

그 말에 누구도 당장에는 맞장구를 치지 않았다.

2

미츠나리는 그들의 짧막한 대화와 응답을 통해 심리를 냉정하게 파악하려 하였다.

이에야스가 마에다의 집으로 토시이에를 문병한 뒤 하룻밤 묵기로 되어 있는 곳은 토도 타카토라 저택이었다.

그 저택을 포위하고 불을 지르겠다는 이 집 주인 코니시 유키나가의 마음은 분명히 알 수 있었다. 그가 내심 어떤 목적을 가지고 있는지는 알 수 없으나, 이에야스를 미워하고 적의를 품은 것만은 의심할 여지가 없었다.

그런데 유키나가의 말에 맞장구를 치는 사람이 아무도 없다는 것은 어떻게 이해해야 할까……?

여기 모인 사람들 중에도 은근히 이에야스를 두려워하고 그에게 마음을 보내고 있는 자가 있다는 증거인지도 모른다.

'이에야스와 타카토라 쪽에서도 경계하고 있을 터. 그리 쉽게 불을 지를 수는 없다.'

이러한 전술상의 미심쩍은 점 때문에 대답하지 않았을 수도 있었다.

처음부터 묵묵히 앉아만 있는 모리 테루모토의 심경을 미츠나리는 잘 알고 있었다.

테루모토는 지금 자기 영지를 굳게 다지는 데만 전념하고 싶을 터였다. 그렇다고 미츠나리를 적으로 돌려 반감을 산다면 이 또한 두려운 일. 따라서 찬반에 대해서는 끝까지 의견을 말하지 않을 것이다.

'그것으로 좋다……'

미츠나리의 계산으로는 이미 마에다 토시이에의 죽음은 피할 수 없었다. 토시이에가 재기불능이라면 그를 대신할 자가 타이로 중에 필요하고, 따라서 토시이에로부터 테루모토로 옮길 필요가 있었다.

다만 이 자리에 꼭 참석했으면 싶은 인물이 한 사람 있었다. 바로 우에스기 카게카츠였다. 아니, 우에스기 카게카츠 역시 에치고越後에서 아이즈의 광대한 새 영지인 가모 가문의 옛 영지로 옮겼기 때문에 여러 가지 잡무가 많아 마음은 여기에 없을 터. 따라서 타이코가 살아 있을 때부터 측근으로 항상 파격적인 신임을 받던 카로 나오에 야마시로노 카미가 오기를 바랐다. 그러나 그는 주군의 감기를 구실로 참석하지 않았다.

미츠나리는 그 일이 크게 마음에 걸렸다. 그러나 이 자리에서 그 불안감을 다른 사람들에게 파급시킬 필요는 없다는 생각에 그 일에 대해서는 입을 다물었다.

우키타 히데이에도 그 첫 발언으로 미루어 우선은 이쪽 편이라 믿고
안심해도 좋았다.

'미츠나리, 유키나가, 히데이에……'

그리고 다섯 부교 중에서 이에야스 편이라 생각되는 자는 오늘 이 자
리에 참석하지 않은 아사노 나가마사 한 사람……

미츠나리는 마음속으로 냉정하게 손가락을 꼽아보았다.

이시다 미츠나리 25만 석(사와야마佐和山)

마시타 나가모리 20만 석(야마토고리야마大和郡山)

나츠카 마사이에 6만 석(오미近江 미나쿠치水口)

마에다 겐이 5만 석(탄바丹波 카메야마龜山)

코니시 유키나가 18만 석(히고肥後 우토宇土)

우키다 히데이에 48만 석(오카야마岡山)

합계 122만 석

여기에 코바야카와, 킷카와吉川 등 모리毛利 일족의 200만 석 남짓
한 영지를 합치면 거의 이에야스의 영지와 비슷해지고, 우에스기 카게
카츠의 120만 석을 더하면 충분히 승산이 있었다.

이들이 단결해 이에야스에게 대항할 단호한 결심이라고 알려지면,
지금까지 이에야스에게 기울어 있던 사람들도 당황해 타이코의 옛 은
혜를 상기하지 않을 수 없을 터. 오늘의 미츠나리 계산이었다.

3

'몸을 던져야 비로소 살아날 길이 있다……'

이전의 미츠나리는 이것이 못마땅하고 저것에 화를 내어 정신적 균
형을 크게 잃고는 했다. 그 결과 초조할수록 파탄이 생기고 무의미하게

정력의 소모만 거듭했으나, 지금은 완전히 거꾸로였다.

'비록 한 사람도 이쪽 편이 없다 해도 이 미츠나리만은 이에야스를 적으로 삼고 죽어가겠다……'

이런 결심을 하고 나니 지금까지 마땅치 않게 여겨지던 사람들도 모두 고맙고, 충분히 자기편이 될 수 있는 자질을 갖춘 소중한 사람들로 보였다.

포위하고 불만 지르면 된다는 자기 말에 아무도 대답하지 않는 분위기를 깨려는 듯 다시 유키나가가 말했다.

"어떻습니까, 각자 인원을 차출하여, 토도의 집에서 주연이 끝났을 때 습격하면……?"

미츠나리는 더 이상 가만히 있을 수 없었다. 지금 가장 열성적인 자기편의 발언을 어색하게 해서는 안 된다.

"이 일은 여러분도 참을 수 없는 일이라 생각합니다. 애당초 타이코의 유언을 어긴 일에 대해서는 나이다이진이 다이나곤에게 엎드려 사죄하지 않는 한 결코 용서하지 않겠다는 우리 모두의 결의가 있었습니다."

"바로 그 일이오."

히데이에가 고개를 끄덕였다.

"그런데도 그 후의 상황은 어떠했습니까…… 엣츄(타다오키)나 카즈에노카미(키요마사) 등이 계속 다이나곤을 속여 일부러 그를 후시미로 유인했습니다. 그리고는 도리어 이쪽에서 사과하러 간 듯한 추태를 보였지 뭡니까."

미츠나리는 자칫 과격해지려는 자신의 어조를 누르며 말을 이어나갔다.

"뿐만 아니라 우리와는 한마디 상의도 없이 무코지마의 전각을 나이다이진에게 건네주었어요…… 나이다이진이 그 답례를 하러 왔는데,

이번에야말로 방심해서는 안 됩니다. 가령……"

미츠나리는 일단 말을 끊고 자신의 말을 강조하듯 천천히 좌중을 둘러보았다.

"병든 다이나곤을 속여 나이다이진과 절친한 자를 측근에 두고 무슨 일을 꾸민다면…… 그래서 우리 영지를 몰수하는 등의 결의라도 하면 어떻게 한다는 말이오."

"결단코 그런 일을 하게 내버려둘 수는 없소!"

유키나가가 끼여들었다.

"그렇기는 하지만, 카토, 아사노 같은…… 우리를 미워하는 자들이 곁에 있고 보면…… 그런 짓을 할지도 몰라요."

"바로 그 일이오."

미츠나리는 유키나가를 제지하며 말했다.

"나이다이진이 토도의 집에서 묵는다는 것은 하늘이 우리에게 준 기회가 아니고 무엇이겠소."

그러나 아직 누구도 입을 열려 하지 않았다.

유키나가가 초조감을 숨기지 못하고 다시 말했다.

"전부터 여러분의 의견을 들어왔습니다마는, 한마디로 너무 뜨뜻미지근합니다! 일이란 구 할 구 푼의 성공 가능성이 있어야만 단행하는 것이 아니오. 칠 할 칠 푼의 가능성만 있으면 손을 대야 하오. 그렇지 않으면 나이다이진의 잘못에 분노하는 것 자체가 푸념에 지나지 않습니다. 지금 지부 님이 말씀하셨듯 나이다이진이 토도의 집에 묵게 된 것은 다시없는 기회, 만약 성안에 묵는다면 엄두도 낼 수 없는 일 아니겠소? 그런데 다행히……"

유키나가가 보기 드물게 격한 어조로 말을 이어갔다.

"나는 후시미 성을 지켜야 할 몸이면서도 이렇게 참석했습니다마는, 지금 하신 말씀에는 좀 무리가 있는 것 같습니다."

지금까지 묵묵히 말석에 앉아 있던 마에다 토쿠젠인 겐이前田德善院
玄以가 말을 꺼내며 마시타 나가모리를 바라보았다.

4

겐이의 질문을 받는 꼴이 되어버린 마시타 나가모리는 난처한 듯 고
개를 돌렸다.

얼마 전까지만 해도 미츠나리의 이야기는 어떻게 하면 이에야스의
횡포에 일침을 가할 것이냐에 있었다. 그것이 어느 틈에 ──

"이에야스는 살려둘 수 없다."

이렇게 살벌한 취지로 변했다. 그리고 오늘은 ──

"이에야스를 죽인다!"

이런 결정적인 방법의 상담으로 진전되고 있었다.

생각해보면 참으로 기묘한 비약이었다. 처음부터 미츠나리는 자기
들을 교묘히 이런 함정으로 유인해 들이려는 계획이 아니었을까?

사실 마에다 겐이는 몹시 당황하고 있었다. 그가 후시미 성을 지키고
있어야 할 임무를 맡고 있으면서도 일부러 이 자리에 참석한 것은, 이
에야스가 오사카에 온 기회에 세 타이로 및 다섯 부교가 다 같이 히데요
리를 문안하고 새삼 충성을 맹세하기 위해서……라고 생각했기 때문.
그런데 갑자기 이에야스를 죽일 의논을 하게 되었다.

"지금 하신 말씀에는 좀 무리가 있는 것 같습니다."

그러므로 이렇게 고개를 갸웃할 수밖에 없었다.

나가모리로서는 이 경우 겐이와 같은 의문을 제기해 이 회담을 후퇴
시킬 수 없는 사정이 있었다. 그는 부교인 자신의 진퇴와 의사 일체를
미츠나리에게 일임하겠다고 말했었다.

바로 사오 일 전이었다.

"귀하와 나는 일심동체. 모든 결정을 나에게 일임해주시겠지요?"

미츠나리로부터 거듭 이런 다짐을 받았다. 그때——

"그야 당연한 일!"

나가모리는 이렇게 한마디로 확답을 했다. 생각해보면, 타이코가 살아 있을 때부터 미츠나리의 강압에 따르는 것이 습성화된 나가모리의 대답이라는 느낌이 없지 않았다.

고개를 돌리는 나가모리로부터 젠이는 미츠나리 쪽으로 향했다.

"내가 알고 있는 바를 말씀 드리면, 나이다이진은 호소카와 유사이 님을 이야기 상대로 뱃길에 동반했을 터…… 이번 경우 타다오키 님이 미리 마에다 저택에 가서 귀빈으로서 토시나가 님과 같이 경호하리라 생각합니다. 물론 도쿠가와 쪽에서도 경계를 게을리 하지 않을 것이고 …… 숙박하기로 결정되었다면 토도 쪽에서도 빈틈없는 경계를 펴고 있을 것입니다. 따라서……"

그리 쉽게 죽일 수 없다고 말하려는 것을 미츠나리가 손을 들어 가로막았다.

"젠이 님은 적이 빈틈없이 경계할 테니 습격을 포기하자는 의견이오? 참고로 말하겠는데, 내가 이처럼 기탄없이 말하는 것은 나의 사사로운 원한 때문이 아니오."

"그렇소. 모두 도련님을 위해서요."

히데이에가 맞장구를 쳤다.

"두 분 말씀이 옳습니다. 이 기회를 놓치고 다시 후시미로 돌아가게 한다면, 성을 공격하는 이상의 준비가 필요하오."

코니시 유키나가가 한발 앞으로 나앉았을 때 비로소 마시타 나가모리가 입을 열었다.

"나츠카 님은 어떻게 생각하십니까?"

나츠카 마사이에 역시 난처한 듯 시선을 돌리고 눈을 깜박거렸다. 그는 나가모리 이상으로 미츠나리의 강경책에 당황하고 있었다.

"우선 겐이 님의 의견을 좀더 경청하고 나서 나의 각오도……"

마사이에는 묘하게 예봉을 피했다.

5

미츠나리는 별로 그들의 태도를 못마땅하게 여기지 않았다.

'가능하다면 오늘 밤 일곱 가문의 사람들로 이에야스를 습격하게 해야 한다……'

아니, 일곱 가문의 사람들이 습격한다면 우에스기 가문에서도 가담하는 형식을 취하게 할 방법이 없지 않았다. 그러면 도쿠가와, 마에다 두 가문을 제외한 여덟 가문 모두가 이에야스 제거를 위해 궐기한 것이 된다.

이에야스를 죽이는 데는 실패할지 모른다. 그러나 여덟 가문이 모두 뜻을 같이하여 궐기했다면 마에다 가문도 가만히 있지는 못할 터. 그리고 히데요시가 키운 무장들도 히데요리에 대한 의리를 생각해서라도 도쿠가와 쪽에는 가담하지 못할 터였다.

이것이 미츠나리가 면밀하게 짜낸 오늘의 책략이었다.

이에야스로서도 미츠나리 쪽의 이렇듯 단호한 결의를 미리 안다면 그렇게 간단히 일어서지는 못한다. 이 소란 후 어떻게 나올 것인가? 그것은 일단 장래의 일로 미루더라도, 지금 일으키는 바람이 앞으로 길할지 흉할지를 가름하는 그 첫걸음.

'어쨌거나 내 몸을 던져 깊이 탐색한 거사擧事……'

마에다 겐이는 의견을 듣고 싶다는 마사이에의 말에 상체를 약간 꼿

꽂이 세웠다.

"나도 도련님을 위한 일이라면 누구에게도 뒤지지 않을 생각이오. 그러기에 감히 만류합니다. 호소카와 부자가 나이다이진 쪽에 있다면 다시 그 주위에 카토, 후쿠시마, 아사노, 쿠로다 등이 있다는 것을 생각해야 합니다. 당사자인 토도는 물론이고 나와는 인척인 호리오 등도 나이다이진 쪽에 설 것은 틀림없는 사실…… 또한 소란이 일어났음을 알면 당장 후시미에서 유키 히데야스가 상당한 군사를 이끌고 달려올 것입니다. 그렇게 되면 성은 큰 혼란에 빠지고, 도련님에게도 큰 위협이 될 것……이라고 생각합니다. 이에 대해 마시타 님은 어떻게 생각하십니까?"

또다시 말끝을 질문으로 돌렸다.

이번에는 나가모리도 크게 고개를 끄덕였다.

"나도 토쿠젠인의 의견에 동의합니다. 지부 님은 너무 일을 서두르십니다. 실은 앞서 오타니 교부노쇼(요시츠구)를 만나 세상 이야기를 했습니다. 그때 교부노쇼도 말했습니다…… 나이다이진을 제거하려는 사람의 심중을 추측하건대 두 가지 유형이 있다. 첫째는 물론 도련님을 생각하는 일념에서 궐기하는 사람이지만…… 개중에는 두번째 유형, 즉 사사로운 원한 때문에 이에야스를 제거하고 그 평계를 도련님에게 돌리려는 자가 없지 않다고. 이 점을 잘 생각해 나이다이진이 정말 천하를 손에 넣으려 한다면 타이코의 은혜를 입은 사람들이 합심하여 군사를 일으키는 데 어찌 어려움이 있겠는가. 일을 서둘러 가볍게 행동하면 자기 몸을 망칠 뿐만 아니라 히데요리 님에게까지 누를 끼친다…… 그 말씀을 듣고 눈물을 흘렸습니다마는, 지금도 교부노쇼의 심정은 충분히 이해할 수 있어요……"

미츠나리는 싸늘하게 나가모리를 바라보고 나서 남의 일인 듯이 고개를 끄덕였다. 나가모리가 자기 생각을 오타니 교부노쇼의 말을 빌려

술회하는 것이 우스웠다.

'아무래도 습격까지는 못하겠구나……'

그러나 실망할 필요는 전혀 없었다. 이 자리에 모인 사람들은 단지 참석했다는 것만으로도 '이에야스 제거'를 위한 밀담에 가담한 자로서 미츠나리의 소중한 동지가 되었다.

'오늘의 수확은 이것만으로도 족하다.'

이때 마사이에가 다시 말했다.

"여러 논의가 있었습니다마는, 내가 토도에게 사람을 보냈으니 좀더 적의 동정을 살펴보고 난 뒤에 결정하는 것이 어떻겠습니까?"

6

나츠카 마사이에의 제안에 이에야스 제거를 반대하는 쪽에서는 일제히 머리를 끄덕였다. 유감스러워하는 것은 코니시 유키나가와 우키타 히데이였다. 모리 테루모토는 처음부터 말이 없었다.

미츠나리는 그대로도 좋다고 생각했다. 원래 모리 일족은 코바야카와 히데아키를 제외하고는 도요토미 가문에 대해 의리가 깊지는 않았다. 그들이 만약 미츠나리 쪽에 가담하여 큰 모험을 감행한다면 그 목적은 이에야스와 오십보백보. 잘만 하면 천하의 주인……이 된다는 속셈뿐이다.

미츠나리는 그런 점을 잘 알기에 이를 자기편으로 끌어들이는 것이 이익임을 계산에 넣고 있었다.

"그러면 보고를 기다렸다가 결정하기로 하고, 그전에 나도 일단 마에다 저택을 방문하는 형식을 취하도록 하지요."

바로 그 무렵——

이에야스와 호소카와 유사이를 태운 고자부네는 마에다 저택에서 다섯 마장쯤 떨어진 선착장에 도착해 있었다.

이에야스의 오사카 방문을 두고 후쿠시마 마사노리의 만류가 있었을 정도였기 때문에 그 경비는 여간 삼엄하지 않았다.

"오사카에는 방심할 수 없는 자들이 있으니 오지 마십시오."

마사노리가 이런 통보를 해왔고, 이 제안에 대해 이에야스는 그렇다 하더라도, 혼다 마사노부와 이이 나오마사, 사카키바라 야스마사 등이 팔짱을 끼고 가만히 있을 리 없었다.

그들은 각각 강변에 총포대를 매복시키거나 작은 배를 띄워 도중의 습격에 대비했다. 그리고 이에야스가 탄 고자부네에도 선발된 정예를 태워 요도가와를 내려왔다.

일행이 선착장에 도착했을 때 그곳에는 여자용 가마 하나가 기다리고 있었다. 이야기 상대로 함께 온 호소카와 유사이는 그 가마를 보고는 눈을 가늘게 뜨고 웃었다.

"저것은 누구의 가마일까요?"

이에야스는 진지하게 고개를 갸웃하며 말했다.

"글쎄, 누구일까요. 설마 내전에서 나온 사람은 아닐 테고……"

이에야스는 그 점을 우려하였다. 요도 부인이나 지금은 코다이인이라 불리는 키타노만도코로가 성으로 오라는 사자를 보냈다면 거절하기 어렵기 때문이다.

이번에는 성에 들르지 않았으면 싶었다. 병으로 출사出仕하지 못하는 토시이에에 대한 예의도 있었고, 신변의 위험도 충분히 고려하지 않으면 안 되었다. 마에다 저택에는 아사노 나가마사, 요시나가 부자도 와 있을 것이고, 키요마사도 얼굴을 내밀 터. 그들에게 정중하게 말을 전해주도록 부탁하고 그대로 돌아올 생각이었다.

고자부네가 기슭에 도착했다. 그와 함께 신죠 호인 나오요리新庄法

印直賴와 아리마 호인 노리요리有馬法印則賴가 다가왔다. 두 사람 모두 이에야스와는 친교가 있는 사람들, 토시이에가 마중하도록 지시한 게 틀림없었다.

두 사람의 인사가 채 끝나기도 전에 여자용 가마에서 수염을 기른 건장한 무사 한 사람이 내려 이에야스 쪽으로 다가왔다. 바로 토도 타카토라였다.

"무사히 도착하신 것을 축하 드립니다. 남의 눈을 피하기 위해 코다이인 님의 시녀로 가장했습니다마는……"

타카토라는 싱글벙글 웃었다.

"이 가마를 타고 아침부터 오사카의 여러 곳과 이 근처를 돌아보았으나 별로 수상한 점은 발견하지 못했습니다. 여기서부터 마에다 저택까지 만약의 경우를 위해 충분한 인력을 배치했으니 안심하시기 바랍니다."

타카토라는 얼른 말하고 앞장섰다.

7

이에야스는 가볍게 고개를 끄덕였을 뿐 그대로 배에서 내려 가마에 올랐다.

토도 타카토라와 이에야스의 교제는 우치노內野의 쥬라쿠聚樂 저택 안에 타카토라가 히데요시의 명으로 이에야스의 거처를 지었을 때부터 시작되었다. 그 무렵부터 타카토라는 히데요시의 뒤를 이을 자는 이에야스……라는 신앙과도 같은 확신을 가지고 이에야스를 위해 여러모로 힘써주었다. 생각해보면 묘한 인연이라 할 수 있고 앞을 내다보는 사나이라고도 할 수 있었다.

이에야스는 이미 '천하의 안녕'을 위해서는 한치도 물러서지 않을 각오를 하고 있었다. 그것도 히데요시가 죽은 후 비로소 생각하게 된 것이 아니었다. 코마키 전투 후 싹트고 에도로 영지를 옮김으로써 자라났으며, 히데요시의 원정 실패를 보면서 확실하게 뿌리내린 사명관使命觀이라 해도 좋았다. 이런 심경이 아니었더라면 위험을 동반하는 이번 답방을 자진해서 하지는 않았을지도 모른다.

이에야스가 마에다 저택에 도착했을 때 토시나가, 토시마사 형제가 문 앞까지 나와 마중했다. 이에야스는 가마를 내려 현관으로 향했다. 어느 틈에 엷은 햇살이 비치고 있었다.

'오기를 잘했다……'

잘 손질된 흰 자갈길에 물이 뿌려져 있어 그 깨끗한 분위기가 묘한 감회로 이에야스를 감싸주었다.

우정…… 이것마저 저버린 인간이 되고 싶지는 않았다. 아니, 그런 인간이 된다면 그의 '사명'은 반드시 파탄에 직면할 터……

현관에 도착했을 때 그 감회는 더욱 깊어졌다.

토시이에는 병든 몸을 이끌고 현관 옆 방까지 나와 앉아 있었다. 냉기가 두려워 호랑이 가죽을 깔고 그 위에 앉아 있는 시들어가는 노장老將의 모습, 이에야스는 인생의 엄숙함을 바로 눈앞에서 보는 느낌이 들어 가슴이 메었다.

"다이나곤 님, 이렇게 무리를 하셔도 괜찮겠습니까?"

이 말은 마음으로부터 우러나온 이에야스의 위로였다. 토시이에는 대답 대신 두 손을 짚고 일어나 잘 닦인 현관 마루까지 비틀거리며 내려와 앉았다.

"잘 오셨습니다. 마중도 못한 몸, 이것으로 용서해주십시오."

이에야스는 토시이에가 이미 두 가지 일을 확실히 깨닫고 있다는 것을 알았다. 첫째는 자신의 죽을 때가 임박했다는 것이고, 둘째는 천하

대세가 이미 결정되었다는 체념을 동반한 예측이었다. 그런 만큼 평생을 성실로 일관한 토시이에의 심경이 안타까웠다.

이에야스는 손을 내밀어 토시이에를 부축해 일으키고 나란히 안으로 들어갔다.

'이 아비의 슬프고도 엄숙한 심경을 두 아들은 알까······?'

토시나가는 줄곧 이에야스에게 기대듯이 하고 준비해놓은 서원으로 안내했으나 살기는 느낄 수 없었다. 그러나 동생 토시마사에게서는 아직도 약간의 살기가 느껴졌다. 토시나가는 혹시 동생이 무모한 짓을 하지 않을까 우려하여 필요 이상 이에야스에게 바싹 접근하여 경호하고 있는지도 몰랐다.

서원에 들어온 오늘의 토시이에는 솔직 그 자체였다.

곧 준비된 주안상을 이에야스 앞으로 가져오게 하고 가슴이 덜컥 내려앉을 정도로 분명하게 말했다.

"나이다이진 님, 이것은 이승에서 나누는 마지막 이별의 잔이오."

8

이에야스도 그만 당황했다.

토시이에가 이른바 무인의 고집을 보이려고 딱딱한 인사를 해왔다면 이에 응답하는 방법은 있었다.

'끝까지 버티는 사람이군······'

이렇게 생각하고 그런 식으로 사는 습관을 지니지 않으면 살 수 없었던 '전국戰國을 산 무장'을 거리낌없이 위로해주었을 터. 그러나 토시이에는 처음부터 그런 껍질은 벗어버렸다.

"이승에서 나누는 마지막 이별의 잔······"

이 얼마나 소박한 이별의 목소리란 말인가.

"나이다이진 님, 우리 생애는 참으로 갑옷이 무거운 일생이었소."

토시이에는 전신의 허식을 완전히 벗어던진 벌거숭이 인간만이 웃을 수 있는 미소를 입가에 띠고 직접 술병을 들었다.

"머지않아 그 갑옷은 벗어버릴 수 있겠지만, 어깨의 짐만은 도저히 내려놓을 수 없을 것 같군요."

"그렇습니다. 우리 시대의 업보입니다."

"……아내는 나에게 이제는 모든 것을 부처의 힘〔他力〕에 맡기고 의지하라는군요."

이에야스는 크게 고개를 끄덕이고 문득 입 속으로 염불을 외웠다.

"부처는 모든 것을 살릴 수 있는 분이므로 부인의 말씀이 지당하다고 생각합니다."

"그런데 나는 아내를 꾸짖었습니다."

"허어, 무엇이라고 꾸짖으셨습니까?"

"타력본원他力本願°으로는 무인이 살지 못한다고."

"타력에도 깊고 얕음이 있게 마련이지요."

"알고 있습니다. 아내도 그렇게 신앙이 얕지는 않으니까요. 그러나……"

이렇게 말하면서 토시이에는 바로 곁에 있는 토시나가와 그 아랫자리에 앉아 어깨를 잔뜩 치켜세우고 있는 토시마사를 바라보았다.

"보시다시피 아직 수행修行이 모자라는 자들입니다. 이자들이 올바로 깨닫지 못하고 인생은 타력이라 생각하여 그날그날의 삶에 용기를 잃는다면 큰일입니다."

"옳은 말씀입니다……"

"그래서 나는 이렇게 말했습니다. 무인은 보통사람이 아니다. 처음부터 부처의 마음으로 돌아가 각자의 마음에 옳음을 세운다고 하면서 피를 흘리며 사람을 죽여온 자들. 쉽게 정토淨土에 갈 수 있다고는 생각지 마라. 지옥이라도 좋다…… 나도 저승에 먼저 보낸 가신들이 많다…… 그러므로 나는 저승에 가면 그들을 불러모아 앞장서서 지옥에 쳐들어갈 각오라고 말입니다."

이에야스는 저도 모르게 가만히 토시나가와 토시마사를 번갈아 바라보지 않을 수 없었다.

토시나가는 바른 자세로 앉아 미소를 떠올리고 있었다. 그러나 토시마사에게는 아버지의 이 적나라한 말의 깊숙한 부분까지는 받아들일 수 없어 보이는 딱딱함이 있었다.

"이 이에야스도 눈을 감을 때는 자식인 히데타다에게 똑같은 말을 할 것입니다."

"나이다이진 님!"

"예."

"마음이 후련해졌습니다. 도련님이 카가의 할아버지, 에도의 할아버지…… 이렇게 친밀하게 할아버지라 부르시는 것은 이 세상에서 우리 두 사람뿐…… 미숙한 자식을 남기고 먼저 가니 도련님과 자식들을 잘 부탁 드립니다."

9

이에야스는 다시 목이 메었다.

허식을 완전히 내던진 인간의 적나라한 말이어서 쉽게 웃어넘길 수 없었다. 하찮은 허영과 자부심을 떠난 완전한 진실이었던 만큼 더욱 강하게 가슴을 죄어왔다.

이전의 토시이에는 도련님을 부탁한다고는 했으나 결코 미숙한 자식들을 부탁한다고는 하지 않았다. 그것은 토시이에가 이에야스의 존재를 히데요시의 후계자로 인정하지 않는다는 증거였다.

그런데 지금 토시이에는 인간의 집념을 완전히 뒤집어 보이며 그 말을 분명하게 입 밖에 내었다.

히데요시가 죽으면서 남긴 부탁은 저버릴 수 없다. 동시에 자기 가문의 장래도 마음에 걸린다…… 이 두 가문이 이에야스의 도움으로 계속 번영하도록…… 이것이 토시이에의 마지막 소원이고 집념이라고 고백하고 있었다…… 그리고 이를 이에야스가 받아들일 것이라 믿고 마음이 밝아진 듯.

이에야스는 공손히 잔을 비우고 나서 말했다.

"인간 밑바닥의 밑바닥까지 보아오신 다이나곤 님에게 새삼스럽게 말씀 드릴 것도 없습니다. 이 이에야스가 살아 있는 한 반드시 다이나곤 님의 기대에 부응하겠습니다."

"고맙소! 그럼, 이승에서의 마지막 잔을 따라주십시오."

토시이에는 술병을 내밀었다.

이에야스는 순순히 그 술병을 받아들었다.

토시마사의 눈은 여전히 험악했다. 아버지의 이러한 태도를 비굴하다고 보고 마땅치 않게 여기는 듯했다.

장지문을 열어놓은 옆방에서도 가신들과 이에야스의 수행원 사이에 주연이 시작되고 있었다. 호소카와 유사이를 중심으로 아리마 호인, 신죠 호인, 토도 타카토라 등의 목소리가 젊은 무사들의 목소리에 섞여 떠들썩하게 들려왔다.

이에야스는 저도 모르게 그 목소리 속에서 미츠나리의 목소리를 찾아 귀를 기울였다.

'미츠나리가 이 자리에서 저들과 담소를 나누었으면……'

그것만으로도 천하 일은 토시이에의 희망에 가까워질 텐데……

이런 생각을 하고 있을 때 아사노 요시나가의 들뜬 음성과 발소리가 들렸다.

"여러분, 묘한 인물이 나타났습니다."

"묘한 인물……이라니?"

반문한 것은 요시나가의 아버지 나가마사였다.

"지부가 왔어요. 지부노쇼 녀석, 우리가 여기 모인 것을 알면서도 모르는 체하고 다이나곤 님 문병을 왔습니다."

이에야스는 마음이 놓였다. 연장자 중 누군가가 옆방으로 미츠나리를 맞아들인다…… 그러면 미츠나리도 괜한 반감을 버릴 기회가 될 터, 어쩌면 그 기회를 위해 미츠나리는 이곳에 찾아왔는지도 모른다고 생각했다.

그런데 사정은 그 반대로 전개되었다.

"쫓아 보내!"

누군가가 외쳤다. 이어서 나직하게 응하는 자가 있었다.

"차라리 죽여버리자."

순간 화기애애하던 분위기가 깨지고 옆방에는 살기가 감돌았다.

"잠시 실례합니다!"

이때 표정이 굳어진 토시나가가 이에야스에게 양해를 구하고 급히 복도로 나갔다.

10

이에야스는 싸늘한 기운이 얼굴을 거꾸로 쓸어올리는 것 같아 저도 모르게 코와 윗입술을 쓰다듬었다. 눈앞에 피로를 무릅쓰고 앉아 있는 토시이에만 없었다면 무섭게 손톱을 깨물고 있었을지 모른다.

복도로 나간 것이 토시나가이므로 일단은 안심할 수 있었다. 그렇기는 하지만, 만약 이 저택에서 미츠나리와 다툼이라도 벌어진다면 그야말로 화약고에 불을 던지는 것과도 같은 일.

지금 이곳에 있는 사람들은 거의 모두가 이에야스에게 마음을 보내고 있었다. 그러나 아직도 미츠나리를 비롯한 다섯 부교를 도요토미 가문의 실세라고 생각해 떠받드는 사람들도 많았다. 이렇게 생각하는 사람들이 ——

"이것이야말로 큰일!"

이렇게 흥분하여 떠들어대기 시작한다면 그 소요는 그대로 시가전市街戰으로 확대될지도 모를 일이었다.

"다이나곤 님, 지부노쇼가 온 모양입니다."

이에야스는 일부러 큰 소리로 말했다.

"토도 님에게 알아보고 오라고 할까요? 어쩌면 이 이에야스에게 볼일이 있어서 찾아온 것인지도 모르니까요."

이에야스가 이렇게 말한 것은 옆방에 있는 타카토라에게 살피고 오라는 암시를 주기 위해서였다.

"아니, 그렇지는 않을 것입니다. 지부 님은 매일같이 문병을 오고 있습니다."

토시이에가 대답했을 때 이미 토도 타카토라는 이에야스의 뜻을 알아차리고 옆방에서 일어났다.

"잠시 실례를……"

이에야스는 안도했다. 타카토라라면 일이 확대되지 않기를 바라는 이에야스의 마음을 누구보다 잘 알고 있었다.

옆방에서 아사노 요시나가의 큰 목소리가 들려왔다.

"정말 수상한 녀석이야. 정탐하러 온 것이 분명해. 누구누구 모여 있는가 알아내고 싶어서 말이야."

"하하하…… 오늘 이 집에 모인 사람들이 지부로서는 원한에 사무치는 자들뿐일 테지."

웃으면서 이렇게 말한 것은 후쿠시마 마사노리인 듯.

"혹시 여기 있는 사람들이 누구인지에 따라 습격이라도 할 작정……으로 왔는지도 몰라."

"그렇게 되면 재미있겠군! 좌우간 그 여우녀석은 타이코라는 큰 나무 그늘을 잃은 뒤부터는 도무지 이 굴에서 떠나지 않는다니까."

이에야스는 가만히 토시이에의 안색을 살폈다. 옆방에서 나온 말 가운데 '이 굴……'이라고 한 것은 물론 토시이에를 가리키는 말…… 토시이에가 어떻게 받아들였을까 하는 궁금증 때문이었다. 그러나 토시이에는 별로 그 말을 귀담아듣지 않은 듯했다.

토시이에는 아직도 마음을 풀려 하지 않는 차남에게 말했다.

"토시마사, 다시없는 기회다. 너도 나이다이진 님이 주시는 잔을 받도록 하여라."

"예. 그럼 잔을 받겠습니다."

토시마사는 시무룩하게 말했다. 이에야스는 얼른 잔을 건네면서 묻지 않아도 될 말을 묻고 말았다.

"토시마사 님은 지부노쇼와 각별히 친한 사이지요?"

토시마사는 세차게 고개를 흔들었다.

"비위에 거슬려 별로 말도 하지 않습니다."

"허어…… 그럼, 토시나가 님은?"

"지부노쇼에 대해서는 형님도 아버님도 마찬가지입니다. 지부는 속이 검은 자입니다!"

내뱉듯이 대답하고는 이에야스의 잔을 받았다.

그 말에 이에야스는 귀를 곤두세우지 않을 수 없었다. 달가워하지 않는데도 부지런히 문병을 다닌다는 미츠나리…… 더구나 호감을 갖지 않은 토시나가가 낯빛이 변해 일어나 나가고, 뒤를 이어 살피러 간 타카토라도 아직 돌아오지 않았다……

11

옆방에서는 아직도 큰 소리로 이야기가 계속되었다.

"지부나 미야베宮部, 후쿠하라 같은 간사한 무리들에게는 언젠가 한 번 본때를 보여줘야 해."

"옳은 말이야. 이미 타이코 님의 장례도 끝났어. 이왕 혼을 내주려거든 빠른 편이 좋지."

"암, 그렇고말고. 여우녀석이 눈치를 채면 또 이런저런 음험한 수단을 강구할 테니까. 이 집에 뻔질나게 드나드는 것이 그 시작이란 말일세. 다이나곤 님이 그런 여우에게 넘어가실 분이 아니기에 망정이지, 교묘하게 다이나곤 님을 움직여 우리 영지를 몰수하는 일쯤은 쉽게 꾀할 녀석이야."

"특히 카즈에노카미 님은 조심할 필요가 있어요. 코니시 유키나가의 우토와 귀하의 쿠마모토는 다 같이 히고 지방에 있지 않소."

이에야스는 옆방의 대화를 듣는 동안 가슴이 답답해졌다.

파벌이 파벌을 불러 분열의 상처를 크게 하고, 이러한 상태가 지나칠 때 무조건 상대를 쓰러뜨리지 않고는 안심할 수 없는 절박한 상황 속에 빠지게 된다.

이미 그러한 징후가 나타나고 있었다. 그러한 의미에서 토시이에는 미츠나리 파와 무단파 양쪽이 노리는 '텐노잔天王山'°이었는지도 모른다.

"지부가 노리는 것은 이 집 주인만이 아니란 말일세."

다시 마사노리의 말소리가 들렸다.

"모리 테루모토도 노리고 있어. 아니, 요즘에는 우에스기 가문의 나오에 카네츠구直江兼續에게 열심히 접근하고 있지…… 조심하지 않으면 정강이를 채일 거야."

"정말 그렇게 된다면 이쪽에서도……"

누구의 말인지는 알 수 없었으나 말꼬리가 약해진 것은 이에야스의 이름이 나왔기 때문인 듯. 저쪽에서 모리나 우에스기를 설득하여 공격해온다면 이쪽에서도 이에야스를 등에 업고 대항하겠다……고 저도 모르게 본심을 털어놓았을 터였다.

'묘한 것이야……'

이에야스는 생각했다. 이쪽에서 무의미한 전쟁을 피하려고 노력해도 상대 파벌이 움직이는 한 조용한 해면을 유지하려는 것은 마음뿐, 마침내 이쪽도 소용돌이치지 않을 수 없게 된다…… 어쩌면 그것이 인간 세계의 영원히 피할 수 없는 업보인지도 모른다……

이렇게 생각했을 때 발소리가 가까워지면서 토도 타카토라의 기침 소리가 났다.

타카토라는 일부러 이에야스에게 보고하는 형식을 취하지 않고 큰소리로 옆방에 있는 사람들에게 말했다.

"지부노쇼는 조용히 그대로 돌아갔소. 별로 다른 뜻은 없는 것 같았어요. 가문家紋을 넣은 검은 예복 차림으로 와서 토시나가 님에게 다이나곤 님 병세를 묻고는 그냥 돌아갔소."

"허어, 누구누구가 모였는지 묻지 않던가요?"

"묻는다고 해서 토시나가 님이 대답할 리 없지요. 다만 손님이 계시다고 했더니, 방해가 되면 미안하니 뵙지 않고 그냥 가겠다…… 이 말만 남기고 돌아가더군요."

"하하하……"

요시나가가 다시 웃었다.

"거북했을 것이오. 그렇지 않소? 오늘 와두지 않으면 나중에 이 저택
으로 도망쳐오기 어렵지. 그 여우녀석, 굴로 들어갈 길을 닦아놓으려고
왔는지도 모른다니까."

이에야스는 그만 토시이에로부터 눈길을 돌리고 말았다. 사람들은
모두 자기 입장에 따라 유정비정有情非情에 둘러싸여 있었다. 이런 생
각과 함께 이미 재기할 가망이 없는 토시이에의 모습이 여간 안타깝지
않았다.

죽음을 맞는 사람

1

이에야스가 마에다 부자의 환대에 감사의 뜻을 표하고 토도 타카토라의 저택에 돌아온 것은 일곱 점 반(오후 5시)경이었다.

토시이에는 현관까지 나와 이에야스를 전송했다. 그리고 도중의 경계를 두 아들에게 명하면서 마음속으로는 뜻하지 않은 망상을 하고 있었다.

"오마츠, 나는 피로에 지쳤소. 인간이란 지나치게 피로하면 생각이 흐트러지게 마련…… 무서운 일이오!"

사실 앉아 있기도 힘들 정도로 병든 몸을 안기듯이 하여 거실에 들어선 토시이에는 잠시 숨을 가다듬지 않고는 말도 할 수 없었다. 오마츠 부인은 그러한 토시이에를 이부자리 위에 앉히고 얼른 사방침에 기대게 하여 부드럽게 등을 쓰다듬었다.

"주무셔야지요?"

"아니, 조금 있다가……"

토시이에는 가만히 이마에 주먹을 대고 무언가 멀리서 들려오는 소리를 듣고 있는 것 같았다.

"오마츠, 나는 아까 현관에서 문득 이에야스가 죽었으면 하는 생각을 했었소."

"아니…… 어째서입니까?"

"……그러기에 피로하면 생각이 흐트러진다고 한 것이오…… 입으로는 경계를 엄히 하여 토도의 집에 모셔다드리라고 명하면서도…… 속으로는 미츠나리가 이에야스를 습격하여 죽였으면 하고 문득 생각했단 말이오……"

오마츠 부인은 눈이 휘둥그레진 채 잠자코 있었다.

면종복배面從腹背°는 남편이 가장 싫어하는 것…… 그러한 남편이 어째서 이런 말을 하는 것일까? 스스로 생각이 흐트러졌다고 하는 이상 함부로 입을 열 수도 없었다.

"나는 이에야스에게 우리 가문의 일까지 부탁했소……"

"그 이야기는 토시나가에게 들었어요."

"아니, 듣지 못한 것을 말하려는 거요…… 나는 부탁한 뒤 마음을 놓았소…… 마음을 놓았으면서도 한편으로는 미츠나리가 이에야스를 죽였으면…… 그렇게 하면 성불할 수 있다는 생각을 했소."

오마츠 부인은 대답 대신 조용히 등줄기를 쓸어내렸다.

죽이고 싶을 정도인 상대에게 자신의 가문을 부탁한다…… 외곬으로 살아온 남편임을 아는 만큼 그의 고통은 그대로 오마츠 부인의 고통이었다.

"나는 그대의 말처럼 염불이라도 하지 않는 한 정토에는 가지 못할 악인인지도 모르오."

토시이에는 불쑥 말하고는 입을 다물어버렸다.

그런데도 토시이에는 이에야스가 무사히 토도의 집에 돌아갔다는 것, 토도의 집 주위는 엄중하게 경비되어 있어 절대로 습격당할 우려가 없다는 것…… 이 두 가지 보고가 들어오기까지는 자리에 누우려 하지 않았다.

"나이다이진은 어디에도 들르지 않고 내일 아침 일찍 후시미로 돌아가십니다. 그 준비도 이미 되어 있습니다."

형제로부터 이런 보고를 들었을 때 과연 토시이에는 안도했을까, 아니면 실망했을까……?

어쨌든 그 이후의 토시이에는 오마츠 부인에게는 의외로 얌전한 환자였다. 고통을 호소하는 일은 있었으나 꾸짖지 않았고, 탕약도 권하는 대로 순순히 마셨다. 어쩌면 오마츠 부인이 듣지 않는 곳에서 몰래 염불을 외고 있었는지도 모른다.

이런 생각을 하고 있을 때 느닷없이 토시이에가 오마츠 부인에게 유언을 받아쓰라고 했다.

이에야스가 후시미로 돌아온 지 열흘째 되는 3월 21일……

2

그날도 마에다 저택에는 많은 문병객이 찾아왔다. 문병객 중에는 진심으로 토시이에의 병을 걱정하는 사람이 있는가 하면, 그의 병세에 따라 어느 쪽에 가담할 것인지 초조하게 눈치를 살피는 사람도 있었다. 이런 사람들이 자신도 모르게 무단파와 미츠나리 파로 갈려 두 개의 객실에 따로따로 앉는 것도 우스운 일이었다. 물론 미츠나리도 그 이후 거의 이 저택을 떠나지 않고 있었다……

그러한 3월 21일 아침, 요즘에는 시의를 제외하고는 오마츠 부인밖에 머리맡에 오지 못하게 하는 토시이에가 갑자기 아내에게 유언을 받아쓰라고 했다……

"나는 그동안 병석에 누워 있으면서 타이코의 심경을 곰곰이 생각해보았소."

토시이에는 말했다.

"타이코의 심경은…… 알 수 있는 부분도 있고 나로서는 알 수 없는 부분도 있소. 그렇다 하더라도 이제 유언만은 알아들을 수 있게 해두어야겠소."

"그래서 마음이 편해지신다면 뜻대로 하십시오."

오마츠 부인은 일부러 명랑하게 웃는 낯을 보이면서, 붓과 종이를 가지고 와서 머리맡에 앉았다.

토시이에는 반듯이 누운 채 가볍게 눈을 감고 말했다.

"첫째, 마고시로孫四郎는……"

그러면서 눈을 살며시 뜨고 빙긋이 웃었다. 마고시로란 토시마사를 가리켰다. 토시이에는 이 말을 한 순간 다른 생각이 떠오른 듯.

"오마츠, 내가 타이코보다 나은 점 하나는 유언을 아내에게 받아쓰게 할 수 있다는 것이오."

"어머, 그 뒤에 무슨 말씀을 하시려는지 겁이 나는군요."

"아니, 농담이 아니라 마음으로부터 그대에게 감사하오."

"자, 써야 할 내용을 말씀해주세요."

"참, 그렇군…… 마고시로는 카네자와金澤로 내려갈 것. 인원은 일만 육천을 팔천씩 둘로 나누어 오사카에 반을 두고 카네자와에 있는 인원은 마고시로 휘하에 있게 할 것."

토시이에는 자기가 하는 말이 그대로 문장이 되도록 고심하며 구술했다. 그러나 뜻대로 잘 되지 않는 모양이었다.

오마츠 부인은 잘못 쓰지 않으려고 몇 번이나 물어가면서 붓을 움직여나갔다.

토시이에가 남기려는 말은 두 가지인 것 같았다. 첫번째 유언은, 총

인원 1만 6,000을 8,000씩 카네자와와 오사카에 나누어 있게 하고, 오사카는 물론 토시나가가 지휘하게 한다. 그리고 카네자와 성에 남을 8,000은 슈쿠로宿老°인 시노하라 데와篠原出羽와 토시나가의 눈에 드는 자 하나를 딸려 토시마사의 지휘 아래 두게 하라는 것이었다.

두번째는 카네자와 성에 있는 금은 및 여러 가지 도구, 일기日記 등을 토시나가에게 물려주는데, 앞으로 3년 동안 토시나가는 절대로 카가에는 돌아갈 생각을 하지 말 것…… 3년 동안에 소란이 일어났다가 다시 천하가 안정되리라는 것이 토시이에가 병석에 있으면서 검토를 되풀이한 예상이었다.

"이것이면 되겠습니까?"

자기가 쓴 내용을 읽어주고 나서 오마츠 부인이 물었다.

"하나 더."

이렇게 말하고 번쩍 뜬 토시이에의 눈은 불가사의한 정열로 번쩍번쩍 불타올랐다. 오마츠 부인은 그만 소름이 끼쳤다.

3

"하나 더……라니요?"

앞의 두 가지는 늘 토시이에로부터 들어온 내용이었다. 그러나 또 한 가지가 있다니, 오마츠 부인으로서도 짐작이 가지 않았다. 무엇보다도 기를 쓰고 있는 눈빛이 불안했다.

"그렇소. 한 가지 더 덧붙여야겠소. 받아쓸 준비는?"

"예. 말씀하십시오."

"형제에게 말하겠는데, 전쟁이 일어나면 비록 적의 공격이 없더라도 쳐들어가는 것이 마땅하다. 적이 영지까지 밀려오게 하면 지하에서라도 용서치 않을 것이다……"

여기까지 말하고 토시이에는 점점 더 무섭게 허공을 노려보았다.

"……노부나가 님은 병력이 소수일 때도 영지 안에서 싸우신 일이 없었다. 반드시 적지에 들어가 싸워 종종 이득을 본 적이 있다는 사실을 잊지 말 것…… 이것으로 됐소."

오마츠 부인은 숨을 죽여가며 받아쓰기를 끝냈다.

그 이상은 아무 설명도 들을 필요가 없었다. 마지막 말로 토시이에는 노부나가가 자랑스러워하던 사나운 코쇼 시절로 돌아갔다. 만일 전쟁이 일어났을 때는 적의 공격을 기다리지 말고 즉시 적의 영지로 들어가 싸우라고 한다. 이 경우 토시이에는 누구와의 전쟁을 상상하는 것일까?

오마츠 부인은 마음에 걸렸으나 일부러 묻지는 않았다. 묻는다 해도 토시이에는 대답하지 않았을 터. 그렇지 않다면 이에야스가 답방했을 때 자식들에 대한 일까지 부탁했을 리 없었다.

오마츠 부인이 쓰기를 끝낸 뒤 토시이에는 자신의 유언장을 다시 읽어나갔다. 이미 불타던 투지는 자취를 감추고, 반듯이 누워 읽는 그의 표정은 부드럽기만 했다.

"타이코는 미련이 많은 분인 줄 알았는데 별로 그렇지도 않았던 것 같소."

오마츠 부인은 대답 대신 유언장을 받아들고 문갑 깊숙이 넣었다.

"인간 중에는 특별히 강한 자도 없고 약한 자도 없는 거요. 모두 똑같다는 것을 알게 됐소."

"그럴 것입니다. 그러기에 모두 부처님의 소매에 매달리려 하는 것이겠지요."

"또 부처님 소매 이야기를 하는군……"

토시이에는 불쑥 내뱉고 쓴웃음을 지었다.

"세상에서는 봄이라고들 하는데도……"

토시이에는 조용히 말하고 눈을 감았다.

"내 귀에는 늘 찬바람만 불고 있소. 그리고 이 찬바람 밑에 서 있을 때는 언제나 나는 혼자요…… 아무도 내 옆에서 모습을 보여주지 않는 다니까."

"호호호…… 모두 사양하기 때문일 테지요."

"왕생을 방해하지 않기 위해서라는 말이오?"

"그 정도로 납득하셨다면 머지않아 마중을."

"하하하…… 드디어 그대에게 위안을 받게 되었군. 좋아, 내가 먼저 가서 그대가 올 때는 마중 나오겠소."

토시이에는 이렇게 말하고는 곧 잠이 들었다. 유언을 받아쓰게 하여 안심이 되는 모양이었다.

어쨌든 그 이후 토시이에는 전보다 더욱 조용해졌다. 다만 어쩌다 생각난 듯이 유언을 추가하여 마지막에는 11개 항목이 되었으나, 그 모두 는 앞서의 세 가지 항목을 보충하는 것에 지나지 않았다.

그로부터 12일째인 윤3월 3일까지 나날이 쇠약해져, 토시이에는 그 대로 조용히 숨을 거두는가 싶었다.

4

28일부터 혈육들은 외출을 삼가고 친한 사람들도 별실에서 대기하 기 시작했다. 이제는 언제 임종을 하게 될지 몰랐다.

'다이나곤의 일생도 무인으로서는 보기 드물게 조용한 최후를 맞을 수 있게 될 것이다……'

사람들은 모두 이런 말을 하면서 부러워했다. 열세 살부터 수없이 전쟁터를 누비면서 적과 직접 창을 맞대고 혈투를 벌여 목숨을 잃을 뻔한 것이 아홉 차례, 손수 적장의 목을 벤 것만도 스물여섯 명……이나 되는 토시이에였다. 불운했더라면 당연히 전쟁터 어딘가에서 주검으로 변했을 터. 그러나 150만 석 영지에 군림하고, 다이나곤으로서 방에 누워 왕생하게 되었으므로 선망을 받는 것은 당연한 일이었다.

이 토시이에가 윤3월 3일에 이르러 갑자기 자리에서 일어나 앉아 허공을 움켜쥐면서 소리지르기 시작했다.

오마츠 부인은 깜짝 놀라 토시이에의 어깨를 눌렀다.

"나쁜 꿈이라도 꾸셨나요? 날이 밝으려면 아직 멀었습니다."

그리고 얼른 손뼉을 쳐서 탕약을 가져오게 했다. 무어라고 소리질렀는지 알아듣지는 못했으나, 바로 그 뒤 새우등처럼 몸을 구부리고 기침을 하기 시작했다.

"자, 약을 드시고 기침을 가라앉히세요."

아직 날이 밝기 전의 냉기는 환자에게 부담이 컸다. 오마츠 부인은 입고 있던 겉옷을 벗어 어깨에 걸쳐주고 탕약을 가까이 가져갔으나 토시이에는 갑자기 그것을 빼앗아 다다미 위에 내동댕이쳤다.

"오마츠, 와키자시脇差°를 가져와!"

"와키자시로…… 무엇을 하시렵니까?"

"무엇을 하든 그대의 지시는 받지 않겠어. 신도고 쿠니미츠新藤五國光가 만든 와키자시를……"

기침 때문에 말을 끝낼 수 없음을 알고는 미친 듯이 몸을 일으켜 머리맡의 칼걸이에서 칼을 집어들었다.

이때 오마츠 부인은 토시이에가 아직 악몽을 꾸고 있다고 판단했다. 불교에서 말하는 지옥의 사자 우두마두牛頭馬頭°가 맞으러 온 꿈이라도 꾸는 것이 아닌가 싶어 필사적으로 팔에 매달렸다.

"진정하십시오. ……꿈을 꾸시는 것은 미망…… 미망입니다."

"놓……놓……놓지 못하겠어! 나는 잘못되어 있었어! 내 깨달음은 잘못되었어……"

"아니, 잘못되지 않았습니다. 젊어서부터 전쟁터를 누비신 그 죄업이 두렵기도 하지만, 그러나 여기 이것이……"

오마츠 부인은 남편을 위해 만들어놓은 흰 수의를 꺼내 토시이에의 눈앞에서 흔들어 보였다.

"이것을 입고 누우시면 틀림없이 극락정토에 가실 수 있습니다. 마음을 조용히 가지시고 부디 염불하십시오."

그 말을 알아들었는지 토시이에는 눈을 부릅뜬 채 오마츠 부인을 노려보았다.

토시이에의 기침은 멎어 있었다. 그러나 입 가장자리에서 검붉은 피가 계속 흘러나오고 꺼질 듯이 숨을 쉬는 어깨의 움직임이 온몸에 소름을 끼치게 했다.

'꿈을 꾸고 있던 것이 아니다……'

오마츠 부인이 그러한 사실을 깨닫게 된 것은 그 순간적인 응시가 있은 뒤였다.

'마지막으로 무언가 말하려 하고 있다!'

"왜 그러십니까? 무슨 말씀을 하고 싶으십니까?"

오마츠 부인은 당황하며 입 가장자리의 피를 닦아내주고는 귀에 가까이 입을 갖다대고 물었다.

5

토시이에는 핏발이 선 눈을 크게 뜨고는 잠시 오마츠 부인을 노려보았다. 무언가 말하려 해도 혀가 움직이지 않는 것 같기도 하고, 말하고 싶은 일이 머릿속에서 정리되지 않는 것처럼도 보였다.

"자, 마음을 편히 가지고 말씀해보세요."

오마츠 부인은 다시 한 번 귓전에 속삭이고 가만히 그 손에서 와키자시를 빼앗으려 했다. 빈사상태의 환자에게 칼은 필요치 않다. 만일 잘못하여 뽑기라도 하면 오마츠 자신도 다치게 된다.

토시이에는 오마츠의 손이 와키자시에 닿는 것과 동시에 벼락을 맞기라도 한 듯 그 손을 뿌리쳤다.

"건드리지 마라! 신……신……신도고 쿠니미츠를."

"아니, 이제 와서 칼 따위를 무엇에 쓰시렵니까?"

"신……신……신도고 ……쿠니미츠는…… 이…… 이 토시이에의 넋이었어!"

"그러시면 어디든 가지고 가시게 할 것이니 일단 놓고 쉬시도록 하세요."

"나는 분……분……분해."

"예? 뭐라고 하셨습니까?"

"분해! 분……분……분해……"

토시이에가 토막토막 끊어 외치는 서슬에 오마츠 부인은 섬뜩하여 저도 모르게 한발 물러앉았다.

이번에는 각혈이 아니었다. 몇 개 남은 앞니가 입술을 깨물어 다시 입 가장자리로 피가 흐르기 시작했다.

아직 날은 밝지 않았다. 그러나 이미 창은 훤해지고, 도리어 등잔불이 싸늘하게 가라앉아, 주위는 살기라기보다 소름 끼치는 요기가 감돌고 있었다.

'혹시 내가 꿈을 꾸고 있는 것은 아닐까……?'

오마츠 부인이 이렇게 착각하기에 충분할 정도로 토시이에의 형상은 끔찍했다.

"나무아미타불…… 나무……"

꿈이 아니라는 것을 알고 오마츠 부인은 다시 염불을 외면서 토시이에의 어깨에 손을 얹었다. 이번에도 토시이에는 미친 듯이 손을 뿌리쳤다. 이미 뚫어질 듯한 응시는 오마츠 부인이 아니라 초점을 알 수 없는 허공에 얼어붙어 있었다.

"왜 그러십니까? 이렇게 무서운 얼굴을 하고……"

토시이에는 그 말이 들리지 않는지 바싹 마른 어깨를 오른쪽으로 내리고 무언가에 대드는 듯한 자세가 되었다.

"마……마에다…… 토……토시이에나 되는 사나이가…… 죽……죽음에 처하여 자신의 자세를 무너뜨리다니……"

"무엇이…… 무너졌다는 말씀입니까?"

"무……무너뜨리지 않겠다고 했어! 무너뜨릴 수는 없어……"

"어머나……"

"토……토……토시이에는 죽을 때까지 무인이야! 아니, 죽……죽은 뒤에도 무인이야."

오마츠 부인은 깜짝 놀라 숨을 죽였다. 토시이에가 무슨 말을 하려는지, 40년 가까이 같이 살아온 오마츠 부인의 가슴에 비로소 찡 하고 울려왔다.

아마 신에게도 부처에게도 굴복하지 않겠다는 것이리라. 인간에게도 부처에게도 기대지 않겠다고 마지막 기력을 다해 집념의 화신이 되어 죽음에 대항하고 있었다.

"아아!"

오마츠 부인은 무릎걸음으로 다시 한발 물러났다.

드디어 토시이에의 손이 신도고 쿠니미츠의 손잡이에 닿았다……

'뽑을 생각인 모양이다, 칼을!'

이런 생각에 그만 오마츠 부인도 당장에는 말이 나오지 않았다.

6

결국 인간이란 무언가에 의지하려 해도 철저하게는 의지할 수 없는 불신을 안고 살아가는 것일까……?

오마츠 부인은 토시이에가 구원을 받을 수 있을 정도의 신앙을 가졌다고는 생각지 않았다. 그렇다고는 하나, 죽음의 자리에 임하여 이와 같은 집념을 보일 사람이라고도 전혀 믿지 않았다. 남편 토시이에의 이러한 죽음의 태도는 가까이에서 '히데요시의 죽음……'을 보아왔기 때문인지도 몰랐다.

히데요시의 말로는 가엾게도 미망에 사로잡힌 망령든 죽음, 토시이에가 못마땅하게 여겼던 것은 부인할 수 없는 사실이었다. 그런데 그 역시 죽음을 맞는 자리에서 히데요시와 오십보백보의 차이밖에 없는 비참한 자신을 발견한 것이 아닐까……?

히데요시의 유아를 부탁받고도 그 앞날을 지켜보지 못하고, 더구나 머지않아 난세가 온다고 예측하면서도 살아 있지 못하는…… 그 고뇌가 마침내 토시이에의 성급한 본질에 불을 붙여 오늘의 광란을 이끌어 낸 것인지도 모른다.

'그러고 보면 남편의 신앙은 자력본원自力本願°의 선禪……'

텐쇼 초기부터 승려 다이토大透의 문하에 있으면서 토운죠켄桃雲淨見이라는 호號를 사용하던 남편…… 어쩌면 그 남편이 마지막으로 자신의 미망을 끊으려고 간신히 일어선 모습이 아닐까……?

오마츠가 겨우 여기에 생각이 미쳤을 때 다시 신음하는 듯한 토시이에의 목소리가 흘러나왔다.

"무……무인이 말이지……"

"예…… 무인이…… 무인이 어떻다는 말씀입니까?"

"무인이…… 다다미…… 다다미 위에서 죽는다는 것은 망상…… 망

276

상이었어."

"아니, 어째서 그렇습니까?"

"분한 일이야. 하마터면 그 잘못을 저지를 뻔했어……"

"영주님! 그것은……"

"가까이 오지 마라!"

또다시 토시이에는 자신을 잊고, 상체를 부축하려는 오마츠 부인을 혼신의 힘으로 떼밀었다.

"마……마……마에다 토시이에는 망설임이 없는 무인이야. 다다미 위에서 죽기는…… 아니, 천수天壽를 다할 생각은 추호도 없어. 무…… 무……무인 중의 무인이 되겠어!"

그 말이 끝나는 것과 동시에 다시 성난 파도 같은 심한 기침이 쏟아져나왔다.

"아……"

"가까이 오면 안 돼! 가까이 오지 마라……"

토시이에는 빼어든 칼로 자기 목을 찌르려 했다. 그러나 심한 기침이 그 동작을 허락지 않았다.

"가까이 오지 마라…… 알겠나…… 가까이 오면 안 돼."

기침을 하면서도 또 한 번 다짐을 두었다. 그때 ──

"윽!"

목구멍 깊숙한 곳에서 소리가 났다.

동시에 코와 입에서 일제히 검붉은 피가 쏟아져나왔다. 아니, 그것은 피라기보다 끈끈하게 엉긴 소름 끼치는 핏덩어리……라고 하는 편이 정확할지도 모른다. 이렇게 생각하는 순간이었다. 토시이에는 와키자시를 칼집과 함께 목에 댄 채 정신을 잃었다. 핏덩어리가 코와 입을 잔뜩 틀어막아 호흡을 끊어놓았을 터.

"게 누구 없느냐, 영주님의 임종이시다! 히젠肥前(토시나가)을 불러라! 마고시로(토시마사)를 불러라!"

오마츠 부인의 목소리가 아침 공기를 슬프게 찢어놓았다.

7

달려온 사람들은 뜻하지 않은 모습으로 죽은 토시이에를 보고 숨을 죽였다. 핏덩어리 속에 칼을 들이댄 채 숨을 거둔 토시이에의 모습은 더없이 행복했던 다이나곤의 죽음과는 너무도 동떨어진 처참하기 이를 데 없는 것이었다.

"어쩌자고 자결을⋯⋯"

개중에는 스스로 목을 찔러 흘린 피인 줄 착각하고 불안에 떨며 우는 여자도 있었다. 사실 토시이에의 이 죽음은 자결 이상의 자결이라 해도 좋았다.

"혹시 독살된 것은?"

워낙 엄청난 피를 흘려 이런 의문도 당연히 제기되었다. 아니, 만약 정실인 오마츠 부인이 머리맡을 떠나지 않고 간호하지 않았더라면, 토시나가 형제 역시 고개를 갸웃거렸을지도 몰랐다.

이미 시들어버린 몸에 어떻게 이 많은 피가 남아 있었는지 의심이 갈 정도의 출혈량이었다.

시신은 토시나가, 토시마사 형제의 지시에 따라 시의들의 손으로 깨 끗이 닦였다. 그리고 유해의 머리를 북으로 향하게 하고 병풍을 반대쪽 에 세울 때까지 오마츠 부인은 꼼짝도 하지 않았다.

눈을 감고 조용히 염불을 외우고 싶었다. 그러나 남편의 마지막 한마 디가 그것조차 허락하지 않았다.

"어머님, 머리맡으로⋯⋯"

토시나가가 유해를 북쪽으로 향하게 했는데도 여전히 그대로 앉아 있는 어머니를 돌아보았다. 오마츠 부인은 그때야 비로소 고개를 끄덕이고 유해의 가슴 위에 손수 만든 흰 수의를 올려놓고 자기 머리카락을 잘라 그 옆에 곁들였다.

별로 울고 있지는 않았다. 이미 죽음은 각오하고 있었다. 그러나 남편이 눈을 감을 때는 부끄러울 정도로 통곡하게 될 줄 알았던 그 눈물이 무언가에 가로막혀 나오지 않았다.

'무엇이 나를 울지 못하게 하는 것일까……?'

그것은 역시 뜻하지 않은 남편의 마지막 모습 탓이라고 생각하지 않을 수 없었다.

깨달음을 얻어 안심하고 눈을 감는다…… 이러한 경지가 남편에게는 없었다. 죽어서도 자기 뜻의 소재를 알린다…… 그러기 위해 남편은 무인답게 자결하려고 했다. 아니, 자결할 그 힘조차도 없어 고민하다 죽은 것이라고 해도 좋을 터……

"오늘부터 나는 호슌인芳春院이라는 여승, 히젠도 마고시로도 내 말을 잘 들어두어라."

자른 머리카락을 수의 위에 놓고 나서 오마츠 부인은 비로소 염주를 이마에 대고 말했다.

"아버님은 병사하신 것이 아니야."

"아니, 무어라고 하셨습니까?"

"마지막 말씀이니 잘 들어두도록. 무인은 천수를 다하고 다다미 위에서 죽으면 안 된다…… 이렇게 깨달으시고, 그 뜻을 관철시켜 스스로 목숨을 끊으셨어……"

토시나가는 눈을 감고, 토시마사는 눈을 크게 뜬 채 듣고 있었다. 어쩌면 그 말을 이해하고 받아들이는 태도가 서로 다를지도 모른다…… 이렇게 생각하면서도 역시 오마츠 부인은 말하지 않을 수 없었다.

"다다미 위에서 죽어도 좋을 사람은 천하를 위해서나 가문을 위해서
도 별로 깊이 생각할 필요가 없는 사람들…… 이렇게 너희들에게 가르
치고 떠나셨어. 이 교훈을 깊이 가슴에 새기고 히젠은 즉시 아버님의
별세를 히데요리 님에게 보고하도록 해라."

비로소 뜨거운 눈물이 서서히 시야를 가려왔다……

숙연宿緣의 불꽃

1

마에다 토시이에의 죽음을 알려왔을 때, 미츠나리는 마에다 저택을 찾아가려고 거실에서 옷을 갈아입고 있었다.

마에다 저택에 남기고 왔던 키타가와 헤이에몬이 돌아와 사람을 내보내달라고 청했다. 그러나 미츠나리는 받아들이지 않았다.

"오소데말고는 그대와 나뿐…… 그래, 다이나곤이 별세했다는 것이겠지?"

"예…… 예. 그렇습니다마는 돌아가실 때의 모습이……"

"이상했다는 말인가?"

"예."

"자결이냐, 아니면 고민 끝에 눈을 감았나?"

키타가와 헤이에몬은 눈이 휘둥그레져서 당황해하며 오소데를 바라보았다. 그녀는 미츠나리가 벗어놓은 옷을 개고 있을 뿐 돌아보려고도 하지 않았다.

"차마 눈을 뜨고는 볼 수 없는 형상으로, 칼을 든 채 피를 토하며 운명하셨다고 합니다."

"그랬을 테지. 그 고뇌를 나는 잘 알고 있었어. 어쨌든 이제는 문병도 갈 수 없게 됐군."

미츠나리는 혼잣말처럼 중얼거렸다.

"그렇다면, 히젠노카미肥前守는 보고하기 위해 등성登城했겠군."

"예. 대기하고 있던 제후들도 조의를 표하기 위해 모두 등성했다고 합니다."

미츠나리는 크게 머리를 끄덕였으나 자기도 등성하겠다는 말은 하지 않았다.

히데요리의 사부라는 중요한 인물이 변사했다. 따라서 장남 토시나가가 히데요리에게 보고하는 것은 당연했다. 그리고 제후들은 먼저 히데요리에게 조의를 표해야 했다.

"주군께서도 곧 등성하시겠습니까?"

헤이에몬의 물음에 미츠나리는 천천히 고개를 저었다.

"미리 지시한 대로 집 주위를 엄히 경계하도록 하게."

"그러시면 등성은……?"

"그래, 등성하지 않겠어. 조의를 표하기 위해 등성한 사람 중에는 키요마사를 비롯한 코다이인(키타노만도코로) 쪽 무장들도 섞여 있을 것일세. 굳이 얼굴을 마주쳐 감정을 폭발시킬 필요는 없겠지."

"그러시면 이대로 댁에 계시겠습니까?"

"그러는 편히 좋겠어. ……내 모습이 보이지 않으면 또 갖가지 불평이 나올 테니 집 주위를 엄히 경계하도록……"

미츠나리의 생각으로는 두 명의 카토와 후쿠시마, 아사노, 쿠로다, 호소카와 등이 성에서 나오는 도중에 담판하러 올지도 모른다……고 계산하였다.

양자의 다툼은 조선 출병 때 본격화된 분규에 집약되었다.

카토, 아사노 등의 무장들은 울산에서 농성하던 무렵부터 고전한 실상을 그대로 히데요시에게 보고하지 않은 잘못이 당시의 군감인 후쿠하라 나가타카, 카키미 카즈나오, 쿠마가이 나오모리 등에게 있다고 하였다. 후쿠하라는 미츠나리의 사위이고 다른 사람도 미츠나리의 심복, 미츠나리의 직접적인 지시에 의한 잘못이 아니라면 그 세 사람을 즉시 무장들에게 인도해야 한다는 것이 시비의 초점이었다.

그들이 성안에서 서로 만나게 되면 자연스럽게 그 불평이 입에 오르게 될 터. 지난 얼마 동안은 미츠나리가 마에다 저택에 상주하다시피 했기 때문에 그들은 한데 모여 상의할 기회가 없었다……

"그러면, 그렇게 알고 경비를 강화하겠습니다."

헤이에몬이 물러간 뒤 미츠나리는 비로소 오소데에게 향을 피우게 하고 토시이에를 위해 명복을 빌었다.

2

토시이에가 죽음에 앞서 보였다는 태도는 미츠나리의 가슴에도 큰 충격을 주었다.

'역시 자기 자신은 속일 수 없었던 거야……'

인간이 애써 안정安靜의 경지에 들어서려 해도 그 미망과 고뇌는 그리 쉽게 사라지지 않게 마련.

"오소데, 내 마음도 확실히 정해졌어."

토시이에의 죽음은 벌써 예견되었던 일…… 이제 미츠나리는 자기를 반대하기 위해 뭉치려는 무장들을 일일이 설득해나갈 생각이었다. 그러기 위해 그는 무단파들이 중심인물로 떠받들던 토시이에의 간호를 참을성 있게 지속해왔다.

토시이에에 대한 자신의 간호는 그가 죽은 뒤의 일을 공고하게 하는
데도 아주 중요했다. 그토록 허심탄회하게 토시이에한테 접근했던 그
가 토시이에 다음으로 택한 맹주盟主는 모리 테루모토, 결국에는 무단
파도 테루모토 아래 집결할 터였다.

그렇게 되면 당연히 이 세력은 이에야스와 대항하지 않을 수 없는
'힘'으로 자라게 될 터. 이 때문에 미츠나리가 궁지에 몰려 죽게 되어
도 그것은 더 이상 문제가 되지 않았다. 칼을 품고 죽어야 했던 토시이
에와 같은 심정으로, 미츠나리 또한 자신의 고집을 도요토미 가문을 위
해 남기고 세상을 떠나면 되었다.

"오소데, 드디어 그대와 헤어질 때가 된 것 같아."

오소데는 어딘가 먼 곳을 바라보는 듯한 눈으로 미츠나리 앞에 찻잔
을 놓았다.

"왜 그래, 내가 하는 말을 알아듣지 못했나?"

"예……? 아니, 아닙니다."

"그대와 헤어질 때가 가까워졌다고 했어."

"어째서입니까?"

"나는 그대에게 가르침을 받았어. 가르침을 준 그대를 죽일 필요는
전혀 없어. 지금쯤 그대를 돌려보내 목숨을 건져주고 싶어."

오소데는 흘끗 입가에 미소를 보이며 순진할 정도의 표정으로 고개
를 갸웃했다.

"이래도 됩니까?"

"무슨 말이지?"

"등성하시지 않아도 되겠습니까…… 그렇게 여쭈어본 것입니다."

"그 일이라면 걱정할 것 없어. 오늘은 모두 신경이 날카로워져 있을
테니 얼굴을 대하지 않는 편이 좋아."

"신경이 날카로워졌을 테니까……?"

오소데는 다시 불안한 기색을 띠었다.

"등성하지 않을 생각이시라면 차라리 고향으로 돌아가 잠시 요양을 하시면……?"

"하하하……"

미츠나리는 밝게 웃었다. 점점 더 오소데가 여자다운 애정을 보이고 있다……고 생각되었다. 순간 가련한 마음과 사랑스러움이 감미롭게 뇌리를 스치고 지나갔다.

"이전의 그대와는 말하는 투가 상당히 달라졌군. 전이라면 죽으라면서 좀더 단호하게 말했을 텐데."

"지금도 그 때문에 말씀 드리고 있습니다. 등성하시지 않고 여기 계시면 위험하지 않을까요……?"

그 말에 미츠나리는 깜짝 놀랐다.

"모습을 나타내지 않으면 도리어 적의를 부채질한다는 말이지?"

"그……그렇지 않았으면 좋겠습니다마는……"

3

미츠나리의 마음에도 오소데와 똑같은 불안이 잠재해 있었다……

세상에서는 이에야스가 답방했을 때 미츠나리가 잠깐 마에다 집에 얼굴을 내민 일까지 크게 잘못 말하고 있었다.

그날 마에다의 집에 모였던 사람들뿐 아니라 토시이에 자신도 몹시 격분하여 미츠나리를 치려고 했다는 소문이 나 있었다. 그것을 이에야스의 무마로 무사했다고…… 물론 미츠나리가 어젯밤에도 늦게까지 마에다의 집에 있었다는 사실을 아는 자에게는 일고의 가치도 없는 소문이었다. 그러나 이러한 소문이 믿어질 정도로 양자 사이의 공기가 험악해졌다는 것은 숨길 수 없는 사실이었다.

"그렇군, 그대는 역시 등성해야 한다고 생각하는군."

이전의 미츠나리였다면 웃으면서 나무랐을 터였다. 그러나 지금은 이 여자의 날카로운 감각에 경외감마저 드는 그였다.

"아니, 등성하시는 편이 좋다는 것은 아닙니다. 차라리 잠시 여기서 난을 피하시면…… 하고."

"그렇다면 카즈에노카미 등이 오늘이라도 이곳을 공격할 우려가 있단 말인가?"

"예."

오소데는 아무런 주저도 없이 대답하고 딱 잘라 말했다.

"그랬을 경우 대비가 계시다면 저도 안심하고 떠나겠습니다."

미츠나리의 안색이 하얗게 굳어졌다.

'이 여자는 모든 것을 다 꿰뚫어보고 있지 않은가……'

물론 성안에 있는 제후들의 대기실에는 사람들을 배치해놓았다. 아마도 어느 대기실에서 무슨 말이 나왔나, 성에서 나올 시각까지는 모두 보고될 것이었다. 문제는 그 분위기에 따라 결정……하겠다고 은밀히 생각을 짜내고 있는 미츠나리였다. 더구나 그 후의 움직임은 문자 그대로 '천기天機를 누설하면 안 된다……'는 식이어서, 마시타 나가모리와 가신들은 물론 코니시 유키나가와 우키타 히데이에도 깨닫지 못하도록 고심하며 숨기고 있었다.

"오소데, 그대는 무서운 여자야."

"어머, 무어라 하셨습니까?"

"내 주위에는 그대처럼 깊이 인생의 밑바닥을 들여다보는 사람은 없다고 했어."

"그렇다면 역시 저를 내보내지 않으시겠군요."

"아니, 보내줄 수 있어…… 그대는 나를 해치지 않아. 그러나……"

미츠나리는 미소와 함께 한숨을 쉬었다.

"나더러 난을 피하라고 했는데, 만약 카즈에노카미 등이 이 집을 습격한다면…… 내가 난을 피할 곳이 어디 있다는 말인가?"

오소데는 약간 싸늘한 표정으로 말했다.

"자신이 더 잘 아실 텐데요."

"그대는 고향으로 돌아가라고 했지 않아?"

"예. 그 밖에 또 한 군데, 성안에 계신 요도 부인에게 가시면……"

"잠깐, 오소데! 과연 요도 부인에게 가면 난은 피할 수 있을 테지. 그런데 고향에는 어떻게 돌아간다는 말인가? 후시미까지는 겨우 갈 수 있겠으나 그 다음부터는 모두 적…… 오미로 가는 길은 완전히 막혀 있을 텐데."

미츠나리가 탐색하듯 여기까지 말했을 때 오소데가 이번에는 경박한 소리로 웃기 시작했다.

4

"그만 하십시오…… 더 이상 말씀하시지 마세요."

오소데는 가볍게 미츠나리의 말을 가로막았다.

"그러기에 저는 아직 곁에서 떠날 수 없는 것이겠지요."

오소데의 솔직한 한마디에 미츠나리는 다급하게 말했다.

"오소데! 그대는 내 마음까지도 들여다보고 있군."

"예. 최근의 침착하시지 못한 태도를 보면 읽을 수 있습니다. 걱정되거든 죽여주십시오."

"으음, 정말 무서운 여자야."

미츠나리는 나직이 신음하고 그 다음에는 말하지 않았다. 아니, 말하기가 두려웠다……는 편이 더 정확할지 모른다. 미츠나리가 누구에게도 누설하지 않은 그 후의 각오를 오소데는 이미 깨닫고 있었다. 만약 미츠나리가 난을 피할 또 한 군데가 어디냐고 묻는다면 그녀는 태연하게 다음과 같이 대답했을 터.

"나이다이진의 품안입니다."

분명히 오소데의 말이 옳다. 이 저택을 키요마사 등의 장수가 습격한다면 살아남을 길은 두 가지밖에 없었다.

첫째는 성안에 들어가 요도 부인에게 의지하는 것. 다른 하나는 우선 강을 이용하여 후시미로 몸을 피하고 즉시 적인 이에야스에게 몸을 맡기는 길…… 더구나 미츠나리는 만약의 경우에는 모험을 감행할 생각으로 이미 등성을 포기하고 있었다.

미츠나리가 요도 부인에게 도움을 청한다면 무단파들과는 더욱 사이가 벌어질 게 분명하다. 그러나 이에야스에게 몸을 피할 경우에는 전혀 다른 답이 나온다.

이에야스는 아직은 미츠나리를 공격하지 않을 것이다. 이런 때 자신이 이에야스에게 몸을 피한다면 이에야스를 구실로 내세우며 미츠나리를 증오하는 무단파들은 뜻하지 않은 사태에 망연자실할 터.

"미츠나리와 이에야스는 견원지간犬猿之間……"

무단파들이 이렇게 믿는 미츠나리와 이에야스 두 사람이 별로 미워하는 사이가 아니고, 더구나 양자 사이의 응어리가 완전히 풀린 것 같다……는 느낌을 주는 데 성공한다…… 그렇다면 자신이 호랑이 굴에 들어간 효과는 엄청나다.

물론 오늘 성안에서 무장들의 반감이 가라앉았다고 판단되면 굳이 그런 모험을 감행할 필요가 없지만……

그런데 이 비책…… 이에야스와 미츠나리의 화목이라는 익살스럽기까지 한 비책이 그만 오소데에게 간파당한 모양이었다.

미츠나리는 다시 망설여졌다.

'이 여자를 그대로 두어도 괜찮을까……?'

살려둬도 누설하지는 않으리라 싶으면서도, 큰일을 앞둔 작은 일이므로 조심해야 한다는 생각이 들기도 했다.

이 망설임까지 깨닫고, 아직 곁에서 떠날 수 없다고 한 오소데 —

'역시 돌려보낼 수는 없다……'

이런 자신의 생각을 야유하는 것만 같아 가슴이 죄어들었다.

더 이상 참지 못하고 미츠나리는 오소데에게 술을 가져오게 해 이별의 잔을 나눈 뒤 죽일 생각을 했을지도 몰랐다. 성안에서 최초의 정보를 가지고 히데요리의 킨쥬近習°인 쿠와지마 지에몬桑島治右衛門이 달려오지 않았다면 말이다.

"쿠와지마 지에몬 님이 급히 드릴 말씀이 있다고 하면서 성안에서 달려왔습니다."

키타가와 헤이에몬이 알려왔을 때는 이미 정오가 지나 있었다.

"좋아, 안내하라."

미츠나리는 왠지 모르게 마음을 놓았다.

'역시 오소데는 살려두어야 한다……'

이렇게 생각하면서.

5

쿠와지마 지에몬은 타이코가 살아 있을 때 미츠나리의 추천으로 킨쥬가 된 1,000석의 녹봉을 받는 무사였다.

허둥지둥 미츠나리의 거실에 들어온 쿠와지마 지에몬은 거친 숨결도 가라앉히지 않고 곧바로 말했다.

"사람을 물리쳐주시기를……"

미츠나리는 웃으면서 제지했다.

"아내와 다름없는 여자야. 없는 것으로 알고 말하게."

"예……"

그래도 상대는 경계하듯 나직하고 빠른 소리로 말했다.

"드디어 치도리千鳥 회의에서 결정이 났습니다."

"거기 모인 사람들은?"

"카토 카즈에노카미 키요마사, 후쿠시마 사에몬노다이부 마사노리, 쿠로다 카이노카미 나가마사, 호소카와 엣츄노카미 타다오키, 이케다 지쥬 테루마사池田侍從輝政, 아사노 사쿄노다이부 요시나가 그리고 카토 사마노스케 요시아키加藤左馬助嘉明 등 일곱 명입니다."

"으음, 용케 모였군. 그런데 밀담 내용은?"

"처음에는 오늘 안으로 전직 군감이던 카키미, 쿠마가이, 후쿠하라 등의 할복을…… 이런 말이었습니다마는 그 교섭은 어려울 것이라고 하여……"

"누가 그런 말을 했지?"

"이케다 테루마사!"

"그래서?"

"그래서 다이나곤 님 별세를 계기로 즉시 이 저택을 포위하고 난입하여 지부노쇼의 목을 벤다. 그런 뒤 후시미에 있는 나이다이진에게 알리면 후환이 없을 것이라고……"

"이거, 겁나는군!"

미츠나리는 일부러 크게 말하고, 다시 물었다.

"시기는 언제인지 듣지 못했나?"

"아마도 오늘 아니면 내일일 것입니다. 밀담을 끝내고 곧바로 돌아간 사람도 있었습니다."

미츠나리는 속으로부터 터져나오는 웃음을 억누르고 흘끗 날카롭게 오소데를 바라보았다. 오소데는 아무 말도 못 들은 듯 기밀을 보고하는 첩자를 위해 차를 끓이고 있었다.

"저는……"

지에몬은 서둘러 머리를 조아렸다.

"지부 님의 은혜는 결코 잊지 않습니다. 이대로 싸우다 죽을 각오로 달려왔습니다. 무슨 일이든 명령만 내려주십시오."

미츠나리는 그 말에는 대답을 하지 않았다.

"그래, 그렇다면 서둘러야겠어."

당황한 모습으로 손뼉을 쳐 헤이에몬을 불렀다. 그 모습은 비로소 일곱 장수의 계획을 알고 허둥대는 것처럼 보였다.

"차를 드십시오."

오소데가 말하는 순간 미츠나리는 호되게 꾸짖었다.

"귀는 어디 갔어, 멍청한 것! ……쿠와지마, 그대는 즉시 우에스기 님 댁으로 가서 이 일을 알리도록. 그리고 헤이에몬은……"

이렇게 말하고 미츠나리는 갑자기 세차게 무릎을 떨었다.

"그래, 헤이에몬 그대는 우키타 님에게 가서 즉시 구원을 청하고 오게…… 봄이 왔다고 하는데, 어이없게 파벌의 미친 바람이 몰아치다니. 내버려두면 혼란에 빠지게 돼. 두 사람 모두 서둘러 다녀와 결과를 보고하도록 하라."

두 사람이 물러간 뒤 미츠나리는 다시 이전의 조용한 표정으로 돌아와 오소데가 건네는 차를 받았다.

"맛이 훌륭해!"

오소데는 입을 열지 않았다.

"잠시 이 집을 비우게 될 거야. 그동안 혼자 있도록 해."

이 말은 오소데를 위해 남기는, 자신만만한 미츠나리가 흥분을 억제하며 내리는 지시였다.

6

오소데는 여전히 아무 말도 하지 않았다.

이미 그녀는 미츠나리의 마음속을 구석구석까지 읽고 있었다. 시키는 대로 이 저택에 남아 이후의 사태에 몸을 맡길 생각이었다. 어쩌면 미츠나리가 나간 뒤 가신들이 그녀를 감금할지도 모르고 죽여 없앨지도 모른다. 하지만 그래도 좋다고 오소데는 생각하였다.

미츠나리와 이에야스는 이미 양립할 수 없다는 숙명을 깨닫고 일부러 그러한 점을 미츠나리에게 고한 것은 오소데였다. 지금 돌이켜보니, 이에야스와 미츠나리의 숙연宿緣 이상의 무엇인가가 오소데와 미츠나리에게는 있는 것 같았다.

고향을 버린 이후 수많은 남자를 만났다. 그러나 어떤 남자도 이처럼 묘하게 얽힌 깊은 숙연을 느끼게 한 상대는 없었다.

처음에는 미워했다. 그리고 차차 그 고독한 오만에 초조해지기 시작한 오소데였다.

자신은 현명하고 치밀한 계획 아래 움직이는 줄 알지만, 사실은 어수룩하고 허점투성이인 미츠나리를 보는 동안에 야릇한 애정이 초조감과 얽히기 시작했다.

'이것이 세상의 모든 아내들이 갖는 초조감인지도 모른다……'

이런 생각을 하게 되었을 때부터 오소데는 이미 아내의 자리를 초월해 있었다.

오소데 같은 여자에게는 보통여자들이 하는 그런 사랑은 없었다. 상대가 허점투성이인 고집으로 접근해오면 해올수록 모성의 마음이 일깨워져 가련하게 보이고는 했다.

쿠와지마 지에몬과 키타가와 헤이에몬이 나간 후 1각(2시간) 남짓 지났을 때였다. 다시 두 사람의 내객이 당황하는 모습으로 미츠나리를 찾아왔다. 한 사람은 우키타 히데이에의 중신 하나부사 시마노카미花房志摩守였고, 나머지 한 사람은 일부러 후시미에서 달려온 사타케 요시노부佐竹義宣였다.

사타케 요시노부는 데리고 온 군사들을 모리구치守口에 머무르게 한 뒤 불과 대여섯 명의 부하만을 대동하고 와서 말했다.

"어쨌든 이 저택에 있으면 위험합니다. 병이라 둘러대고 속히 다른 데로 피하는 것이 상책입니다."

사타케 요시노부 역시 오소데를 꺼리듯 바라보았다.

우키타 히데이에가 보낸 사자도 똑같은 말을 했고, 미츠나리 자신도 이미 그럴 생각이었다. 따라서 즉시 승낙해도 됐을 텐데 미츠나리는 거듭 거부했다.

"이 집을 나가면 어떻게 한다는 말이오. 속히들 가세하여 무엄한 자들을 응징하는 것 외에는 다른 길이 없소."

미츠나리의 말에 사타케 요시노부는 고개를 내두를 뿐이었다.

"여기서는 방어하지 못합니다. 또 일부러 가세한다고 해도 세상의 이목이 있어 다른 가문에서도 후원하기를 꺼릴 것이니……"

이렇게 상황을 설명하며, 사타케 요시노부는 가장 오사카에 많은 군사를 주둔시키고 있는 우키타 히데이에에게로 일단 난을 피하도록, 그리고 거기서 선후책을 강구하도록 하라고 설득했다.

거의 해가 질 무렵이 되어서야 미츠나리는 여자용 가마를 이용해 집에서 탈출하기로 했다. 남의 눈에는 소실인 오소데의 외출처럼 보이게 하고 탈출하려는 것이었다.

오소데는 무감각한 표정으로 미츠나리를 전송하면서 새삼스럽게 인연의 불가사의함을 느꼈다.

'내가 오지 않았더라면 어떻게 여기를 빠져나갔을까……?'

7

카토 키요마사를 비롯한 일곱 장수가 마지막 담판을 위해 이시다의 저택을 찾아왔다. 그들이 저택에 도착한 것은 미츠나리가 여자용 가마를 타고 우키타 저택으로 떠난 지 얼마 되지 않아서였다.

이미 주위는 어두워져 있었다. 그들은 굳게 잠긴 문을 부서질 듯이 두드리며 문을 열라고 소리질렀다.

누가 나가서 무어라 대응하는지 오소데는 알지 못했다.

도대체 얼마나 많은 사람들이 왔을까……?

지목받은 당사자인 주인이 이미 몸을 피하고 없다는 사실을 알기 때문에 대응하는 가신들은 의외로 침착했다.

"도주시키거나 숨기면 용서하지 않겠다. 후쿠하라, 카카미, 쿠마가이 세 사람을 오늘 안으로 체포하여 우리에게 넘길 것인지 아닌지 그 대답을 들으려고 왔다."

이미 문이 열리고 복도에서 발소리가 들렸다. 그 목소리가 오소데의 귀에 익었다. 하카타 야나기쵸에 있을 때 자주 드나들던 아사노 요시나가의 목소리였다. 더구나 그 목소리는 지금 시끄러운 발소리와 함께 현관에서 거실로 통하는 복도를 건너 점점 다가오고 있었다.

"어서 확인해보시오. 주군은 다이나곤의 병간호에 지쳐 그분이 돌아가시고 나서부터 열까지 높아져 정양을 위해 집을 나가셨소."

목소리의 임자가 요닌 사이카 효부雜賀兵部인 것 같다고 생각했을 때였다. 난폭하게 거실의 미닫이가 열리면서 희미한 불빛 속에 우뚝 버티고 선 것은 요시나가였다.

요시나가의 뒤를 따르는 사람들은 안면이 없었다. 그러나 발견하는 즉시 처치하고야 말겠다는 듯한 그들의 무서운 살기는 유곽에서 싸우던 취객의 모습 못지않게 험악했다.

"너는 코죠로로군."

요시나가가 이렇게 말을 건네온 것과 오소데가 그를 향해 질타하는 것은 동시의 일이었다.

"무례한 말씀은 삼가세요, 사쿄 님. 물론 제가 하카타에 있었다면 코죠로…… 그러나 이곳은 지부노쇼 님의 저택입니다."

"흥, 그 지부와 담판하려고 왔어. 지부를 내놓아."

"주군은 여기 계시지 않습니다."

"그게 사실이냐?"

요시나가는 찢어질 듯한 목소리로 무섭게 말했다.

"호호호……"

그러더니 무슨 생각을 했는지 웃으면서 말했다.

"그래, 너는 거짓말을 하지 않는다고 들었어."

요시나가는 뒤를 돌아보았다.

"하카타의 시마야가 지부에게 헌납한 여자야. 이 여자가 이처럼 침착한 것을 보면 분명히 지부는 여기 없을 거야."

그런 뒤 작은 소리로 몇 마디 수군거리고 나서는 그들 일행은 썰물처럼 물러가고 말았다.

"놓쳤군."

"어디로 도망갔을까?"

"정말 방심할 수 없는 녀석이야."

그런 소리가 띄엄띄엄 들리는 것을 보면, 아직도 그들이 미츠나리를 뒤쫓을 생각이라는 것은 잘 알 수 있었다. 그런데 바로 그 뒤를 이어 사이카 효부의 말소리가 들렸다.

"오소데 님, 주군이 안 계시는 동안 당신을 감금하겠소. 순순히 말을 들으시오."

오소데는 왠지 모르게 안도했다.

'이렇게 될 수밖에 없었다. 그와 나의 인연은……'

효부는 아사노 요시나가와 오소데의 짧은 대화를 통해 그녀가 시마야의 손을 거쳐 들어온 첩자일지도 모른다고 생각한 것이다.

"물론 순순히 말을 듣겠어요. 주군도 조용히 집을 지키고 있으라고 하셨거든요……"

오소데는 이렇게 대답하면서 웃을 생각이었다. 그러나 마음과는 달리 눈물이 나올 것 같았다.

궁조맹조窮鳥猛鳥

1

미츠나리가 사타케 요시노부와 함께 우키타 저택에 도착했을 때였다. 히데이에는 벌써 그 자리에 우에스기 카게카츠를 초대하여 함께 기다리고 있었다. 모두 불안한 표정으로, 반은 미츠나리를 동정하고 반은 귀찮게 여기고 있음을 너무도 잘 느낄 수 있었다.

"모리 님에게도 연락했는데 오시지 않는군요. 이 일은 역시 지난번 코니시 님 말대로 하는 게 좋았을지도 모릅니다."

히데이에는 사람들을 물러가게 했다. 네 사람이 남게 되었을 때 조심스럽게 입을 열었다. 그러나 무어라 말하지 않으면 어색할 것 같아 이야기할 수밖에 없는 일종의 넋두리에 지나지 않았다. 아직 스물여덟 살의 히데이에로서는 당연히 그럴 것이었다.

미츠나리는 일부러 입을 열지 않고 카게카츠에게 시선을 보냈다. 우에스기 카게카츠는 이미 마흔여섯, 모리 테루모토보다는 두 살 아래였으나 좌우간 다섯 타이로 중에서는 테루모토 바로 밑이었다.

카게카츠는 요시노부에게 말하는 듯한 어조로 입을 떼었다.

"일이 이에 이른 이상 그냥은 넘기지 못할 것이오."

"그렇습니다."

요시노부는 몸을 앞으로 내밀었다.

"지금은 지부 님의 안전이 선결 문제인 것 같습니다."

"바로 그렇소. 카토 님도 세상의 소문거리가 되었으니 그대로는 물러서지 않을 것이오."

"그러니 어떻게 하자는 말씀입니까?"

"그것이 문제요. 나이다이진이 신중하게 생각해서 카토 님에게 충고한다면 모르지만…… 다른 사람으로는 수습되지 않을 것 같소."

"나도 동감이오. 일이 더 확대되면 나이다이진도 충고하기 거북할 것입니다. 차라리 오늘 밤 안으로 지부 님과 같이 후시미로 피할까 하는데 어떻겠습니까?"

"하나의 방법이 될 수 있겠지요."

"오사카에 있지 않으면 우선은 타오르던 불길도 가라앉을 것이오. 그런 뒤 우에스기 님, 우키타 님, 모리 님이 함께 나이다이진에게 중재를 부탁하시면……?"

미츠나리는 말을 듣고 있는 동안 웃음과 부아가 함께 치밀었다.

사타케 요시노부가 자신을 걱정해주는 우정은 잘 알 수 있었다. 그러나 그들의 말을 분석해보면 모두 이에야스에게 기대어 그에게 사태의 수습을 탄원하자는 것이 아닌가……

'과연 오소데의 말이 옳았다……'

이에야스에게 굴복할 것인가, 아니면 승패를 떠나 이에야스와 싸울 것인가…… 이미 그 중의 한 길밖에 없었다……

'좀더 결심이 늦어졌더라면 미츠나리는 영원히 세상의 웃음거리가 될 뻔했다.'

"지부 님, 어떻습니까? 오늘 밤 안으로 우리와 같이 후시미로 가시지 않겠습니까?"

미츠나리는 비로소 눈썹을 쳐들고 웃었다.

"여러분의 말씀에도 일리가 있으나 약간 주객이 전도된 것 같소."

"그게 무슨 말씀이오?"

"이번 일은 모두 나이다이진의 방자함에서 비롯되었소. 나이다이진은 카토 등을 뒤에서 선동하여 도요토미 가문의 기둥을 제거하고자 획책하고 있소. 그런 수단에 놀아나 경거망동하는 자들인데 어찌 우리가 중재를 부탁할 수 있다는 말이오."

"그럼, 후시미에는 가시지 않겠습니까?"

요시노부가 반문했다.

미츠나리보다 먼저 카게카츠가 입을 열었다.

"아니, 이치는 그렇다 해도 우선 후시미로 피하십시오. 그렇게 하시는 편이 신상을 위해서도 좋을 것이오."

2

"뜻하지 않은 말씀을 듣게 되는군요."

미츠나리는 분연히 카게카츠에게 대들었다.

"서로 죽이고 빼앗는 전국戰國이라면 몰라도, 타이코의 위업이 이루어진 이 세상에서 법을 어지럽히고 도당을 만들어 횡포를 일삼는 난폭자에게 양보해야만 할 이유가 있다는 말이오?"

"그러기에 이치는 그렇다고 한 것이오. 하지만 그 난폭자를 상대했다가 상처라도 입으면 지부 님의 손해. 따라서 일단 후시미로 피하라고 한 것이오."

"피하라는 그 말씀을 나는 납득할 수 없습니다. 적어도 이 미츠나리는 부교입니다."

상대의 속셈도 마음도 잘 알고 있었으나 미츠나리는 지금 한 발짝도 물러설 수 없었다. 지금 당황하여 이에야스에게 도움을 청하러 간다면 끝까지 씻을 수 없는 경멸의 낙인이 찍힐 수밖에.

"그럼, 무슨 일이 있어도 오사카를 떠나지 않겠다는 말씀이오?"

"떠나지 않겠다고는 하지 않았소. 필요하다면 난폭자들의 칼을 피할 수도 있으나 어디까지나 명분에 따라 행동하지 않으면 훗날의 천하에 모범이 될 수 없다는 말입니다."

"그렇다면 어떻게 하실 생각이오?"

"이 미츠나리의 영지는 오미 지방, 그러므로 오미로 가는 도중에 후시미에 들른다는 것은 어렵지 않은 일……"

이 한마디에 사타케 요시노부도 그만 어이가 없어졌다.

"말씀 중에 죄송합니다마는, 그렇다면 좋습니다. 어쨌든 후시미에는 가셔야 합니다. 그리고 나이다이진의 무코지마 저택에 피신하십시오. 지금까지만 해도 다이나곤의 저택에 계셨기에 그들도 강력하게는 나오지 못했습니다."

"사타케 님, 말씀 조심하시오. 나는 난폭자들이 두려워 다이나곤 집에 몸을 의지했던 것은 아니오. 도요토미 가문을 위해 다이나곤의 병환을 걱정하며 간호했을 뿐인데, 그런 식으로 말씀하다니 정말 거북합니다."

"아, 그만 내가 실언했습니다!"

요시노부는 말썽이 두려워서인 듯 깨끗이 사과했다.

"그러나, 가실 뜻은 있겠지요. 배는 준비되어 있습니다마는……"

"아니, 잠깐."

미츠나리는 다시 한 번 크게 고개를 젓고 카게카츠 쪽을 보았다.

"우에스기 님도 동의하신다면 나도 나이다이진에게 가겠소. 물론 난을 피하거나 구원을 청하려는 것은 아니오. 어디까지나 나이다이진을 난폭자들을 선동한 장본인으로 보고 힐문하러 가겠다는 것이오……이의 없으십니까?"

카게카츠는 쓸쓸한 표정으로 당장에는 대답하려 하지 않았다.

"어떻습니까? 선동자가 나이다이진……임을 확실히 알면서도 그에게로 피신한다면, 이는 세상에서 흔히 말하는 궁조窮鳥(쫓기는 새)요. 이 미츠나리는 그처럼 이치에 어두운 사람은 아니오. 당당하게 힐문하러 가겠소. 세 분 타이로와 다섯 부교의 총의總意에 따라 선동자인 나이다이진에게 일곱 장수의 망동을 금지시키도록 명령하러 간다……이렇게 하면 궁조가 아니라 당당한 맹조猛鳥(맹금)일 것이오. 여기에 동의하십니까, 우에스기 님은?"

카게카츠는 외면을 한 채 대답했다.

"좋습니다. 그러면 어쨌거나 일단은 소요를 피할 수 있으니까요."

과연 미츠나리가 이에야스 앞에서 그런 태도를 취할 수 있을지 의아해하면서 불쑥 말했다.

3

"그럼, 동의하신다는 말씀으로 알고……"

미츠나리는 다시 한 번 사타케 요시노부를 바라보고 이번에는 순순히 일어났다.

"거듭 말씀 드립니다마는, 미츠나리는 난폭자가 두려워 피신하는 것이 아닙니다. 이 점을 분명히……"

재차 히데이에게도 다짐을 두었다. 히데이에는 그러한 그를 감탄한 얼굴로 쳐다보았다.

'과연 지부노쇼!'

젊은 그로서는 미츠나리의 고뇌까지는 깨닫지 못했다.

"그럼, 후시미까지는 제가 안전을 책임지겠습니다. 우에스기 님, 우키타 님, 이만 실례하겠습니다."

요시노부는 안도했다는 듯이 정중히 인사를 하고 일어섰다.

현관으로 나왔을 때 밤하늘은 비를 머금은 구름으로 잔뜩 흐려 있어 별도 보이지 않았다. 거기다 후텁지근한 바람이 불고 있었다.

"남풍이로군. 행운을 말하는 바람이오."

요시노부는 우키타 저택의 해자 쪽으로 걸으면서 한마디 중얼거렸다. 미츠나리는 대답하지 않았다.

'드디어 이에야스의 품안에 뛰어드는구나……'

여러 사람 앞에서는 무서운 투지를 보인 맹조 미츠나리, 그러나 사실은 궁조였다. 거기밖에는 난을 피할 곳이 없다는 것은 스스로 너무 잘 알고 있었다. 그런 만큼 결코 마음은 가볍지 않았다.

"자, 선원들은 모두 우리 가문 사람들, 안심하고 타십시오."

요시노부가 걸음을 멈추고 검게 빛나는 수면에 떠 있는 30석石 가량의 배를 향해 손을 쳐들었다. 배는 곧 기슭으로 다가와 건널판을 육지에 걸쳤다.

"뱃길에 이상은 없겠지?"

"예, 특별한 이상은 없습니다."

"좋아. 귀한 손님이 타실 것이니 각별히 주의해야 한다."

"잘 알겠습니다."

강가에 선 무사와 요시노부는 짧은 대화를 나누고 나서 미츠나리를 재촉했다.

"자, 그러면."

미츠나리는 잠자코 건널판을 건너 배에 올랐다. 그리고는 돛대 밑에

깔려 있는 융단 쪽으로 걸어가 책상다리를 하고 앉았다.

그와 동시에 배는 기슭을 떠나고 노 젓는 소리와 함께 노가 천천히 물살을 가르기 시작했다.

미츠나리는 자기 몸이 그대로 돌로 변한 듯한 긴장감을 느꼈다. 모험이라고는 하지만 이렇게 큰 모험은 변화무쌍한 그의 생애에서조차도 아직 없었다.

미츠나리가 가장 미워해왔던 이에야스. 그 살찐 몸 전체에서 도롱뇽의 것과도 같은 독즙을 끈적끈적 풍기는 이에야스…… 그 이에야스에게 미츠나리는 지금 자신의 운명을 걸고 찾아가고 있었다.

과연 도쿠가와 가신들이 자기와 이에야스를 만나도록 해줄 것인가. 갑자기 누군가가 암살하기 위해 덤벼들지도 모른다. 이에야스를 만나게는 하고 돌아오는 길을 노릴지도 모른다……

"지부 님, 춥지 않으십니까?"

요시노부가 말을 걸었을 때, 미츠나리의 전신은 열병을 앓고 난 사람처럼 식은땀이 흥건히 흐르고 있었다.

"춥지는 않습니다. 바람이 이상하게도 후텁지근하군요."

"지부 님. 나이다이진 말씀입니다마는, 이쪽에서 굳이 화를 부추길 필요는 없다고 생각합니다."

미츠나리는 대답하지 않았다.

4

사타케 요시노부가 이에야스를 싫어하는 것은 그 영지가 이웃해 있기 때문이었다. 그 점에서는 히고의 카토와 코니시의 사이가 나쁜 것과 사정이 비슷했다.

만약 강대해지는 이웃을 그대로 둔다면 자신의 가문이 불리해질 것은 뻔한 일. 그렇다고 너무 노골적으로 반감을 드러내어 도리어 잠든 사자를 깨우는 식의 어리석음은 피하지 않으면 안 된다.

요시노부와 미츠나리의 우정에도 한계가 있게 마련이다. 요시노부는 미츠나리를 통해 이에야스를 적당히 견제하겠다는 것. 미츠나리 또한 요시노부를 자기 쪽에 두어 이에야스를 견제하려 하였다.

양자가 싸우게 되면 그 판단은 저절로 변하게 될 터. 그러나 요시노부는 아직 미츠나리의 결의가 어디에 있는지 전혀 꿰뚫어보지 못하고 있었다.

'이것으로 족하다. 미츠나리를 이에야스에게 데려다주기만 하면.'

이에야스가 그 잘못을 힐문해온다면 이렇게 변명할 터였다.

"뜻하지 않은 말씀을 하시는군요. 지부를 오사카에 있게 하면 소란의 원인이 될 것 같아 일부러 유인해 넘겨드리는 것입니다. 그 다음의 일은 나이다이진 님이 알아서 하실 일……"

어떤 점에서는 도리어 요시노부가 미츠나리를 체포한 공로자가 되기도 할 것이었다.

배가 후시미의 무코지마에 도착한 것은 완전히 날이 밝은 뒤. 곧 케이쵸 4년(1599) 윤3월 4일 아침——

요시노부는 먼저 배에서 내려 미츠나리의 도착을 혼다 사도노카미 마사노부에게 알렸다.

요시노부가 혼다 마사노부에게 무슨 말을 했는지는 미츠나리가 알리 없었다.

'미츠나리가 일곱 장수에게 쫓기고 있으니 숨겨주라고 했을까? 아니면 일곱 장수의 횡포를 이에야스에게 호소하러 왔다고……?'

"미츠나리가 이에야스를 힐문하러 왔다……"

이렇게는 말하지 않았을 것이다.

미츠나리가 왔다는 사실이 알려지자 갑자기 후시미 저택의 공기는 긴장된 움직임을 보였다.

"제 발로 걸어 들어오다니, 지부 녀석도 정신이 나갔어."

"불 속에 뛰어드는 나방이란 바로 지금의 미츠나리를 두고 하는 말인 모양이야."

"그러나저러나 무슨 생각을 하고 뻔뻔스럽게 나타난 것일까?"

이런 이야기가 도처에서 나누어지리라는 것은 미츠나리도 충분히 상상할 수 있었다.

'이미 각오를 하고 왔다!'

사타케 요시노부가 혼다 마사노부와 같이 선착장에 모습을 나타냈다. 그 모습을 보고 미츠나리는 당당하게 배에서 내렸다.

"오, 지부 님, 뜻하지 않은 내방이시군요. 어서 오십시오."

이에야스보다 네 살 위로 예순 살이 지난 혼다 마사노부, 그의 표정에는 놀란 것 같기도 하고 예상하고 있던 것 같기도 한 야릇한 미소가 기분 나쁘게 감돌았다.

"나이다이진에게 은밀히 할말이 있어서 찾아왔소. 이 뜻을 전해주기 바라오."

"알겠습니다. 주군은 지금 내객과 말씀 중이시니 잠시 객실에서 쉬시기 바랍니다."

미츠나리에게 이렇게 말한 마사노부, 사타케 요시노부에게 얼른 작별인사를 했다.

"일부러 수고가 많으셨습니다. 그럼, 이것으로."

그리고는 앞장서서 미츠나리를 안내하면서 말했다.

"이 무코지마의 저택은 과연 타이코 님이 눈여겨보셨던 곳이라 아주 훌륭한 요새입니다."

마사노부는 미츠나리에게 부자연스럽게 웃어 보였다.

5

혼다 사도노카미는 세상사람들로부터 이에야스의 지혜주머니라는 말을 듣고 있었다. 젊은 시절에 전국을 유랑하며 인생의 안팎을 두루 터득한 아케치 미츠히데明智光秀에 못지않은 인물…… 혼다 사도노카미는 사카이의 상인들에게까지도 이런 평가를 받고 있다는 사실을 미츠나리는 잘 알고 있었다.

그런 소문에 미츠나리도 때때로 고개를 갸웃거리고는 했다.

'이에야스의 지혜일까, 아니면 사도가 귀띔해준 지혜일까……?'

그런 만큼 사도가 대응하는 태도를 보면 이에야스가 취할 태도도 대강은 짐작할 수 있을 것이었다.

사도는 미츠나리를 낯익은 타이코 시대 그대로인 객실로 안내했다.

"이번에는 정말 어이없는 재난 때문에……"

그리고는 진지하게 말을 꺼냈다.

"역시 이번 일에 대해서는 카토 님을 비롯한 여러분의 호소를 일단 받아들이시는 편이 좋을 것 같습니다."

미츠나리는 일부러 대답하지 않았다. 벌써 사정을 아는 모양이다…… 과연 누구의 통보에 의한 것일까?

"나이다이진에게 내객이 있다고 들었는데 어떤 사람이오?"

"시마즈 가문 사람입니다. 지부 님은 앞서 이쥬인 타다무네를 처형한 일로 타다츠네忠恒 님을 몹시 꾸짖으셨습니다. 타다츠네 공은 깜짝 놀라 타카오산高雄山에 들어가 대죄待罪하셨지요. 가신이기는 하지만 타이코 전하가 총애하시던 이쥬인 타다무네를 자의로 처형한 잘못을 깨달으셨다는 증거…… 저희 주군은 토쿠젠인(마에다 겐이) 님과 상의한 끝에, 타다츠네 공을 타카오산에서 소환하셨습니다. 그 일로 감사하다는 인사를 드리려고."

미츠나리의 눈썹이 점점 치켜올라갔다.

시마즈 가문은 틀림없는 미츠나리의 편……이라 계산하고 있었다. 그런데 이 일로 이에야스에게 마음이 기울게 될 것 같았다.

"그대로 들어넘기지 못할 말을 하시는군. 이 미츠나리가 잘못이라고 꾸짖은 시마즈 타다츠네를 나이다이진이 멋대로 소환하다니…… 지금 말한들 소용없는 일이니, 나중에 나이다이진에게 따지겠소."

"그렇게 하시겠습니까?"

사도는 딴전을 부리는 표정으로 대답했다.

"그건 그렇고, 지부 님은 일곱 장수가 지부 님의 뒤를 쫓아 오사카에서 떠났다는 사실을 아십니까?"

"뭐, 그 난폭자들이 오사카에서 떠났다고요?"

"그렇습니다. 지부 님이 숨으실 곳은 여기밖에 없다는 것을 곧 깨달은 모양인지……"

사도는 담담하게 말하면서 몸을 앞으로 내밀었다.

"그 일로 조금 전에도 주군과 의견을 나누었습니다마는, 참으로 안타깝게 되었습니다, 지부 님. 그 사람들, 오래지 않아 살기를 띠고 이리 몰려올 것입니다."

순간 미츠나리는 핏기를 잃었다. 언젠가는 부닥쳐야 할 일이라 생각은 하고 있었다. 그러나 미츠나리가 이에야스를 만나기도 전에 들이닥치리라고는 상상도 하지 못했다.

"지부 님, 신분을 떠나 연장자로서 노파심에서 하는 말입니다마는 솟아난 말뚝은 박아넣게 마련…… 이런 뻔한 일에 대한 사려가 좀 부족하신 것 같군요."

"……"

"주군께서 어떻게 하시려는지…… 상대는 일곱이나 되니."

참으로 딱하다는 표정으로 어깨를 떨구는 사도였다.

6

'이 늙은 너구리가!'

미츠나리는 마음속으로는 분노를 참을 수 없으면서도, 무겁게 짓눌러오는 불안 때문에 사도를 꾸짖을 수 없었다. 사도가 미츠나리에 대해 어떤 자세로 임할 것인지는 확실하게 드러나 있었다. 아니, 사도의 말은 그대로 이에야스의 태도를 암시한다고 생각해도 좋을 터.

"세상일이란 무엇 하나 이치대로만 되지는 않습니다…… 일곱 장수는 지부 님이 우리 주군을 좋지 않게 여기시는 것을 너무 잘 알고 있기 때문에, 아마도 내심으로는 잘되었다고 생각할 것입니다."

"과연 그럴까요."

미츠나리는 겨우 이렇게만 대답했다. 사실 사도의 말이 옳았다. 그들은 미츠나리가 방황하던 끝에 호랑이 굴로 뛰어들었다고 회심의 미소를 짓고 있을 것이다.

사정은 미츠나리가 생각했던 것과는 크게 달라졌다. 진작 이에야스를 설득했어야 했다. 이제 자기를 사이에 두고 이에야스와 일곱 장수의 담판이 벌어지려 하고 있었다. 과연 이에야스가 격앙되어 있는 일곱 장수를 설득할 수 있을지…… 그것에 미츠나리의 운명은 걸려 있었다. 일곱 장수의 주장에 밀려 이에야스가 미츠나리를 그들의 손에 넘긴다면, 맹수에게 어린아이를 던져주는 것과도 같은 일.

"지부 님, 어디까지나 개인적인 노파심에서 드리는 말씀입니다. 이제 와서 시마즈 님에 관한 일은 주군에게 말씀 드리지 않는 편이 좋습니다…… 궁조가 품에 들어오면 사냥꾼도 이를 쏘지 않는다는 말이 있소이다. 지금은 주군에게 탄원하여 도움을 청하는 것이 최선의 방법입니다……"

"다……다……닥치시오!"

"아니, 무어라 하셨습니까?"

"사도 님! 궁조라니, 그건 도대체 누구를 두고 하는 말이오?"

"허어, 그 정도는 누구나 다 아는 속담. 그 말이 그렇게도 듣기 싫으십니까?"

"무……무례하오! 이 미츠나리는 나이다이진과 상의하여 일곱 장수의 방자함을 어떻게 벌할 것인가…… 그것을 의논하러 왔소."

"헛수고입니다."

혼다 사도는 여전히 담담한 표정으로 말했다.

"그렇다면 일부러 여기까지 오시지 않더라도, 오사카에서 벌어진 일이므로 지부님의 뜻대로 처리하시면 될 일, 그렇게 하시더라도 우리 주군께서도 별로 이의가 없으시리라 생각합니다만."

미츠나리는 그만 말문이 막혔다. 아니, 그 이전에 이미 화를 내면 패배……라는 사실을 확실히 알면서도 어쩔 도리가 없었다.

"그럼, 일곱 장수가 오시거든 이리 안내하겠습니다. 지부님, 여기서 담판하십시오."

'아뿔싸!'

미츠나리는 앞뒤를 잊었다. 온몸이 확 달아올랐다. 그리고는 그 뒤를 이어 온몸에 냉수를 뒤집어쓴 듯한 뉘우침이 잇따랐다.

"잠깐! 잠깐, 사도 님."

"예. 왜 그러십니까?"

"내가 말을 잘못했소. 이 미츠나리 여기서 일곱 장수를 만날 생각은 전혀 없소이다."

"그러면 미츠나리 님께서는 우리 주군에게 의지하시겠습니까? 아니, 의지하신다 해도 그것으로 무사히 이 위기를 넘길 수 있을지는 이 늙은이도 알 수 없습니다…… 그 정도로 이번 일은 지부 님 자신이 초래한 어처구니없는 일이어서……"

7

순간 미츠나리는 입술을 깨물고 눈을 감았다.

당장 혼다 사도에게 덤벼들어 갈가리 찢어 죽이고 싶었다. 그러나 이미 사도는 지금 칼로도 총포로도 대적할 수 없는 거대한 바위로 변해 있었다.

'이런 애송이가 무슨 헛소리를……'

마음속으로는 이렇게 비웃으며 자신을 상대하고 있을 터.

'덤벼들어 찌를 것인가? 아니면 참을 것인가……?'

그러나 이러한 기분도 미츠나리의 마음속에 뒤끓는 분노의 소용돌이 표면을 가로지르는 감정의 그림자에 지나지 않았다.

여기까지 와서 어찌 사도 따위를 상대한다는 말인가. 만일 분노에 못 이겨 덤벼든다고 해도 상대에게는 그 이상의 대비가 있을 터……

'참지 않으면 안 된다! 참아야 한다!'

그리고 어차피 찔러야 한다면 이에야스야말로 진정한 상대. 그렇게 하면 자신이 무참하게 죽는다 해도 '이시다 미츠나리의 의지' 만은 과시할 수 있다.

'그렇다…… 다른 길이 없다.'

이렇게 결심한 미츠나리는 크게 고개를 끄덕이며 눈을 뜨고 사도에게 머리를 숙였다.

"과연 내가 너무 일을 쉽게 생각한 것 같소. 일곱 장수가 곧바로 뒤쫓아올 줄은 생각지 못했소."

"이해가 되셨습니까?"

"그러니까 우선은 어려움을 피해야 할 때……라는 것이 사도 님의 의견이군요?"

"예. 무사히 피할 수 있을지…… 우선 주군과 상의하셔야 할 때라고 말씀 드리는 것입니다. 아니, 납득되셨다면 거실에 가서 보고 오겠습니다. 지금쯤 손님이 돌아가셨을지 모르니까요……"

사도는 아무런 동요의 빛도 떠올리지 않고 조용히 목례를 한 뒤 밖으로 나갔다.

미츠나리는 사도가 나간 뒤에야 비로소 시마즈 가문의 내객 운운한 그의 말은 거짓말임을 깨달았다. 사도가 먼저 이에야스를 대신하여 미츠나리의 태도를 떠보려고 했을 터. 자칫 잘못하면 꼼짝도 할 수 없는 그물 안의 새처럼 될 것만 같았다.

미츠나리는 얼른 이마의 땀을 닦았다. 이런 표정, 이런 낯빛이라면 이에야스는 한눈에 미츠나리의 마음을 꿰뚫어볼 것이었다.

사도는 좀처럼 돌아오지 않았다. 아마 미츠나리를 어떻게 다룰 것인지에 대해 이에야스와 그 모신謀臣은 교활한 상의를 계속하고 있을 터…… 이런 생각을 하는 순간 다시 눈앞이 캄캄해지는 굴욕감이 전신을 감싸왔다……

'아니야, 이건 아직 하늘이 이 미츠나리를 버리지 않았다는 증거가 아닐까……'

문득 이렇게 생각하게 된 것은 사도의 발소리가 다시 복도에서 들렸을 때였다.

일곱 장수가 곧 뒤쫓아 후시미에 온 지금의 위기는, 안심하고 오사카에 있었다면 이미 목숨을 잃었을 자신의 위험을 뜻했다. 그렇다면 이 미츠나리는 교묘히 그 위험에서 벗어난 사람.

'그렇다. 그런 생각을 하면 이것도 하나의 행운……'

"오래 기다리시게 해서 죄송합니다. 곧 만나시겠다는 주군의 말씀이 있었습니다."

혼다 사도는 조용히 말하고 목을 움츠리면서 빙긋이 웃었다.

"드디어 일곱 장수가 도착했습니다. 조금 전에 이이 님께서 선착장으로 마중을 나가셨습니다. 장수들과의 담판은 상당히 어려움을 겪는 모양이어서……"

그러한 사도의 말투는 진심으로 미츠나리의 신상을 걱정하는 것 같기도 하고 가볍게 협박하는 것 같기도 했다.

8

미츠나리는 혼다 사도를 따라 긴 복도를 걸으면서, 이쪽에서도 이에야스 이상으로 교활해져야 한다고 스스로 다짐했다. 그런데도 자꾸 무릎이 떨려 여간 안타깝지 않았다. 이에야스가 어떻게 나올 것인지 마음이 조마조마했다.

"그것 보시오. 결국 나에게 도움을 청하게 됐군요."

이에야스의 입에서 이런 말이 나왔을 때 과연 미츠나리는 견딜 수 있을 것인가. 혹시 상대는 미츠나리의 화를 북돋아, 이를 구실로 일곱 장수에게 넘기려 할지도 모른다. 그때는 모든 것이 끝장…… 한 번이라도 칼을 휘둘러보고 그 자리에서 죽을 수밖에.

"지부 님을 모시고 왔습니다."

복도가 끝난 곳에서 사도는 삼나무 널빤지로 된 문을 열었다. 갑자기 눈앞이 밝아졌다.

물을 끌어들여 만든 정원 연못에는 이미 때 이른 보랏빛 붓꽃이 만발했다. 그리고 정원에서 들어온 밝은 햇빛이 방안 가득히 넘치고 있었다. 연못의 배치는 눈에 익었으나 거실은 이에야스가 신축한 것인 듯 나무 향기가 아직 강하게 코를 자극했다.

"실례입니다마는 차고 계신 칼을 맡아두겠습니다."

방에 들어가려 했을 때 토리이 신타로가 공손하게 말했다.

'칼 둘을 모두 빼앗겠다는 말인가!'

순간적이기는 했으나 미츠나리의 표정에 동요가 나타났다. 이러한 그의 모습은, 정면에 앉아 있는 이에야스의 눈에도 보였을 터. 이런 생각을 하는 순간 미츠나리는 다시 무섭게 무릎이 떨렸다.

"지부 님, 이쪽으로."

"실례하오."

방에 들어선 미츠나리는 오싹 소름이 끼쳤다. 이리가와 양쪽에 경호하는 킨쥬가 지키고 있었고, 이에야스의 좌우에도 건장한 코쇼가 버티고 있었다. 물샐틈없는 경비였다.

"카즈에노카미를 비롯한 일곱 장수가 도착했소. 지부 님을 내놓으라고 말이오. 여기 경비는 그 사람들을 대비하기 위한 것이오."

"고마우신 말씀이군요."

미츠나리는 속으로 크게 혀를 찼다. 이 얼마나 낯뜨거운 거짓말인가. 모든 것이 미츠나리 자신을 협박하기 위한 수단 아닌가.

"사정은 사도에게 들었소이다. 무척 난처하실 것이오. 일단 이 이에야스의 집에 들어오신 이상 결코 누구에게도 넘기지 않을 것이니 안심하시오."

미츠나리는 자기 귀를 의심했다. 우선 어떤 빈정거림이 그 입에서 나올까 하고 온몸을 경직시키고 있던 미츠나리였다.

"그러면 숨겨주시겠습니까?"

"숨겨드린다는 것은 어폐가 있는 말…… 모두가 타이코 전하가 총애하시던 신하. 그런데 마에다 다이나곤의 별세를 계기로 서로 다투게 되다니 당치도 않은 일이오. 일곱 장수들에게는 이 이에야스가 단단히 일러두겠소."

미츠나리는 한껏 긴장된 마음을 어떻게 해야 할지 알 수 없었다.

'이 얼마나 시원스럽고 조리에 닿는 말인가……'

미츠나리는 방심해서는 안 된다고 곧 마음을 고쳐먹었다. 이런 정도로 끝낼 이에야스가 아니었다. 자신에게 은혜를 베풀어놓고 길을 들이려는 이에야스 나름의 수법일지도 몰랐다……

이때 이이 나오마사가 빠른 걸음으로 들어왔다.

"아뢰옵니다. 일곱 장수가 무슨 일이 있어도 직접 주군을 뵙고 담판 짓겠다고 합니다."

미츠나리는 이 역시 협박이라 생각하면서 저도 모르게 숨을 죽이고 이에야스의 눈치를 살폈다.

9

이에야스는 가볍게 혀를 차고 나오마사에게 말했다.

"처음부터 예상했던 일. 그대는 설마 어린아이가 아닐 테지. 천하의 치안을 맡고 있는 이에야스가 난리의 원인이 될지도 모르는 사사로운 싸움을 그대로 내버려둘 수는 없는 일 아닌가…… 이렇게 말해주지 그랬나?"

"물론 그렇게 설득했습니다. 그러나 워낙 격분하고 있어서……"

"용서할 수 없는 일이야!"

이에야스의 목소리는 꾸중에 가까웠다.

"그것도 다른 사람이라면 또 모른다. 바로 이에야스의 집에 오신 지부 님. 그런데도 법에 의하지 않고 사사로이 건네준다면 어떻게 천하의 질서를 바로잡겠는가. 오늘은 그대로 돌아가라고 이르게."

미츠나리는 저도 모르게 싱긋 웃었다.

이에야스의 일갈에 이이 나오마사는 쓸쓸한 얼굴을 하고 다시 일어나 나갔다.

'처음부터 내게 보여주기 위해 꾸민 연극이 아닐까……?'

문득 이런 생각을 하고 있을 때 이에야스가 미츠나리에게 말했다.

"안심하시오. 만약 또 말썽을 부린다면 이 이에야스가 가서 돌려보내겠소. 그런데……"

이에야스는 가만히 사방침을 끌어당겨 편한 자세를 취하고는 말을 이었다.

"일곱 장수의 횡포를 여기서는 절대로 허용하지 않겠으나 그 다음이 문제요. 물론 지부 님도 생각하시는 바가 있겠지요?"

"생각……?"

"그렇소. 지금까지 쌓인 감정은 좀처럼 쉽게 풀리지 않을 것이오. 일단은 이 이에야스가 수습해보겠지만…… 그 후에 어떻게 할 것인지 지부 님의 복안을 알고 싶소."

미츠나리는 당황했다. 보기 좋게 허점을 찔리고 말았다. 사실 이렇게까지 사건이 확대되었는데, 이 자리에서 횡포를 저지하는 것만으로는 끝날 리 없었다.

"가령……"

다시 이에야스가 말했다.

"비록 일곱 장수에게 잘못이 있다 해도, 타이코 님이 키우신 가신들의 영지를 몰수하거나 할복케 할 수는 없는 일 아니겠소. 아니, 그렇게 한다면 정말 큰 난리가 일어날 것이오. 따라서 앞으로 어떤 결정을 내리느냐 하는 것이 문제요."

미츠나리는 흘끗 옆에 앉아 있는 혼다 사도를 돌아보았다. 사도는 가늘게 눈을 뜨고 이에야스와 미츠나리를 번갈아 바라보았다.

"바로 그 일입니다. 나이다이진 님을 위시하여 모리 님, 우키타 님, 우에스기 님이 엄하게 주의를 주신다면…… 일곱 장수들도 생각을 바꾸지 않을까 하고……"

"으음. 하지만 그런 시달만으로 지부 님이 오사카에서 안심하고 일을 보실 수 있겠소?"

"글쎄요, 그것은……"

"상대를 너무 격분시켰어요…… 인간이란 때때로 분노에 모든 것을 거는 성가시기 짝이 없는 동물. 지난 일을 되풀이하는 것 같지만 지부 님도 주의가 부족했어요."

미츠나리의 눈썹이 다시 치켜올라갔다.

조리에 맞는 처음의 부드러운 말은 이런 데 복병을 둔 짓궂은 함정이었던가…… 이런 생각과 함께 분한 마음이 부글부글 끓어올랐다.

"그러면, 나이다이진 님에게는 다른 복안이 있습니까?"

미츠나리는 대들 듯한 눈으로 이에야스에게 반문했다.

10

이에야스는 잠시 미츠나리의 눈을 응시한 채 잠자코 있었다.

그 눈이 미츠나리에게는 참을 수 없을 정도로 싫었다.

'사냥감을 노리는 매의 눈!'

미츠나리는 생각했다.

아무 복안도 없이 우리 집에 도망쳐 들어오다니 얼마나 생각이 모자라는 사나이인가 하고 멸시하는 눈으로도 보였다. 아니, 지금부터 이에야스가 제시하려는 가혹한 조건과 이에 대한 미츠나리의 반응을 남몰래 즐기고 있는 눈인지도 몰랐다.

"지부 님에게 복안이 없다면 나의 복안을 말할 수밖에 없군요."

"그것이 알고 싶습니다. 어떻게 하시겠습니까?"

"지부 님, 지부 님이 일곱 장수의 원한을 피하고 쌍방이 모두 상처를 입지 않고 수습할 수 있는 길은, 지부 님이 이대로 사와야마 성佐和山城으로 철수하는 것뿐이라 생각하는데 어떻습니까?"

"아니, 그냥 영지로 돌아가라는 말입니까?"

이에야스는 계속 미츠나리를 응시한 채 고개를 끄덕였다.

"일곱 장수의 원한은, 말하자면 타이코 전하의 총애가 지부 님 혼자에게만 치우친 데서 오는 질투가 원인이 되었소."

"그것은 내 책임이 아닙니다."

"그렇소. 절대로 지부 님 혼자만의 책임은 아니오. 인간의 생활에는 출세와 질투가 따르게 마련. 그것이 총애를 기화로 일곱 사람을 혹독하게 대했다…… 타이코의 뜻을 어기고 멋대로 행동했다…… 그러한 오해가 이번 사건의 원인이 되고, 이를 해결할 수 있는 유일한 분인 타이코 전하는 이 세상에 안 계시다……고 하면, 일단 지부 님은 부교의 자리에서 물러나 잠시 사와야마에 머물면서 오해가 풀릴 때를 기다리는 것이 상책이라 생각하는데 어떻소?"

미츠나리는 드디어 올 것이 왔구나 하는 충격밖에는 아무것도 생각할 수 없었고, 생각하려고도 하지 않았다. 물론 전혀 예상하지 않았던 것은 아니다. 그러나 이런 식으로 은퇴를 강요하는 이에야스.

'역시 용서할 수 없는 악당이야!'

이러한 이에야스의 성격을 확실히 알았고, 그래서 믿지도 않고, 경계심도 풀지 않았던 자신의 예감이 옳았다고 새삼 확인했다.

"그렇다면, 미츠나리는 이미 부교로서는 무용지물이란 말입니까?"

"그렇지는 않소. 이대로라면 후시미에 있든 오사카에 있든 지부 님의 신변에서는 위험이 사라지지 않을 것이오. 따라서 직무를 수행하기란 어려울 터, 일단 물러나 때를 기다리는 것이 좋겠다는 말이오."

미츠나리는 맡겨놓은 칼을 슬쩍 바라보았다. 만일에 칼이 곁에 있다면 주저 없이 뽑아 끝내고 싶었다.

'교묘하게 일을 꾸몄구나, 이에야스 녀석이……'

마에다 토시이에는 이미 죽었다. 그리고 미츠나리를 쫓아내면 나머지는 이에야스의 뜻대로다…… 그 교묘하게 꾸며낸 함정 속에 타이코가 키운 멍청이들이 결국 자신을 빠뜨렸다…… 이렇게 생각하는 순간 미츠나리에게는 이에야스의 굵고 짧은 목 위에 올라앉은 얼굴이 그대로 마신상魔神像으로 보였다. 맨손으로도 좋았다, 달려들어 쥐어뜯고 가래침을 뱉어주고 싶은 충동에 사로잡혔다.

"달리 좋은 생각이 있다면 그것도 좋소. 망설이지 말고 마음먹은 대로 말해보시오."

'제기랄! 우쭐대는구나. 이미 나에게는 그 길밖에 없다는 것을 알고 깔보는구나……'

11

미츠나리의 모습은 누가 보아도 살기를 느낄 수 있을 만큼 분노를 참는 형상이었다. 물론 이에야스도 그러한 미츠나리의 기분을 깨닫지 못했을 리 없었다. 그런데도 별로 상대를 달래려 하지 않았다.

"지부 님, 전진만 알고 후퇴를 모르면 패배하는 것은 전쟁터에서만 적용되는 일이 아니오. 인간에게는 인내가 제일인 때가 많소. 지부 님은 지금 중요한 시련 앞에 서 있소이다. 마음을 진정시키고 잘 생각해보시오. 이 이에야스도 지금 지부 님과 같은 입장에 처했던 적이 여러 번 있었기 때문에 이렇게 말할 수 있소."

미츠나리는 와들와들 온몸을 떨었다. 만일 자신의 '각오'가 무엇이었는지 상기하지 않았다면 이에야스에게 덤벼들었을지도 몰랐다.

'그렇다. 이미 승부는 초월하지 않았는가……'

이 생각이 사납게 역류하는 피를 겨우 억제시키고 있었다

"이제는 더 이상 말하지 않으리다."

이에야스는 여전히 미츠나리를 똑바로 바라본 채 말했다.

"다만 지부 님이 사와야마로 돌아가신다면 이 이에야스는 맹세코 그들이 도중에 손을 대지 못하게 하겠소. 상당한 병력을 동원하여 무사히 영지까지 배웅할 것이오. 잠시 휴식하면서 어떻게 할 것인지 결정하기 바라오. 자, 그러면…… 사도, 별실로 모시게."

"알겠습니다. 그럼, 지부 님."

재촉을 받고 미츠나리는 비로소 고개를 푹 떨구었다.

"호의에 깊이 감사 드립니다. 그렇다면, 말씀대로 잠시 휴식을……"

미츠나리가 할 수 있는 예의적인 말의 전부였다.

'두고 보아라! 이대로 미츠나리가 굴복할 사나이인가……'

미츠나리가 고개를 떨군 순간 눈물이 뚝뚝 떨어졌다. 그는 이 눈물을 굳이 감추려 하지 않았다.

혼다 사도가 미츠나리를 재촉해 일어나 나갔다.

이에야스는 비로소 길게 한숨을 쉬었다.

모든 것이 공허하다는 느낌이 들면서 몹시 안타까웠다. 그러나 지금 더 이상 미츠나리를 힐책할 생각은 없었다……

얼마 후 혼다 사도가 거실로 돌아왔다.

"토호안東方庵에 안내했습니다."

토호안이란 이에야스가 소큐宗及에게 명해 짓게 한 다실이었다.

"경호는 철저히 하도록 했겠지?"

"예. 그렇게 하지 않으면 가신들이 해칠지도 모르니까요."

"좋아. 미츠나리는 결국 사와야마로 돌아갈 생각을 하게 될 것일세. 다른 사람은 믿을 수 없으니, 히데야스와 호리오 요시하루에게 수행하도록 준비를 시키게."

사도는 고개를 끄덕이고 싱긋 웃으면서 반문했다.

"어떻습니까, 주군의 성의를 이해할 상대로 보셨습니까?"

"멍청한 사람!"

이에야스는 쌓였던 불쾌감을 토해내듯 꾸짖었다.

"그것과 이 일은 별개일세. 이에야스 정도나 되는 자가 의지하려고 찾아온 사람을 죽도록 내버려둘 것 같은가? 그런 마음가짐으로 천하의 신뢰를 얻을 수 있다고 생각하나? 멍청이 같으니라구!"

이때 일곱 장수를 설득하는 역할을 맡았던 이이 나오마사가 다시 곤혹스러운 표정으로 돌아왔다.

—3부, 21권에서 계속

《 2부 주요 등장 인물 》

가라시아ガラシア 부인 | 1563~1600 |

아케치 미츠히데의 차녀로 이름은 타마, 가라시아는 세례명이다. 텐쇼 6년(1578)에 호소카와 타다오키와 결혼하고, 혼노 사의 변이 일어나자 아케치 미츠히데의 딸이라는 이유로 탄바 미토노에 유폐된다.

가모 우지사토蒲生氏郷 | 1556~1595 |

혼노 사의 변 이후 히데요시의 수하가 되어 이세 공략에서 공을 세운다. 히데요시와 적대 관계에 있는 오다 노부오와 전투를 벌이고, 텐쇼 13년 (1585)에는 오사카에서 천주교 세례를 받는다. 세례명은 레온. 텐쇼 15년의 큐슈 정벌에 대한 공으로 하시바 성姓을 받으며, 마츠사카 성을 지어 본거지로 삼는다. 오다와라 정벌 후 아이즈 40만 석의 영주가 되어 쿠로카와 성으로 들어간다. 분로쿠 4년(1595) 쿄토 후시미에서 죽는다.

고요제이後陽成 천황 | 1571~1617 |

텐쇼 14년(1586) 11월에 즉위하여 36년 간 재위한다. 도요토미 히데요시, 도쿠가와 이에야스, 도쿠가와 히데타다 등의 원조를 받아 황실의 존엄 회복에 힘쓴다. 학문을 좋아하여 『이세 이야기』, 『겐지 이야기』 등을 스스로 강의하기도 한다.

나베시마 나오시게鍋島直茂 | 1538~1618 |

류조지 가의 중신으로 류조지 마사이에의 후견인 역할을 하며 마사이에에게 필사적으로 간언하여 시마즈 가와의 관계를 끊고, 류조지 가를 정식으로 도요토미 히데요시의 수하가 되게 한다. 히데요시는 나오시게의 충성심에 감동하여, 큐슈 제압 후 독립 다이묘로 등용한다.

니와 나가히데丹羽長秀 | 1535~1585 |

니와 나가마사의 아들로, 노부나가의 중신 가운데 한 사람이다. 노부나가 사후에는 키요스 회의, 시즈가타케 전투 등에 참가하여 히데요시를 후원하지만, 병으로 괴로워하다가 자살한다.

다테 마사무네伊達政宗 | 1567~1636 |

다테 테루무네의 아들로 텐쇼 18년 오다와라 전투에서 히데요시의 수하로 들어간다. 히데요시 사후에는 도쿠가와 가에 접근하여, 장녀인 고로하치를 이에야스의 아들 타다테루에게 시집보낸다. 소년 시절 오른쪽 눈을 잃어서 "애꾸눈 용장"이라 불린다.

도요토미 히데요리豊臣秀賴 | 1593~1615 |

도요토미 히데요시의 차남으로 어머니는 히데요시의 첩인 요도 부인이다. 히데요시의 양자인 히데츠구의 자살에 의해 정식으로 도요토미 가의 상속자가 된다.

도요토미 히데요시豊臣秀吉 | 1537~1598 |

하시바 치쿠젠노카미 히데요시라고도 불린다. 오다 노부나가를 배신하고 혼노 사의 변을 일으킨 아케치 미츠히데를 야마자키 전투에서 격파하고, 키요스 회의를 통해 오다 가의 적손인 산보시를 내세워 실질적인 권력을 장악한다. 이듬해 텐쇼 11년(1583) 시즈가타케 전투에서 시바타 카츠이에를 격파하고 오사카 성을 축조한다. 텐쇼 12년 코마키 · 나가쿠테에서는 도쿠가와 이에야스, 오다 노부오와 전투를 벌이고, 텐쇼 13년에 칸파쿠에 취임한다. 쵸소카베 모토치카를 격파하고 시코쿠를 평정한 것도 텐쇼 13년의 일이다. 텐쇼 14년에 이에야스와 화의를 맺고 다죠다이진에 취임하여 성을 도요토미라 고친다. 텐쇼 15년에는 시마즈 요시히사를 복종시키고 큐슈를 평정하며, 텐쇼 18년에 후 호조 가를 멸망시키고 동북 지방의 다이묘들을 복종시켜 전국 통일을 달성한다. 분로쿠 원년(1592)에 조선에 출병하고(임진왜란), 케이쵸 2년(1597)에 명과의 교섭 결렬에 의해 재차 조선에 파병한다(정유재란). 케이쵸 3년 후시미 성에서 병사한다.

도요토미 히데츠구豊臣秀次 | 1568~1595 |

미요시 요시후사의 아들로 태어나 히데요시의 양자가 된다. 텐쇼 12년(1584) 코마키 · 나가쿠테 전투에서 대장으로 군사들을 이끌고 미카와로 진격하지만, 도쿠가와 군에 대패하고 히데요시의 질책을 받는다. 텐쇼 18년에는 오다와라 정벌의 선봉으로 이즈 야마나카 성을 공격한다. 그 공으로 키요스의 성주가 된다. 이듬해 히데요시의 명을 받고 도쿠가와 이에야스와 함께 오슈의 반란을 진압하고 정식으로 히데요시의 후계자로 결정된다. 분로쿠 2년(1593) 히데요시의 아들(히데요리)이 태어나자 후계를 둘러싸고 히데요시와의 관계가 서서히 악화된다. 분로쿠 4년(1595) 히데요시에 대한 모반 혐의를 받아 코야산으로 추방되어 그곳에서 할복한다. 그의 사후 처첩과 아이들 30여 명이 쿄토에서 처형된다.

도쿠가와 이에야스德川家康 | 1542~1616 |

혼노 사에서 오다 노부나가 부자의 사망 소식을 듣고, 서둘러 미카와로 돌아온다. 이후 아케치 미츠히데를 토벌하기 위한 전투인 야마자키 전투에서는 전투에 직접 참가하지 않고, 아케치 토벌의 주도권을 히데요시에게 넘긴 채 일본 동부 지방의 세력 확대에 힘쓴다. 시즈가타케 전투 이후 오다 노부나가의 차남인 노부오와 동맹 관계를 맺고 코마키 · 나가쿠테 전투에서 히데요시 군과 대립한다. 코마키 · 나가쿠테 전투에서 승리를 거두지만, 전략상 후퇴한다. 이어서 히데요시에게 아들인 오기마루를 양자라는 명목으로 인질로 보내고, 히데요시의 마흔세 살 된 여동생 아사히히메를 아내로 맞이하는 등 굴욕을 당한다. 텐쇼 15년(1587)에는 히데요시의 천거로 종2품 곤노다이나곤이 된다. 히데요시의 계략에 의해 칸토 지방으로 옮긴 이에야스는 황폐한 에도를 보고 실망의 빛을 감추지 못하지만, 곧 신도시 건설 계획을 세우고 박차를 가한다. 나이다이진의 자리에 올라 히데요시로부터 도요토미 가문을 부탁받은 이에야스는 히데요시가 죽자 일본의 혼란을 막기 위해 이를 비밀에 부치고, 조선으로부터의 철병과 히데요시 사후 처리를 조용히 매듭지어간다.

도쿠가와 히데타다德川秀忠 | 1579~1632 |

아명은 나가마츠, 도쿠가와 이에야스의 셋째아들이다. 셋째아들이지만 도쿠가와 가문의 상속자로 정해져서, 어려서부터 지도자로 키워지게 된다.

마에다 겐이前田玄以 | 1539~1602 |

처음에는 히에이잔의 승려였으나 나중에 오다 노부나가를 모신다. 혼노 사의 변 때는 노부타다의 아들 히데노부를 호위하며 키요스 성으로 도망치고, 그 후 히데요시에게 소속되어 쿄토의 다섯 부교 중 한 사람이 되며 탄바 카메야마 성의 성주가 된다.

마에다 토시이에前田利家 | 1538~1599 |

통칭 마타자에몬 등으로 불리며 소년 시절부터 노부나가의 수하로 각종 전투에서 활약하였다. 노부나가 사망 후 시즈가타케 전투에서는 시바타 군에 소속되어 히데요시와 대립하지만, 시바타 군이 패하는 것을 보고 히데요시와 제휴하고, 자신의 딸을 히데요시의 양녀와 첩으로 들여보내는 등 밀접한 관계를 맺는다. 시바타 카츠이에를 키타노쇼 성에서 공격하여 멸망시키기도 하며, 히데요시 만년에는 다섯 타이로大老의 한 사람으로 중용된다. 히데요시 사후에는 히데요리의 사부로서 도요토미 가문의 존속을 위해 애쓰지만, 병사한다.

모리 테루모토毛利輝元 | 1553~1625 |

빗츄 타카마츠 성의 공방 이후 히데요시에 소속되어 히데요시 수하의 다이묘 중 최대의 영지를 소유한다. 큐슈 정벌에 참전하고, 오다와라 정벌에서는 쿄토를 맡는다. 또 임진왜란 때도 대군을 이끌고 참전하지만 고전한다. 히데요시 사후에는 유언에 의해 히데요리를 보좌한다.

사나다 마사유키眞田昌幸 | 1545~1609 |

시나노 우에다 성주로 처음에는 타케다 신겐의 신하였다. 타케다 가 멸망 후에는 자립한 무장으로서 에치고의 우에스기, 오다와라의 호죠, 도쿠가와 이에야스 등과 동맹 관계를 맺지만, 텐쇼 13년(1585)에 이에야스가 호죠와 강화하기 위한 조건으로 사나다의 영지인 누타를 양도하자, 마사유키는 이에 불복하고 이에야스와 단교한다. 그 후 도요토미 히데요시와 뜻을 같이하고, 그 명에 따라 한때 누타를 호죠에게 양도하지만, 오다와라 전투 후에 다시 회복한다.

사나다 유키무라眞田幸村 | 1567~1615 |

마사유키의 차남으로 처음에는 우에스기 카게카츠를 섬기다 텐쇼 15년 도요토미 히데요시의 근신이 된다.

사카이 타다요酒井忠世 | 1572~1636 |

사카이 시게타다의 장남으로 미카와에서 태어난다. 우타노스케라고도 불린다. 처음에는 이에야스를 섬기다가 나중에 히데타다의 가신이 된다.

사카이 타다츠구酒井忠次 | 1527~1596 |

이에야스가 슨푸에 인질로 가 있는 동안 함께 생활한 이에야스 가신단의 필두. 혼노 사의 변이 일어났을 때 아케치 미츠히데와 싸울 것을 주장하는 이에야스를 진정시키고, 이가를 넘어가게 해 위기에서 탈출시킨다. 이에야스의 천하 장악을 위해 결정적인 역할을 하지만, 이에야스의 천하통일을 보지 못하고 70세의 나이로 쿄토에서 세상을 떠난다.

사카키바라 야스마사榊原康政 | 1548~1606 |

열세 살부터 이에야스를 섬긴다. 텐쇼 12년(1584)의 코마키·나가쿠테 전투에서는 히데요시를 군주의 은혜도 모르는 대역무도한 악인이라는 탄핵의 격문을 띄워 부하들의 사기를 높였다는 일화는 유명하다. 그리고 "이 야스마사의 목을 베는 자에게는 큰 상을 내리리라"라고 호언장담하여 히데요시를 격노케 한다. 냉정하고 기민하며, 또 부하에 대한 마음 씀씀이가 좋아 이에야스의 신임을 받는다.

삿사 나리마사佐佐成政 | ?~1588 |

노부나가의 수하로 각지를 돌아다니며 전투를 하였다. 혼노 사의 변 후 오다 노부오, 도쿠가와 이에야스와 결속하여 히데요시에게 대항한다. 그러나 텐쇼 13년(1585)에 히데요시의 공격을 받고 이에 항복한다. 텐쇼 15년에는 큐슈 정벌이 끝나자 히고 지방을 받지만, 영내 백성들이 반란을 일으켜 그 책임으로 사형에 처해진다.

센노 리큐千利休 | 1522~1591 |

센고쿠 시대의 다인茶人으로 텐쇼 13년 히데요시가 주최한 다이토쿠 사의 다회를 관장하여 천하 제일의 다인으로 칭송받는다. 히데요시의 신임을 받아 정치에도 관여하고, 오사카 다회에서는 제1석을 맡는다. 텐쇼 18년(1590) 히데요시의 오다와라 정벌에 수행하여 하코네에서 다회를 연다. 다이토쿠 사에 자신의 상像을 안치했다는 이유로 히데요시로부터 질책을 받고, 나중에 쿄토의 자택에서 할복한다.

시마즈 요시히로島津義弘 | 1535~1619 |

통칭 마타시로. 텐쇼 14년에 분고로 침공하여 오토모 가를 괴멸 상태에 빠지게 하고, 치쿠젠과 부젠을 제외한 큐슈 전역을 제압한다. 하지만, 이듬해 도요토미 히데요시의 큐슈 정벌 때 항복하여 오스미 한 지방만을 소유하게 된다.

시바타 카츠이에柴田勝家 | 1522~1583 |

오다 가의 가신으로 혼노 사의 변 후, 키요스 회의에서 노부나가의 셋째 아들인 노부타카를 천거하지만, 히데요시가 천거한 산보시로 후계가 결정되자 히데요시와의 불화가 표면화된다. 시즈가타케 전투에서 히데요시와 전쟁을 벌이지만, 키타노쇼 성을 히데요시 군이 포위하자 부인인 오이치와 함께 자살한다.

아사히히메朝日姬 | 1543~1590 |

도요토미 히데요시의 의붓여동생. 이에야스의 정실이 되기까지의 자세한 경력은 불명. 가난한 농민이었던 첫 남편과 사별하고, 히데요시의 가신인 사지 휴가노카미佐治日向守와 재혼한다. 부부 사이는 좋았지만 이에야스와의 정략 결혼을 위해 강제로 이혼해야 했다. 결혼하고 3년 후인 텐쇼 17년 여름에 오만도코로의 병문안을 위해 쿄토로 가서 그대로 병석에 누워버린다. 이에야스가 있는 하마마츠에는 돌아가지 않고, 이듬해 우울증에 걸려 마흔여덟 살에 사망한다. 히데요시의 여동생이라는 이유만으로 불행한 만년을 보내게 된 것이다.

아케치 미츠히데明智光秀 | 1528~1582 |

관직명 휴가노카미. 혼노 사에서 주군 노부나가를 공격하여 노부나가를 자살시키고, 천하제패의 꿈을 갖는다. 그렇지만 야마자키 전투에서 히데요시의 공격을 받아 패하여 도망치던 중 토민들에게 살해되는 비참한 최후를 맞는다.

야마노우치 카즈토요山內一豊 | 1546~1605 |

노부나가의 수하였지만, 스물다섯 살 때 노부나가의 명으로 히데요시의 신하가 되고, 가신단 중에서는 고참에 들어간다. 카즈토요는 많은 무공을 쌓았는데, 특히 시즈가타케 전투와 코마키·나가쿠테 전투의 공적에 의해 타카하마의 성주가 된다. 오다와라 전투 후에는 토토우미 카케가와 6만 8천 석의 성주로 출세한다. 카즈토요의 처가 황금 열 량을 내어 남편에게 명마를 사줘서 출세의 기반을 만들었다는 내조의 미담으로도 유명하다.

오다 노부오織田信雄 | 1558~1630 |

오다 노부나가의 둘째아들이다. 혼노 사의 변 후 천하 쟁탈전에 뒤늦게 참가하여 도요토미 히데요시와 적대 관계가 된다. 나중에 히데요시의 오토기슈가 되고, 히데요시 사후에는 히데요시의 아들인 히데요리의 후견인이 되지만, 도쿠가와와 내통한다.

오다 우라쿠사이織田有樂齋 | 1547~1621 |

오다 노부나가의 동생으로 이름은 나가마스. 혼노 사의 변 때 니죠 성에 있었는데, 오다 노부타다 자살 후에 탈출하여 기후로 도망간다. 한때 노부오를 지지하지만 결국 히데요시의 수하가 된다.

오만お万 | 1547~1619 |

츠키야마에게 고용된 시녀로, 이에야스의 첩이 되어 오고小뿔 부인이라 불린다. 아들인 유키 히데야스가 성장하여 히데요시의 양자가 되자, 함께 오사카로 간다. 신분이 낮고, 소행이 좋지 않아서 출산 후에는 이에야스가 멀리했다는 설도 있다. 히데야스는 젊어서 병사하고, 비탄에 빠진 오만은 출가하여 쵸쇼인長勝院이라 불린다.

오만도코로大政所 │ 1513~1592 │

이름은 나카. 텐즈이인으로도 불린다. 도요토미 히데요시의 어머니이다. 텐쇼 13년(1585) 히데요시의 칸파쿠 취임 후 오만도코로라 불린다.

오이치お市 │ 1548~1583 │

오다 노부나가의 여동생. 노부나가의 명으로 아사이 나가마사와 결혼하지만, 남편인 나가마사가 노부나가를 배신하고, 텐쇼 원년(1573)에 아사이 나가마사가 노부나가에게 죽자 세 딸과 함께 키요스 성으로 옮겨와 산다. 텐쇼 10년(1582)에 오다 가의 중신인 시바타 카츠이에와 재혼하지만, 이듬해 카츠이에가 본거지인 키타노쇼에서 히데요시의 공격을 받자 남편과 함께 자살한다.

오쿠보 타다타카大久保忠教 │ 1560~1639 │

통칭 히코자에몬. 타다타카도 열여섯 살부터 이에야스를 섬겼다. 형 타다요를 따라 출전하여 종종 공명을 세우지만, 좀처럼 상을 받지 못한다. 한때 2천 석을 받지만, 다시 1천 석으로 떨어졌다가 일흔네 살이 되어서야 2천 석의 다이묘가 된다. 명문 출신으로는 대우 면에서 불우했다. 고참 가신으로서 쇼군에게 종종 직언을 했기 때문에 "천하의 존의尊意 파수꾼"이라고도 불렸다.

오타니 요시츠구大谷吉繼 │ ?~1600 │

초기의 행적은 명확하지 않다. 텐쇼 11년(1583)의 시즈가타케 전투에서 무공을 세운다. 큐슈 원정에서는 군량을 맡아 출전하고, 임진왜란에서는 명군과의 교섭을 담당한다.

요도淀 부인 │ 1567~1615 │

아명은 챠챠茶茶. 아사이 나가마사의 장녀로, 어머니는 오다 노부나가의 여동생인 오이치. 스물세 살에 히데요시의 측실이 되고, 아들인 츠루마츠鶴松를 낳아 요도 성을 받는 등 히데요시의 총애를 한 몸에 받는다. 츠루마츠는 어려서 사망하지만, 그 2년 후에 아들 오히로이お拾(훗날의 히데요리)를 낳는다.

우에스기 카게카츠上杉景勝 | 1555~1623 |

우에스기 켄신의 아들이다. 텐쇼 14년(1586) 오사카 성에서 도요토미 히데요시에게 신하의 예를 올리고, 그 후 에치고를 통일한다. 히데요시 사후에는 다섯 타이로의 한 사람이 된다.

우키타 히데이에宇喜多秀家 | 1572~1655 |

오카야마 성주인 아버지 나오이에는 히데요시의 츄고쿠 평정에 참가하였고, 나오이에의 급사에 의해 열한 살에 상속을 받는다. 노부나가로부터 상속의 허가를 받는 데 있어서는 히데요시의 도움이 컸고, 그 후 얼마 동안 히데요시의 양자가 된다. 시코쿠 평정, 큐슈 평정에서 활약하고, 이 무렵 마에다 토시이에의 딸로 역시 히데요시의 양녀가 된 고히메와 결혼한다. 조선 출병에서도 큰 무공을 세워, 곤노츄나곤의 자리에 오르며 나중에 다섯 타이로의 한 사람이 된다.

유키 히데야스結城秀康 | 1574~1607 |

아명은 오기마루. 이에야스의 차남이다. 코마키 전투 후 인질로 히데요시의 양자가 된다. 그 후 유키 하루토모의 양자가 되어 유키 가를 상속받는다.

이마이 소큐今井宗久 | 1520~1593 |

센고쿠, 아즈치 모모야마 시대의 다인茶人이며 호상豪商이다. 노부나가의 보호로 사카이에서의 지위를 확보하고, 요도가와의 자유 통항에 대한 특권도 받는다. 츠다 소큐, 센노 리큐와 함께 다도의 3대 명인이다.

이시다 미츠나리石田三成 | 1560~1600 |

관직명은 지부쇼유治部少輔. 히데요시가 오미의 영내를 순시하고 있을 때, 목이 말라 절에 들러, 차를 부탁했다. 그러자 처음에는 미지근하고, 두 잔 째는 조금 뜨겁고, 세 잔 째는 뜨겁고 진한 차가 나왔다. 그 마음 씀씀이에 감탄한 히데요시는 차를 내온 소승을 가신으로 삼았다. 그것이 히데요시와 미츠나리의 만남이었다고 한다. 그 후 히데요시와 함께 츄고쿠 각지를 돌아다니며 전투에 참가한다. 임진왜란 때도 부교로 참가하여 벽제관碧蹄館 전투에서 활약하며, 명과의 화의 교섭을 추진하지만 실패로 돌아간다. 미츠나리는 원래 학문 수행을 위해 절의 소승이 되었던 사람이어서 무력보다는 지략이 뛰어난 인물이다. 히데요시는 그것을 간파하고, 사카이 부교 등 부교직에 임명하여, 미츠나리는 도요토미 정권에서 다섯 부교의 한 사람으로서 강력한 실권을 행사한다.

이시카와 카즈마사石川數正 | ?~1593 |

관직명은 호키노카미伯耆守. 슨푸에 인질로 잡혀 있던 츠키야마, 타케치요, 카메히메를 우지자네와 담판을 벌여서 오카자키로 귀환시키는 공적을 세웠다. 혼노 사의 변 후 히데요시가 천하의 주도권을 잡게 되자 도쿠가와 가 대부분의 중신들은 히데요시에 항전하자는 의견이었으나 유독 카즈마사 만이 히데요시와 화친해야 한다고 주장한다. 결국 다른 중신들에게 히데요시와 내통하는 것이 아니냐는 의심을 받게 되어, 그는 가족들을 데리고 히데요시에게 투항한다. 카즈마사가 히데요시에게 간 것은 도쿠가와 가의 결속을 더욱 굳건하게 만들기 위한 것이었을 수도 있다. 이로써 도쿠가와 가가 내분에 빠지지 않게 된 것이 카즈마사가 노렸던 바라면, 카즈마사는 보기 드문 충절과 지략을 겸비한 무장이라 할 수 있다.

이이 나오마사井伊直政 | 1561~1602 |

토토우미의 이이 집안은 대대로 이마가와 가의 가신이었지만, 나오마사가 두 살 때, 오다 가와 내통했다는 의심을 사서, 아버지가 살해된다. 나오마사는 친족 집에 숨어 지내다가 열다섯 살 때 이에야스에게 발탁된다. 신참인 그는 맹렬한 기세로 전장을 휘저으며 눈에 띄게 두각을 나타낸다. 이에야스로부터 타케다 가의 신하들을 건네받았을 때 무기와 기를 모두 붉은 색으로 통일. '이이의 붉은 군대', '붉은 귀신'으로 공포의 대상이 된다. 텐쇼 14년(1586), 도요토미 히데요시의 어머니 오만도코로를 오사카 성으로 호송할 때 과거의 동료였던 이시카와 카즈마사와 함께 히데요시로부터 차를 대접받는다. 카즈마사는 도쿠가와로부터 도요토미에게 돌아선 사람이다. 나오마사는 카즈마사와 동석하는 것을 거부하고, "카즈마사 이 사람은 주군인 이에야스 님을 버리고 폐하를 모시려는 겁쟁이요. 같은 자리에 앉는 건 사양하겠오"라고 말해 그 자리에 모여 있는 사람들을 공포에 떨게 했다고 한다.

이케다 츠네오키池田恒興 | 1536~1584 |

노부나가의 가신으로 혼노 사의 변 때는 히데요시 군에 합류하여 야마자키 전투에 참전한다. 키요스 회의에도 히데요시, 시바타 카츠이에, 니와 나가히데와 함께 참가한다. 그 후 히데요시를 따라 시즈가타케 전투에도 종군하지만, 코마키·나가쿠테 전투에서 아들 모토스케와 함께 전사한다.

이케다 테루마사池田輝政 | 1564~1613 |

츠네오키의 차남. 초기에는 노부나가를 따라 각지의 전투에 참가하였다. 혼노 사의 변 후에는 히데요시를 따른다. 텐쇼 12년(1584), 코마키·나가쿠테 전투에서 아버지와 형 모토스케가 죽자 상속자가 된다. 분로쿠 3년(1594), 히데요시의 중개로 도쿠가와 이에야스의 딸 스케히메와 결혼한다.

챠야 시로지로茶屋四郎次郎 | 1545~1596 |

사카이의 호상이자 도쿠가와 이에야스의 가신. 표면적으로는 쿄토와 사카이 등지를 다니며 도쿠가와 가문의 옷감 및 물품을 조달하는 임무를 맡았지만, 실재 그는 쿄토와 사카이 방면의 첩보를 담당하고, 이곳의 소식을 도쿠가와에게 알리는 일종의 첩보원이다. 챠야 시로지로라는 이름은 자손 대대로 사용하였다.

카메히메龜姬 | 1560~1625 |

이에야스가 열아홉에 낳은 딸. 오빠인 노부야스, 어머니인 츠키야마와 함께 이마가와 가의 인질이 되었다가 오케하자마 전투 후에 이에야스에게로 돌아온다. 텐쇼 4년(1576), 이에야스가 타케다 가와 대항하기 위한 포석으로서 오쿠다이라 노부마사와 결혼한다. 노부마사가 영지인 미노에서 죽자 카메히메는 3천 석을 받고 머리를 깎고 중이 된다.

카토 요시아키加藤嘉明 | 1563~1631 |

시즈가타케 전투에서 '일곱창'의 한 사람으로 활약한다. 이후 도요토미 수군의 수장으로 오다와라 정벌, 임진왜란, 정유재란 등에도 참전한다.

카토 키요마사加藤清正 | 1562~1611 |

관직명은 히고노카미肥後守. 히데요시의 외가 쪽 친척으로, 어렸을 때부터 히데요시를 섬겼다. 시즈가타케 전투에서는 일곱창의 한 사람으로 꼽힐 만큼 공적을 쌓는다. 그 후에도 큐슈 원정 등에서 무용을 발휘하여, 쿠마모토 성을 거성으로 하는 다이묘로 출세한다. 조선 출병시에는 선봉에 서서 한양을 함락시키지만, 그 후 히데요시의 명령으로 일시 귀국한다. 조선에서 사이가 나빠진 이시다 미츠나리를 비판하는 언동이 히데요시의 노여움을 샀기 때문이다. 근신하고 있던 어느 날, 칸세이關西 지방에 대지진이 엄습하자, 키요마사는 2백 명의 군사를 이끌고 후시미 성으로 가서, 히데요시와 그의 가족들을 경호한다. 키요마사의 충의에 히데요시도 죄를 용서하고, 후에 키요마사는 "지진 카토"라 불린다.

코니시 유키나가小西行長 | ?~1600 |

통칭 야쿠로. 히데요시의 가신으로, 네고로, 사이가의 반란을 진압한다.
임진왜란 때 선봉으로 조선에 침공하여, 부산, 평양을 점거한다. 케이쵸
2년(1597) 정유재란 때 재차 조선으로 침공하지만, 이듬해 히데요시의
죽음으로 조선에서 철수한다.

코리키 키요나가高力淸長 | 1530~1608 |

순박하고 진실한 성격 때문에 평생 이에야스의 총애를 받은 가신이다. 전장에서의 무공보
다도 행정 능력이 뛰어난 것으로 여러 삽화에서는 전하고 있다. 키요나가는 장년 때부터 백
성들로부터 "부처 코리키"라고 불렸는데, 그것은 잇코 신도의 반란 때 불상과 경전을 보호
하여 분실을 막고, 사면된 자들에게 돌려주었기 때문이다.

코바야카와 타카카게小早川隆景 | 1533~1597 |

텐쇼 10년 빗츄 타카마츠 성 함락 후에 혼노 사의 변 소식을 듣지만, 강
행파의 주장을 물리치고 도요토미와의 강화를 고수하여 히데요시에게
중용된다. 시코쿠, 큐슈 정벌에서도 공을 세우고, 임진왜란 때는 군사들
을 이끌고 바다를 건너 벽제관 전투에서 명의 대군을 맞아 싸운다. 미카
와에서 병사한다.

코바야카와 히데아키小早川秀秋 | 1582~1602 |

키타노만도코로의 조카. 세 살 때 히데요시의 양자가 되고 나중에 코바
야카와 가를 계승하게 된다.

쿠로다 나가마사黑田長政 | 1568~1623 |

요시타카의 적자로 아버지가 히데요시의 수하이기 때문에 오다 노부나
가의 인질로서 히데요시의 거성 나가하마에서 유년기를 보낸다. 노부나
가 사후에도 히데요시를 섬기며, 시즈가타케 전투, 코마키·나가쿠테
전투 등에서 활약한다.

쿠로다 요시타카黑田孝高 | 1546~1604 |

칸베에 또는 죠스이라고도 불린다. 텐쇼 5년(1577), 오다 노부나가의 명
을 받은 히데요시의 츄고쿠 정벌에 참가하여 각지에서 활약하였다. 그
렇지만 아라키 무라시게의 모반 때는 아라키를 설득하러 사자로 갔다가
그대로 체포되어 이듬해에 다리가 불구가 된 채 구출된다. 노부나가 사

후에도 히데요시의 무장으로서 활약하지만 너무 재주를 부려 히데요시의 눈밖에 난다.

쿠키 요시타카九鬼嘉隆 | 1542~1600 |

이세의 시마타 성주로 처음에는 이세의 키타바타케를 모시지만, 쿄토 입성 중인 오다를 알현하고 그의 수하로 들어간다. 혼노 사의 변 이후에는 히데요시의 수하가 되고, 코마키 · 나가쿠테 전투에서는 반 노부오 파로 활약한다. 큐슈 정벌, 오다와라 전투에서는 히데요시 수군의 주력으로, 주로 병력의 수송과 해상 경호를 맡는다. 임진왜란 때는 50여 척을 이끌고 조선 수군과 전투를 벌인다.

키타노만도코로北の政所 | 1548~1624 |

오네, 네네라고도 불린다. 열네 살 때 노부나가의 하인이던 키노시타 토키치로(훗날의 히데요시)와 결혼한다. 어진 부인이라는 평판이 높았고, 히데요시의 초고속 출세를 내조한다. 가신들도 잘 돌보며, 겸손한 성격으로 칸파쿠의 부인이 되고 나서도 오와리의 사투리를 그대로 사용하고, 히데요시와 언쟁을 벌이기도 한다. 아이가 없는 네네는 요도 부인이 히데요시의 아이를 낳자 상당히 불편해한다.

킷카와 히로이에吉川廣家 | 1561~1625 |

킷카와 모토하루의 셋째아들. 임진왜란과 정유재란 때 도요토미 히데요시를 따라 조선으로 출병한다.

타나카 요시마사田中吉政 | 1549~1609 |

히데요시의 가신으로 오다와라 정벌 후 미카와 오카자키의 성주가 된다. 히데요시의 천주교도 탄압하에서도 일족이 모두 세례를 받는다.

타치바나 무네시게立花宗茂 | 1569~1642 |

히데요시의 큐슈 정벌에도 참가하고, 임진왜란과 정유재란에서도 뛰어난 활약을 한다. 히데요시로부터 "동쪽에 타다카츠(혼다 타다카츠)가 있다면 서쪽에는 무네시게가 있다"라는 말을 들을 정도로 전술에 뛰어나다.

타키가와 카즈마스瀧川一益 | 1525~1586 |

오미의 카이 출신으로, 무공으로 하급 무사에서 출세한 오다 가의 가신. 호방한 무장으로 알려져 있다. 혼노 사의 변 이후 시즈가타케 전투에서 시바타 카츠이에 군에 가담하여 전투를 벌이지만 대패하여, 그 지위는 영락한다. 히데요시와의 전투에서도 패해 삭발하고 에치젠 오노에 칩거한다.

텐카이天海 | 1536~1643 |

천태종의 승려. 괴승 즈이후가 바꾼 이름으로, 이에야스가 칸토로 옮기고 나서 에도에 신도시를 건설할 때 이에야스에게 다음 천하인은 이에야스라는 암시를 준다. 이후에도 이에야스에게 많은 조언을 한다.

토도 타카토라藤堂高虎 | 1556~1630 |

아사이 나가마사 등 여러 주군을 섬기다가 도요토미 히데요시의 수하가 되어 코마키·나가쿠테 전투, 큐슈 정벌 등에서 활약한다. 히데요시의 사후에는 도쿠가와 이에야스의 수하가 된다.

토리이 모토타다鳥居元忠 | 1539~1600 |

통칭 히코에몬. 이에야스의 가신으로 아네가와 전투, 미카타가하라 전투 등에서 많은 공을 세운다. 진실한 인물로 기탄없이 이에야스에게 간언을 했다.

하시바 히데나가羽柴秀長 | 1541~1591 |

히데요시의 의붓 동생. 타지마 평정, 야마자키 전투 등에서 무공을 세운다. 도요토미 정권의 기반 조성에 조력했다. 큐슈 원정에서는 시마즈 군을 격파하여 종2품 곤노다이나곤이 된다. 히데나가는 명참모로 재능을 발휘하여, 도요토미 정권을 총괄한다. 히데요시의 오른팔로서 부족함이 없는 존재로 도요토미의 그림자라는 말까지 들을 정도였다.

하치스카 마사카츠蜂須賀正勝 | 1526~1586 |

통칭 코로쿠, 히코에몬이라고도 한다. 오다 노부나가의 오케하자마 승리의 그늘에는 하치스카 코로쿠와 그 일당의 활약이 있었다고 한다. 또 도요토미 히데요시의 수하에 들어간 이후에는 책략에 재능을 발휘하여 히데요시의 사업을 도와준다. 모리와의 절충에 힘을 쏟은 것도 코로쿠다. 히데요시의 천하통일 후 아와 지방을 지배한다.

호소카와 타다오키細川忠興 | 1563~1645 |

호소카와 후지타카의 아들. 아버지와 함께 오다 노부나가를 섬기며 마츠나가 히사히데 공략 등에서 공명을 떨쳤다. 혼노 사의 변이 일어났을 때는 아케치 미츠히데의 딸 타마(가라시아)와 결혼한 상태였지만, 히데요시의 수하였다. 코마키 · 나가쿠테 전투, 이어서 큐슈 · 오다와라 정벌에도 참전한다. 히데요시 사후에는 이에야스의 수하가 된다.

호소카와 후지타카細川藤孝 | 1534~1610 |

통칭 유사이. 혼노 사의 변 후 인척인 아케치 미츠히데의 협조 요청을 거부하고, 히데요시의 수하로 들어가 야마자키 전투에서 활약한다. 큐슈 정벌에도 참가하였다.

호죠 우지나오北條氏直 | 1562~1591 |

텐쇼 11년 상속을 받아 도쿠가와 이에야스와 우에노 지방의 타케다 가 옛 영지를 나눠 갖고, 이에야스의 딸 스케히메를 아내로 맞이한다. 그러나 히데요시와 이케다의 영지를 둘러싸고 대립하다 히데요시의 오다와라 정벌 때 항복한다. 이에야스의 사위라는 이유로 목숨을 건지고, 텐쇼 18년에 타카노야마에 칩거한다.

혼다 마사노부本多正信 | 1538~1616 |

이에야스의 가신이다. 혼노 사의 변 후 히데요시의 시대가 되자, 내정이나 외교 정책이 중시되게 된다. 마사노부는 무인으로서의 능력은 떨어지지만 실무에는 뛰어나서, 이에야스의 두터운 신임을 받아, 자신의 행정 능력과 지략을 유감없이 발휘하기 시작한다.

혼다 시게츠구本多重次 | 1529~1596 |

혼다 사쿠자에몬 시게츠구는 일곱 살 때 키요야스(이에야스의 조부)를 섬긴 것에 이어, 히로타다, 이에야스 삼대에 걸쳐 중용된 노신이다. 당시 사람들은 시게츠구를 "오니사쿠자鬼作左(성격이 용맹하여 붙인 별명)"라 칭했는데, 그 이유가 전장을 누비는 시게츠구가 마치 '오니=도깨비'를 방불케 했기 때문이다. 시모우사에서 68세의 나이에 사망한다.

혼다 타다카츠本多忠勝 | 1548~1610 |

"이에야스에게는 과분한 것이 두 개 있는데, 중국의 갑옷과 혼다 헤이하치로(통칭)다"라는 말을 들을 정도로 극찬을 받은 이에야스의 가신이다.

노부나가조차 "꽃과 열매를 겸비한 용사"라고 칭찬했을 정도다. 혼노 사의 변 후 이에야스를 안내하여 이가를 넘은 것은 유명하다. 텐쇼 12년(1584)의 코마키·나가쿠테 전투에서는 히데요시의 수만에 달하는 군대를 단 3백 기로 맞서려는 담력을 보여 히데요시로부터도 "서쪽에 타치바나 무네시게가 있다면 동쪽에 혼다 헤이하치로가 있다"는 격찬을 듣는다. 또 그는 미카와의 명물 사슴 뿔 투구를 썼는데, 적군들은 이것을 보기만 해도 혼비백산했다고 한다.

혼아미 코에츠本阿彌光悅 │ 1558~1637 │

혼아미 코지의 아들로 미술 공예 부문에 금자탑을 쌓은 예술가다. 당대 일본 문화의 꽃이라 칭송받았으며, 이에야스로부터 타카가미네에 광대한 토지를 하사받아, 그곳에 예술가 마을을 세워 예술가 지도자로서도 걸출한 면을 보인다.

후쿠시마 마사노리福島正則 │ 1561~1624 │

관직명 사에몬다이부. 히데요시의 아버지 쪽 친척이라 하고, 키요마사와 마찬가지로 소년 시절부터 히데요시를 섬긴다. 시즈가타케 전투에서는 일곱창의 일원으로서 5천 석의 포상을 받는다. 큐슈 원정, 조선 출병에서도 주력이 되어 전투에 참가하고, 조선에서 돌아와 오와리의 키요스 성으로 옮겨 24만 석의 성주가 된다.

《 아즈치 · 모모야마 용어 사전 》

군감軍監 | 군대를 감독하는 직책.

고자부네御座船 | 천황, 귀인 등이 타는 배로, 지붕이 있는 놀잇배.

나이다이진內大臣 | 료게令外 관직의 하나. 천황天皇을 보좌하는 사다이진과 우다이진 다음의 지위. 헤이안平安 시대부터 원외員外 대신으로서 상치常置.

니치렌종日蓮宗 | 일본 불교 13종宗의 하나. 니치렌日蓮을 개조開祖로 한다.『법화경法華經』에 의거하며, 교의教義는 교教·기機·시時·국國·서序의 오강五綱과 본존本尊·제목題目·계단戒壇의 3대 비법을 세우고, 즉신성불卽身成佛·입정안국立正安國을 주장한다.

다다미疊 | 일본식 주택의 바닥에 까는 것으로 짚으로 만든 판에 왕골이나 부들로 만든 돗자리를 붙인 것. 일반적으로 180×90cm의 크기로, 일본에서는 현재도 방의 크기를 다다미의 장수로 나타내는 경우가 많다.

다이나곤大納言 | 우다이진右大臣 다음의 정부 고관으로, 다이죠칸太政官의 차관.

다이묘大名 | 넓은 영지와 많은 부하를 둔 무사의 우두머리.

면종복배面從腹背 | 겉으로는 복종하는 체하면서 속으로는 배신하는 일.

목계牧溪 | 송말宋末 원초元初의 화승畵僧으로 법명은 법상法常. 목계에 살아 호를 목계라 하였다. 수묵화의 화승으로 이름이 높았으며, 산수山水·도석道釋 인물·화훼花卉 등을 그렸는데, 전통적인 수법이 아닌 독특한 화풍을 이루었다.「관음원학도觀音猿鶴圖」,「현자화상도蜆子和尚圖」,「소상팔경도瀟湘八景圖」 등이 유명하다.

반가시라番頭 | 무가武家에서, 숙직·경비 따위 잡무를 처리하는 사람 중의 우두머리.

부교奉行 | 행정·재판·사무 등을 담당하는 무사의 직명.

사루가쿠猿樂 | 일본의 중세 시대에 행해진 민중 예능. 익살스러운 동작이나 곡예를 주로 하다가 차츰 연극화되어 노와 쿄겐으로 갈라졌다.

산명학算命學 | 별자리나 주역을 통해 운수를 점치는 학문.

슈쿠로宿老 | 카로家老와 같다.

신란親鸞 | 12세기 말에 정토진종淨土眞宗을 창시한 고승.

아사우라조리麻裏草履 | 삼실로 엮은 끈목을 바닥에 댄 짚신.

여섯 가지 번뇌 | 불교에서 백팔번뇌의 근간이 되는 육근六根, 곧 눈·코·입·혀·몸·생각을 말한다.

와키자시脇差 | 일본도의 일종으로 큰 칼에 곁들여 허리에 차는 작은 칼.

요닌用人 | 다이묘大名 밑에서 서무·출납을 맡아보는 사람 또는 그 직명.

요헨텐모쿠曜變天目 | 중국中國 복건성福建省에서 만든 송宋나라 시대의 찻잔.

우다이진右大臣 | 다이죠칸의 장관. 사다이진 다음의 직위. 여기서는 오다 노부나가를 가리킨다.

우두마두牛頭馬頭 | 몸은 사람이고 머리는 소이거나 말인 지옥의 옥졸.

이리가와入側 | 툇마루와 사랑방 사이를 잇는 통로.

자력본원自力本願 | 불과佛果를 얻기 위해 자시 혼자의 힘으로 수행하는 일.

정진요리精進料理 | 고기와 생선을 빼고 야채만으로 만든 요리.

츄로中老 | 무가武家의 중신重臣으로, 카로家老의 다음 자리에 있는 사람.

츄죠中將 | 코노에후近衛府의 차관次官.

카로家老 | 다이묘의 중신으로, 집안의 무사를 통솔하며 집안일을 총괄하는 직책. 보통 세습하며, 이 이름은 카마쿠라 시대부터 생겼다. =토시요리年寄, 슈쿠로宿老.

카즈키被衣 | 신분이 높은 여자가 외출할 때 얼굴을 가리기 위해 머리에서부터 쓰는 홑옷. =카츠기.

카타기누肩衣 | 어깨에서 등으로 걸쳐지는 무사의 소매 없는 예복.

카한加判 | 집정執政할 지위에 있는 사람으로, 무가武家 시대 공문서에 서명하고 도장을 찍던 직책. 카마쿠라 바쿠후鎌倉幕府의 '렌쇼連署', 에도 바쿠후江戶幕府의 로쥬老中 등을 말한다.

코난도小納戶 | 가까이에서 쇼군을 모시며 신변의 일(이발, 식사 등)을 맡아보는 관직.

코소데小袖 | 옛날 넓은 소매의 겉옷에 받쳐입던 속옷으로 현재 일본옷의 원형이다.

코쇼小姓 | 주군을 측근에서 모시며 잡무를 맡아보는 무사.

키쇼몬起請文 | 신불에게 서약하고 어기면 벌을 받겠다는 서약문.

킨쥬近習 | 주군을 측근에서 모시는 사람으로 코쇼小姓와 같다.

타력본원他力本願 | 부처의 힘을 빌려 일을 성취하려는 일.

타이로大老 | 무가 정치에서 도요토미 히데요시 및 도쿠가와 가문을 보좌하던 최상위 직급.

타이코太閤 | 본래 섭정攝政 또는 다죠다이진太政大臣의 경칭敬稱. 나중에는 칸파쿠의 직위를 그 자식에게 물려준 사람에 대한 높임말. 여기서는 히데요시를 가리킨다.

텐노잔天王山 | 승패, 운명을 판가름하는 갈림길.

텐슈카쿠天守閣 | 성의 중심부 아성牙城에 3층 또는 5층으로 높게 쌓은 망루.

토코노마床の間 | 객실인 다다미방의 정면 상좌에 바닥을 한 층 높여 만든 곳. 벽에는 족자를 걸고, 한 층 높여 만든 바닥에는 도자기, 꽃병 등으로 장식한다.

하타모토旗本 | (진중에서) 대장이 있는 본영, 또는 그곳을 지키는 무사.

《 도요토미 히데요시의 유품 》

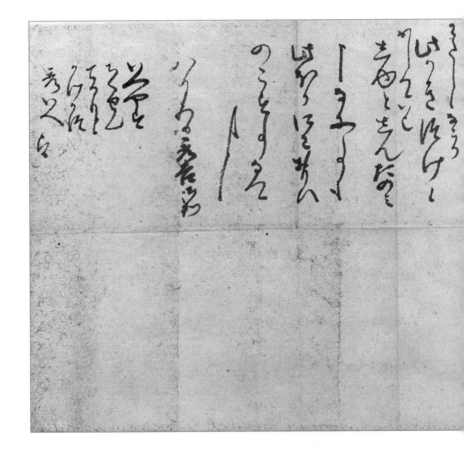

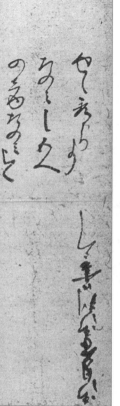

◈ 유언장

秀より(頼)事、なりたち候やうに、
このかきつけ候、しゆとして、たの
み申し候。なに事も、このほかにわ、
おもひ殘す事なく候。かしく。

八月五日　　　　　　　　秀吉(御判)
いえやす
ちくぜん(利家)
てるもと
かげかつ
秀いへ

　　　　参

◈ 지세이

露と落ち露と消えぬるわが身かな
浪花のことは夢のまた夢……

◈ **갑옷**(센다이 시 박물관장)

히데요시가 다테 마사무네에게 수여한 것.

◈ **황금 호리병박 우마지루시**馬印(오사카 성 텐슈카쿠 소장)

◈ **안장 · 등자**(토쿄 국립박물관장)

금으로 갈대 싹이 장식되어 있다.

◈ **도후쿠**胴服**(쿄토 국립박물관장)**

난부 노부나오의 사자 쇼사이 노부요시의
공을 치하하며 내린 도후쿠.

◈ **진바오리**陣羽織**(코다이 사 소장)**

공작 · 사자 · 표범 · 사슴 등이 수놓아진 페르시아 산 직물로 만든 진바오리.

◈ **군바이**軍配

도요토미의 문양인 오동나무 무늬가 그려져 있다.

◈ **소도**小刀

《 도요토미 히데요시 연보 》

일본 연호		서력	주요 사건
텐분 天文	5	1536 1세	2월 6일, 농부 키노시타 야에몬의 아들로 오와리의 나카무라에서 태어난다. 어머니는 나카(훗날의 오만도코로). 아명은 히요시마루.
	20	1551 16세	집에서 나와 여러 지방을 떠돈다. 하치스카 코로쿠와 알게 되고, 하마마츠에서는 이마가와 가의 가신인 마츠시타 카헤에의 수하가 된다.
	23	1554 19세	키요스의 오다 노부나가를 섬긴다.
에이 로쿠 永祿	2	1559 24세	키요스 성 수복에 공을 세워 아시가루 대장에 임명된다.
	3	1560 25세	5월, 오케하자마 전투에 참가. 이마가와 요시모토가 전사한다.
	4	1561 26세	8월, 아사노 나가카츠의 양녀인 네네와 결혼. 이 무렵부터 키노시타 토키치로로 개명한다.
	7	1564 29세	미노 공략에서 공을 세운다. 하치스카 코로쿠의 부하가 된다.
	10	1567 32세	8월, 타케나카 한베에를 군사軍師로 맞이하고, 이나바야마 성 공략에서 대활약한다. 카토 키요마사, 후쿠시마 마사노리 등을 수하로 들인다.

일본 연호		서력	주요 사건
에이로쿠 永祿	11	1568 33세	노부나가 쿄토 입성에 수하로 참가하여, 쿄토 부교의 한 사람으로 쿄토에 머문다.
겐키 元龜	원년	1570 35세	4월, 에치젠 아사쿠라 공략. 8월, 아사쿠라·아사이 연합군과 아네가와에서 전투를 벌이고, 전투에서 승리 후, 오미 경영을 맡는다.
텐쇼 天正	원년	1573 38세	9월, 노부나가로부터 아사이의 영지인 오다니 성을 받고 12만 석의 다이묘가 된다. 나가하마로 거성을 옮기고, 이 무렵 하시바 치쿠젠노카미 히데요시로 개명한다.
	5	1577 42세	노부나가의 명을 받아, 츄고쿠 평정의 총대장으로 출전한다. 쿠로다 칸베에를 아군으로 복속시키고, 히메지에 입성, 그곳을 근거지로 삼는다.
	8	1580 45세	미키 성을 함락시킨다. 이 무렵 노부나가의 넷째아들 오츠기마루(훗날의 히데카츠)를 양자로 맞이한다.
	9	1581 46세	히메지 성에서 대다회를 개최한 후 2만의 대군을 이끌고 이나바로 침공한다. 톳토리 성을 공략한다.
	10	1582 47세	6월 2일, 혼노 사에서 노부나가가 아케치 미츠히데의 공격을 받고 자살한다(혼노사의 변). 다음날 빗츄 타카마츠 성을 공격하다가 노부나가의 사망 소식을 듣고 모리와 화친 후 쿄토로 회군한다. 6월 13일, 아케치 미츠히데를 야마자키 전투에서 물리친다.

일본 연호	서력	주요 사건
텐쇼 天正		6월 27일, 키요스 회의에서 시바타 카츠이에 등의 원로들을 제치고 주도권을 장악한다. 10월, 쿄토 다이토쿠 사에서 노부나가의 장례를 성대하게 치른다.
11	1583 48세	4월, 시즈가타케 전투에서 시바타 카츠이에를 격파하고 키타노쇼 성을 함락시킨다. 8월, 오사카 성 축성에 착수한다.
12	1584 49세	3월부터 코마키 · 나가쿠테에서 도쿠가와 이에야스, 오다 노부오와 전투를 벌인다. 11월에 노부오와 화친하고, 12월에는 이에야스와도 화친한다. 이에야스의 차남(훗날의 히데야스)을 양자로 맞이한다.
13	1585 50세	3월에 나이다이진, 7월에 칸파쿠에 취임하여 성씨를 후지와라로 고친다. 8월, 쵸소카베 모토치카를 공격하여 시코쿠를 평정한다.
14	1586 51세	2월, 쥬라쿠 저택을 조영하기 시작한다. 5월, 여동생 아사히를 이에야스의 아내로 보낸다. 10월, 어머니 오만도코로를 오카자키 성으로 보내고, 오사카 성으로 온 이에야스를 만난다. 12월, 다죠다이진에 임명되어 도요토미라고 성을 고친다.
15	1587 52세	3월에 큐슈로 출병하여, 5월에 시마즈 요시히사를 복종시키고 큐슈를 평정한다. 9월, 쥬라쿠 저택을 완성하고 오사카 성에서 옮겨간다. 10월, 키타노 대다회를 개최하여 사람들의 이목을 집중시킨다.

일본 연호		서력	주요 사건
텐쇼 天正	16	1588 53세	1월, 요도 성 축성에 착수한다. 4월, 전년에 완성한 쥬라쿠 저택으로 고요제이 천황을 맞이한다. 7월, 카타나가리(무사 이외의 농민 등으로부터 무기를 몰수) 령을 내린다.
	17	1589 54세	측실 요도 부인이 츠루마츠를 출산한다. 11월, 호죠 우지나오에게 선전포고하고, 여러 다이묘들에게 출전 준비를 명한다.
	18	1590 55세	오다와라 공략에 나서서 22만의 대군으로 성을 포위한다. 7월, 호죠 가를 몰락시키고, 호죠 가의 영지를 도쿠가와 이에야스에게 준다. 8월, 오슈를 정벌. 11월, 조선 사절을 접견하고 조공을 요구한다.
	19	1591 56세	1월, 동생 하시바 히데나가가 사망. 2월, 센 리큐에게 할복을 명한다. 8월, 츠루마츠 사망. 10월, 히젠 나고야에 대륙 침공의 거점을 구축한다. 12월, 양자 하시바 히데츠구에게 칸파쿠 자리를 물려주고 자신은 타이코가 된다.
분로쿠 文禄	원년	1592 57세	3월, 조선에 출병한다(임진왜란). 5월, 한양을 함락시킨다. 7월, 어머니 오만도코로의 사망으로 오사카로 돌아온다.
	2	1593 58세	1월, 평양 전투에서 대패한다. 5월에 화의가 구체화되고, 12월에 철병을 명한다. 8월, 히데요리 탄생. 후시미 성 축성에 착수한다.

일본 연호		서력	주요 사건
분로쿠 文祿	3	1594 59세	2월 공경, 장수들과 함께 요시노에서 꽃구경. 명과의 화평 교섭이 난항을 겪는다. 토지조사를 강화한다.
	4	1595 60세	7월, 히데츠구의 칸파쿠 직을 거두고, 코야산에서 할복을 명한다. 그 식솔들도 모두 쿄토에서 참수한다. 쥬라쿠 저택도 허문다. 11월, 병에 걸린다.
케이쵸 慶長	원년	1596 61세	1월, 다섯 타이로에게 히데요리에 대한 충성을 요구한다. 7월, 키나이에 대지진이 발생하여 후시미 성 등이 붕괴된다. 9월, 명나라 사절을 접견하고, 그 무례함에 격노하여 조선 재출병을 명한다.
	2	1597 62세	1월, 명과의 교섭이 결렬됨에 따라, 재차 조선에 파병한다(정유재란).
	3	1598 63세	1월, 조선 파견군이 고전하자 히데요시는 이에 대응하기 위해 고민에 빠진다. 5월, 히데요시의 병이 악화된다. 8월, 다섯 타이로, 다섯 부교 등을 불러 히데요리를 부탁한다. 8월 18일, 후시미 성에서 병사한다.

《 도요토미 히데요시의 이름과 관직 변천사 》

◈ 키노시타 토키치로木下藤吉郎 | 0~25세 |

· 오와리 나카무라 태생으로, 야에몬 · 나카 부부의 장남. 아명, '히요시마루'는 『타이코키 太閤記』에 의한 창작이라는 설도 있다. 스물다섯 살 무렵부터 키노시타 토키치로라 불릴 때까지는 명확하지 않다.

· 22세, 노부나가를 모시는 하인. 하인의 우두머리에서 아시가루, 아시가루 대장으로 출세.

· 25세, 아사노 마타에몬의 양녀, 네네와 결혼. 네네가 키노시타 가문 출신이기 때문에 키노시타라는 성을 딴다.

◈ 키노시타 토키치로 히데요시木下藤吉郎秀吉 | 25~37세 |

· 32세, 노부나가로부터 아사히나 사부로 요시히데朝比奈三郎義秀의 이름을 본따 요시히데라는 이름을 권유받는다. 요시히데를 거꾸로 하고, 쇼군 요시아키의 요시義를 피해 요시 히로 바꾼다.

· 37세, 노부나가로부터 아사이 가의 옛 영토와 오다니 성을 받는다.

◈ 하시바 토키치로 히데요시羽柴藤吉郎秀吉 | 37~38세 |

· 38세, 나가하마 성을 구축하고 거성으로 삼는다.

· '하시바' 성은 시바타 카츠이에柴田勝家의 '시바柴', 니와 나가히데丹羽長秀의 '와(하)羽'를 합성하여 만든 것이라 한다.

◈ 하시바 치쿠젠노카미 히데요시羽柴筑前守秀吉 | 38~49세 |

· 38세, 종5품하. 노부나가로부터 치쿠젠노카미의 수령직을 받는다.

· 49세, 정2품 나이다이진.

◈ 후지와라 히데요시藤原秀吉 | 49~50세 |

· 49세, 종1품 칸파쿠.

· 종래 후지와라 씨 이외의 인물이 칸파쿠가 된 전례가 없기 때문에 후지와라 가문의 필두 코노에近衛 가의 양자가 되어 후지와라로 성을 고친다.

◈ 도요토미 히데요시豊臣秀吉 | 50~63세 |

· 50세, 다죠다이진. 고요제이 천황으로부터 도요토미라는 성을 하사받는다.

· 54세, 오슈 평정, 천하통일을 이룬다.

· 55세, 칸파쿠를 양자 히데츠구에게 물려주고, 타이코太閤라 칭한다.

《 도쿠가와 이에야스 관련 연보(1598~1599) 》

◆──서력의 나이는 도쿠가와 이에야스의 나이

일본 연호		서력	주요 사건
케이쵸 慶長	3	1598 57세	정월 1일, 카토 키요마사가 경상도 울산에서 고전한 다. 정월 10일, 히데요시는 무츠 아이즈의 가모 히데타카를 시모츠케 우도미야로 옮기고, 에치고 카스가야마의 우에스기 카게카츠를 아이즈로 옮긴다. 2월 8일, 히데요시는 야마시로 다이고 사에서 벚꽃을 옮겨 심게 한다. 동시에 다이고 사의 대대적인 보수를 명한다. 3월 15일, 히데요시는 히데요리와 함께 다이고 사 산보인에서 꽃구경을 한다. 5월 5일, 히데요시는 병상에 눕는다. 6월 27일, 히데요시의 쾌차를 기원하는 임시 오카구라를 나이시쇼에 올린다. 7월 15일, 히데요시는 여러 다이묘에게 히데요리에게 충성할 것을 맹세하도록 한다. 8월 5일, 히데요시는 히데요리를 도쿠가와 이에야스, 마에다 토시이에 등 다섯 타이로에게 부탁한다. 이에야스, 토시이에는 이시다 미츠나리 등 다섯 부교와 서약서를 교환한다. 8월 18일, 종1품 다죠다이진 도요토미 히데요시가 사망한다. 향년 63세. 아들 히데요리가 후사를 잇는다. 8월 25일, 이에야스를 비롯하여 마에다 토시이에는 히데요시의 상喪을 비밀에 부치고, 토쿠나가 나가마사와 미야모토 토요모리를 조선에 파견하여 장수들에게 귀환을 명한다. 11월 18일, 명나라의 수군이 일본군의 귀환을 저지한다. 조선 수군의 장수 이순신이 전사한다. 11월 26일, 일본군 최초의 귀환선이 하카타에 입항한

일본 연호	서력	주요 사건
케이쵸 慶長		다. 12월, 일본군의 조선 철수가 완료된다.
4	1599 58세	정월 10일, 히데요리는 히데요시의 유언에 의해 후시미 성에서 오사카 성으로 옮긴다. 정월 19일, 이에야스는 다테 마사무네와 후쿠시마 마사노리 등과 혼인의 약속을 한다. 이날 마에다 토시이에, 우키타 히데이에는 이코마 치카마사와 쇼타이를 이에야스의 힐문 사자로 이에야스와 마사무네에게 파견, 히데요시의 유명遺命에 어긋난 것을 추궁한다. 정월 29일, 이시다 미츠나리를 포함한 도요토미의 다섯 부교는 이에야스 제거를 획책한다. 이날, 마에다 토시이에는 이에야스를 예방하고 이에야스와 화해한다. 2월 13일, 네 명의 타이로와 다섯 부교는 이에야스와 교대로 서약서를 교환한다. 2월 18일~29일, 히데요시의 장례가 성대히 치러진다. 3월 11일, 이에야스는 마에다 토시이에의 병상을 문안한다. 이날, 코니시 유키나가의 저택에는 모리 테루모토·우키타 히데이에 두 명의 타이로와 나츠카 마사이에·마시타 나가모리·마에다 겐이·이시다 미츠나리 등 네 명의 부교가 은밀히 모여 이에야스를 제거할 모의를 한다. 윤3월 3일, 종3품 곤노다이나곤 마에다 토시이에가 사망한다. 향년 62세. 윤3월 4일, 카토 키요마사와 쿠로다 나가마사는 이시다 미츠나리를 습격할 것을 의논한다. 이날, 미츠나리는 오사카에서 후시미로 도망쳐 이에야스에게 의지한

일본 연호	서력	주요 사건
케이쵸 慶長		다. 윤3월 7일, 미츠나리는 유키 히데야스의 호위를 받으며 사와야마 성으로 물러난다. 윤3월 13일, 이에야스는 무코지마로부터 후시미로 옮긴다. 9월 9일, 이에야스는 오사카 성으로 문안을 가서 히데요리를 배알한다. 9월 26일, 코다이인은 오사카 성 니시노마루를 나와 쿄토로 옮긴다. 9월 28일, 이에야스가 오사카 성 니시노마루로 옮긴다.

옮긴이 **이길진**李吉鎭

1934년 황해도 출생. 1958년 서울대학교 사회학과를 졸업하였다.
일본 문학 작품 및 일본 문화에 관련된 많은 책들을 유려한 우리말로 옮겼다.
주요 역서로는 가와바타 야스나리의 『설국』, 이마이 마사아키의 『카이젠』,
오에 겐자부로의 『사육』, 기쿠치 히데유키의 『요마록』,
야마오카 소하치의 『오다 노부나가』, 『사카모토 료마』 등이 있다.

│ 부록의 자료 제공 및 감수는 고려대학교 일어일문학과 최관 교수님께서 해주셨습니다.

도쿠가와 이에야스 제20권

1판 1쇄 발행 2001년 4월 20일
2판 3쇄 발행 2023년 5월 1일

지은이 야마오카 소하치
옮긴이 이길진
펴낸이 임양묵
펴낸곳 솔출판사

주소 서울시 마포구 와우산로29가길 80(서교동)
전화 02-332-1526
팩스 02-332-1529
이메일 solbook@solbook.co.kr
홈페이지 www.solbook.co.kr
출판 등록 1990년 9월 15일 제10-420호

한국어판 ⓒ 솔출판사, 2001
부록 ⓒ 솔출판사, 2001

이 책의 '부록'은 독자들이 일본의 전국시대를 폭넓게 조망할 수 있도록
전공 학자와 편집부가 참여, 오랜 시간과 많은 비용을 들여 작성한 것입니다.
저작권자인 솔출판사의 서면 동의 없이 무단 전재와 무단 복제를 금합니다.

ISBN   979-11-86634-45-5   04830
ISBN   979-11-86634-22-6   (세트)

• 잘못된 책은 구입한 곳에서 바꿔드립니다.
• 책값은 뒤표지에 표시되어 있습니다.

코마키·나가쿠테小牧長久手 **전투**(1584) **병풍도 뒷부분.**
오다 노부오 도쿠가와 이에야스 연합군과
도요토미 히데요시 군의 전투 장면.